Fantasy

Herausgegeben von Friedel Wahren

# Das Schwarze Auge

1. Roman: Ulrich Kiesow, *Der Scharlatan* · 06/6001
1. Band: Ulrich Kiesow, *Der Scharlatan* · 06/6001
2. Band: Uschi Zietsch, *Túan der Wanderer* · 06/6002
3. Band: Björn Jagnow, *Die Zeit der Gräber* · 06/6003
4. Band: Ina Kramer, *Die Löwin von Neetha* · 06/6004
5. Band: Ina Kramer, *Thalionmels Opfer* · 06/6005
6. Band: Pamela Rumpel, *Feuerodem* · 06/6006
7. Band: Christel Scheja, *Katzenspuren* · 06/6007
8. Band: Uschi Zietsch, *Der Drachenkönig* · 06/6008
9. Band: Ulrich Kiesow (Hrsg.), *Der Göttergleiche* · 06/6009
10. Band: Jörg Raddatz, *Die Legende von Assarbad* · 06/6010 (in Vorb.)
11. Band: Karl-Heinz Witzko, *Treibgut* · 06/6011
12. Band: Bernhard Hennen, *Der Tanz der Rose* · 06/6012
13. Band: Bernhard Hennen, *Die Ränke des Raben* · 06/6013
14. Band: Bernhard Hennen, *Das Reich der Rache* · 06/6014 (in Vorb.)
15. Band: Hans Joachim Alpers, *Hinter der eisernen Maske* · 06/6015 (in Vorb.)
16. Band: Ina Kramer, *Im Farindelwald* · 06/6016 (in Vorb.)
17. Band: Ina Kramer, *Die Suche* · 06/6017 (in Vorb.)
18. Band: Ulrich Kiesow, *Die Gabe der Amazonen* · 06/6018
19. Band: Hans Joachim Alpers, *Flucht aus Ghurenia* · 06/6019 (in Vorb.)

Das Schwarze Auge

ULRICH KIESOW

# DIE GABE DER AMAZONEN

*Achtzehnter Roman*
*aus der*
*aventurischen Spielewelt*

herausgegeben
von
ULRICH KIESOW

WILHELM HEYNE VERLAG
MÜNCHEN

HEYNE SCIENCE FICTION & FANTASY
Band 06/6018

*Umwelthinweis:*
Dieses Buch wurde auf
chlor- und säurefreiem Papier gedruckt.

Redaktion: Joern Rauser

Erstausgabe 1987 bei Fantasy Productions, Erkrath
Printed in Germany 1996
Umschlagbild: Dieter Rottermund
Kartenentwurf (Seite 6/7): Ralf Hlawatsch
Umschlaggestaltung: Atelier Ingrid Schütz, München
Technische Betreuung: M. Spinola
Satz: Schaber Satz- und Datentechnik, Wels
Druck und Bindung: Presse-Druck, Augsburg

ISBN 3-453-10971-6

# 1. Kapitel

*Unsere Königin Gilia starb vor drei Jahren. Bis zu ihrem Tod reiste sie jährlich ins hunderttürmige Gareth, zum großen Turnier, um dem Kaiser ihre Aufwartung zu machen, um hin und wieder an einem Wettstreit der Waffen teilzunehmen und wohl auch, um sich am Anblick der besten Kriegsleute aus aller Welt zu erfreuen.*

*In all den Jahren ging sie zweimal des Nachts in das Zelt eines Ritters. Beim ersten Mal – das ist nun einundzwanzig Jahre her – legte sie sich zu Halman ui Bennain, dem Fürsten von Albernia, und zwei Jahre darauf besuchte sie einen Kämpfer namens Rhoaril, der, wie man sagt, aus Al'Anfa stammte.*

*Königin Gilia gebar drei Kinder: Yppolita und ihren Zwillingsbruder, der – wie es unser Brauch befiehlt – gleich nach der Geburt getötet wurde, und Ulissa.*

*Yppolita, Fürst Bennains Tochter, ist die ältere, Ulissa, Rhoarils Tochter, die jüngere der beiden Schwestern.*

Auszug aus der Kurkuma,
einer Amazonenchronik

Unser ganzes Dorf und viele Sippen aus dem Blautann und von jenseits des Flusses waren gekommen, das Sommerendfest zu feiern. Hand in Hand traten Männer und Frauen hinaus auf die Lichtung, wo das große Feuer loderte. Sie trugen ihre golden und silbern schimmernden Feiergewänder; ihre Lider waren gesenkt, niemand sprach ein Wort.

Der Große Zoriel hatte sich auf einem Stein am Feuer niedergelassen und rückte eben seine Leier auf den

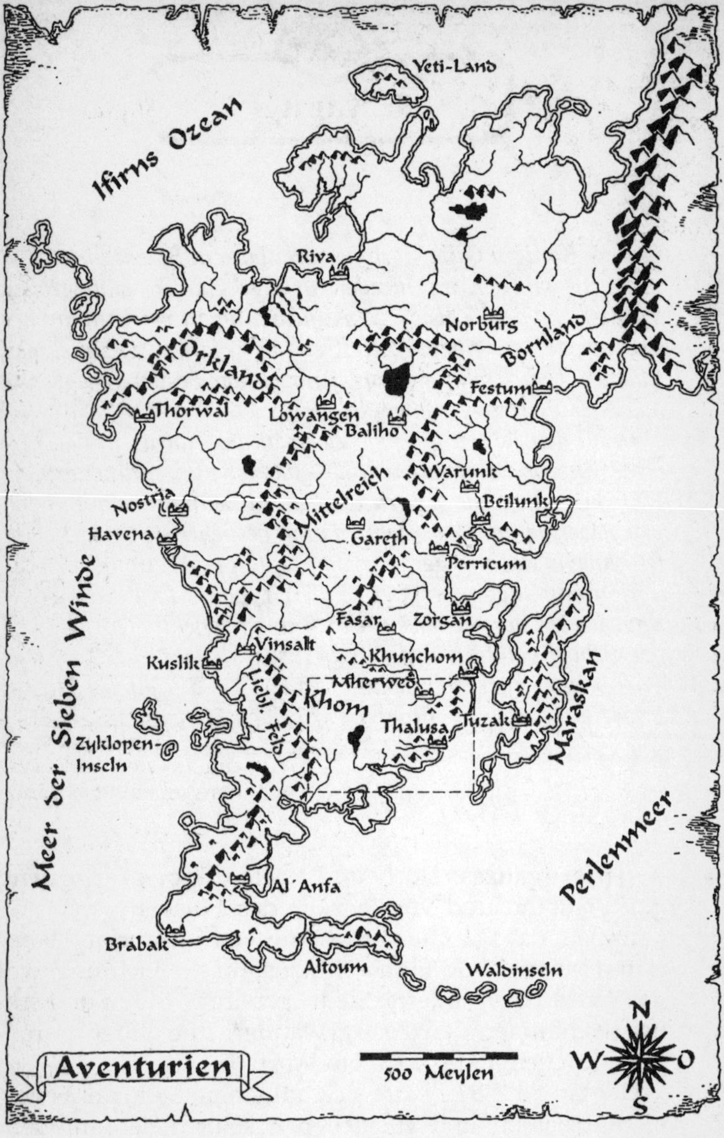
Ifirns Ozean
Yeti-Land
Riva
Norburg
Bornland
Orkland
Thorwal
Lowangen
Baliho
Festum
Warunk
Beilunk
Mittelreich
Nostria
Havena
Gareth
Perricum
Meer der Sieben Winde
Fasar
Zorgan
Vinsalt
Kuslik
Khunchom
Mherwed
Liebl. Feld
Khom
Thalusa
Tuzak
Maraskan
Zyklopen-Inseln
Perlenmeer
Al'Anfa
Brabak
Altoum
Waldinseln
N
W
O
S
500 Meylen
Aventurien

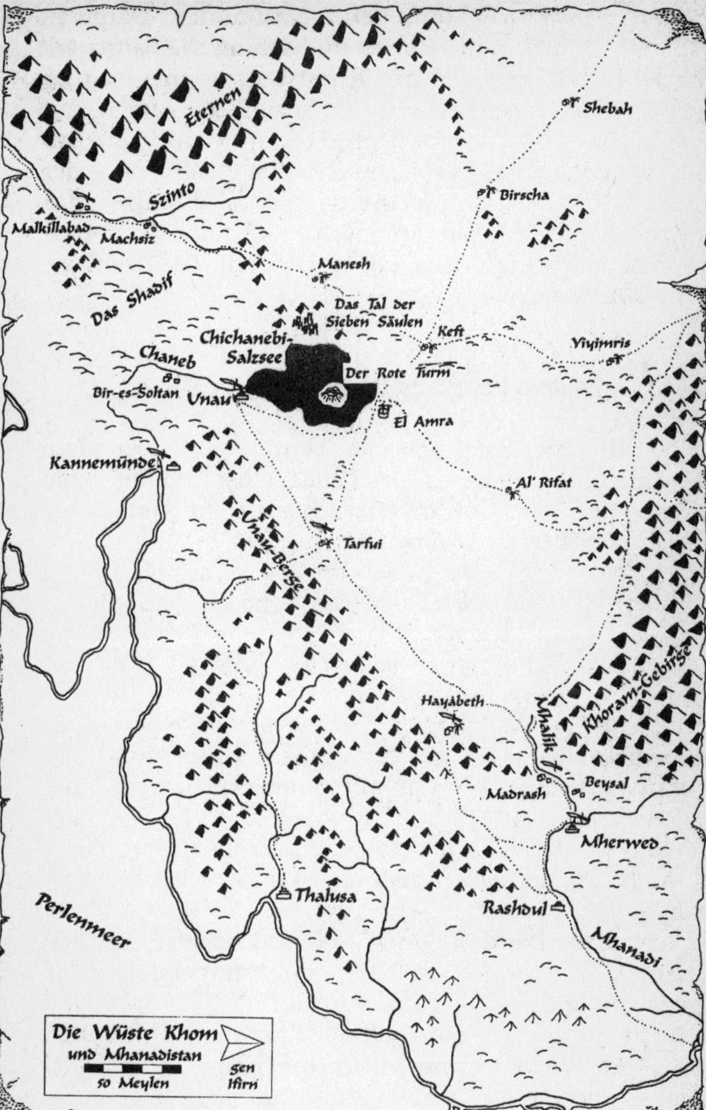
Eternen
Shebah
Szinto
Birscha
Malkillabad
Machsiz
Manesh
Das Shadif
Das Tal der
Sieben Säulen
Chichanebi-
Salzsee
Keft
Chaneb
Yiyimris
Der Rote Turm
Bir-es-Soltan
Unau
El Amra
Kannemünde
Al' Rifat
Unau-Berge
Tarfui
Khoram-Gebirge
Hayâbeth
Mhalik
Beysal
Madrash
Mherwed
Thalusa
Rashdul
Perlenmeer
Mhanadi
Die Wüste Khom
und Mhanadistan
50 Meylen
gen
Ifirn

Knien zurecht. Er hob den gekrümmten Daumen, schaute einmal in die Runde und schlug die Saiten an: Zarte Töne schwebten durch die Luft, fügten sich zu einer wehmütigen Melodie. Ich schloß die Augen, um dem Spiel zu lauschen, doch da klopfte mir plötzlich das Herz bis zum Hals: Konnte es denn wahr sein – der Große Zoriel würde tatsächlich *mein* Lied singen, das Herbstlied, vor allen Männern und Frauen! Zoriels Daumen strich über die Saiten, ich hielt den Atem an. Und Zoriel sang:

*Weißer Nebel atmet schweigend*
*über Baum und Wiese hin …*

Plötzlich kam eine seltsame Unruhe auf. Irgendwo krachte und polterte es. Das Feuer selbst und der lichte Glanz auf den Gewändern schienen zu verblassen. Doch Zoriel setzte von neuem an:

*Weißer Nebel atmet schweigend*
*über Baum und Wiese hin.*
*Sommertag so matt sich neigend*
*komm herbei nun, dunkler …*

Ein dicker Stein fiel aus dem Himmel herab und zerschmetterte Zoriels Leier mit dumpfem Schlag. Jähes Schweigen.

Und wieder klatschte etwas schwer ins Gras.

Mehr Steine kamen geflogen. Wir wurden beschossen!

Ich rollte über den Boden – etwas klammerte sich an meinen Beinen fest. Ich trat zu, strampelte und riß gleichzeitig den Dolch aus dem Gürtel.

»Oh, Ingerimms Zorn soll euch auf dem Abtritt treffen!« knurrte jetzt eine heisere Stimme in nächster Nähe, und *platsch!* schlug wiederum eines dieser Geschosse ein.

»Wenn ich die Strolche erwische, ich werde sie würgen, bis ihnen die Augäpfel aus dem Schädel kullern!«

Endlich hatte ich mich aus dem wohligen Gespinst meines Traums befreit, die Wirklichkeit hatte mich wieder. Ach, am liebsten hätte ich sofort zurückgeträumt zum großen Sommerendfest; denn was hatte diese Wirklichkeit schon zu bieten? Über mir ein schwarzes, kahles Astgewirr vor einem blaßgrauen schweren Himmel. An meiner Seite die nasse Asche eines kümmerlichen Feuers und jenseits der Feuerstelle: Larix, der Sohn des Juglans, bei einem Wutausbruch. Der breitschultrige Zwerg schmetterte gerade wieder einmal seinen Hörnerhelm ins Gras. *Klatsch!* Gleichzeitig mißbrauchte er Ingerimms göttlichen Namen in endlosen Verwünschungen.

»Gestohlen! Kein Zweifel! Kaladon, das Schwert meiner Väter! O Ingerimm, laß ihren Kot zu Stein erstarren, noch bevor er aus dem Körper tritt!«

Ich setzte mich auf. Meine Beine hatten sich in den Decken verwickelt. Während ich das schwere, klamme Tuch abstreifte, versuchte ich, Larix zu besänftigen: »Nimm's nicht so schwer, Alter! Sieh mal, dein Schwert ...«

»... war doch eigentlich eher ein überlanger Dolch.« Viburn kam um die Feuerstelle herum und mischte sich in unser Gespräch.

Ich zog unwillkürlich den Kopf ein, denn ich ahnte, was nun kam. Es gab Zeiten, da man mit dem Sohn des Juglans prächtig scherzen konnte, und es gab Momente, wo man besser die Zunge hütete. In Augenblicken, da Larix seinen beuligen Helm auf den Boden drosch, schwieg man lieber still ...

Der Zwerg aber schien Viburn gar nicht zu beachten. Er bückte sich über seinen Rucksack und kramte in seinen Sachen, dabei summte er leise vor sich hin. Plötzlich schleuderte er ohne aufzublicken Viburn die leere

Feldflasche an den Kopf. Der Havener riß gedankenschnell die Hände hoch und fing die Flasche in der Luft, knapp vor seinem Gesicht – aber er hätte besser nach unten geschaut. Denn nun war der Zwerg herangesprungen und säbelte ihm mit einem mächtigen Tritt die Beine weg. Viburn war kaum auf den Boden geprallt, da kniete der Zwerg schon auf seiner Brust.

Die Linke hatte er in Viburns dunkelblonde Locken gekrallt, die Rechte umklammerte einen Hammer, zum Schlag erhoben. Larix' Gesicht war dunkelrot angelaufen, die schwarzen Brauen sträubten sich wie erschreckte Kiefernspanner, die kleinen blauen Augen funkelten aus schmalen Schlitzen. »Nun wiederhol es, Streuner, was ist mit meinem Schwert?«

Viburn versuchte es mit einem Lächeln, entschied sich aber schnell um und setzte eine jämmerliche Miene auf. »Meine Rippen!« keuchte er. »Larix, Sohn des Juglans, du drückst mir den Brustkorb ein!«

»Was hast du über Kaladon gesagt?«

»Über wen?«

»Kaladon, das Schwert meiner Väter. Du hast es beleidigt!«

Viburn stieß ein gepreßtes Lachen aus. »Wie kann man ein Schwert beleidigen?« japste er.

Dem Burschen war nicht mehr zu helfen.

Larix hob den Fausthammer noch ein Stück höher. Wahrscheinlich hätte er Viburn tatsächlich erschlagen, wenn Junivera nicht eingeschritten wäre. Junivera und Elgor hatten den Streit von ihren Schlafplätzen aus beobachtet.

»Larix, was ist geschehen?« fragte Junivera.

»Der Streuner hat mich beleidigt!«

»Das meine ich nicht. Ich rede von deinem Geschrei zuvor und deinen lästerlichen Flüchen. Wer hat etwas gestohlen?«

Larix ließ den Hammer sinken und schüttelte den Kopf. »Das hätte ich fast vergessen«, murmelte er.

»Mein Schwert. Die Schurken haben Kaladon gestohlen.« Er gab Viburn frei, und der Havener sprang auf.

»Ich werde mal schauen, ob ich eine Spur entdecke!« rief er und war schon im Gebüsch verschwunden.

Elgor von Bethana legte sein Kettenhemd an, während Junivera den mit Löwinnen bestickten Schal der Rondrageweihten um ihre Schultern drapierte.

»Sicher waren es dieselben Strolche wie letzte Nacht«, sagte ich. »Gestern Juniveras Reisemantel und mein Bogen und nun Larix' Schwert. Sie scheinen uns gefolgt zu sein.«

»Ich hatte die vorletzte Wache«, brummelte Larix halb zu sich selbst. »Da war Kaladon noch da. Wer hatte die letzte Wache?«

Ich biß mir auf die Lippen, aber Junivera sprach den Namen aus: »Viburn.«

Larix schaute sich nach allen Seiten um, aber der Havener war nirgendwo zu sehen.

Der Krieger Elgor hakte die Schnalle des Schwertgürtels ein, dann gesellte er sich zu uns. »Wenn ihr nicht so langsam marschiert wäret, hätten die Diebe uns nicht folgen können«, sagte er.

Immer wenn die Rede auf unser langsames Marschtempo kam, fühlte Larix sich angesprochen. »Wenn du uns nicht geraten hättest, die Straße zu verlassen und quer durch den Wald zu trotten, wären wir längst am Ziel«, entgegnete er.

Elgor öffnete den Mund, aber Junivera schnitt ihm das Wort ab: »Diese ewigen Streitereien bringen uns nicht weiter. Entweder brechen wir jetzt auf, oder wir bleiben und suchen nach den Dieben. Für eure Maulfechtereien ist unsere Zeit zu schade.«

Weder Elgor noch Larix hielten dem ernsten Blick aus Juniveras braunen Augen stand. Der Zwerg begann leise fluchend seinen Packsack einzuräumen. »Es kann Tage dauern, bis wir die Diebe finden«, murmelte er. »Ich bin dafür, daß wir weiterziehen.«

Ich stimmte ihm zu und sprang auf. »Ich werde Viburn zurückholen.«

Inzwischen war es hell geworden, und so dauerte es nicht lange, bis ich ihn gefunden hatte. Viburn kniete an einem Bachlauf auf dem Boden und untersuchte einen Fußabdruck. Der Streuner hatte den Hut abgenommen, die langen Locken zurückgeworfen und hielt die kantige, leicht gebogene Nase dicht über dem Boden. In der Nacht war ein wenig Schnee gefallen. Seit dem Morgengrauen regnete es zwar, aber auf den dickeren Ästen, den ledrigen Blättern der Stechpalmen und auf einigen Stellen am Boden war der Schnee noch nicht geschmolzen. Mitten in einem solchen Schneefleck war ein deutlicher Fußabdruck erkennbar. Offenbar handelte es sich um einen schmalen, nicht sehr großen Menschenfuß. Die Zehen wiesen zum Bach.

»Schau dir das an«, sagte Viburn, »diese armseligen Strolche stapfen barfuß durch den Schnee.«

»Wohin führt die Spur?« fragte ich.

»Keine Ahnung. Das ist der einzige brauchbare Abdruck, den ich gefunden habe.« Viburn schüttelte sich. »Denk dir, Arve, die sind an dieser Stelle in den Bach gestiegen und dann im Wasser weitergegangen – eine scheußliche Vorstellung, nicht wahr?«

»Wie kommst du eigentlich darauf, daß es mehrere Diebe sind?«

Viburn stand auf und klopfte sich feuchten Schmutz von den Knien. »Stimmt, dafür gibt es keinen Beweis. Ich bin einfach davon ausgegangen, daß niemand es wagen würde, unsere furchterregende Truppe ganz allein zu überfallen. Vielleicht haben wir es tatsächlich mit einem Einzelgänger zu tun.«

Wir gingen noch ein Stück am Bach entlang, konnten die Fußspur aber nicht wiederfinden. Schließlich kehrten wir zum Lager zurück. Schon von weitem schallte uns ein vertrauter Wortwechsel entgegen.

»Ich steige nicht auf diese Mißgeburt – ein für allemal!«

»Aber Larix, sei doch vernünftig. Hier im Wald kommst du auf deinen... äh... kommst du einfach nicht schnell genug voran.« »Sprich dich ruhig aus, Elgor von Bethana! Auf deinen kurzen Beinen, wolltest du sagen. Ein Packesel ist ein Packesel, mein Lieber! Du wirst es nicht erleben, mich auf diesem Grautier zu sehen! Ich bin doch kein Proviantsack!«

»Was hättest du denn gern, ein Vollblutshadif oder ein Kampfkamel?«

»Ihr beide seid unerträglich«, fuhr Juniveras dunkle Stimme dazwischen. »Dann geht Larix eben zu Fuß, aber wenigstens könntet ihr schon einmal das Gepäck auf den Esel schnallen. Ich frage mich, wo Viburn und Arve bleiben.«

Wenig später waren wir unterwegs. Wie gewöhnlich ging ich an der Spitze. Da ein gehöriger Schuß Elfenblut in meinen Adern fließt, fiel mir die Rolle des Pfadfinders zu, seit wir kurz hinter Rommilys die Straße verlassen hatten. Mir wäre es allerdings nicht im Traum eingefallen, so kurz nach dem Beginn unserer Reise schon einen Schleichpfad durch den Wald zu suchen. Im Spätherbst ist der Wald dunkel, feucht und kalt. Die Wölfe sind hungrig, und auf eine warme Herberge darf man nicht hoffen. Wir hätten auf der Straße bleiben sollen, die sich eine Tagesreise nördlich von uns durch das breite Tal zwischen Trollzacken und Schwarzer Sichel wand. Später, kurz vor Beilunk, hätten wir immer noch untertauchen und unsere Spuren verwischen können. Aber Elgor bestand auf äußerste Heimlichkeit. Außerdem hatte er eine alte Karte aufgetrieben, die einen vergessenen Pfad längs der Nordflanke der Trollzacken zeigte. Was konnte einfacher sein, als diesem Pfad zu folgen – noch dazu für einen Halbelf?

Es hat keinen Sinn, einem Edelmann und Mitglied

des Kriegerstandes zu widersprechen. Krieger sind die geborenen Anführer; damit muß man leben.

Natürlich war der Pfad seit Jahrzehnten zugewachsen. Schon nach wenigen Stunden hatten wir ihn verloren – falls es ihn jemals gegeben hatte. Ich versuchte, nordöstliche Richtung zu halten, und führte die Gruppe ständig bergauf. Auf diese Weise mußten wir irgendwann auf die andere Seite der Trollzacken gelangen, so hoffte ich jedenfalls. Auf hinderliches Gestrüpp konnte ich bei meiner Pfadfinderei keine Rücksicht nehmen, ich suchte immer den kürzesten Weg. Und deshalb kamen wir nicht eben schnell voran. Seit Stunden mühten wir uns nun durch einen dichten Lärchenwald. Ich wußte nicht mehr, wie viele schwarze, kratzige, seltsam knorplige Lärchenzweige ich schon zur Seite gebogen hatte. Die Arme wurden mir schwer. Der Boden war mit einer dichten gelben Schicht abgefallener Nadeln bedeckt, wenigstens unsere Füße schritten bequem auf einem weichen Polster dahin. Hinter mir ging Elgor. Bei jedem Schritt prallte seine Schwertscheide klappernd gegen sein Kettenhemd. Ihm folgte der ewig brummelnde Larix. (»Ich gehe vielleicht nicht sehr schnell, aber wenigstens leise. Manche Leute scheppern durch den Wald wie der Karren eines Kesselflickers.«)

Junivera hatte es übernommen, unseren Packesel zu führen. Sie war die einzige, der das seltsame Tier willig folgte. Am Schluß, immer ein wenig zurückhängend, ging Viburn, der Streuner aus Havenas dunklen Straßen.

Viburn hatte ein einfaches Motto: ›Ich bin mein einziger Freund, denn ich bin der einzige Mensch, auf den ich mich wirklich verlassen kann.‹ Trotzdem würde ich Viburn als meinen Freund bezeichnen. Ich kenne ihn von Kindesbeinen an. Als Halbelf ist man nichts Rechtes, weder Mensch noch Elf, und findet nur schwer einen Freund … Ich habe Viburn schon früher oft aus den Augen verloren, doch immer, wenn ich ihm wieder begegnet bin, war nichts Fremdes zwischen uns getreten. Wir konnten uns an einen Tisch setzen und ein Gespräch fortsetzen, das wir vor Jahren unterbrochen hatten, weil Viburn damals wieder einmal ›ganz dringend frische Luft schnappen‹ mußte.

Ihm hatte ich es zu verdanken, daß mir jetzt die Lärchenzweige das Gesicht zerkratzten. Als ich ihn in einer Schenke in Havena traf, hatte er nämlich gerade ›eine tolle Sache aufgetan‹. Wie gewöhnlich war Viburn auf ungewöhnliche Weise an die tolle Sache geraten:

Fürst Halman ui Bennain von Albernia besuchte gern verkleidet die übelsten Kaschemmen seiner Residenzstadt Havena. Er liebte diesen Hauch von Abenteuer und auch die Frauen der Nacht, die sich so sehr von seiner eigenen und den Hofdamen unterschieden. Halmans heimliche Ausflüge waren natürlich in der Unterwelt bekannt, und die Wirte sorgten dafür, daß der Fürst an kernigen Raufereien teilnehmen und geheimnisvollen Frauen begegnen konnte. Mein Freund Viburn nun wollte dem Fürsten zu einem Abenteuer eigener Art verhelfen: einem echten Raubüberfall. Der Plan konnte gar nicht schiefgehen. Zuerst kippte Viburn den beiden Leibwächtern des Fürsten, die Halman – ebenfalls verkleidet – auf allen Ausflügen begleiteten, ein Schlafpulver ins Bier. Dann brauchte er nur noch abzuwarten, bis sich der Fürst in den frühen Morgenstunden – und notgedrungen ohne Geleit – auf den Heimweg machte. In einer dunklen Gasse sprang Viburn aus dem Schatten, hielt dem schwankenden Fürsten einen Dolch an die Kehle und sprach das klassische »Geld oder Leben!« Fürst Bennain prallte erschrocken zurück, tastete mit der Linken verzagt nach seinem Beutel, packte aber plötzlich mit der Rechten Viburns Hand, preßte sie erbarmungslos zusammen und erwiderte »Weder – noch!«

Fürst Bennain kommt durch keine Tür, ohne sich zu

bücken, ist fast so schwer wie ein Pferd und so kräftig wie ein Stier. Das sind die wesentlichen Voraussetzungen, die Viburn bei seinem Plan nicht berücksichtigt hatte.

Tags darauf wurde Viburn aus dem Kerker und vor den Fürsten gezerrt. Der Hauklotz war aufgestellt, ein vermummter Mann mit einer Axt stand bereit. Auch wenn Viburn wußte, daß man es nach albernischem Recht nicht auf seinen Kopf, sondern nur auf seine rechte Hand abgesehen hatte, verspürte er doch ein flaues Gefühl im Magen.

Fürst Bennain stand, flankiert von mehreren Höflingen, vor dem Klotz und blickte Viburn finster entgegen. Der Streuner wurde von drei Soldaten unerbittlich vorwärts geschoben. Da trat eine stattliche Frau hinaus auf den Burgplatz, auf dem die Bestrafung stattfinden sollte. Sie hob die Hand. »Halt, ich will vorher noch ein paar Worte mit dem Schurken reden.« Sie wandte sich Viburn zu. »Was hast du verbrochen?«

»Er hat mich überfallen, und dafür muß er jetzt bezahlen«, knurrte der Fürst. »Am besten gehst du wieder hinein, meine Liebe.«

Die Dame – offenbar die Fürstin selbst – ließ sich nicht abweisen. »Dich habe ich nicht gefragt, Halman, mein Lieber, ich will es von ihm hören.« Sie deutete auf Viburn. »Also sprich: Wie hat sich die Sache zugetragen? War mein Mann etwa allein? Wo bist du ihm begegnet, und wann ist das geschehen?«

Viburn setzte zu einer Antwort an, da erspähte er aus den Augenwinkeln ein seltsames Zucken im Gesicht des Fürsten. Er schaute genauer hin. Nein, es konnte keinen Zweifel geben: Fürst Bennain zwinkerte ihm zu.

»Willst du endlich reden? Darf es wahr sein? Jetzt feixt dieser Schurke sogar!« Die Fürstin rauschte heran, und Viburn brachte blitzschnell seine Gesichtszüge in Ordnung. Er fühlte sich seltsam beschwingt. Wenn er jetzt keinen Fehler machte, dann war er gerettet. Er räusperte sich. »Ich will Euch alles gestehen, edle Dame, und nichts verschweigen. Das schwöre ich bei allem, was mir heilig ist...« Zeit gewinnen, dachte Viburn, Zeit gewinnen. »So also hat es sich zugetragen...: Die Sonne war eben untergegangen, da sah ich den Fürsten vor dem Praiostempel – im Gespräch mit einigen Ratsherren. Zwei Wächter standen an seiner Seite, schwer bewaffnet!« Fürst Bennain nickte unmerklich, und Viburn fuhr fort: »Ich wartete, bis das Gespräch zu Ende war und der Fürst seine Schritte zum Palast lenkte. Es dauerte eine Weile, denn die Herren disputierten hitzig und verbissen. Endlich trennten sie sich. Der Fürst und die beiden Wachen schlugen den Weg zum Palast ein. Ich schlich ihnen nach. In einer dunklen Gasse beschloß ich zu handeln. Blitzschnell sprang ich vor, schlug den einen Wächter nieder, dann den andern, und schon wollte ich dem Fürsten – o Herr, vergebt mir! – das Messer an die Kehle setzen. Aber der Fürst packte mich – so« (Viburn umklammerte mit der Rechten seine Linke) »und wollte mir schier die Hand zerbrechen. Dann nahm er mich gefangen und schleppte mich in den Palast. Darum stehe ich nun hier und muß um Gnade flehen.«

»Genauso hat es sich zugetragen«, bestätigte der Fürst. Er lauschte einem Höfling, der ihm etwas ins Ohr flüsterte. »Oh, ich höre gerade, ich habe wichtige Geschäfte zu erledigen. Ich fürchte, wir müssen die Bestrafung verschieben.«

Er gab Viburn einen herzhaften Tritt ins Gesäß. »Aber aufgeschoben ist nicht aufgehoben, du Galgenstrick! Führt ihn hinweg und werft ihn in das finsterste Loch!«

Viburn wurde von den Soldaten fortgezerrt und hörte gerade noch, wie die Fürstin sagte: »Ein schlechter Mensch! Du solltest ihm beide Hände abhacken lassen, mein Lieber – und vielleicht den linken Fuß...«

Später am Tage besuchte Fürst Halman ui Bennain

den Streuner Viburn im Verlies, um ihm einen Handel vorzuschlagen. Der Fürst eröffnete das Gespräch: »Ich könnte dich totschlagen und heimlich wegschaffen lassen. Das weißt du.«

Viburn schüttelte die Locken aus dem Gesicht. »Aber das habt Ihr nicht wirklich vor, sonst sprächet Ihr zu mir nicht davon.«

Der Fürst lächelte. »Meine Frau hat recht, du bist ein schlechter Mensch – aber dein Kopf arbeitet schnell. Wenn ich dir deine rechte Hand und die Freiheit schenke, würdest du mir einen Gefallen tun?«

»Das kommt darauf an.«

Fürst Halman hob verwundert die Brauen. »Bursche, treib es nicht zu weit! Mir scheint, du vergißt deine Lage!«

»Nein, keineswegs«, versicherte Viburn rasch, »aber vielleicht bin ich besser bedient, wenn ich auf meine Hand und die Freiheit verzichte, als wenn ich Euch gefällig bin, hoher Herr. Bevor ich einschlage, möchte ich doch mehr über diese Gefälligkeit wissen, das müßt Ihr verstehen.«

Der Fürst zog einen Hocker heran und ließ sich nieder. »Jedermann glaubt, ich hätte zwei Kinder, den Prinzen Cuano und die Prinzessin Algei. Aber ich habe noch eine zweite Tochter. Sie heißt Yppolita und lebt in der Fremde. Es gibt nur wenige Menschen, die von Yppolita wissen – meine Frau gehört nicht dazu. Ich habe Yppolita noch nie gesehen; ihre Mutter wünschte es nicht. Vor drei Jahren starb die Mutter, und ich schickte meiner Tochter einen Brief. Ich erhielt bald eine Antwort und ließ einen zweiten Brief überbringen. Meine Tochter wollte mich gern kennenlernen, ich schickte einen dritten Brief, in dem ich ein Treffen vorschlug. Doch nun erhielt ich keine Antwort mehr. Ich suchte den Treffpunkt trotzdem auf – ich hatte das Turnier in Gareth vorgeschlagen –, aber meine Tochter erschien nicht. Seit zwei Jahren habe ich von Yppolita nichts mehr gehört. Ich fürchte fast, sie lebt nicht mehr. Aber ich möchte Gewißheit haben. Darum bat ich ein paar enge Vertraute, Nachforschungen für mich anzustellen. Die Gruppe will morgen aufbrechen, und ich bitte dich, sie zu begleiten. Alle drei sind nämlich zuverlässige Leute, in gewissen Dingen aber unerfahren. Sie haben eine weite Reise vor sich, und mir scheint, daß sie jemanden wie dich gebrauchen könnten – auch wenn sie das vielleicht nicht glauben.«

Viburn war überrascht. »Das scheint mir kein schwieriger Auftrag zu sein, mein Fürst. Welchen Haken hat er?«

Fürst Bennain runzelte die Stirn, fuhr aber mit ruhiger Stimme fort: »Ich würde es nicht *Haken* nennen, aber ich weiß, was du meinst. Meine Tochter ist eine Königin, die Königin der Amazonen.«

Viburn hätte fast einen Pfiff ausgestoßen, aber er beschränkte sich darauf die Lippen zu spitzen und bedächtig zu nicken. »Niemand weiß, wo der geheime Palast der Amazonen liegt«, sagte er. »Jeder Fremde, der ihn ungebeten betritt, ist verloren, und wer den Amazonen in die Hände fällt, der stirbt einen schweren Tod – so heißt es jedenfalls. Das darf man doch – in aller Bescheidenheit – als *Haken* bezeichnen.«

Fürst Bennain unterdrückte ein Lächeln. »Hast du gedacht, ich schenke dir die Freiheit ohne Gegenleistung?« Er sprang auf und trat an das Gitterfenster in der Kerkertür. Die Hände hatte er auf den Rücken gelegt und schlug mit den Fingern der linken in die Handfläche der rechten. »Was ist nun mit unserem Handel?« fragte er nach einer Weile, »entscheide dich!«

Viburn dachte nach, zumindest tat er so. »Wer sagt Euch, daß ich mich nicht aus dem Staube mache, sobald Ihr meine Zelle öffnet?«

Du wirst mir dein Ehrenwort geben, wollte Fürst Bennain sagen, aber dann fiel ihm ein, daß er mit einem Streuner verhandelte. »Stimmt«, murmelte er, »aber wieso stellst gerade du mir diese Frage? Das verstehe ich nicht.«

Nun war es an Viburn ein Schmunzeln zu unterdrücken. Vorsichtshalber wandte er das Gesicht von seinem Gegenüber ab. »Weil ich Euch eine bessere Sicherheit vorschlagen kann als zum Beispiel ein Ehrenwort. Ihr zahlt mir meinen gesamten Lohn erst bei meiner Rückkehr aus.«

»Deinen Lohn?« Halman, Fürst von Albernia, riß die Augen auf.

»Stellt Euch vor, Ihr versprecht mir einen guten Lohn, wenn ich Eure Gruppe sicher zum Palast und wieder heim geleite, aber die Dukaten bekomme ich erst dann, wenn wir wieder in Havena eintreffen. Sagt selbst, wie könnt Ihr jemanden von meinem Schlage fester in die Hand bekommen?«

Der Fürst gab keine Antwort. Er hatte sich wieder auf den Hocker gesetzt und das Kinn in die Hand gestützt. Eine Zeitlang herrschte Schweigen in der Zelle, dann fragte er: »Wieviel verlangst du?«

»Hundert Dukaten.«

»Das ist viel Gold.«

»Je höher der Lohn, desto größer die Sicherheit.«

Ein paar Stunden später stellte Fürst Bennain dem Streuner die Gruppe vor, die er führen sollte: den Ritter Elgor von Bethana, einen rothaarigen, breitschultrigen Burschen von fünfundzwanzig Jahren, zweifachen Turniersieger von Gareth und Neffen des Fürsten (die roten Haare und die scharfgebogene Nase ließen aber darauf schließen, daß ein beträchtlicher Anteil thorwalischen Piratenbluts in Elgors Adern strömte), den Zwerg Larix, Sohn des Juglans (auch Larix war ein Edelmann und Elgors bester Freund; mit seinen sechzig Jahren konnte Larix als jugendlicher Zwerg gelten; er empfand sich als gleichaltrig mit Elgor und wich kaum einmal von seiner Seite; die beiden galten als unzertrennlich, auch wenn sie sich dauernd wegen irgendeiner Kleinigkeit in den Haaren lagen), und Junivera, die Rondrageweihte, Fürst Bennains Hofpriesterin. Junivera, eine schwarzhaarige, großgewachsene Frau, war der Meinung, daß niemand in Aventurien der Kriegsgöttin Rondra besser diente als die Amazonen. Sie hatte ihr Lebenlang davon geträumt, einmal den Palast der Amazonen zu betreten.

Viburn war von der Schar der ihm Anvertrauten wenig begeistert. »Ein zänkischer Zwerg«, sagte er später zu mir, »ein blasierter Muskelprotz und ein kräftiger Backfisch mit einem religiösen Fimmel… Lieber ginge ich allein!«

Wir saßen an einem Tisch im Goldenen Drachen, und Viburn versuchte, mich zum Mitkommen zu überreden. »Ich gebe dir die Hälfte meines Goldes«, sagte er zum Beispiel, »also zehn Dukaten!« Da ich Viburn kannte, ahnte ich, daß für ihn vermutlich das Zehnfache dabei heraussprang, aber weil Viburn mich nicht minder gut kannte, wußte er ebenfalls um meine stille Vermutung – dennoch hätte er in einer solchen Situation niemals mit offenen Karten gespielt, sein Ehrgefühl hätte es nicht zugelassen – Streuner sind eben seltsam in Fragen der Ehre.

»Was soll ich bei der Sache?« fragte ich. »Ihr seid ohnehin schon zu viert, dabei erledigt man so etwas besser allein.«

»So ist es«, stimmte Viburn zu. »Ich brauche dich, um die anderen drei im Zaum zu halten.«

»Und nicht etwa, weil du dich in jedem Wald jämmerlich verlaufen würdest?«

»Ach nein – du weißt, daß das nicht stimmt. Ich biete dir fünfzehn Dukaten – auch wenn für mich dann kaum etwas übrigbleibt.«

»Wie sollen wir den Palast jemals finden? Ich habe keine Ahnung, in welcher Richtung wir suchen müssen.«

»Fürst Bennains Botenreiterinnen kannten den Ort. Leider sind beide von ihrem letzten Ritt nicht zurückgekehrt. Aber bevor sie aufgebrochen waren, hatten sie Bennain immerhin berichtet, daß Kurkum am Fuß der Berge von Beilunk liegt.«

»Kurkum?«

»So nennen die Amazonen ihre Burg.«

»Die Berge von Beilunk sind groß. Auf der Nord- oder auf der Südseite?«

Viburn schlug mir auf die Schulter. »Aha, altes Langohr, du bist gewonnen! Siebzehn Dukaten, schlag ein!«

»Siebzig!«

Der Streuner sah mich entgeistert an. »Dir ist ein Borbaradmoskito ins Ohr geflogen! Warst schon immer ein Wirrkopf, aber allmählich muß ich mir Sorgen machen. Schade um deinen regen Verstand – zumindest um die Elfenhälfte, der menschliche Anteil war nie viel wert. Hast du überhaupt in deinem Leben als Kiefernzapfensammler jemals mehr als zehn Dukaten auf einem Haufen gesehen?«

»Siebzig.«

Viburn trank sein Bier aus und sprang auf. »Ins Ohr geflogen und von dort mitten ins Hirn. Es ist ein Jammer! Dreißig!«

»Fünfundsechzig.«

»Einunddreißig.«

Als wir uns schließlich einigten, waren wir schon ziemlich betrunken. Der Wirt fing eben an, die ersten Gäste zur Tür hinaus in die kalte, unfreundliche Nacht zu stoßen. Da Viburn und ich in einem stillen Winkel saßen, hätten wir uns noch eine Weile im Goldenen Drachen halten können, aber wir beschlossen, vernünftig zu sein, denn schließlich stand uns eine lange und schwere Reise bevor – und außerdem rückte der Wirt ohnehin kein Bier mehr heraus.

## 2. Kapitel

*Die Mädchen hatten eine glückliche Kindheit. Fast täglich zogen sie hinaus auf die Jagd. Sie ritten auf den stolzesten Pferden, und Hana, unsere Schwertmeisterin, gab ihr ganzes Wissen an Ulissa und Yppolita weiter. Bald schwang Ulissa den schweren Reitersäbel schnell wie der Wind, und Yppolita konnte ein Schilfrohr mit einem Hieb der Länge nach spalten. Früh schon wurde Yppolita auch in Staatsgeschäften unterwiesen, da sie eines Tages den Thron der Mutter besteigen sollte.*

Während des Vormittags ließ der Regen nach. Als die letzten Tropfen fielen, sprangen plötzlich Böen auf. Bald zerriß ein kräftiger Wind die bleierne Wolkendecke. Kalt pfiff er zwischen knarrenden Stämmen hindurch; hoch über unseren Köpfen stießen dürre Zweige klappernd aneinander.

Larix sog prüfend die würzige Luft ein. »Heute nacht gibt es den ersten Frost«, stellte er fest. »Es riecht nach Firuns Atem.«

Unser Weg führte uns durch einen kahlen Kalkbuchenwald. Die mächtigen, weißgefleckten Baumstämme standen in großen Abständen, und wir kamen gut voran. Zu unserer Rechten stiegen, von den Baumwipfeln halb verdeckt, die düsteren Gipfel der nördlichen Trollzacken auf, zur Linken öffnete sich vor unseren Blicken das weite Tal zwischen dem Massiv der Trollzacken und den südlichen Ausläufern der Schwarzen Sichel. Wir konnten viele Tagesreisen weit nach Norden sehen, sogar die Straße von Wehrheim nach Warunk war gut zu erkennen. Längs dieser Straße wirkten die einsamen Gehöfte der mutigen Einödbauern wie aufgereiht, winzige Häuschen mit erdig-braunen Strohdächern, die einem Beobachter niemals aufgefallen wären, hätte nicht jedes von ihnen inmitten einer kleinen Rodung gestanden.

Wie kleine Brandflecken im dicken braungrünen Wolltuch des Waldes markierten die Äcker der freien Bauern den gewundenen Verlauf der Straße. Und über allem lag ein Muster aus Schatten und gemächlich über die Landschaft treibenden Inseln aus Sonnenlicht. Hoch in der Luft zogen zwei riesige Bergadler ihre Bahn. Bisweilen wehten ihre langgezogenen, schrillen Schreie heran. Es lag eine seltsame Sehnsucht in diesen Rufen, gerade so, als ob die Könige der Lüfte der Welt von der grenzenlosen Einsamkeit der Erhabenen künden wollten. Manchmal hatte ich Mühe, schmerzvolle Tränen zu unterdrücken, wenn der Adlerruf an meine Ohren drang – undeutbare, namenlos drängende Wünsche stiegen dann in mir auf.

Unwillkürlich verhielt ich meinen Schritt, und Elgor von Bethana trat mir schmerzhaft in die Hacken. »Verdammt, Arve, kannst du nicht aufpassen«, schimpfte er, anstatt sich bei mir zu entschuldigen – so ist es eben Kriegerart.

Elgor machte es einem nicht leicht, ihn zu mögen. Wenn ich nur an den Abend in Rommilys denke: Viburn hatte einen betrunkenen Waldelf aufgetrieben und an unseren Tisch geschleppt, eine abstoßende, sabbernde Gestalt. Der Bursche hatte sich fast um den Verstand gesoffen – von der Würde seines Volkes war ihm nichts geblieben, aber er hatte schon einmal vor den Mauern von Kurkum gestanden und wußte erstaunliche Dinge vom Amazonenreich zu berichten. Unser ›Verhör‹ ließ sich prächtig an, schließlich waren Viburn und ich nicht unerfahren in solchen Dingen: eine Auskunft für einen Becher Rommilys-Bier (ein abscheuliches Gesöff, das aus vergorenem Gerstenbrot hergestellt wird).

Natürlich merkte der Waldelf nichts von unserer Verhörmethode. Für ihn war das Ganze eine lockere Plauderei, die von gelegentlichen Trinkpausen unterbrochen wurde, wenn er vom Thema abkam. Bald hatte er es gelernt, den Bierfluß gleichmäßig zu steuern.

So erfuhren wir, daß beim Tod der Amazonenkönigin Gilia nicht alles mit rechten Dingen zugegangen sein sollte. Angeblich hatten ihre machthungrigen Töchter, die nach Gilias Tod gemeinsam die Herrschaft über Kurkum antraten, eine Hand im Spiel. »Es sind-nd Hek-sen, alle b-beide«, sabberte unser Informant, »aber Ulis-sissa ist die schlimmere!«

Seit zwei Jahren hatte der Waldelf kaum noch etwas aus Kurkum gehört, aber es gab wilde Gerüchte: Ulissa hatte danach ihre Schwester umgebracht, und Yppolita dann Ulissa im Streit erschlagen; beide Herrscherinnen waren also tot, die führungslosen Amazonen völlig verwildert und in Barbarei versunken. Das Gerstenbier zeitigte nun eine unerwünschte Nebenwirkung: Die Erzählungen des Säufers wurden zunehmend konfuser. Sein Becher war wieder einmal leer.

»Wie bist du nach Kurkum gelangt?« fragte Viburn beiläufig. »Das war sicher keine einfache Reise?«

»Schwer, schwer«, nickte der Waldelf, »und sehr gefähr-lich!« Dabei schob er den leeren Becher über den Tisch.

»Du bist von Beilunk aus in die Berge gezogen, nicht wahr?«

»In B-beilunk brau-en sie ein gutes Bier!«

»Von Beilunk in Richtung Osten, oder?«

»Meine Kehle ist so so trok-ken, ich kann kaum sprechen.«

Der Säufer griff sich an den Hals, es sah aus, als müßte er ersticken. Viburn wandte sich leise an Elgor.

»Ich fürchte, wir brauchen noch etwas Geld, wir müssen ihm ein frisches Bier kaufen.«

Unsere Unterhaltung mit dem Waldelf dauerte nun über zwei Stunden. Und sie war nur sehr mühselig vorangekommen. Da Viburn kein Geld hatte und ich nur zwei Silbertaler besaß, hatte Elgor das kostspielige Gespräch finanziert.

Er hatte uns gewähren lassen, aber ich konnte mehrfach beobachten, wie er mit Mühe eine Bemerkung unterdrückte. Doch jetzt war er mit seiner Geduld am Ende. Er beugte sich vor, packte den Trinker mit beiden Händen am Kragen und zog ihn quer über den Tisch. Alle Gäste in der Schenke schauten zu uns herüber.

»Ich habe es satt!« brüllte Elgor dem Elf, der hilflos die Augen verdrehte, ins Gesicht. Du bekommst noch ein Bier! Aber vorher erzählst du uns haarklein, was wir wissen wollen: Was geschah mit Yppolita? Wo liegt der Palast? Wie kommen wir auf dem schnellsten Weg dorthin? Also los, rede, dann kannst du dich meinetwegen zu Tode saufen!«

Nie zuvor an diesem Abend hatte der Waldelf so nüchtern ausgesehen. Er befreite sich aus Elgors Griff und stand auf.

»Ihr seid an den Falschen geraten«, sagte er laut und sah sich gehetzt im Schankraum um. »Ich bin doch nicht käuflich. Außerdem weiß ich überhaupt nicht, wovon ihr sprecht. Euch sollen die Oger fressen!« Mit diesen Worten warf er sich herum, stürzte zur Tür und verschwand in der Nacht.

Wenig später folgten ihm drei schwarzgekleidete Gestalten – vermutlich Frauen –, die während des ganzen Abends dicht bei der Tür gesessen hatten. Als wir am nächsten Morgen in den Pferdestall unserer Herberge kamen, fanden wir den Säufer mit durchschnittener Kehle in seinem Blute liegend. Auch unsere Pferde waren tot und hatten das Stroh in den Ställen mit ihrem Blut getränkt. Nie zuvor im Leben hatte ich solche Lachen aus dunklem Blut gesehen – der Geruch war unerträglich. Übelkeit schnürte mir die Kehle zu. ›KEHRT UM!‹ hatte jemand mit Blut auf die weißgetünchte Stallwand geschrieben …

Natürlich sind wir nicht umgekehrt, aber wir mußten unsere Reise zu Fuß fortsetzen, und Elgor ordnete an, unseren Weg von nun an abseits der Straße zu suchen. Wie gesagt – er macht es einem nicht leicht, ihn zu mögen. Nun ja, andererseits bin ich selten einem höflicheren Menschen begegnet. Bei allen Mahlzeiten nimmt er als letzter von den Speisen und niemals zu viel. Er unterhält das Feuer, sucht mitten in der Nacht nach neuen Scheiten und meldet sich an jedem Abend freiwillig für die Hundswache am frühen Morgen, der Zeit, in der man sich krank fühlt vor Müdigkeit. Beim Aufbruch hebt er einem den Packen auf die Schultern und prüft, ob alle Gurte richtig sitzen. Dann erst schultert er seinen Rucksack. Er redet Wirt und Wirtin mit ›Ihr‹ an, statt die Leute zu duzen – und beschwert sich weder über zu wenig Salz in der Suppe noch über zu viele Tierchen im Bett. Er klagt überhaupt niemals, nicht über das Wetter, nicht über das Essen oder die Leute. »Was soll ich mich verdrießen lassen von Dingen, die ich nicht ändern kann?« so sagt er manchmal. »Ich muß mich um die Sachen kümmern, die ich ändern kann.« Ein seltsamer Mensch!

Inzwischen war es Mittag geworden. Als Larix zum dritten Mal nach einer Rast verlangte, gaben wir ihm nach. Wir beschlossen, kein Feuer anzuzünden – das bedeutete kalte Kost: Brot, Käse und für jeden einen kleinen Bissen Räucherfleisch. Auf das Fleisch mußten wir jedoch verzichten, denn es erwies sich, daß die nächtlichen Diebe auch an unserem Schinkenrestchen Gefallen gefunden hatten. Die Entdeckung löste einen neuerlichen Tobsuchtsanfall bei Larix aus. Diesmal verstieg er sich sogar zu der Drohung, er wolle »die Burschen fangen, braten und mit Haut und Haaren verspeisen«. Mitten in seinen Verwünschungen brach er plötzlich ab. Ein stilles Lächeln huschte über sein rotes Gesicht.

»Was meint ihr, ob die Diebe uns wieder gefolgt sind?«

Ich zuckte die Achseln.

Larix rieb sich die kurzen Hände. »Ich denke, ich werde den Strolchen heute nacht eine kleine Überraschung bereiten. Wartet's nur ab!«

Als wir wieder aufbrachen, hatte der Wind alle Wolken vom Himmel gefegt. Die Sonne, die um diese Jahreszeit nicht mehr weit am Himmelsdach hinaufwanderte, schien gleißend hell. Der Wind kniff mir in die Wangen und trieb mir das Wasser in die Augen. Kein Zweifel, der Winter war eingekehrt. Seit unserer Rast gingen wir ständig bergab. Der Wald wurde wieder dichter, er bot jetzt einen guten Schutz gegen den Wind, aber er hemmte auch unseren Schritt. Uralte Stämme lagen kreuz und quer übereinander, mächtige Wurzelteller ragten so hoch auf wie kleine Häuser. In den Kratern, die sie gerissen hatten, standen kleine Teiche, gefüllt mit stillem, dunklem Wasser, auf dessem Grund sich träge, rotbäuchige Molche wälzten. Aus vermodernden Baumleibern sproß bleiches Dorngestrüpp. Als hätten spielende Kobolde sie dort aufgesteckt, standen dicht an dicht fleischfarbene Pilze mit schlaffen, großen Hüten auf dem schwarzen Holz. Über uns hatte das Rauschen des Sturmes zugenommen, aus der Ferne war mehrmals das Krachen schwer stürzender Bäume zu hören. Manchmal hört man einen Höfling oder Städter sagen, er liebe den Wald. Ich denke, solche Leute wissen nicht, wovon sie sprechen. Wenn man durch einen Wald geht, gibt er einem vor allem eines zu verstehen: ›Ich war schon hier, bevor du kamst, und ich werde hier sein, wenn du nicht mehr bist und niemand mehr da ist, der von dir spricht. Ich brauche dich nicht, ja, ich bemerke dich nicht einmal …‹ Wie also kann man jemanden lieben, der einem so wenig Beachtung schenkt.

Während wir uns mühselig einen Weg durch das vom steten Brausen des Windes erfüllte Waldesdunkel suchten, waren wir alle nach und nach still geworden, so als ob die abweisende Fremdheit des Waldes allmählich immer tiefer in unser Gemüt gesickert wäre. Mit einer unausgesprochenen Erleichterung registrierten wir nun, daß sich das Gehölz vor uns lichtete. Kräftiges Grün schimmerte durch die Stämme. Bald kamen wir an den Rand einer weiten Lichtung. Mitten auf der runden, smaragdgrünen Grasfläche standen drei schwarze Wölfe und blickten uns aufmerksam entgegen.

Ich blieb stehen, wich aber zur Seite aus, weil ich nicht wieder Elgors Fußtritt spüren wollte.

»Wölfe«, stellte der Ritter nüchtern fest, nachdem er neben mich getreten war.

»Waldwölfe«, ergänzte ich, »die schlimmsten von allen.«

Elgors Schwert glitt scharrend aus der Scheide. Inzwischen waren Junivera, Larix und Viburn herangekommen. In einem Halbkreis standen wir am Waldrand und betrachteten die reglosen Wölfe, die unsere Blicke starr erwiderten.

Elgor trat auf die Lichtung hinaus. »Wir werden uns doch wohl nicht von drei räudigen Kötern aufhalten lassen!« rief er, hob das Schwert und ging mit ruhigen Schritten auf die Wölfe zu. Als er auf zehn Mannslängen herangekommen war, standen die Wölfe auf und trabten in den Wald hinein.

»Na bitte!« sagte Elgor und winkte mit der Klinge. »Man muß ihnen nur zeigen, daß man keine Angst vor ihnen hat. Dann suchen sie sich eine leichtere Beute. Ich mag noch nicht oft im Wald gewesen sein, aber mit Wölfen kenne ich mich aus.«

»Wir sollten ihnen den Esel überlassen«, entgegnete ich, »dann lassen sie uns wahrscheinlich in Ruhe.«

Larix war empört. »Du täuschst dich! Hast du nicht gesehen, wie Elgor die Biester verscheucht hat? Laßt uns weitergehen.«

Er gesellte sich zu Elgor, der noch immer in der Mitte der Lichtung stand. Gemeinsam mit Junivera und Viburn ging ich ihnen nach.

»Es sind Waldwölfe«, beharrte ich. »Und Elgor hat sie nicht verscheucht. Sie haben sich uns gezeigt. Damit wollen sie uns sagen: Wir sind da, und wir fordern einen Wegzoll. Wenn ihr uns gebt, was wir verlangen, lassen wir euch ziehen.«

»Wir sollten tun, was er sagt«, stimmte Viburn mir zu. »Er weiß, wovon er spricht. Wir müssen unser Gepäck halt selbst tragen. Das ist doch nicht so schlimm. Larix hat sowieso dafür gesorgt, daß die Proviantsäcke federleicht geworden sind.«

»O nein! So schnell gibt ein Bethana keinem Räuber nach, das gilt für Diebesgesindel in Menschen- und in Tiergestalt.«

Junivera und Larix schlossen sich Elgors Meinung an. Wir waren überstimmt.

Auf der anderen Seite der Lichtung drangen wir wieder in den Wald ein. Elgor hatte jetzt die Führung übernommen. Er hatte seinen Kriegsbogen vom Packesel geschnallt, die Sehne eingehängt und einen Pfeil eingelegt. Hinter ihm ging Viburn mit gezogenem Rapier. Ich verwünschte den Dieb, der meinen Bogen gestohlen hatte, und steckte den Dolch griffbereit in den Gürtel. Junivera folgte mir mit dem Esel auf dem Fuß. Am Schluß ging Larix, er hielt den Fausthammer umklammert. Wenigstens war der Wald hier nicht allzu dicht – hohe Laubbäume ringsumher, und auf dem Boden wuchs hüfthohes Farnkraut.

Viburn tippte Elgor auf die Schulter und deutete nach vorn.

Elgor riß den Bogen hoch und schoß. Er schüttelte den Kopf und ging weiter.

Der Streuner ließ sich ein paar Schritte zurückfallen und sah sich zu mir um. »Unser zweifacher Turniersieger! Im Bogenschießen hat er gewiß keinen Preis gewonnen.«

Hinter uns hörten wir Schreie. Das Farnkraut war in Bewegung geraten. Gemeinsam mit Viburn rannte ich zurück.

Zwei schwarze Ungeheuer hatten Larix an beiden Füßen gepackt und zerrten ihn in Windeseile durch den Farn. Der Sohn des Juglans wehrte sich verzweifelt und hieb wild mit dem Hammer durch die Luft, aber seine Arme waren zu kurz, er konnte die Bestien nicht erreichen. Viburn watete mit erhobenen Armen durch die Farnwedel. Ich blieb stehen und warf meinen Dolch. Die Klinge prallte vom Schulterblatt des linken Wolfes ab, offenbar hatte sie nur sein Fell geritzt. Immerhin heulte das getroffene Tier auf und verschwand im Unterholz. Sofort stemmte Larix den freien Fuß in den Boden, der Zwerg wurde herumgewirbelt, Laub flog auf, ein dumpfes Krachen war zu hören. Als wir bei Larix eintrafen, hockte er auf dem Boden und feixte uns entgegen. Neben ihm lag der Wolf. Die Zunge hing ihm aus dem dampfenden Maul, seine Flanken pumpten, die Augen waren weit aufgerissen und seltsam verdreht. Das Fell auf dem Schädel glänzte feucht.

Larix wischte liebevoll den Fäustel ab. »Der wird uns nicht wieder belästigen«, sagte er mit einem Blick auf den Wolf, der sich soeben langsam streckte.

Elgor rief uns etwas zu, und wir liefen zurück. Junivera saß auf einem Baumstamm, ihr wadenlanger, geschlitzter Rock war hochgestreift. Gerade beugte sich Elgor über sie, um eine häßliche Wunde in ihrem Unterschenkel zu untersuchen. Die Priesterin mußte starke Schmerzen haben – sie war sehr blaß und preßte die Zähne aufeinander. »Das Biest war plötzlich da«, murmelte Elgor. »Die Wölfe haben im Farn gelauert wie Giftschlangen… Ich habe so etwas noch nicht erlebt…«

Junivera zog sich an Elgors Schulter hoch, aber das Bein versagte ihr den Dienst. Sie sank zu Boden.

»Das sieht schlimm aus«, murmelte Viburn. »Mir scheint, der Wolf hat eine Sehne erwischt.«

»Wir müssen das Bein schienen«, sagte Larix. »Ich habe ein paar Kräuter in meinem Ranzen. Junivera, wir werden dir einen wunderbaren Verband anlegen und dich auf den Esel setzen… Und in ein paar Tagen kannst du wieder laufen – du wirst es sehen.«

Junivera schüttelte den Kopf. »Ich kann mir selber helfen. Laßt mich allein!« Auf ihrer Stirn standen ein paar dicke Schweißtropfen. Ihr Gesicht war so bleich, daß ihre braunen Augen dunkel wie Gemmen aus Jett darin glänzten. Sie erinnerte mich plötzlich an eine Hexe, der ich einmal im Blautann begegnet war – eine schöne Frau, aber sie hätte mich fast getötet…

»Wir können dich doch nicht hier zurücklassen!« Elgor schüttelte den Kopf. »Die Wölfe werden wiederkommen.«

»Das meine ich nicht.« Die Geweihte hatte Mühe, ein Stöhnen zu unterdrücken. »Ihr sollt euch nur von mir entfernen… Bildet meinetwegen einen Ring um mich, aber schaut nicht zu mir her – was auch geschehen mag.«

»Wie du willst.« Elgor trat zurück. »Also los, verteilt euch!« sagte er zu uns, »und seht sie nicht an!«

Wir gingen ein paar Schritte in den Wald hinein und wandten Junivera den Rücken zu. Kaum hatten wir uns umgedreht, als die Priesterin einen lauten Sprechgesang anstimmte, der hin und wieder von einem dumpfen Stöhnen unterbrochen wurde. Plötzlich stieß sie einen Schreckensschrei aus, dann war alles still. Gerade als ich mich fragte, wie lange wir wohl noch auf unseren Plätzen ausharren sollten und ob wir nicht einen

Fehler machten, rief Junivera uns zu sich heran. Die Haare klebten an ihrem schweißnassen Gesicht. Sie hatte einen breiten Streifen des Kleides abgerissen und als notdürftigen Verband um die Wade gewickelt. »Es ist gut«, sagte sie, »wir können weitergehen.« Damit sprang sie auf, ergriff den Esel beim Zaum und ging ohne zu hinken in den Wald hinein.

Ich rannte rasch noch einmal zu der Stelle zurück, wo der tote Wolf lag, um meinen Dolch zu suchen. Bald hatte ich ihn gefunden und lief hinter meinen Gefährten her. Elgor und die anderen waren am Rand einer weiteren Lichtung – ganz ähnlich der ersten – stehengeblieben. Mitten darauf standen fünf schwarze Wölfe und starrten uns an.

Elgor hob das Schwert. »Vorwärts! Diesmal werden wir es den Biestern zeigen!« Er senkte den Kopf und stürmte los. Larix folgte ihm.

Junivera aber griff nach dem Strick, mit dem unser Gepäck auf dem Esel festgeschnallt war, und sah mich fragend an.

Ich nickte ihr zu.

Während Viburn und die Priesterin unsere Ranzen und Säcke einen nach dem anderen ins Gras warfen, waren Elgor und Larix bis zur Mitte der Lichtung vorgedrungen. Diesmal trabten die Wölfe nicht in den Wald, sondern wichen langsam zum Rand der Lichtung zurück. Als sie die Bäume erreicht hatten, schlüpften vier weitere Wölfe aus dem Farn, so daß der Krieger und der Zwerg nun einem Halbkreis von neun Wölfen gegenüberstanden. Die großen schwarzen Tiere kamen langsam und seltsam steifbeinig näher.

Der Esel, von allen Lasten befreit, hob den Kopf und rieb mit den weichen Lippen über Juniveras Schulter. Der Geweihten traten plötzlich zwei dicke Tränen in die Augen. Sie drehte den Esel um, flüsterte ihm etwas ins Ohr und gab ihm einen Klaps auf das Hinterteil.

Ein letztes Mal ließ der Esel sein vertrautes Ihh-Ahh

ertönen, dann galoppierte er mit ungelenken Sprüngen davon. Wie flache, schwarze Schatten huschten die Wölfe an Elgor und Larix vorbei und verschwanden im Wald. Irgendwo war das Rascheln und Knacken von Reisig zu hören – ein Geräusch, das sich rasch in der Ferne verlor.

Die Abenddämmerung sank allmählich herab. Ich hatte wieder die Rolle des Pfadfinders übernommen. Elgor schloß zu mir auf.

»Ich meine immer noch, wir hätten den Bestien nicht nachgeben dürfen.«

»Dann wären wir verloren gewesen.«

»Du hältst wohl große Stücke auf diese Wölfe?«

»Waldwölfe«, verbesserte ich. »Sie sind anders als die Wölfe, die du kennst. Eine alte, schlaue Rasse – und sie sind sehr stolz.«

»Stolz?«

Ich nickte. »Sie halten sich für die Herren des Waldes – und vielleicht sind sie das auch. Es fällt ihnen leicht, Hirsche oder Rehe zu erbeuten, denn sie verbinden wölfische Kraft und Zähigkeit mit der Gerissenheit eines Goblins. Aber es genügt ihnen nicht, daß ihre Beutetiere sie fürchten. Sie verlangen Achtung von jedermann, der *ihren* Wald betritt.«

»Und diese Achtung haben wir gezeigt, indem wir unseren Esel opferten?«

»So ist es. Du hast erlebt, wie sie kämpfen, und wirst zugeben, daß sie nicht dumm sind. Sie wissen, daß sie sterben können, wenn sie Menschen oder Orks überfallen. Einen Hirsch zu jagen, ist viel gefahrloser für sie. Trotzdem haben sie uns angegriffen, weil wir uns weigerten, ihnen diese Art von Ehre zu erweisen. Sie sind tatsächlich sehr stolz – fast könnte man sagen, eitel.«

Elgor warf die dicken roten Zöpfe nach hinten. »Was wäre geschehen, wenn wir ihnen den Esel nicht überlassen hätten?«

»Wie stark war das Rudel ... Neun Köpfe vermutlich? Nun, sie hätten uns so lange überfallen, bis keiner von ihnen mehr am Leben gewesen wäre. Sie können gar nicht anders handeln.«

»Hm.« Elgor nickte bedächtig. »Wieso kennst du dich so gut mit diesen Wölfen aus?«

Ich streifte den Jackenärmel hoch und zeigte ihm ein paar lange, weiße Narben. »Ich bin im Blautann aufgewachsen, im fernen Weiden. Es gibt eine Menge Waldwölfe dort. Mein Vater war Jäger in Weiden.«

Elgor blickte gedankenverloren auf meinen Arm. »Mir scheint, du hast irgendwann einmal deinen Wegzoll nicht entrichtet, hm?«

Ich rollte den Ärmel wieder herab. »Nein, als mein Vater und ich dem Rudel begegnet sind, hatten wir nichts dabei, das wir den Wölfen hätten geben können. Mein Vater hat mich auf einen Baum gesetzt – ich habe noch versucht, ihn hochzuziehen ...«

Der Krieger legte mir die Rechte auf die Schulter. »Entschuldige«, sagte er ernst. »Ich wollte nicht neugierig sein. Ich schätze, beim nächsten Mal werde ich sofort auf dich hören, wenn du uns einen Rat über Waldwölfe gibst.«

# 3. Kapitel

*An den Staatsdingen jedoch fand Yppolita keinen Geschmack, denn in ihrem jugendlichen Feuer dachte sie, daß es auf der Welt nichts gäbe, was ein starkes Schwert nicht zu erringen vermöchte. Sollte es Dinge geben, die einem zufielen, ohne daß man darum kämpfen mußte, so konnten solche Dinge keinen Wert besitzen.*

*Ulissa aber, die jüngere Schwester, begeisterte sich sehr für die Staatskunst. Sie ließ sich von Yppolita wortgetreu alle Aufgaben wiedergeben und bewunderte die Männer und Frauen, von denen die Schwester berichtete, Menschen, die große Reiche errichtet hatten, ohne gewaltige Schlachten, aber mit List, Intrigen und Skrupellosigkeit …*

Nicht weit von uns erhob sich ein kleiner, mit knorrigen Eichen bewachsener Hügel aus dem Wald. Diese Kuppe hatten wir uns zum Lagerplatz für die Nacht auserkoren. Elgor, Larix und Junivera strebten mit zügigen Schritten dem Hügel entgegen, sie schienen die schweren Ranzen und Decken, die jeder von uns auf dem Rücken trug, gar nicht zu bemerken. Gemeinsam mit Viburn folgte ich ihnen. Seit die Sonne hinter den Bergen verschwunden war, spürten wir die Kälte noch deutlicher. Ich freute mich auf ein warmes Lagerfeuer.

Viburn hielt mich plötzlich an der Schulter fest und zeigte auf Juniveras Beine. Die Priesterin ging unmittelbar vor uns, und ich hatte unwillkürlich schon seit längerer Zeit das Spiel ihrer Wadenmuskeln betrachtet. Ich sah genauer hin und wußte mit einem Mal, was Viburn so verwirrte: Juniveras notdürftiger Verband war – ohne daß sie es bemerkt hatte – auf den Knöchel gerutscht. Ihre blasse, aber wohlgerundete Wade war völlig unversehrt. Keine Schramme, kein Kratzer, kein Blut, keine Narbe – nicht die Spur eines Bisses.

Überrascht blieb ich stehen. Viburn zog mich weiter. »Was, da staunst du? Aber das ist ein gutes Zeichen, Arve. Rondra ist mit uns!«

»Meinst du wirklich, die Göttin selbst hat ihr geholfen?«

»Du hast doch gehört, wie sie um ein Wunder betete. Rondra muß ihr Gebet erhört haben – eine andere Erklärung gibt es nicht.«

»Das kann man nicht sagen«, wandte ich ein. »Ich habe selbst schon wundersame Heilungen erlebt – bei Leuten, die kaum die Namen der Zwölfe kannten. Vielleicht versteht sich Junivera ja ein wenig auf die Magie oder auf die Künste der Elfen ...«

Viburn schüttelte heftig den Kopf. »Nicht unsere wackere Junivera. Ich bin schon so manchem Geweihten begegnet, aber keinem, der so ernst und streng in seinem Glauben gewesen wäre. Nein, ich möchte wetten, daß Junivera alle Zauberkunst mit äußerster Vorsicht betrachtet, denn es ist ja bekannt, daß auch die göttliche Löwin die Zauberei wenig schätzt. Alter Freund – so seltsam das gerade aus meinem Munde klingen mag – ich bin mir recht sicher, daß wir soeben Zeugen eines echten Rondrawunders gewesen sind.«

Ich sah Viburn aufmerksam von der Seite an. Da war keine Spur des gewohnten spöttischen Grinsens in seinem Gesicht zu erkennen. »Was wäre wohl geschehen«, fragte ich schließlich, »wenn Rondra kein Wunder getan hätte?«

»Ich weiß es nicht. Ich fürchte, wir hätten Junivera den ganzen Weg nach Rommilys zurücktragen müssen. Vielleicht wäre sie am Wundfieber gestorben, vielleicht wäre ihr Bein für immer steif geblieben ... Du, Arve, sie scheint ihrer Göttin sehr nahe zu sein. Vielleicht werden wir uns irgendwann darüber freuen, Junivera bei uns zu haben.«

Wir hatten den Rastplatz erreicht. Während die anderen Feuerholz sammelten, lieh ich mir Elgors Bogen, um für ein Abendessen zu sorgen. Aber ich hatte kein Jagdglück. Es gab kaum Wild, und wenn ich einmal ein Karnickel entdeckte, dann hatte ich solche Mühe, den unhandlichen Bogen zu spannen, daß die schmackhafte Beute in aller Seelenruhe davonhoppeln konnte. Schließlich kehrte ich mit einem Armvoll Reiterhüten, einer späten Pilzart, ins Lager zurück.

Das Feuer war bereits angezündet, es flackerte hell – zu hell, wie ich fand, und das sagte ich auch.

Larix winkte ab. Der Sohn des Juglans war blendender Laune. Nicht einmal die Aussicht auf ein Pilzgericht anstelle eines Hasenbratens konnte ihn verdrießen.

»Soll es doch hell brennen«, sagte er. »Das schreckt die wilden Tiere ab.«

»... aber nicht die Diebe ...«

»Die sollen ruhig wissen, wo wir lagern. Ja, das sollen sie ruhig wissen.«

Er stimmte ein Liedchen an und summte und pfiff unaufhörlich vor sich hin. Ich stellte fest, daß er alle unsere Stricke um sich herum ausgelegt hatte. Drei Tauenden hatte er mit Schlingen versehen, und eben verflocht er die Enden der drei Seile zu einem Strang.

*»Zwerge haben kleine Beine, aber großen Mut«,*

summte er.

*»Ärgre keine Zwerge, sonst sei auf der Hut!*
*Zwerge haben kleine Hände, aber große Wut!*
*Ärgre keine Zwerge, sonst liegst du selbst im Blut!«*

Viburn setzte sich zu ihm und beobachtete aufmerksam die kurzen emsigen Finger bei der Arbeit. »Sag an, Sohn des Juglans, was treibst du da?« Larix blickte nicht auf und würdigte ihn keiner Antwort. Er hatte aus den drei Seilen ein dickes Tau geflochten, das wohl sieben Mannslängen maß. Jetzt spleißte er mit der Dolchspitze kleine Schlitze in den Strang, las ein wenig Laub vom Boden auf und zog die Blattstiele in den Strick ein.

»Eine Girlande?« fragte Viburn. »Wie schön …«

*»Ärgre keine Zwerge, sonst liegst du selbst im Blut!«* Ohne seinen Gesang zu unterbrechen, steckte Larix ein letztes Zweiglein in den Strang, betrachtete sein Werk mit schiefgelegtem Kopf und zupfte noch ein paar Blätter zurecht. Schließlich stand er auf und schleppte unser gesamtes Gepäck ein paar Schritt vom Feuer weg, um es sorgfältig unter einem mächtigen Eichbaum aufzuschichten. Dann legte er die drei Schlingen auf dem Boden um die Packen aus, ergriff das dicke Tau mit den eingeflochtenen Blättern und warf es schwungvoll über einen Eichenast.

*»… sonst sei auf der Hut!«*

Der Zwerg führte den Strick über den Boden bis zu seinem Schlafplatz. Anschließend tarnte er die Schlingen und den Strang auf dem Boden sorgsam mit Laub. Endlich setzte er sich ans Feuer und wickelte das Tau einmal probeweise um sein Handgelenk. Er sah so zufrieden aus, wie nur ein zufriedener Zwerg aussehen kann. »Wo bleibt mein Essen? Ich denke, wir speisen heute Waldpilze nach Elfenart?«

Ich schob ihm seinen Anteil auf den Holzteller.

»Jetzt sollten wir das Feuer niederbrennen lassen«, sagte er, »sonst könnten die Diebe womöglich meine Falle entdecken.«

Ich hatte in meinem Leben schon so manche Falle gesehen, aber noch keine, die so auffällig gewesen wäre wie diese: Weit und breit gab es nur einen einzigen

Baum, von dem eine ›Schlingpflanze‹ herabhing – die Eiche über unserem Gepäckhaufen. Und Larix' blättergespickter Strick hatte mit einer Schlingpflanze so viel Ähnlichkeit wie eine Schlange mit einer Mohrrübe. Doch ich verkniff mir eine Bemerkung. Es war zu schön, den kleinen Edelmann einmal bei guter Laune zu erleben.

Während das Feuer leise prasselte und knackte und die Flammen allmählich kleiner wurden, sprachen wir über den Weg, den wir noch vor uns hatten, und die Gefahren, mit denen wir rechnen mußten.

Die Geweihte schüttelte ärgerlich den Kopf. »Wie sollen wir den Palast jemals finden, wenn wir uns nicht mehr unter Menschen wagen und ihnen Fragen stellen dürfen?«

»Junivera hat recht«, sagte Viburn. »Wir müssen auf jeden Fall in Beilunk einkehren. Nur sollten wir uns nicht so ungeschickt anstellen wie in Rommilys.« Er vermied es, Elgor anzuschauen.

Der Ritter stocherte mit einem langen Zweig in der Glut. »Was geschehen ist, ist geschehen. Immerhin haben wir so erfahren, daß jemand alle Nachforschungen über Yppolita verhindern will. Was für eine makabere und ruchlose Warnung, dieser Mord an dem Säufer und an unseren Pferden …! Wer so etwas tut, hat die Achtung vor den Zwölfen verloren!« Niemand sagte etwas, und Elgor fuhr fort: »Wir wissen, daß wir mit gefährlichen und mächtigen Gegenspielern rechnen müssen. Rommilys ist viele hundert Meilen von den Beilunker Bergen entfernt, und trotzdem sind wir dort auf Leute gestoßen, die in irgendeiner Verbindung zu Kurkum stehen müssen. Je näher wir an die geheime Burg der Amazonen herankommen, desto mehr müssen wir damit rechnen, daß man uns bedroht.«

»Willst du damit sagen, wir sollten einen Bogen um Beilunk schlagen?« fragte ich.

»Das habe ich nicht gemeint, Arve. Ich wollte euch nur auf die Gefahr hinweisen, in der ihr schwebt.«

»Ach so«, versetzte Viburn grinsend. »Habt Dank, Elgor von Bethana, habt Dank! Das wäre uns nicht eingefallen!«

Elgor öffnete den Mund, um etwas zu erwidern, aber statt dessen zerbrach er einen grünen Zweig und warf ihn ins Feuer. Zischend rollten sich die Blätter zusammen, bevor sie verbrannten.

»Möglicherweise werden wir in Beilunk bereits erwartet ...«, sagte Larix.

»Falls uns jemand dort erwartet, dann hält er Ausschau nach drei Männern, einer Frau und einem Zwerg«, entgegnete Viburn. »Wenn einer von uns allein in die Stadt ginge, dann könnte er dort sicher etwas erfahren. Vielleicht hört er, was mit Yppolita geschehen ist, und wir können uns den langen Weg nach Kurkum sparen.«

Junivera richtete sich empört auf. »Hast du unseren Auftrag vergessen, Streuner? Der Fürst erwartet, daß wir ihn getreu erfüllen. In Kurkum selbst« – sie hob die Stimme – »in der Heimstatt der Amazonen, sollen wir nach Yppolitas Schicksal forschen. Bei Rondra, ich werde nicht zulassen, daß unsere Gruppe Fürst Bennain hintergeht!«

Viburn legte ihr beschwichtigend eine Hand aufs Knie. »Ist ja schon gut, Geweihte der Göttin, ich habe doch nur laut gedacht.«

»Solche Gedanken sollte man weder laut noch leise hegen, aber das wirst du nie verstehen!« Sie streifte Viburns Hand ab.

Er lachte. »Wie schön, wenn man nicht nur immerzu weiß, was man tun, sondern auch, was man denken muß.«

Das Feuer war inzwischen fast niedergebrannt. Unzählige Sterne funkelten durch die Zweige über uns, dazwischen tanzten die roten Funken, die der nie erlahmende Wind aus unserem Feuer riß. Langsam stieg die silberne Mondscheibe am Himmel auf. Von irgendwoher schallten klagende, fast menschliche Rufe durch die Nacht. »Bis Beilunk haben wir einen langen Weg vor uns«, sagte ich. »Uns bleibt noch genügend Zeit, einen Plan zu entwickeln.«

»Genau«, stimmte mir Larix zu. »Und jetzt sollten wir schlafen. Das heißt, ihr solltet schlafen. Ich übernehme freiwillig sämtliche Wachen.« Er sprang auf, um noch einmal seine Falle zu überprüfen. Zwerge sind zähe Kerle. Ich traute ihm ohne weiteres zu, daß er die ganze Nacht hindurch wach bleiben würde. Nur mit seiner wunderschönen Falle würde er eine Enttäuschung erleben, und das tat mir leid. Immerhin sollte er seinen Willen haben. Es war schön, wieder einmal eine Nacht durchschlafen zu können. Ich wickelte mich fest in meine Decken ein und streckte die Beine aus.

Kaum zwei Herzschläge später – so schien es mir – wurde ich durch einen Höllenlärm geweckt.

»Ich hab' ihn, ich hab' ihn!« brüllte es durch die Nacht. Elgor zu mir! Faß mit an! Hiev ho, hiev ho! Zieh doch! Zieh doch! Wir haben ihn! Wir haben ihn!«

Ich befreite mich aus den Decken und sprang auf. Silberhelles Mondlicht lag auf unserem Lagerplatz und beleuchtete eine gespenstische Szene: Elgor und Larix waren auf den Beinen und zerrten wie die Treidelknechte an dem Strick, den Larix ausgelegt hatte. Am Eichenast aber, direkt über dem Haufen aus Ranzen und Säcken, baumelte eine Gestalt. Der bleiche Körper pendelte kopfunter am Seil und zuckte stumm wie ein riesiger, schlanker Fisch. Elgor und der Zwerg rissen Hand über Hand wie wild am Strang. Der mondblasse Leib stieg schnell höher empor, dabei bog und wand er sich unablässig und schwang gleichzeitig wie ein Pendel in weitem Bogen durch die Luft. Kopf und Arme der Kreatur waren ganz und gar von einem schwarzen

Stoff verhüllt, in den sie sich hoffnungslos verstrickt hatte. Irgendwo ragte aus dem Bündel eine kurze Schwertklinge heraus.

Der Körper unseres Gefangenen war dürr und sehnig, die Brüste nicht größer als die eines Knaben, und doch konnte es keinen Zweifel geben – der Mensch, der dort vom Eichenast hing, war eine Frau – und sie war nackt.

Wir sprangen alle auf. Elgor und Larix wickelten ihr Tauende um einen Ast, traten an die Gefangene heran und rissen ihr das schwarze Tuch von Kopf und Schultern.

Der Zwerg entwand das Kurzschwert ihrer Hand. »Kaladon, mein Kaladon«, brummelte er vergnügt und untersuchte gleich, ob die Klinge nicht Schaden genommen hatte. Ich blickte in die entsetzten Augen der Frau, die mit den meinen fast auf gleicher Höhe waren. Ihr helles Haar – länger als mein Arm – hing in dicken, verfilzten Strähnen herab. Das Gesicht war schmerzverzerrt und schmutzig, so daß das Alter der Diebin schwer zu schätzen war.

Die Frau hatte eine Weile völlig reglos an dem Strick gehangen. Jetzt knickte sie plötzlich in der Hüfte ein, riß Oberkörper und Hände hoch und versuchte verzweifelt, die Schlinge um ihre Fußgelenke zu erreichen. Junivera zog sie an den Haaren wieder nach unten. Elgor ging zur Eiche und wickelte das Tauende ab.

»Halt, was tust du?« rief Larix.

»Ich lasse sie herunter«, erklärte der Ritter. »Wie lange soll sie denn noch dort hängen bleiben. Paßt auf, daß sie euch nicht entwischt!«

Tatsächlich krabbelte die Gefangene, kaum daß ihre Hände den Boden berührten, wie von Furien gehetzt über den Waldboden. Elgor zog das Seil stramm. »Am besten bindet ihr sie zuerst«, schlug er vor.

Viburn und Junivera bogen der Diebin die Arme auf den Rücken und schnürten ihre Handgelenke, Füße und Knie mit Lederriemen zusammen. Dann ließ Viburn die Frau sanft auf den Boden sinken. Während wir im Kreis um Larix' Beute standen, fachte Viburn das Feuer an und legte ein paar Scheite auf.

»Los, tragt sie hier herüber!« rief er.

Larix starrte wie wir tatenlos auf die reglose Gestalt herab. »Schiefer und Gneis, sie ist aber dünn!« murmelte er.

Elgor stieß mich unsanft zur Seite, bückte sich, warf sich die Gefangene über die Schulter und trug sie zum Feuer, wo er sie zu Boden gleiten ließ. Die Diebin blieb auf der Seite liegen und rührte sich nicht. »Sie scheint keine Angst vor Feuer zu haben«, stellte Viburn fest, holte seine Decke und breitete sie über den nackten Leib.

Wir ließen uns ebenfalls am Feuer nieder.

»Was tun wir mit ihr?« fragte Elgor.

»Sie wird sterben«, entschied Junivera.

»Was soll das?« Viburn holte das schwarze Tuch, in das die Gefangene gekleidet gewesen war. »Wir Streuner kennen nicht viele Gesetze, aber an eines halten wir uns: Nimm kein Leben, wenn du keinen vernünftigen Grund dafür hast.«

»Aber wir haben einen Grund. Wir können sie nicht laufenlassen, weil sie uns dann wieder bestehlen wird, und wir können sie ja wohl kaum mit uns schleppen.«

Elgor sah Junivera an. Sein Blick war ernst und entschlossen. »Ich weiß, daß ihr Rondrageweihte eurer Göttin allzu gern ein Blutopfer bringt. Ich habe auch beobachtet, wie deine Göttin dir heute geholfen hat, und kann mir denken, daß du in ihrer Schuld stehst. Aber ich sage dir, Junivera – und bitte, höre mir gut zu: Ich erschlage jeden, der einen hilflosen Gefangenen tötet.«

Juniveras dunkle Augen blitzten. »Aber sie wäre nicht hilflos, sie könnte die Waffe wählen. Ich würde sie nur im Kampf töten.« Elgor schüttelte den Kopf. »Du bist im Kampf mit jeder Waffe geschult, und sie ist offenbar eine Wilde, die kaum weiß, wie man ein Schwert anfassen muß. Außerdem ist sie halb verhungert. Was du vorhast, nenne ich nicht Kampf, das nenne ich Mord.« Viburn warf Junivera das schwarze Tuch der Gefangenen zu.

»Hier, sie trug deinen Umhang.«

Mit weitaufgerissenen Augen starrte die Gefangene ins Feuer. Das eckige Kinn und die Mundwinkel waren schmutzverkrustet, staubbedeckt auch die Haut, die sich über den hohen Wangenknochen spannte. Die gerade Nase ragte spitz aus dem ausgezehrten Gesicht. Den Haaransatz über der hohen Stirn säumte ein dunkler Rand.

Ihre Unterlippe bebte, ihr Körper zitterte unter der Decke, aber die Waldfrau bewegte sich nicht, sondern lag reglos zu unseren Füßen wie ein gefangenes Tier.

Ich brach ein Stück Brot ab und hielt es der Wilden vor den Mund. Sie schnupperte kurz daran und biß dann so heftig zu, daß sie fast meinen Finger verletzt hätte. Ich hielt ihr ein zweites Stück hin, diesmal nahm sie es mir vorsichtiger ab. Viburn lief zu seinem Ranzen, schnitt Stück um Stück von einem Käse ab und stopfte die Würfel in ihren Mund. Nach einer Weile erst drehte sie den Kopf zur Seite.

»Danke«, sagte sie.

Wir saßen wie vom Donner gerührt.

»Du kannst sprechen?« murmelte Elgor. Jeder von uns hatte angenommen, daß sie stumm sein müßte.

»Ja.«

Die Gefangene ruckte mit dem Oberkörper. Offensichtlich wollte sie sich aufrichten. Viburn sprang hinzu, um ihr behilflich zu sein. Die Diebin würgte, und ein Gemisch aus Brot und unzerkautem Käse ergoß sich auf Viburns Knie.

Der Streuner richtete unbekümmert zunächst die

Frau auf, dann erhob er sich und wischte den Brei von seiner Hose.

»Du hast zu schnell gegessen«, sagte er.

»Ja.«

»Wie heißt du?«

»...«

»Wie ist dein Name?«

»...«

Viburn tippte sich mit der Hand auf die Brust und sagte: »Viburn«. Dann deutete er auf jeden von uns und nannte unsere Namen.

Unsere blonde Gefangene sah ihn aufmerksam an und nickte. Darauf befreite sie ihre Schultern von der Decke, zog das Kinn kurz an ihr Brustbein und schüttelte anschließend den Kopf.

»Du hast keinen Namen?«

»Ja.«

»Du meinst *nein?*« fragte Larix.

Die Fremde sah ihn einen Augenblick lang verständnislos an, dann sagte sie: »Nein.«

Sie blickte auf das Brot. »Ich habe Hunger.« Ihre Stimme klang rauh und krächzend. Wenn sie auch sprechen konnte, so hatte sie doch offenbar sehr lange mit keinem Menschen geredet.

Elgor zog ihr die Decke wieder über die Schultern und hielt ihr seine Feldflasche an den Mund. »Trink erst etwas!«

Sie trank sehr ungeschickt. Das Wasser troff ihr aus den Mundwinkeln, wobei es eine helle Spur in dem Schmutz auf Kinn und Hals hinterließ.

»Danke.«

Der Krieger nahm mir das Brot aus der Hand und brach ein kleines Stückchen ab. »Iß langsam«, mahnte er.

Die blonde Diebin aß genauso gierig wie zuvor, aber Elgor reichte ihr kleinere Stücke und verordnete ihr längere Pausen zwischen den Bissen. Diesmal erbrach sie sich nicht. Plötzlich hellte sich ihr Gesicht auf. Wieder ruckte sie ungeduldig mit den Schultern, schüttelte die Decke ab, zog das Kinn an die Brust und sagte: »Mädchen.«

»Du heißt Mädchen?« fragte Elgor.

»Ja.«

»Das ist kein richtiger Name.«

Ich betrachtete den kleinen Busen, der fast genauso schmutzig wie das Gesicht war.

Junivera griff nach ihr – wohl um ihr wieder die Decke überzustreifen. Die Diebin stieß einen Schrekkensschrei aus, wollte sich zur Seite werfen und wäre fast ins Feuer gerollt.

»Sie wird dir nichts tun ... Mädchen«, sagte Elgor. »Ich verspreche es dir. Wenn wir dich losbinden, bleibst du hier, oder wirst du fortlaufen?«

»Nein ... Äh, ja ... Nein.«

»Wirst du fortlaufen?« fragte Viburn.

»Nein.«

»Ich bin dagegen«, schimpfte Larix. »Wenn wir sie losbinden ... Wer weiß, vielleicht wird sie uns alle im Schlaf erstechen?«

»Das glaube ich kaum«, erwiderte ich und deutete auf den Himmel, der im Osten schon eine blaßgraue Färbung zeigte. »Wie soll sie uns im Schlaf erstechen, wo wir doch gar nicht mehr schlafen werden? Oder willst du etwa den Rest des Vormittags unter deinen Decken zubringen?«

Elgor löste die Fesseln der Diebin. Wir alle standen auf und begannen, unsere Sachen einzusammeln. ›Mädchen‹ stand frierend neben Viburn, der ein Loch in seine Decke schneiden wollte, um sie in einen notdürftigen Überwurf zu verwandeln. Junivera hielt Mädchen den Umhang hin. Die Diebin war überglücklich. Sie warf sich den Mantel über und fingerte an der Verschlußkette. Endlich hatte sie es geschafft und begann mit großen Schritten durchs Lager zu stolzieren. Bei jedem Schritt klaffte das Tuch vorn weit auseinander und enthüllte ihren schmalen ausgemergelten Körper. Mädchen sagte: »Schön.«

Viburn kam mit seiner Decke. »Laß das. Du wirst uns erfrieren, bevor der Tag zu Ende ist.«

Mädchen zupfte ihn am Ärmel und bedeutete ihm, ihr zu folgen. Viburn sah mich fragend an, ich zuckte die Achseln. Dann verschwand er mit ihr in einem Gebüsch. Bald darauf kehrten beide wieder zurück. Mädchen trug jetzt ein kurzes Fellgewand unter dem flatternden Umhang. Viburn hielt meinen Bogen in der Hand. »Sie hatte so eine Art Unterschlupf in der Nähe«, erklärte er, »den hat sie mir gezeigt. Wie ihr seht, besitzt sie sogar ein wunderschönes Fellkleid, das sie kaum selbst hergestellt haben kann. Wenn ich sie richtig verstanden habe, dann hat sie hat das Fellkleidchen gegen den Umhang eingetauscht, weil sie so schön wie unsere Junivera sein wollte. Sie beobachtet uns schon eine ganze Weile, seit mehr als drei Tagen, wie es scheint. Sie sagt übrigens, wir wären in einem großen Bogen marschiert und kaum mehr als einen Tagesmarsch von der Stelle entfernt, wo sie uns zuerst entdeckt hat.« Der Streuner warf mir einen langen Blick zu – ich beschloß, nicht weiter auf seine letzten Worte einzugehen.

Wir ließen uns zum Frühstück nieder. Mädchen aß fast so viel wie wir alle zusammen.

# 4. Kapitel

*Und Ulissa fragte sich, ob sie – wenn sie eine Herrscherin wäre – es wohl mit diesen großen Männern und Frauen aus den Büchern aufnehmen könnte. Aber es kam ihr in den Sinn, daß sie als die jüngere der beiden Prinzessinnen wohl niemals auf den Thron steigen würde. Es sei denn, Yppolita, ihrer geliebten Schwester, stieße ein Unglück zu …*

Der Vormittag ging schnell dahin. Mädchen wies mir die Richtung, und wir marschierten nach Westen. Unser Weg führte uns dauernd bergab, und wir kamen gut voran, so schnell wie niemals zuvor, seit wir die Straße verlassen hatten.

Ich ging wieder an der Spitze, Mädchen hielt sich fast ständig neben mir. Ihre Augen beobachteten unablässig die Umgebung, sie erinnerte mich an eine jagende Katze. Anscheinend befanden wir uns noch immer in ihrem Revier. Irgendwann zog sie mich plötzlich ins Gebüsch. Ich gab den anderen ein Zeichen, und auch meine Gefährten suchten eiligst Deckung. Einen Augenblick später kreuzte ein starkes Rudel Waldwölfe unseren Weg. Ich dankte Mädchen für ihr scharfes Auge und den Waldgeistern dafür, daß sie sich darum gekümmert hatten, daß uns der kräftige Wind entgegenblies und so den Wölfen keine Witterung zutragen konnte.

Als die Zeit für unsere Mittagsrast gekommen war, entdeckte Larix, der einen Blick für solche Dinge hatte, an einem felsigen Hang eine Höhle, nur etwa drei

Mannslängen über der Talsohle, auf der wir entlangmarschierten. »Endlich einmal ein Rastplatz, der etwas taugt«, sagte er und kroch auch schon auf allen vieren den teils mit Geröll bedeckten, teils mit Moos bewachsenen Hang hinauf bis zu einer kleinen Plattform, die unterhalb des Höhleneingangs vorsprang wie eine von der Natur geformte Terrasse. Mädchen hatte sich zu Viburn gestellt. Sie zupfte ihn am Ärmel und schüttelte mit bedenklicher Miene den Kopf.

»Mädchen hält nichts von der Höhle«, rief Viburn zu Larix hinauf, der den Höhleneingang, eine Felsspalte von einem Schritt Breite und fast drei Schritt Höhe inzwischen erreicht hatte und aufmerksam ins Dunkle spähte.

»Ach was!« rief Larix zurück. »Das alberne Ding hat genausoviel Ahnung von Bergen und Höhlen, wie es Fett auf den Rippen hat! Ich schaue nur einmal kurz hinein!« Damit war der Zwerg in dem düsteren Loch verschwunden.

Nach einer Weile hörten wir ihn wieder rufen. Seine Stimme schallte dumpf zu uns hinaus: »Alles klar! Seid unbesorgt! Hier ist es richtig gemütlich! Ich muß nur noch ...«

Wir hörten ein paar undeutliche Geräusche, ein Scharren, ein seltsames Knacken ... Plötzlich erschien ein abscheuliches, rotgelb gesprenkeltes Etwas am Höhlenmund, schwankte einen Augenblick, zog dann die acht haarigen Beine an, kollerte den Hang hinab und blieb zuckend vor unseren Füßen liegen: eine Maraskantarantel, ihr Leib war etwa so groß wie ein Kürbis. Im weichen Bauch der Riesenspinne steckte Kaladon, Larix' kurzes Schwert.

Der Sohn des Juglans erschien am Höhleneingang. »Alles klar, liebe Reisegefährten! Ich mußte nur noch dieses übellaunige Vieh an die Luft befördern! Jetzt könnt ihr kommen.«

Während er mit uns sprach, zerrte Larix an einem

grauen Stäbchen, das eine Handbreit unterhalb des Bauchnabels in seiner derben Hose steckte. »Es hat mich tatsächlich erwischt, dieses widerliche Ekeltier! Aber das ist gleich vorbei!« Mit diesen Worten kippte er langsam hintenüber.

Junivera hatte immer wieder zu Rondra gebetet, gestern und am Tag zuvor. Ihr Rufen war ohne Wirkung geblieben. Die Geweihte glaubte zu wissen, wie sie die Göttin gnädig stimmen könnte. Sie erklärte uns, daß Rondra nicht in Gnade auf uns blicken könne, solange wir eine nächtliche Schleichkatze und Diebin in unseren Reihen duldeten. Man müsse die Gruppe von solcher Belastung befreien, um Rondras Aufmerksamkeit zurückzugewinnen.

Elgors Miene verfinsterte sich, wann immer die Geweihte auf Mädchen zu sprechen kam. Irgendwann sprang er auf, ging mit großen Schritten zu Junivera hinüber und starrte – sein Gesicht hatte vor Zorn fast die Farbe seiner Haare angenommen – aus engen Augenschlitzen auf sie herab: »Das ist kein guter Rat, Priesterin!« donnerte er. »Ich will ihn nicht mehr hören!«

»Es ist der Rat der Göttin«, erwiderte Junivera mit ruhiger Stimme, »die aus meinem Munde spricht.«

»Wie kannst du das wissen?« herrschte Elgor sie an.

»Was?«

»Daß du im Namen der göttlichen Rondra sprichst? Auch ich glaube an die Göttin und bitte sie um ihren Beistand, wenn ich spüre, daß ich ihre Hilfe brauche. Müßte ich glauben, Rondra finde Gefallen daran, daß man ihr Wehrlose und Arglose zum Opfer bringt, dann wäre sie nicht meine Göttin!«

»Die Göttin haßt die Diebe und die Schleichenden«, beharrte Junivera.

»So so!« Elgor stapfte in der Höhle auf und ab. »Die Löwin, der Göttin Rondras heiliges Tier, versteht sich ausgezeichnet auf das Schleichen, wenn sie auf der

Jagd ist. Und warum schleicht die Löwin? Weil das Leben sie gelehrt hat, wie man jagt, und weil die Löwin – da sie klug ist – versteht, daß das Leben eine Menge Lehren bereithält, für uns alle! Nur wer vom Leben nichts kennt als Exerzitien, heilige Bücher, Altäre und Predigten, der macht sich seine Lehren selbst. Und es sind die falschen, Junivera: Sie taugen nichts für die Welt!«

Die Priesterin war sehr blaß geworden. Ihre Lippen bebten, aber sie schwieg.

Wir hatten Larix in der Höhle auf ein bequemes Lager gebettet, er lag auf dem Rücken und betrachtete, seit er wieder zu sich gekommen war, unentwegt seinen nackten, riesenhaft aufgeblähten Bauch.

Die Wunde wurde mit Arzneien aus unserer Kräutertasche versorgt, aber mehr konnten wir nicht tun. Junivera erschöpfte sich in vergeblichen Gebeten, bis sie sich kaum mehr auf den Beinen halten konnte.

Larix selbst ging es nicht schlecht. Ich glaube sogar, er genoß es, von uns bedient zu werden, und für ihn stellte sich die Lage inzwischen nicht mehr allzu bedrohlich dar: Er war innerhalb der ersten sechs Stunden nicht an dem Tarantelstich gestorben, also würde er wahrscheinlich überleben – wenn er still liegenblieb, viel trank und möglichst wenig aß.

Doch bis die Schwellung so weit abgeklungen war, daß Larix wieder aufstehen konnte, würde bestimmt eine Woche vergehen.

Wir hatten in der Höhle Quartier bezogen – alles in allem erwies sich Larix' Entdeckung durchaus als geeigneter Unterschlupf – und warteten. Es gab wenig zu tun. Am ersten Tag hatten wir uns in der Höhle eingerichtet. Sie erstreckte sich tief in die Felswand hinein und war am hinteren Ende so schmal, daß nicht einmal Mädchen sich tiefer in das Dunkel hineinzwängen konnte. Vorn beim Eingang aber war unsere Wohnstatt recht geräumig. Der Boden hatte hier einen Durchmesser von mehr als sieben Schritt. Er war eben und festgetreten – vermutlich hatte die Höhle im Laufe ihrer Geschichte schon etlichen großen und kleinen Lebewesen als Behausung gedient, worauf auch allerlei Knochenstücke und Skeletteile schließen ließen, die in einigen Nischen verstreut lagen. Im Verlaufe des ersten Tages reinigten wir die Höhle von solchem und anderem Unrat. Dann schichteten wir aus Reisig und Gras bequeme Lagerstätten für jeden von uns auf. Wir stellten unser Gepäck ordentlich an den Wänden auf, bauten nah am Eingang, so daß der Rauch leicht abziehen konnte, eine kreisrunde Feuerstelle aus sorgsam ausgewählten Steinen und errichteten sogar mit Hilfe von Felsstücken und einer flachen Schieferplatte einen kleinen Tisch beim Feuer.

Hundertmal am Tag warf jeder von uns einen Blick auf Larix' Bauch, der sich zwischen dem Bartgestrüpp des Zwerges und den herabgeschobenen Decken prall wie ein gut gefüllter Weinschlauch in die Höhe wölbte. Seit zwei Tagen hatte sich keine Veränderung gezeigt: Die Haut über dem aufgeblähten Unterleib war papierdünn und durchsichtig, zum Zerbersten gespannt. An der Einstichstelle hatte sie sich graugrün verfärbt und blätterte schuppig ab.

Ich übernahm bald eine Aufgabe, die mich einen Teil des Tages beschäftigte: Ich hatte für frisches Fleisch zu sorgen. Gleich am ersten Tag nahm ich Mädchen mit. Ich wußte, daß sie sich in der Wildnis zu bewegen verstand – und so war sie immerhin für einige Zeit Juniveras strafenden Blicken entzogen. Ich zeigte ihr, wie man Pfeil und Bogen benutzte.

»Auf weite Entfernung hebst du den Bogen so weit an, daß die Pfeilspitze über das Ziel hinausweist, siehst du, so!«

Sie sah mich verständnislos an.

Ich gab ihr Pfeil und Bogen in die Hand, zeigte ihr den

toten Baum, auf den sie schießen sollte und richtete ihr Pfeilhand und Bogenhand so ein, daß der Pfeil ungefähr die richtige Bahn nehmen mußte. Sie ließ die Sehne fahren. Der Pfeil flog weit über das Ziel hinaus. Bevor ich etwas sagen konnte, sprang Mädchen dem Pfeil hinterher. Nach kurzer Suche hatte sie ihn gefunden und kehrte im Laufschritt zu mir zurück. Sie nahm mir den Bogen aus der Hand und legte den Pfeil von neuem ein. Da sie völlig außer Atem war, tanzte die Pfeilspitze auf und ab. »Warte einen Augenblick«, sagte ich noch, »bis du ein wenig ruhiger geworden bist«, da zitterte der Pfeil schon mitten im Ziel. Mädchen stieß einen Freudenschrei aus und schlang mir die Arme um den Hals.

»Oheim!« rief sie dabei. »Lieber Oheim!«

»Du hast schon früher mit Pfeil und Bogen geschossen«, sagte ich, doch mir fiel ein, daß sie zwar meinen Bogen gestohlen, den Köcher mit den Pfeilen aber zurückgelassen hatte. Das würde ein Bogenschütze niemals tun.

Mädchen hielt mir die offene Hand hin, ich gab ihr einen zweiten Pfeil. »Wer ist Oheim?« fragte ich.

Sie schoß. Der Pfeil schlug eine Handbreit über dem ersten ein. Ein prachtvoller Schuß! Mädchen lachte mich an. Den dritten Pfeil setzte sie, nachdem sie einen Augenblick lang mit ungewohnt ernster Miene das Ziel betrachtet hatte, genau zwischen den ersten und den zweiten.

Ich muß sie wohl sehr verwundert angestarrt haben, denn sie begann, verlegen lächelnd, von einem Fuß auf den anderen zu treten. »Wie hast du das gemacht?« fragte ich schließlich.

»Was gemacht?«

»So genau geschossen – du schießt besser als ich.«

Mädchen hob die Schultern und kehrte die Handflächen nach oben. »Ich weiß es nicht. Ich habe nichts gemacht – nichts Besonderes. Ich habe mir nur vorgestellt, wo der Pfeil hinfliegen soll, und dann habe ich die Sehne losgelassen, und der Pfeil ist geflogen. Mehr nicht.«

»Man muß sehr lange üben, um so gut schießen zu können«, beharrte ich. »Wer hat es dir beigebracht?«

Mädchen strahlte mich an: »Du!«

»Und du hast wahrhaftig vorher niemals mit Pfeil und Bogen geschossen?«

»Nein, nie!«

»Du hast! Lüg mich nicht an!«

Sie hob verzweifelt die Brauen – ihre Unterlippe zuckte. Ich gab auf und marschierte zu dem toten Baum hinüber, um meine Pfeile einzusammeln. Mädchen trippelte neben mir her. »Oheim ist ein Mann«, sagte sie unvermittelt. »Ich bin eine Frau.« Sie faßte mich ans Kinn. »Du bist auch eine Frau.«

Ihre eigenwillige Einteilung der Menschengeschlechter verblüffte mich. Ich blieb stehen. »Was ist Junivera, deiner Meinung nach?«

Mädchen runzelte verdutzt die Stirn. »Eine Frau, natürlich.«

»Und Larix?«

»Ein Mann.«

»Wie steht es mit Elgor und Viburn?«

Bei den zuletzt Genannten war sich Mädchen offenbar nicht sicher. »Erst waren sie Frauen, jetzt sind sie Männer.«

Mädchen strich mir leicht mit den Fingern über das Kinn, und ich begriff: Elgor und Viburn hatten sich in Rommilys zuletzt rasiert, zwei Tage, bevor wir Mädchen begegneten. Zuerst waren ihre Stoppeln kaum sichtbar gewesen, nicht mehr als ein dunkler Schatten am Kinn, aber inzwischen waren ihre Bärte kräftig gewachsen.

»Hat dir dein Oheim beigebracht, wie man Männer und Frauen unterscheidet?« fragte ich, während ich die Pfeile aus dem weichen Holz zog und in meinem Köcher verstaute.

Mädchen nickte.

Ihr Haar war jetzt nur mehr fingerlang. Viburn hatte sie am Abend unseres ersten gemeinsamen Tages gewaschen und ihr mit einem Dolch die Haare geschnitten. »Sie ist etwas zu tierlieb«, hatte er erklärt, »hält sich ein paar hundert Haustiere allein auf dem Kopf und in den Haaren…«

Es war inzwischen viel leichter geworden, mit Mädchen zu sprechen. Seit sie begonnen hatte, mit uns zu reden, fielen ihr ständig neue Worte ein. Aber sie hatte einen seltsamen Wortschatz. Manchmal überraschte sie uns, zum Beispiel, wenn sie uns nach der ›Reinheit unserer Seelen‹ fragte, dann wieder wußte sie nicht, daß man einen Dolch Dolch und einen Bogen Bogen nennt.

Über ihre Kindheit berichtete sie ziemlich wirr. Scheinbar hatte sie ihr ganzes Leben bei diesem *Oheim* verbracht, der in einer Höhle hauste, ähnlich der, in der wir zur Zeit untergekommen waren. Der Oheim hatte ihr erzählt, daß es irgendwo andere Männer und Frauen gebe, aber sie war nie einem solchen Wesen begegnet.

Mädchen behauptete, sie sei zwei Jahre alt. »Zwei Winter und zwei Sommer«, sagte sie.

Oheim war vor kurzem gestorben. »An einem Tag im Sommer konnte er nicht mehr aufstehen. Wir haben alles aufgegessen, was Oheim in der Höhle hatte, aber wir haben nichts für den Winter beschafft. Wir hatten großen Hunger, denn die Pflanzen und Körner, die man im Winter essen will, muß man im Sommer sammeln. Oheim hat mir nie gezeigt, welche Pflanzen ich sammeln mußte, und jetzt hat er nicht mehr mit mir gesprochen. Als er dann plötzlich ganz kalt war, habe ich mir gedacht, er muß wohl tot sein. Da habe ich die Höhle verlassen, um mir irgendwo anders etwas zu essen zu suchen. Aber ich habe lange Zeit nur wenig gefunden, und dann habe ich euch getroffen.«

Die Tage gingen ereignislos dahin. Auch am vierten Morgen hatte sich Larix' Zustand nicht gebessert. Nun waren auch das Gesicht, die Arme und die Hände häßlich aufgedunsen, der Unterleib sah aus, als würde er zerplatzen, sobald man mit einem Dolch hineinpiekte.

Der Zwerg wäre vor Langeweile umgekommen, wenn Viburn ihn nicht auf die Idee gebracht hätte, aus einem unserer Felle ein Paar Schuhe für Mädchen zu nähen. So lag Larix auf seinem Lager am Feuer, summte vor sich hin, schnitt Fellstücke zurecht, die er auf seinem Trommelbauch zurechtlegte, rief Mädchen zur Anprobe heran, zog Darmsaiten mit einer dicken, beinernen Nadel durch das dichte Fell, trennte ein, zwei Nähte wieder auf, nahm immer wieder Änderungen und Verbesserungen vor.

Am Ende mußten wir ihm die Schuhe fast mit Gewalt fortnehmen. Inzwischen war nämlich eine Menge Schnee gefallen, und Mädchen kehrte von jedem Ausflug mit rotblauen Zehen zurück, aber Larix wollte unbedingt noch ein Paar Verzierungen auf seinem Werk anbringen …

Für den Rest seiner Erholungszeit ließen wir ihn Pfeile schnitzen.

So lebten wir recht gut. Im Tal vor der Höhle gab es viel Wild, und seit ich meinen Bogen zurückbekommen hatte, ging mir die Jagd mühelos von der Hand.

Mädchen betrachtete staunend unseren ersten Hasenbraten. »Kann man Tiere essen?«

Sofort, nachdem sie ihren ersten Bissen verschlungen hatte, lief sie hinaus vor die Höhle, und wir hörten sie jämmerlich würgen. Der zweite Versuch gelang schon viel besser, und die kräftige Kost bekam unserem Gast ausgezeichnet.

Abends, in der warmen Höhle, streifte Mädchen gewöhnlich alle Kleider ab, und wir konnten sehen, wie sehr sich ihr Körper in den wenigen Tagen verändert hatte: Mädchen war groß, größer als mancher Mann, und sie war noch immer sehr mager. Aber ihre Knochen staken jetzt schon nicht mehr so erbärmlich aus der Haut, die Knie waren kaum noch die dicksten Stellen ihrer langen Beine. Ihr war ein fester, runder und hübscher Po gewachsen, und sogar der sonst knabenhafte Busen schien sich deutlich zu wölben. Mit jedem Tag verwandelte sie sich deutlicher in eine Frau – und dazu in eine hübsche. Wenn ich abends Mädchen bei ihren Hantierungen beobachtete und dabei zufällig Viburns Blick begegnete, konnte ich deutlich erkennen, daß auch ihm die Verwandlung der Diebin aufgefallen war. Es lag ein unverhohlenes Begehren in seinem Mienenspiel.

Mädchen war immer guter Dinge. Sie hatte Gesellschaft und sie hatte zu essen – mehr schien sie vom Leben nicht zu erwarten. Eigentlich hätten wir noch einmal darüber beraten müssen, was mit ihr geschehen sollte, wenn wir unsere Reise fortsetzten, aber es war offenbar niemand bereit, diese Beratung zu eröffnen. Nicht einmal Junivera, die seit kurzem viel Zeit mit Mädchen verbrachte. Sie saßen jetzt häufig zusammen, und Junivera erzählte von den Zwölfgöttern, vom strahlenden Praios, dem düsteren Ingerimm, der flatterhaften, leichtherzigen Rahja, vor allem aber von Rondra, der streitbaren Göttin, der himmlischen Herrin der Krieger und Kämpfer und aller mutigen Männer und Frauen. Mädchen war sehr gefesselt von diesen Dingen und berichtete ihrerseits von den Seelen, die in allen Lebewesen steckten. Diese Seelen stellte sich Mädchen als eine Art Schleier vor, der vom Körper hinauf zum Himmel schwebte, wenn ein Wesen starb. Von dort fiel der Schleier dann wieder herab, wenn irgendwo ein anderes Wesen geboren wurde. So hatte es ihr der Oheim erklärt. Aber als dieser gestorben war – und wenn ich ein Karnickel geschossen hatte –, war nirgendwo ein Schleier zu sehen gewesen, und darum hatte Mädchen an seinen Lehren zu zweifeln begonnen.

Junivera hörte Mädchen geduldig zu und verstand es, nach einer Weile immer wieder das Gespräch auf die Zwölfgötter zu bringen und auf *die eine* Göttin, die unter den Zwölfen einzig dastand.

Ich beobachtete die Annäherungsversuche unserer Priesterin voller Mißtrauen, und als einmal Junivera Mädchen einen schweren Stecken in die Hand drückte und sie aufforderte, mit ihr hinaus vor die Höhle zu kommen, wo sie ihr eine erste Lehrstunde im Schwertkampf erteilen wollte, sprang ich auf, um den beiden nachzulaufen. Aber Viburn hielt mich zurück, und Elgor winkte lachend ab.

»Mädchen ist außer Gefahr«, sagte er, »hast du das denn noch nicht begriffen?«

Ich sah ihn fragend an.

»Junivera ist im Begriff, eine neue Verehrerin für ihre Göttin zu gewinnen«, erklärte Elgor. »Und ich denke, sie ist sehr froh darüber, daß sie ihre alten, finsteren Gedanken nun nicht weiter zu verfolgen braucht. Gewiß ist die wackere Junivera längst nicht so hart, wie sie sich gibt. Sie versucht, nach den Büchern zu leben und hat noch nicht verstanden, daß die echten Menschen sich von denen in den Legenden unterscheiden. Wie die heilige Thalionmel sucht sie nach einer Brücke, auf der sie ihr Leben der Göttin opfern kann, im Kampf gegen die geifernden Horden des Bösen. Ich denke manchmal, für sie gibt es nur Thalionmels und blutsaufende Novadis – und nichts dazwischen ...

»Wer ist die heilige Thalionmel?« fragte ich.

Elgor blickte überrascht auf – er schien sich kaum vorstellen zu können, daß jemand diesen Namen noch nicht gehört hatte. Einen Moment lang sann er darüber nach, ob er mich ins Bild setzen sollte, doch dann kehrte er zu Junivera zurück: »Nun, wie dem auch sei – wenn ihr Mädchens Bekehrung gelingt, hat sie gute Aussichten, in der Gnade Rondras weiter aufzusteigen. Eine Bekehrung dient ihr viel mehr, als wenn sie der

Göttin einen im Kampf erschlagenen Gegner weiht. So lehrt es jedenfalls die Kirche.«

»Unser Freund Arve hat bisher immer einen großen Bogen um alle Tempel und Priester gemacht«, sagte Viburn grinsend. »Ich glaube manchmal, er ist ein gottloser Gesell.«

Bevor ich etwas erwidern konnte, kehrten beide Frauen in die Höhle zurück. Mädchens Wangen glühten, ihre kurzen Haare standen wild vom Kopf ab.

Junivera ließ sich erschöpft neben dem Feuer auf den Boden sinken. »Die Hexe ficht wie ein Thorwalpirat«, schnaufte sie. »So etwas habe ich noch nicht erlebt.« Sie deutete auf ihre Stirn, auf der eine kleine, wohlgeformte Beule zu sehen war. »Hätten wir echte Schwerter benutzt, so müßtet ihr den Rest eurer Reise ohne Rondras Beistand zurücklegen.«

»Es tut mir leid«, murmelte Mädchen kleinlaut.

Junivera schnitt eine Grimasse: »Na warte, morgen werde ich dich durchwalken, daß dir Hören und Sehen vergeht!«

Auch Viburn ließ es sich nicht nehmen, unserem wißbegierigen Gast einige genauere Kenntnisse zu vermitteln. Dazu nahm er Mädchen auf lange Spaziergänge mit, die manchmal fast einen halben Tag dauerten.

»Ich lehre sie Dinge, die ihr keiner von euch so gut beibringen kann wie ich«, sagte er einmal beim Weggehen zu mir. Was Mädchen von Viburn lernte, konnte ich von ihr nicht erfahren. Als ich sie danach fragte, sah sie mir mit kindlichem Ernst in die Augen. »Das sind Streu-ner-ge-heim-nis-se.« Wie alle neu gelernten Ausdrücke sprach sie das Wort sehr sorgfältig aus. »Nur Streuner wie Viburn und ich dürfen davon wissen.«

»Wenn du neuerdings ein Streuner bist, dann bin ich auch einer«, sagte ich.

»Viburn sagt, du bist ein Halbelf.«

»Man kann sehr wohl ein Halbelf und gleichzeitig ein Streuner sein.«

»Viburn sagt, nein. Er hat mir auch gesagt, daß du so zu mir sprechen würdest, und mich gewarnt. Wenn man ein Streunergeheimnis verrät, dann ist man unwürdig, ein Streuner zu sein.« Mehr war aus Mädchen nicht herauszubekommen.

Ich kann nicht sagen, daß es mir gefiel, wenn sich Viburn unserem Findelkind so sehr widmete. In den wenigen Tagen, die Mädchen nun bei uns war, hatten wir uns alle sehr rasch an sie gewöhnt. Eine seltsame Vertrautheit war zwischen uns entstanden, und ich muß bekennen, daß ich sie in den wenigen Tagen sehr liebgewonnen hatte. Es war etwas an ihr, das ich unwillkürlich mit der Sonne in Verbindung brachte – nicht mit jener sengenden Strenge, die die Menschen fürchten und die im Götterfürsten Praios Gestalt angenommen hat, sondern mit den milden Strahlen der Frühlingssonne, die allen Lebewesen tief ins Gemüt dringt und sie mit Wärme und Heiterkeit erfüllt. Wann immer Mädchen in die Höhle trat, brachte sie eine Fröhlichkeit mit sich, die uns den grimmen Winter, unseren gefährlichen Auftrag und die Sorge um Larix' Zustand zeitweilig vergessen ließ. Diese wärmende Heiterkeit vermißte ich schmerzlich, wenn Viburn Mädchen wieder einmal zu einem jener langen Spaziergänge entführt hatte.

Einmal beschrieb ich Elgor meine Gefühle während Mädchens Abwesenheit. Er erwiderte, ihm erginge es ähnlich, nur würde er für sich selbst nicht so ein elfisches Brimborium um seinen Ärger machen. »Ich bin ganz einfach eifersüchtig«, sagte er, »und ich gönne diesem Halunken die hübsche Kleine nicht – das ist alles!«

Am fünften Tag in der Höhle war Larix' Leib deutlich schlanker geworden – sein Bauchnabel hatte schon beinahe wieder die alte Form. Vorgestern hätte man noch fast einen Dukaten hineinlegen können. Larix ballte die Fäuste. »Es juckt höllisch!« jammerte er. Elgor untersuchte die Wunde.

»Du weißt, daß du nicht daran kratzen darfst!«

»Ja, ja, ja!« knurrte der Zwerg.

Auch Junivera betrachtete den Bauch. Sie sah sehr zufrieden aus. »Wenn die Schwellung einmal abklingt, dann geht es schnell voran. Morgen kannst du versuchen aufzustehen.«

Am späten Nachmittag entdeckte ich eine Ogerspur. Diesmal hatte mich das gewohnte Jagdglück im Stich gelassen, und auf der Suche nach einer Beute entfernte ich mich weiter vom Lager als an den anderen Tagen. Endlich sah ich ein Reh, und folgte ihm vorsichtig in ein schmales Tal hinab. Aber – wie ich schon sagte – es war nicht mein Tag: Als ich einen letzten, behutsamen Schritt tat, um in eine bessere Schußposition zu kommen, trat ich auf einen Zweig. Ein leises Knacken war zu hören. Das Reh warf den Kopf hoch, streifte mich mit einem raschen Blick und verschwand dann mit weiten Sprüngen.

Ich zuckte die Schultern, stieß den Pfeil zurück in den Köcher und machte mich daran, dem Reh nachzusteigen, auch wenn ich mir kaum Hoffnung auf eine zweite Begegnung machte. Auf der Talsohle, an einem kleinen Bachlauf, war der Schnee seltsam aufgewühlt, und ich beschloß, mir die Stelle näher anzusehen. Zuerst fand ich nur ein paar verwischte Abdrücke. Irgendwelche Wesen waren den Hang hinaufgeklettert und wieder hinabgestiegen. Ich schaute mir die Spuren genauer an. Es waren die Abdrücke von Fellschuhen. Der Anblick gefiel mir überhaupt nicht. Kluge Kreaturen, vermutlich Goblins, waren durch das Tal gezogen und dabei immer wieder ausgeschwärmt, offenbar hatten sie nach etwas gesucht.

Und nahe beim Bachbett prangte die kolossale Spur eines Ogers. Um eine Ogerspur zu erkennen, muß man keine Ahnung vom Fährtenlesen haben, und man muß kein Feigling sein, um bei ihrem Anblick blaß zu werden. Die nackten Ogerfüße waren tief in den Schnee eingesunken, jede Vertiefung schien doppelt so lang wie mein Fuß und mehr als doppelt so breit. Der Abstand von Abdruck zu Abdruck betrug jedoch kaum mehr als eine halbe Mannslänge. Das menschenfressende Ungeheuer schien es nicht sehr eilig gehabt zu haben. Neben den Gruben, die der Oger im Schnee zurückgelassen hatte, sahen die Abdrücke der Goblinfüße geradezu zierlich aus.

Bis zum Mittag hatte es geschneit, aber auf die Spuren im Tal war kein Schnee gefallen. Das bedeutete, die Goblinmeute und der Oger waren erst vor wenigen Stunden hier entlang gegangen. Ich sog prüfend die Luft ein. Es schien mir fast, als ob der üble Ogergestank noch um mich schwebte.

Endlich fand ich auch eine Stiefelspur. »Ein Goblinfreund«, dachte ich. Das paßte ja alles gut zusammen!

So schnell mich meine Füße trugen, rannte ich zum Lager zurück. Ich versuchte gar nicht erst, meine verräterische Spur zu verwischen. Ein hungriger Oger verläßt sich sowieso mehr auf seine Nase als auf seine Augen. Viburn und Larix brauchte ich nicht lange zu erklären, was diese besondere Ansammlung von Spuren zu bedeuten hatte, aber Elgor und Junivera hatten es offenbar kaum begriffen.

»Goblins und Oger kommen nicht gut miteinander aus«, sagte Viburn zu ihnen. »Oger haben keine Bedenken, einen Goblin über ihrem Feuer zu rösten. Darum geht das kleine Gesindel den stinkigen Ogern meistens aus dem Weg. Wenn sie sich zusammentun, haben sie es oft auf Menschen abgesehen. Und fast immer steckt ein übler Schurke dahinter, wenn sich eine Schar Goblins und ein oder zwei Oger zusammenfinden.«

»Solche Kerle nennen wir *Goblinfreunde*«, warf ich ein. »Meistens sind es minderbegabte Magier, manchmal aber auch Elfen.«

»Im Osten Aventuriens kannst du fast in jeder Stadt einen solchen Goblinfreund finden«, fuhr Viburn fort. »Wenn du Jagd auf ein paar Menschen machen willst, gehst du zu einem Goblinfreund und handelst einen Preis mit ihm aus. Er stellt dann die Meute zusammen und erledigt die Angelegenheit für dich.«

»Und ihr meint, diese Meute hat es auf uns abgesehen?« fragte Junivera.

Viburn nickte. »Es müßte schon ein großer Zufall sein, wenn es nicht so wäre ... Und sie sind uns bedenklich nahe gekommen.«

Mädchen hatte am Höhleneingang Stellung bezogen und beobachtete die Umgebung. »Es schneit wieder«, meldete sie.

»Dann wird wenigstens deine Spur verschwinden«, sagte Viburn erleichtert zu mir.

In der folgenden Nacht teilten wir zum ersten Mal wieder Wachen ein.

# 5. Kapitel

*Der Gedanke, Yppolita könne eines frühen Todes sterben, erschreckte Ulissa sehr, aber trotzdem ging ihr die Vorstellung bald nicht mehr aus dem Sinn. Sie malte sich aus, was alles geschehen könnte: ein Unfall beim Reiten, bei einem Waffengang, die Schwester könnte aus Versehen von einer vergifteten Speise kosten, die eigentlich gar nicht für sie bestimmt war. Das waren allesamt abscheuliche Vorstellungen, aber sie führten alle zu dem Ergebnis: Ulissa und nicht Yppolita würde den Thron erben.*

*Da starb eines Morgens überraschend die Königin Gilia, und Yppolita wurde noch in derselben Stunde zur Herrscherin über das Amazonenreich ausgerufen …*

Ein Ogerlager auszuspähen ist immer eine schwierige Angelegenheit. Du weißt nie, wer schneller ist, die Nase des Ungeheuers oder dein Auge. Aber was blieb uns übrig? Wir mußten herausfinden, mit wieviel Feinden wir es zu tun hatten, und darum war ich früh am Morgen mit Viburn aufgebrochen.

Es regnete in Strömen, die Luft war seltsam lau und fast windstill. Von allen Ästen klatschte geschmolzener Schnee auf den Boden. Der Winter hatte sich noch einmal zurückgezogen. Wir platschten mit schweren Schritten durch den Schneematsch, der in gewaltigen Klumpen an unseren Stiefeln klebenblieb.

Von allen Hängen strömten Sturzbäche in die Täler, oft standen wir bis zu den Knien im Wasser. Es kostete so viel Mühe, einen Weg zu suchen, daß wir kaum auf unsere Umgebung achten konnten. Immerhin erreichten wir das Tal, in dem ich die Spuren entdeckt hatte, ohne Zwischenfälle. Natürlich waren jetzt keine Abdrücke mehr zu sehen, aber wir schlugen die Richtung ein, in die auch die Fährte wies. Wir fanden einen leeren Proviantsack und wußten, daß wir auf dem richtigen Weg waren. Dann entdeckten wir eine eingestürzte Fallgrube. Goblins legen solche Fallen an, um größeres Wild darin zu fangen. Da die Grube eingestürzt war, hatten sie offenbar Erfolg gehabt.

Nun konnte es nicht mehr weit sein bis zu der Stelle, an der die Meute ihr Nachtlager aufgeschlagen hatte. Wir marschierten in der alten Richtung weiter und stießen auf eine Lichtung.

In der Mitte der Lichtung waren deutlich die Reste einer Feuerstelle zu sehen. Neben der Asche lag auf dem Boden eine dunkle, reglose Gestalt. Wir gingen vorsichtig hinter einem Gebüsch in Deckung.

»Was hältst du davon?« flüsterte Viburn.

»Keine Ahnung. Vielleicht sind die anderen noch in der Nähe, und der Bursche soll das Lager bewachen.«

»Was gibt es da zu bewachen? Das bißchen Asche? Außerdem liegt er so merkwürdig da.«

»Du meinst, er ist tot?«

Viburn nickte.

»Vielleicht haben sie ihn dorthin gelegt, um uns neugierig zu machen?«

Wir warteten. Die Gestalt regte sich nicht. Abgesehen vom allgegenwärtigen Plätschern des Wassers war kein Laut zu hören. Viburn gab sich einen Ruck. »Jetzt sehe ich mir den Burschen an.«

Ich folgte ihm.

Neben der feuchten Asche lag ein toter Goblin. Am Hinterkopf hatte er eine häßliche Wunde, die von einem spitzen Ohr zum anderen klaffte. Sein Genick war gebrochen.

Viburn tippte mit der Stiefelspitze gegen den Leichnam.

»Anscheinend hat unser Freund, der Oger, sich über ihn geärgert. Wir wissen zwar immer noch nicht, wie viele Goblins zu der Meute gehören, aber immerhin können wir einen von der Zahl abziehen, das ist doch auch schon etwas.«

Ich wandte mich ab, aber Viburn begann, den Leichnam zu durchsuchen. Das hielt ich für Zeitverschwendung: An dem Toten würde nichts zu finden sein. Leichenfledderei ist eine Leidenschaft der Goblins, bei Freund und Feind machen sie keine Unterschiede.

»Er ist sehr groß für einen Goblin«, murmelte Viburn. »Ein stattlicher Bursche. Einen guten Helm muß er besessen haben und möglicherweise sogar eine Rüstung, sonst läge er hier nicht in diesen lächerlichen Unterkleidern, und die anderen hätten sich nicht die Mühe gemacht, seinen Helm wegzuschleppen.«

Viburn wälzte den Toten auf den Rücken. »Er ist noch nicht steif, kann noch nicht lange tot sein... Was haben wir denn da?« Der Streuner griff nach einem flachen Beutel, der um den Hals des Goblins hing, und riß den Riemen durch.

In dem Beutel steckte eine handtellergroße Schieferplatte, die in der Mitte zersprungen war. Viburn hielt die Hälften aneinander und musterte sie sorgfältig. »Schau, schau, da ist ein Bild von dir«, sagte er schließlich. »Du bist gar nicht schlecht getroffen.«

Ich nahm ihm die Stücke aus der Hand. In den Schiefer waren fünf Figuren eingeritzt: Eine Frau, ein Zwerg und drei Männer – einer der Männer hatte tatsächlich spitze Ohren.

»Was hältst du davon?« fragte ich.

»Jetzt wissen wir, daß sie tatsächlich *uns* verfolgen. Man hat ihnen sogar einen Steckbrief mitgegeben.« Viburn dachte einen Moment nach und tippte dann noch einmal auf den Erschlagenen. »Ich glaube, Arve, hier liegt der Goblinhäuptling. Alles spricht dafür: Er hat eine gute Ausrüstung besessen, und er trug den Steckbrief. Außerdem kann gerade ein Goblinhäuptling leicht mit einem Oger in Streit geraten, die andern Schurken sind viel zu kriecherisch. Er aber hatte ein Gesicht zu verlieren.« Einen Augenblick lang betrachtete Viburn gedankenverloren den offenstehenden Rachen mit den weit vorspringenden Kiefern, die schlaff heraushängende schwarze Zunge, die am schütteren roten Fell der Kreatur festgeklebt war. Dann bückte er sich, drückte dem Goblin die Augenlider herunter und warf einen Lumpen über seinen Kopf. »Warum bist du nicht in deinem Erdloch geblieben, du Trottel?« murmelte er. Dann sah er mich an und grinste. »Jetzt sind wir vor ihnen sicher. Sie haben ja jetzt keinen Steckbrief mehr.«

Wir warfen noch einen raschen Blick in die Runde, entdeckten aber nur die Überreste eines kleinen Wildschweins, und suchten nach der Stelle, an der die Meute die Lichtung verlassen hatte. Bald fanden wir ihre Spur. Viburn erschauderte, als wir den ersten Ogerabdruck fanden. Er stellte seinen Fuß in die Vertiefung und schüttelte den Kopf. »Nein, den Burschen möchte ich wahrhaftig nicht kennenlernen.«

Es goß noch immer. Der Bach im Talgrund war zu einem kleinen Fluß angeschwollen, der hier und da die Fährte überspülte. Dennoch konnten wir ihr leicht folgen. Die Meute hielt konstant die gleiche Richtung und entfernte sich immer weiter von unserem Lager. Offenbar hatten unsere Verfolger unsere Spur verloren.

Erleichtert entschlossen wir uns zum Umkehren. Wir hatten noch einen weiten Weg zum Lager zurückzulegen und würden erst am Nachmittag dort eintreffen. Wir waren guter Dinge und freuten uns darauf, den Gefährten die günstige Nachricht überbringen zu können. Auf dem Weg gelang es mir noch, einen Wollhamster zu erschießen, eine schmackhafte Beute, die für zwei Mahlzeiten reichen mochte.

Viburn war der Meinung, daß dem Schützen die Ehre gebührte, die Beute ins Lager zu schleppen, ich fand, man sollte sich die Jagdarbeit teilen: Der eine schießt, und der andere schleppt. Schließlich trugen wir das pelzige Bündel zu zweit.

Auch am nächsten Tag wehte eine milde Luft durch den Höhleneingang. Larix war als erster auf den Beinen und humpelte in der Höhle auf und ab. »Los, hoch mit euch!« rief er. »Wir wollen einen Happen essen, dann können wir endlich weiterziehen!«

Junivera, die die letzte Wache übernommen hatte, schlüpfte zu uns herein. »Es ist alles ruhig«, verkündete sie. »Das wird ein Tag wie im Frühling. Hoffentlich haben wir morgen, wenn wir aufbrechen wollen, auch so gutes Wetter.«

»Wir marschieren heute los!« entgegnete Larix.

»Daraus wird nichts!« Junivera warf einen Blick auf seinen Bauch.

»Sieht wirklich sehr gut aus – aber marschieren kannst du noch nicht. Du hast eine Woche still gelegen. Jetzt mußt du dich erst wieder an die Bewegung gewöhnen. Eigentlich sollten wir bis übermorgen warten.«

Larix rang nach Worten.

»Junivera hat recht«, entschied Elgor ruhig. »Wenn du nach ein paar Meilen umkippst, haben wir nichts gewonnen. Außerdem wird sich die Goblinmeute bis morgen noch weiter von uns entfernt haben. Wir wollen ihnen nicht zufällig in die Arme laufen.

Nach dem Frühstück brachen Viburn und Mädchen zu einem ihrer Spaziergänge auf.

»Bleibt in der Nähe und haltet die Augen offen!« rief Elgor ihnen nach.

Ich setzte mich in den Höhleneingang und sah hinter ihnen her. Unsere Höhle lag zwei, drei Mannshöhen über dem Talgrund in der Südflanke eines schmalen Tals, das sich in Ost-West-Richtung schlängelte. Nach

Westen stieg die Talsohle ziemlich steil an, nach Osten verbreiterte sich der Einschnitt und fiel sanft ab. Viburn und Mädchen gingen nach Westen und waren bald hinter einer Biegung der Talwände verschwunden.

Ich verließ meinen Platz, um eine Plauderei mit Larix zu beginnen, aber der Zwerg war ausgesprochen schlecht gelaunt. Er humpelte von einer Seite der Höhle zur anderen und knurrte: »Muß erst laufen lernen! Ja, bin ich denn ein Säugling? Was bildet die Dame sich ein? Soll ich durch den Wald tänzeln wie ein Höfling durch einen Ballsaal?« Larix versuchte einen Sprung, stolperte und schnitt eine Grimasse.

»Diese Nörgelei ist nicht zum Aushalten«, seufzte Junivera und schlüpfte zum Höhleneingang hinaus.

Elgor hatte sich heimlich Larix' Schwert geborgt und schlug gelangweilt auf einen langen, armdicken Stamm ein, den er zerteilen wollte, damit er besser auf die Feuerstelle paßte.

»Kaladon!« brüllte Larix plötzlich und riß Elgor das Schwert aus der Hand. »Du bist einfältiger, als du lang bist, Elgor von Bethana! Was nützt mir das Schwert meiner Väter, wenn es stumpf ist wie ein Besenstiel?«

Elgor hob enttäuscht die Schultern und sah sich nach einer anderen Beschäftigung um.

Ich zog eine neue Saite auf meinen Bogen, weil ich zu der alten nicht mehr viel Zutrauen hatte. Dann warf ich den Darm ins Feuer und sah zu, wie er zischend verschmorte.

Junivera sprang zu uns herein, warf sich herum und schob den Kopf wieder durch den Höhlenmund nach draußen. Sie winkte heftig mit der Hand. Elgor prallte mit Larix zusammen, darum war ich vor ihm am Höhleneingang. Ich sah nach Osten, in die Richtung, in die auch Junivera blickte. Einen guten Bogenschuß weit standen dort zehn Gestalten. Ein dicker nackter Mann und neun mißgestaltete Kinder. Erst nach und nach nahm mein Verstand auf, was ihm die Augen zeigten:

Die Kinder waren so groß wie ich – oder kaum kleiner –, der nackte Mann aber (er trug ein Lendentuch, um genau zu sein) war fast doppelt so groß wie ich. Eben riß er einen mehr als armdicken jungen Baum aus dem Boden, brach über dem Knie erst den Wurzelstock und dann das schlanke Ende mit der Krone ab. Der Oger! Sie hatten uns gefunden!

Jetzt erkannte ich auch den Goblinfreund. Er war ganz in grünes Tuch gekleidet und trug als einziger Lederstiefel.

Der Oger schulterte seinen Knüppel, und die ganze Gruppe setzte sich langsam in Bewegung. Der Oger ging voran, die Goblins und ihr ›Freund‹ – anscheinend handelte es sich um einen Elf – hielten sich hinter ihm. Offenbar wollten sie den Koloß als lebende Deckung benutzen.

Elgor schob mich unsanft zur Seite. Er hatte seinen Bogen in der Hand und einen Pfeil eingelegt.

»Auf diese Entfernung hat es keinen Sinn«, sagte ich, aber Elgor schoß. Er traf tatsächlich den Oger in die Schulter. Das Ungeheuer brüllte, daß die Felswände widerhallten, und rieß sich den Pfeil heraus.

Elgor schoß noch einmal, diesmal weit daneben. Nun holte auch ich meinen Bogen. Etwas klirrte gegen die Höhlendecke und fiel zu Boden. Ein Pfeil! Kurz darauf sirrten zwei weitere zu uns herein. Ich spähte vorsichtig nach draußen. Der Goblinfreund war hinter einem Felsbrocken in Deckung gegangen und spannte eben wieder seinen Bogen. In seiner Nähe hantierten zwei Goblins mit ihren Kurzbögen. Der Oger hatte sich nicht vom Fleck gerührt. Die anderen sechs Goblins drängten sich dicht hinter ihm zusammen.

Junivera und Larix hatten sich tiefer in die Höhle zurückgezogen. Elgor zielte eben auf einen Goblin, da schlug ein Pfeil in sein Kettenhemd, drang aber nicht durch. Immerhin ließ der Krieger vor Schreck die Sehne los. Wieder ein Pfeil verschenkt!

»Tu doch etwas, Arve!« knurrte Larix. »Schieß zurück!«

»Es hat keinen Sinn. Den Oger kann ich nur durch einen Glücksschuß ernsthaft verwunden, und die Goblins sind zu schwer zu treffen.«

»Ich wundere mich darüber, daß sie *uns* treffen!«

»Sie halten einfach blindlings auf den Höhleneingang, sie ...«

»Ach was, hör nicht auf ihn!« fuhr Elgor dazwischen. »Wir sollten lieber einen Plan entwickeln ... Wir sitzen wie Mäuschen in der Falle!«

»Aber sie können auch nicht zu uns hereinkommen, immerhin ...«

Der Pfeilbeschuß hatte aufgehört. Elgor und ich spähten vorsichtig nach draußen.

Der Goblinfreund besprach sich gerade mit dem Oger. Der Fremde war ein Elf, das konnte ich jetzt deutlich sehen. Er wandte sich um und ging ein paar Schritte in unsere Richtung. Dann hob er die Hände an den Mund und rief: »He, ihr da oben, kommt heraus, laßt uns nicht unnötig Zeit vergeuden!« Er wartete kurz ab, dann fuhr er fort: »Da ist eine Rondrageweihte unter euch, das weiß ich genau! Hör zu, mein Täubchen, mein großer Freund wird jetzt zu dir sprechen! Dann werden wir sehen, ob du eine treue Dienerin deiner Göttin bist!«

Junivera war aufgesprungen und nestelte an ihrer Robe.

Die Stimme des Ogers dröhnte in unseren Ohren: »Du hören! Rondra große Göttin, aber nicht so groß wie Ogermist! Du kommen?«

Junivera ließ ihr Gewand fallen, und ein kurzes, blinkendes Kettenhemd kam zum Vorschein. Sie riß ihr Schwert aus der Scheide und trat zum Höhleneingang.

Ich ergriff ihren Arm. »Was ist denn in dich gefahren? Hast du den Verstand verloren? Du kannst doch nicht zu dem Ungeheuer hinuntergehen!«

Juniveras Gesicht war schneeweiß, ihr Blick ging starr durch mich hindurch. Das Sprechen bereitete ihr Mühe.

»Ich muß! Rondra will es so!«

Ich redete wild auf sie ein, suchte verzweifelt nach Worten, aber Elgor legte mir die Hand auf die Schulter und schüttelte den Kopf. »Sie kann dich nicht hören.«

Junivera ging hinaus. Elgor ergriff sein Schwert und folgte ihr. Auch Larix humpelte durch das Loch. Was sollte ich tun, wenn alle um mich herum vom Wahnsinn ergriffen wurden? Ich ging hinter ihnen her.

Ich hatte erwartet, daß wir von ein paar Goblinpfeilen empfangen würden, irrte mich aber. Offenbar wollten sie dem Oger nicht die Freude am Kampf verderben, indem sie sein Opfer zuvor durchlöcherten. Um die Goblins nicht zu einem Bruch ihrer Kampfsitten zu verleiten, ließ ich den eigenen Bogen fallen und zückte meinen Dolch.

Langsam gingen wir dem Oger entgegen. Junivera bewegte unaufhörlich stumm ihre Lippen. Ihre Augen schienen jetzt fast geschlossen.

Bald waren wir nur noch gut dreißig Schritt von dem Ungeheuer und seiner Meute entfernt. Der Oger hob spielerisch den Knüppel, sein Mund verzog sich zu einem Grinsen und zeigte lauter gelbe Zahnstummeln. Der Menschenfresser war erstaunlich groß. Sein rundes, warziges Gesicht blickte von oben auf uns herab, eine Kuhzunge kam zum Vorschein, fuhr über Ober- und Unterlippe und tief erst in das eine, dann in das andere Nasenloch hinein.

Der feiste, blasse Bauch hing schwer zwischen den Säulenbeinen herab. Das ranzige Fett, mit dem der Oger sich über und über beschmiert hatte, stank zu uns herüber.

Mir wurde übel. »Das kann doch nicht das Ende sein«, dachte ich.

Wir waren noch näher herangekommen. Es trennten uns noch etwa zwanzig Schritt.

Der Oger blieb stehen, kratzte sich unter dem speckigen Lendentuch und rülpste schwer.

Junivera zögerte ebenfalls.

Plötzlich riß sie das Schwert hoch, stieß die Klinge senkrecht in die Luft, und ihre Stimme schrillte durch das Tal: »Rondras Zorn, komm herab und steh uns bei!«

Der Oger und die Goblins starrten sie überrascht an. Der Goblinfreund wich unwillkürlich einen Schritt zurück. Auch ich war erschreckt zusammengefahren. Es hatte eine fremde Wildheit in Juniveras Ruf gelegen, und ihre Stimme war so laut gewesen, daß ich ein schmerzhaftes Klirren in den Ohren spürte. »... steh uns bei ... uns bei!« hallte ein stahlhelles Echo immer wieder durch das enge Tal.

Die wulstigen Ogerlippen kräuselten sich wiederum zu einem dumpfen Grinsen. Er schloß beide Fäuste um den Stamm, hob ihn quer vor die Brust und tat einen großen Schritt nach vorn. Die Goblins trillerten einen Ruf, der wie „Yekyekyek!« klang.

Junivera stellte die Füße auseinander und wog das lange Schwert in den Händen. Ich konnte meinen Blick nicht von ihr lösen, von ihrer schmalen Gestalt in dem blinkenden Kettenhemd, über der sich turmhoch die feisten Massen des Menschenfressers erhoben. Meinen Dolch hielt ich so fest umklammert, daß meine Finger schmerzten. Junivera stand ganz still. Überall ringsumher herrschte eine Stille, als hielte die Welt den Atem an.

In das beklemmende Schweigen drang ein leises Geräusch. Oben von der Felswand zu unserer Rechten war ein kaum vernehmliches Knistern zu hören. Urplötzlich folgte ein dumpfes Bersten, das den Boden unter unseren Füßen erschütterte.

Elgor fand als erster die Sprache wieder. »Zurück!

Zurück!« schrie er Junivera zu. Als diese sich nicht regte, sprang er vor, packte sie am Arm und zerrte sie mit aller Kraft hinter sich her. Ohne recht zu wissen, was ich tat, folgte ich Elgors Beispiel, krallte meine Rechte in Larix' Wams und stieß und schleppte den Zwerg nach hinten.

Der Oger stutzte, tat dann ein, zwei Schritte nach vorn, wohl um uns Fliehenden nachzusetzen. Im gleichen Moment ging die Welt unter. Der Hang rechts von uns sackte in sich zusammen wie ein zerfließender Pudding. Schlamm, Steine und Geröll rutschten mit einem Höllenlärm ins Tal hinab. Gewaltige Felsbrocken hüpften wie Korkbälle den Erd- und Gesteinsmassen voran. Aus den Augenwinkeln sah ich, wie einer der rollenden Felsen dem Oger die Beine wegriß. Das Ungeheuer fiel schwer wie ein Baumstamm. Dann überspülte es eine Welle aus Schlamm und Steinen.

Wir blieben erst stehen, als das Poltern, Schieben und Stoßen hinter uns verstummt war und der Boden zu zittern aufgehört hatte. Dann drehten wir uns langsam um. Junivera ließ sich auf die Knie fallen, reckte die Arme hoch, legte den Kopf in den Nacken und stimmte ein Gebet an. Elgor folgte ihrem Beispiel. Er sang mit lauter, kräftiger Stimme.

Aus dem Hang auf der Südseite war eine mächtige Scholle herausgebrochen und ins Tal gerutscht. Hier und da quoll zähflüssiger Schlamm aus der dunklen Wunde in der Bergflanke und kroch zur Talsohle hinab, auf der sich eine Halde aus Erde, Geröll, zersplittertem Holz und mächtigen Felsbrocken aufgetürmt hatte.

Larix schien von den Ereignissen wenig beeindruckt. »All die Nässe der letzten Tage ...«, murmelte er. »Und dann das plötzliche Tauwetter ...« Da uns die Erdmassen den Blick in den unteren Teil des Tals versperrten, kraxelte er am Hang hinauf, um von dort Ausschau zu halten. »Fünf Goblins leben noch, Arve!« rief er mir zu. »Ach, du solltest sehen, wie das Gesindel rennt! Den

Oger und den Goblinfreund kann ich nirgends entdecken!«

Nachdem der Zwerg wieder von seinem Ausguck herabgestiegen war, warteten wir noch eine Weile und gingen dann hinunter zur Halde, um sie zu untersuchen. Von den Verschütteten konnten wir kein Anzeichen entdecken. Mir war es lieber so. Ich konnte mich ohnehin nicht von der Vorstellung lösen, daß der Oger gar nicht tot sei. Jeden Augenblick rechnete ich damit, daß er sich unversehrt und gewaltiger denn je aus den Gesteinstrümmern erheben würde ... Aber alles blieb ruhig. Wir entschieden, daß es wenig Sinn hatte, noch weiter in der nassen Erde herumzustochern, und gingen daran, mit ausgerissenen Grasbüscheln unser Schuhwerk von dem zähen Schlamm zu befreien.

»Wo nur Viburn und Mädchen bleiben?« murmelte Elgor nach einer Weile.

»Das habe ich mich auch schon gefragt«, sagte ich. »Aber ich glaube, wir brauchen uns keine Sorgen zu machen. Sie sind höchsten zwei Stunden fort. In der Zwischenzeit ist so viel geschehen, daß uns die Zeit wie ausgedehnt erscheint.«

Wir kehrten zu unserem Unterschlupf zurück. Aus der Decke waren ein paar Steine herabgefallen, aber sonst war die Höhle unversehrt geblieben. Vom Eingang warf Elgor einen Blick zurück in das halb verschüttete Tal. »Rondra ist eine mächtige Göttin«, sagte er.

»Sie hat ein großes Wunder für uns getan«, pflichtete ihm Junivera bei. »Ich kann es selbst kaum fassen. Der Oger hat einen Fehler gemacht – er hat die Göttin selbst beleidigt. Das hätte er nicht tun dürfen.«

»Er wollte dich herausfordern«, sagte Elgor.

»Gewiß, das war seine Absicht. Dieser Goblinfreund muß ihm das eingegeben haben. Er wußte wohl, daß wir Rondrageweihten keine Herausforderung ablehnen dürfen, ganz gleich, wie nichtswürdig der Herausforderer ist… Aber der Oger hat alles verdorben, er hat die Göttin selbst herausgefordert.«

»Vielleicht bist du zu bescheiden«, erwiderte der Krieger. »Vielleicht hat die Göttin doch gerade dir ihren Beistand geschickt. Ich glaube nicht, daß Rondra sich um das schert, was aus einem Ogermaul herausgeblubbert kommt.«

Ein rötlicher Hauch war über Juniveras Züge gehuscht. Sie hob abwehrend die Hand. »So mußt du nicht sprechen. Wer weiß denn schon, wem von uns sie beistehen wollte; fest steht nur, daß sie uns ihr Wunder schickte.«

Larix, der das Gespräch stumm verfolgt hatte, zupfte mich am Ärmel. »Bist du ganz sicher, daß der Erdrutsch kein Zufall war?« fragte er leise. »Ich meine, bei einer solchen Wetterlage habe ich schon ganz andere Schlammlawinen niedergehen sehen…«

Ich öffnete den Mund, um dem Zwerg zuzustimmen, aber ich brachte kein Wort über die Lippen. Ich bin – wie man so sagt – nicht auf den Mund gefallen, doch ich sah noch immer Juniveras schlanke, unerschütterte Gestalt vor mir und den wandernden Berg, der sich über den gestürzten Oger schob, und ich wußte mit einem Mal nicht mehr, welche Antwort ich Larix geben sollte.

Die Dämmerung kam, und Mädchen und Viburn waren nicht zurückgekehrt. Es hatte keinen Sinn, im Dunkeln nach den beiden zu suchen. Den ganzen Abend lang saßen wir um das Feuer, starrten in die Glut und warteten.

Manchmal versuchte einer von uns, ein Gespräch zu beginnen, über das Leben in Havena oder das Turnier in Gareth, aber wir kamen nie über ein, zwei Sätze hinaus. Über Viburn und Mädchen redeten wir nicht, was hätten wir über sie sagen sollen?

Irgendwann legten wir uns nieder. Auf Larix' lautes

Schnarchen wartete ich vergeblich, keiner von uns schien Schlaf zu finden.

Durch den Höhlenmund drang Regenrauschen zu uns herein, hin und wieder schrie ein Nachtvogel. Einmal ging irgendwo in der Ferne dumpf polternd ein neuer Erdrutsch nieder.

Als es wieder dämmerte, stand ich auf, um nach draußen zu gehen. Da lag unten auf dem Talboden Mädchen, lang ins nasse Gras gestreckt. Auf ihrem Hinterkopf erkannte ich einen dunklen Fleck.

Mit zwei, drei Sätzen war ich bei ihr.

Sie lebte! Ihr Haar war blutverkrustet, aber die Wunde schien nicht gefährlich zu sein. Mädchen schlug die Augen auf, als ich mich über sie beugte.

»Viburn«, sagte sie.

»Was ist mit Viburn?«

»Er ist bei den Männern, glaube ich.«

Gemeinsam mit Elgor trug ich Mädchen hinauf zu unserem Feuer in die Höhle. Wir streiften ihr die nassen Felle ab, und während Junivera sie mit einer dicken Decke abrubbelte, erfuhren wir nach und nach, was geschehen war:

Viburn und Mädchen waren zu einer anderen, nahegelegenen Höhle gewandert. »Zu der Höhle sind wir immer gegangen. Viburn hat mir dort seine Streunergeheimnisse gezeigt.« Dann waren sie in einem Bogen zu unserem Lager zurückgelaufen. Kurz bevor sie das untere Ende unseres Tals erreichten, hatte die Erde gebebt, und ein gewaltiges Poltern war zu hören gewesen. Viburn war sehr aufgeregt, denn der Lärm kam aus der Richtung, in der sich unser Lager befand.

»Er fing an zu rennen und zog mich hinter sich her. Wir waren noch gar nicht weit gekommen, da sah ich fünf Männer, die uns entgegenliefen. Ich habe sie Viburn gezeigt, da zog er mich in ein Gebüsch. Ich habe mir gedacht, wahrscheinlich hat er sie nicht richtig gesehen und angenommen, es seien wilde Tiere.

Aber als sie näher kamen, konnte ich genau sehen, daß es Männer waren, kleine Männer, die überall rote Haare hatten. Sie hatten auch eigenartige Münder und sahen sehr aufgeregt aus. Mir schien, daß ihnen etwas Schlimmes zugestoßen sein müßte. Darum habe ich mich von Viburn losgerissen, ich meine, weil ich mit den Männern reden wollte und sie fragen, was passiert sei. Ich lief zu ihnen hin, aber sie wollten nicht mit mir sprechen. Einer schlug mit einer Keule nach mir. Ich drehte mich dann um und wollte weglaufen, aber jetzt weiß ich nicht mehr ... Viburn habe ich noch gesehen. Er hatte ein Rapier in der Hand und lief auf die Männer los ...«

»Wo ist das alles geschehen?« fragte Junivera.

»Unten, am Ende des Tals. Ich kann euch hinführen.« Sie sprang auf, taumelte aber benommen zur Seite.

»Du bleibst hier und rührst dich nicht vom Fleck!« entschied Elgor. »Larix, du bleibst bei ihr! Kommt, wir werden den Platz schon finden!«

Wir rannten ins Tal hinab, kletterten über die Steinhalden und hasteten weiter. Am Ende des Tals fanden wir zwei tote Goblins. Im Brustkorb des einen stak das abgebrochene Ende von Viburns Rapier. Der andere lag in einer riesigen Blutlache.

Sein Hals war genau an der Kehle durchbohrt. Er hielt seine Waffe, einen breiten Säbel, noch in der haarigen Faust. Neben dem anderen Goblin lag eine kurze Keule im Gras. Eine Schleifspur führte vom Kampfplatz weg und verschwand im Wald. Mit gezogenen Waffen folgten wir der Spur.

»Bei Rondra, vielleicht lebt der Streuner noch!« rief Junivera. »Sonst hätten sie sich nicht die Mühe gemacht, ihn mitzuschleppen!«

»Sie können nicht schnell vorwärtsgekommen sein, Viburn ist keine leichte Last.«

Die Spur war deutlich zu sehen. Ich rannte vorwärts und spürte kaum die nassen Zweige, die mir ins Gesicht schlugen. Während wir der Fährte folgten, stieg der Boden unter unseren Füßen beständig an. Offenbar wollten sich die Goblins mit ihrem Gefangenen in den Bergen verkriechen. Je höher wir kamen, desto lichter wurde der Wald – jetzt kamen wir noch besser voran. »Wir kriegen euch! Wir kriegen euch!« keuchte ich bei jedem Schritt.

Aber wir erwischten sie nicht.

Wir folgten der Spur bis hinauf in das nackte Felsgestein, und dort haben wir sie verloren. Sie hörte einfach auf, an einer Stelle, wo sich drei schmale Schluchten ineinanderfügen. Natürlich untersuchten wir jede einzelne Schlucht. Den Rest des Tages brachten wir damit zu, den Boden Zoll für Zoll zu prüfen, aber wir fanden nicht den kleinsten Hinweis.

Manche Goblins klettern wie Bergziegen. Vielleicht hatten sie Viburn angeseilt und an einer Felswand hinaufgezogen, vielleicht besaßen sie hier oben einen geheimen, dämonisch gut getarnten Unterschlupf, vielleicht waren wir auch seit einiger Zeit einer falschen Spur gefolgt … Wir sollten niemals erfahren, wohin die Goblins verschwunden waren.

# 6. Kapitel

*So wurde die siebzehnjährige Yppolita zur neuen Königin der Amazonen. Aber sie empfand den Thron als eine schwere Bürde. Dauernd waren Entscheidungen zu treffen und schwierige Dinge zu regeln. Untertanen traten vor ihren Thron, bezichtigten sich gegenseitig eines Verbrechens und erwarteten ein gerechtes Urteil von der jungen Frau, die Kläger und Beklagten für gleichermaßen schuldig oder unschuldig hielt. Für die Jagd blieb ihr keine Zeit mehr, und Yppolita sehnte sich nach den fröhlichen Gefechten mit der Schwertmeisterin.*

*Bei allen Staatsdingen besprach sie sich mit ihrer Schwester Ulissa, die fast immer einen Rat wußte, wenn Yppolita sich vergeblich das Hirn zermartert hatte.*

*Wenn die Versammlung im Thronsaal tagte, saß Ulissa neben der Schwester und flüsterte ihr kluge Ratschläge ins Ohr. So regierten die Schwestern gemeinsam. Yppolita war froh darüber, daß ihr die kluge Ulissa zur Seite stand.*

*Aber Ulissa empfand einen tiefen Haß auf die Königin. Ein Hohlkopf, dachte sie. Eine aufgeblasene Wichtigtuerin! Sie weiß, wie man ein Schwert hält, und im Pferdestall kennt sie sich aus. Wie ein Stallbursche würde sie das Land regieren, wenn es mich nicht gäbe! Und doch sitzt sie auf dem Thron und wird verehrt und von jederfrau* Meine Königin *genannt.*

*In jenen Tagen erzählte Yppolita, als die Schwestern einmal allein beisammensaßen, daß sie in letzter Zeit häufig an Männer denke. Seit sie bei einem Ausritt mit einem Bauernsohn gesprochen hatte, fragte sie sich immer wieder, woran es liegen mochte, daß die Männer so völlig anders als die*

*Frauen waren. Wenn es stimmte, daß sie von soviel geringerem Wert als die Amazonen waren, warum hätte sie dann gern noch viel länger mit dem Burschen gesprochen? Warum empfand sie seine Stimme und sein Gesicht als angenehm?*

Die Nacht war längst hereingebrochen, als wir unsere Höhle erreichten. Wir waren so erschöpft, daß wir uns kaum noch auf den Beinen halten konnten.

Aus irgendeinem Grund hatte ich gehofft, daß Viburn am Feuer sitzen und uns mit einer albernen Bemerkung empfangen würde, aber dort kauerte nur Larix. Mädchen lag in einem Winkel und schlief. Der Zwerg sah uns schweigend entgegen.

»Nichts.« Elgor setzte sich schwerfällig neben der Feuerstelle nieder. »Wir haben ihn nicht gefunden.«

Mädchen war aufgewacht. Sie blickte von einem zum anderen. Ihre Augen füllten sich mit Tränen. »Viburn kommt nicht?«

Ich schüttelte den Kopf.

»Nie mehr?«

»Ich glaube nicht.«

Junivera setzte sich zu ihr. Sie nahm Mädchens Kopf zwischen die Hände, behutsam darauf achtend, die Wunde nicht zu berühren, und legte ihn in ihren Schoß. »Er wird in Rondras Hallen auf dich warten. Eines Tages wirst du ihm dort wiederbegegnen.«

Mädchen schloß die Augen, eine einzelne Träne schlüpfte zwischen den Wimpern hindurch und rollte über ihre Wange.

»Viburn sagt, Rondra duldet keine Streuner in ihren Hallen.«

»Ach, was der so daherredet«, brummelte Larix gutmütig. »Viburn weiß vielleicht, wie man einem Thorwaler Hetmann den Ohrring stiehlt, aber von den Göttern hat er keine Ahnung.«

Mädchen schwieg. Ihre Schultern zuckten.

Auch meine Augen brannten. Ich stand langsam auf und ging zum Höhleneingang. Der Mond stand voll und rund über dem Tal und warf silbergraues Licht auf Bäume, Gras und Felsen. Ich trat langsam ins Freie, wanderte hinunter zur Steinhalde und kletterte über sie hinweg. Mir war etwas eingefallen. Bald hatte ich den Platz erreicht, wo die beiden toten Goblins lagen. Auch sie waren in silbernes Mondlicht getaucht. Schwarze, kleine Schatten huschten über den Boden, als ich näher trat.

Dicht neben der einen Leiche lag noch immer der Säbel. Ich hob ihn auf und ging zur Höhle zurück, wo Mädchen nach wie vor leise weinte. Ich legte den Säbelgriff in ihre offene Hand. »Für dich, ein Geschenk von Viburn.«

Mädchen starrte die Waffe ungläubig an. Dann nahm sie den Griff fest in die Hand und fuhr zögernd mit der breiten Klinge durch die Luft.

»Danke«, sagte sie und fuhr sich mit dem Unterarm über Nase und Mund. Junivera wischte ihr mit einem Tuch über das Gesicht.

Man muß die Toten betrauern, aber genausogut muß man essen. Erst als ich den ersten Bissen in den Mund stopfte, spürte ich, wie hungrig ich war, und mir fiel ein, daß ich den ganzen Tag noch nichts gegessen hatte. Auch Mädchen und die anderen aßen wie hungrige Wölfe.

Danach schlüpften wir unter unsere Decken. Niemand sagte ein Wort.

Auch beim Frühstück herrschte tiefes Schweigen.

»Das war's dann wohl.« Ich warf meinen Packen über die Schulter und nahm den Bogen in die Faust. »Ich kehre nach Havena zurück.«

»Was soll das heißen?« polterte Larix. »Du kommst natürlich mit uns nach Kurkum.«

»Ich wüßte nicht, was ich dort zu suchen hätte.«

Elgor sah mich an. »Du hast einen Freund verloren. Das verstehe ich. Aber ich begreife nicht, was sich dadurch geändert hat. Wir mußten damit rechnen, daß nicht jeder von uns das Ziel erreicht.«

Ich setzte meinen Packen noch einmal ab. »Ich bin nur Viburn zuliebe mitgekommen. Ihr seid nicht meine Freunde, und eure Amazonenkönigin kümmert mich einen Dreck.«

»Wir brauchen dich«, sagte Junivera. »Du weißt, daß wir uns im Wald nicht auskennen.«

»Ach was, ihr kommt schon allein zurecht. Außerdem kann Mädchen euch helfen. Sie ist doch im Wald zu Haus.«

Ich begegnete Mädchens Blick. Ihre Augen wurden schon wieder feucht. Schnell wandte ich mich ab.

Elgor trat dicht an mich heran und legte mir die Hand schwer auf die Schulter. »Es tut mir weh, daß du mich nicht für deinen Freund hältst«, sagte er mit rauher Stimme. »Ich sehe in dir schon lange einen Freund. Du sagst, du bist nur wegen Viburn mit dabei. Nun, mein Freund, dann laß mich dir eine Frage stellen: Es war Viburns Aufgabe, uns nach Kurkum zu führen. Dabei hat er sein Leben gelassen. Wenn wir Kurkum nicht finden, wäre sein Tod völlig sinnlos gewesen. Willst du das auf dich nehmen?«

›Immer das gleiche Kriegergewäsch, leeres Stroh‹, hätte Viburn an meiner Stelle gesagt. Das weiß ich genau. Aber ich erwiderte mannhaft Elgors Blick und sagte: »Na schön, Krieger, du hast mich erwischt.«

Elgor strahlte mich an. Hätte ich ihm sagen sollen, daß seine schöne Rede mich völlig kalt gelassen hatte, daß meine Entscheidung schon vorher gefallen war? Der Blick aus Mädchens Augen hatte genügt.

Die Trollzacken lagen weit hinter uns, und vor uns mußte irgendwo das weite Tal des Randrom beginnen, aber wir sahen weder die Berge noch die Flußniederungen, sondern nur Bäume, seit zwei Tagen nichts als Buchenstämme. Wo die Buche hinkommt, läßt sie keinen anderen Baum neben sich gedeihen. Wenn sie jung ist, braucht sie weniger Licht als die meisten anderen Pflanzen. Sie kann unter den Kronen so mancher Baumart prächtig wachsen. Dann beginnt sie sich zu entfalten. Bald hat sie die Bäume, unter deren Blätterdach sie die ersten zwanzig, dreißig Jahre verbrachte, weit überholt und breitet nun ihrerseits ihre mächtige Krone aus. Alle Pflanzen rings um sie her stehen im Schatten, abgeschnitten von Praios' lebensspendenden Strahlen. Sie verlieren ihre Blätter und sterben. Die Buche deckt sie zu, mit ihrem harten, langsam verwesenden Laub.

Zwischen den Buchenstämmen ist viel leerer Raum, nur hier und da gedeiht Holderbusch und wachsen ein paar Stechpalmensträucher. Jedes Wild sieht den Jäger lange bevor er einen Pfeil einlegen kann. Mir war alle Jagdlust vergangen. Mädchen lieh sich hin und wieder meinen Bogen aus, aber sie hatte auch nicht mehr Glück als ich.

In meinem Leib knurrte ein hungriges Tier.

»Oh, das ist gefährlich«, sagte Larix, der das Geräusch gehört hatte.

»Was soll daran gefährlich sein?« fragte ich.

»So kann nur jemand fragen, der keine Ahnung von heilkundlichen Dingen hat«, stellte Larix fest. »Du weißt eben nicht, was in deinem Körper vor sich geht. Drum will ich dir erzählen, was mir ein großer Anatom, ein Mann aus dem Hesindetempel in Nostria, berichtet hat. Wußtest du, das du einen großen Beutel im Leib trägst, in den alles Essen gelangt?«

Ich sah ihn mißtrauisch von der Seite an. »Willst du mich auf den Arm nehmen? Du redest vom Magen, das weiß doch jedes Kind.«

»Und was tut der Magen?«

»Du fällst mir auf die Nerven – er verdaut.«

»Wie geht das – verdauen?«

Ich zuckte die Achseln.

»Nun, siehst du? Das weißt du nicht. Aber ich will es dir sagen: Die Magenwände scheiden eine Säure aus, und diese Säure zersetzt alle Speisen, damit sie besser in den Darm passen.«

»Das ist ja fesselnd.«

»Und jetzt höre, wann es gefährlich wird!«

»...?«

»Wenn dein Magen ganz leer ist, so wie jetzt, dann fällt er in sich zusammen. Die eine Magenwand legt sich gegen die andere, und sie fangen an, sich gegenseitig mit dieser Säure zu übergießen, um einander zu verdauen. Aber kurz bevor es so weit ist, stößt der Magen diese Knurrlaute aus. Das ist seine letzte Warnung!«

Mir wurde kalt. »Aber ... aber was kann ich dagegen tun?«

»Du nimmst jetzt deinen Bogen und schießt uns ein anständiges Stück Wild. Vielleicht gibst du dir ein wenig mehr Mühe, jetzt, wo du weißt, daß es um dein Leben geht.«

Und ob ich mir Mühe gab! Aber es war wie verhext. Ich bekam einfach nichts vor den Bogen. Als ich endgültig umkehren wollte, sah ich, daß gar nicht weit von mir der Wald aufhörte und ich auf grob gepflügtes Ackerland stieß. Ich schlich mich zum Waldrand und erspähte ein geräumiges Holzhaus mit einigen Nebengebäuden. Aus einem Kamin im Haupthaus stieg weißer Rauch auf.

Bald darauf standen wir alle an dieser Stelle und beratschlagten, was zu tun sei. Mädchen beteiligte sich nicht am Gespräch. Sie starrte fassungslos zu dem Haus hinüber, auf ihrem Gesicht mischte sich Furcht mit Entzücken. »Das ist also ein Haus?«

Larix winkte ungeduldig ab. »Wir gehen hinüber, klopfen an und fragen, ob sie uns etwas zu essen verkaufen können«, sagte er. »Wo liegt da die Schwierigkeit? Heikel wird's erst, wenn sie uns nichts verkaufen wollen. Dann wird die Begegnung in Unfrieden enden.«

»Wir sollten allen Menschen aus dem Wege gehen«, widersprach Junivera. »Sie werden uns nur lästige Fragen stellen.«

Ich schloß mich Larix' Meinung an. »Sollen sie uns doch Fragen stellen – uns werden schon die richtigen Antworten einfallen. Ich glaube kaum, daß unsere Feinde in einem Freibauernhof auf uns lauern.«

Elgor schüttelte bedenklich den Kopf. »Man kann nie wissen. Du hast gesehen, wie weit sie ihre Fäden ziehen.«

Unsere Beratung dauerte noch eine Weile. Larix und ich waren für einen Besuch, Elgor und Junivera dagegen. Die Sache stand unentschieden.

»Seht doch nur!« rief Mädchen und deutete auf das Haus.

Quer über die Felder rannte ein Mann in hastigen Sätzen dem Haus entgegen; zwanzig Mannslängen hinter ihm sprangen zehn Goblins über die Furchen. Der Mann schrie etwas Unverständliches. Die Haustür öffnete sich, ein zweiter Mann trat heraus, ein dritter kam aus dem Nebengebäude gelaufen. Die Goblins kamen dem Fliehenden langsam näher, aber er würde vor ihnen das Haus erreichen. Ein Goblin blieb stehen, um einen Pfeil auf den Mann abzuschießen, aber er verfehlte sein Ziel. Dann huschte der Verfolger durch die Tür, die beiden anderen Männer sprangen ihm nach, und die Haustür wurde zugeschlagen, worauf die Goblins ein gellendes Wutgeheul anstimmten. Aus einem der schmalen Fenster flog ein Pfeil und bohrte sich in ein Goblinbein. Die äffische Kreatur kippte um. Darauf rannte die ganze Meute außer Schußweite, der Getroffene kroch hinter ihnen her. Ein weiterer Pfeil fiel vor den Goblins auf die Erde, die Meute antwortete mit Hohngelächter.

Ihr Verhalten kam uns seltsam vor. Sie unternahmen keinen Angriff auf das Haus, zogen sich aber auch nicht zurück. Hin und wieder rannte einer von ihnen mit Bogen und eingelegtem Pfeil ein Stück auf das Haus zu und gab einen hastigen Schuß ab. Die meiste Zeit aber begnügte sich der Haufen damit, Schimpfworte zu rufen und ihr Wasser in Richtung auf das Haus zu spritzen – oder zumindest so zu tun.

Junivera entdeckte schließlich eine Bewegung an der Hausecke. Dort kroch – im toten Winkel unter den Fenstern – ein weiterer Goblin dicht an die Hauswand gepreßt und schichtete Stroh auf dem Boden auf. Immer wieder schlich er wie eine Schlange davon und tauchte mit neuen Strohbüscheln auf. Endlich zog er einen kleinen Beutel vom Hals und kramte darin herum. Aus der Entfernung konnten wir nicht erkennen, womit er hantierte, aber wir waren sicher, es konnten nur Feuerstein, Stahl und Zunder sein.

»Wenn wir uns hier einmischen wollen, dann jetzt«, erklärte Elgor.

»Also gut, wollen wir uns eine Mahlzeit verdienen!« Larix schwang Kaladon durch die Luft, brüllte sein »Für Ingerimm!« und sprang wie ein Hase über die Furchen dem Haus entgegen. Wir hatten ihn bald eingeholt. Mädchen rannte unmittelbar vor mir. Sie war ungewöhnlich schnell. Wenn ich nichts unternahm, merkte ich, würde sie vor mir den Kampfplatz erreichen und sich blindlings in die Waffen der Goblins stürzen. Ich beeilte mich, zu ihr aufzuschließen, und trat ihr kräftig in die Hacken: Sie stürzte kopfüber in die Furchen.

»Tut mir leid«, rief ich, während ich an ihr vorübersprang. Die Goblins hatten einen Moment lang ratlose Blicke ausgetauscht, aber jetzt kamen sie uns entgegen, Säbel, Äxte und Keulen über den Köpfen schwingend. Ich schaute schnell zur Haustür und hoffte, daß die Bauern sich bald zu einem Ausfall entschließen würden.

Die Goblins waren stehengeblieben. Auch wir zögerten, unmittelbar bevor wir die Meute erreichten. In das allgemeine Schweigen sagte Elgor mit fester Stimme: »Mein Name ist Elgor von Bethana. Merkt ihn euch gut. An der Pforte zum Dämonenland wird man euch nämlich fragen, wer euch geschickt hat.« Dann schlug er zu.

Ich hatte schon lange keinen echten Krieger mehr kämpfen sehen und fast vergessen, wie erschreckend dieser Anblick sein kann. Elgors Klinge zeichnete einen blitzenden Bogen durch die Luft, zerteilte die hochgerissene Keule des Goblins und fuhr tief in den Helm aus gehärtetem Leder hinein. Während der Goblin noch in die Knie sank, stemmte Elgor schon den hochgerissenen Fuß auf die Schulter des Sterbenden, riß das Schwert heraus und nutzte den Schwung zu einem waagerechten Rückhandschlag, den er herumwirbelnd quer über den Oberkörper des zweiten Goblins setzte. All das sah seltsam beiläufig aus, eingeübt und glatt wie eine Schrittfolge bei der Kuslikana. Die Attacke hatte kaum länger als einen Herzschlag gedauert, und zwei Goblins lagen in ihrem Blut.

»Für Rondra!« schrie Junivera. »Für Rondra!« rief auch Mädchen, die uns viel zu schnell wieder eingeholt hatte.

Dann konnte ich nicht mehr auf meine Gefährten achten, ich hatte zuviel mit dem eigenen haarigen Gegenüber zu tun. Der Schurke verstand mit einem Säbel umzugehen – zu gut, für meinen Geschmack. Ich hatte mir meinen Gegner noch gar nicht richtig angesehen, da brannte bereits ein Feuer auf meinem Oberschenkel. Das Scheusal war einen Kopf kleiner als ich, aber es trieb mich mit wuchtigen Schlägen vor sich her und scherte sich einen Dreck um meine wunderschönen Finten mit dem Dolch. Ich stolperte über die Ackerkrume, behielt meinen Gegner im Auge und versuchte gleichzeitig, Mädchen im Kampfgetümmel zu entdecken. Da sah ich sie. Sie hatte es mit zwei Goblins zu tun. Jetzt war Eile geboten. Ich besann mich auf einen Trick, den ich von Viburn kannte. »Aber nur für den Notfall«, hatte er gesagt, »ich möchte nicht, daß er sich herumspricht.«

Als mein Gegner gerade wieder zu einem gewaltigen Schlag ausholte, stolperte ich und ließ mich fallen. Der Goblin sprang vor, ergriff den Säbel mit beiden Händen und holte zum entscheidenden Schlag aus. Mein mit voller Wucht geschleuderter Dolch prallte ihm, Griff voran, mitten ins Gesicht. Ohne aufzustehen, trat ich ihm in den Unterleib. Er ging in die Knie. Ich riß ihm den Säbel aus der Hand und beschloß, ihm später den Rest zu geben. Jetzt mußte ich mich um Mädchen kümmern. Während des Kampfes war ich ein gutes Stück zurückgetrieben worden. Ich sah zu meinen Gefährten hinüber und mußte feststellen, daß sich die Lage inzwischen völlig geändert hatte: Vier Goblins lagen reglos auf der Erde. Die anderen waren offenbar geflohen. Nur Mädchen kämpfte noch mit einem Gegner – und meine Gefährten sahen tatenlos zu!

Als ich am Kampfplatz eintraf, wurde mir klar, daß Mädchen nicht auf fremde Hilfe angewiesen war.

Sie stand einem breitschultrigen Axtkämpfer gegenüber. Der Goblin trug einen Eisenhelm und ein Kettenhemd. Er führte seine schwere Waffe mit beiden Händen. Eben sauste die Doppelblattaxt einen Fingerbreit an Mädchens Gesicht vorbei. Sie schien es gar nicht zu bemerken. Ihr Blick war kühl und teilnahmslos, fast überheblich.

Das Fell des Goblins war naß. Erst nahm ich an, er sei völlig verschwitzt, doch dann erkannte ich, daß er blutete. Sein Gesicht war von unzähligen Schnitten übersät.

Mädchen sprang vor und zurück, pendelte mit dem Oberkörper und bog sich wie eine Weidenrute. Immer wieder kam sie herausfordernd nah an den Goblin heran. Die Axt zischte durch die Luft, aber Mädchen war schon nicht mehr da. Sie wich dem Axthieb aus, nicht um eine Handbreit zu weit, und dann schoß ihr Säbel vor, die Spitze ritzte die Nase des Goblins. Hin und wieder stach sie auch spielerisch nach den ungeschützten Unterschenkel der rot behaarten Kreatur. Auch an den Goblinbeinen rannen dünne Blutfäden hinab.

Der ungleiche Kampf dauerte endlos lange. Inzwischen waren die Bauersleute aus dem Haus gekommen und hatten sich zu uns gesellt. Ich weiß nicht, warum ich dem unwürdigen Geschehen kein Ende machte. Es lag etwas in Mädchens Blick, das mich daran hinderte.

Irgendwann warf der Goblin die Axt zur Seite und ließ sich auf die Knie fallen. Mädchen ergriff ihren Säbel mit beiden Händen und holte weit aus. Dann sauste die Klinge herab, um genau am Hals des aufheulenden Gegners zu erstarren. Mädchen gab ihm einen Tritt vor die Brust und wandte sich ab. Einen Augenblick lang kauerte der Goblin regungslos vor uns und schaute zu uns hoch. Niemand von uns sagte etwas. Da begann er, ganz langsam aus unserem Kreis zu kriechen. Erst als er zwanzig Mannslängen hinter sich gebracht hatte, sprang er auf und rannte davon, seinen Gefährten hinterher. Mädchen hob die Doppelblattaxt vom Boden auf, wog sie prüfend in der Hand – so als hätte sie schon hundert Äxte in der Hand gehalten – und warf sie wieder fort.

# 7. Kapitel

*Ulissa horchte auf. Sie sah plötzlich eine verheißungsvolle Möglichkeit. Sollte Yppolita die strengen Zölibatregeln für eine Amazonenkönigin nicht kennen? War die Mutter gestorben, bevor sie die ältere Tochter in die Bestimmungen eingewiesen hatte?*

*»Du weißt, wie du dich den Männern gegenüber zu verhalten hast?«*

*»Gewiß, ich soll mich nicht mit ihnen einlassen, und ich darf niemals einen von ihnen in meinen Gemächern empfangen.«*

*»Tatsächlich – ist das so?«*

*»Ich denke schon. Aber gewiß ist es doch kein Verbrechen, wenn ich auf einem Ausritt mit einem Mann spreche?«*

*»Das kann ich mir nicht vorstellen«, erwiderte Ulissa. Dabei mußte sie an eine Bestimmung denken, in der es hieß, daß jeder Mann, der es wagte, das Wort ungefragt an die Königin zu richten, auf der Stelle von der Königin selbst zu bestrafen sei.*

*Nachdem sie das fünfundzwanzigste Lebensjahr erreicht hatte, durfte die Königin sich zu einem Mann legen, den sie frei wählte. Dies war notwendig, damit das Amazonenvolk nicht ohne Königin blieb, und damit das Volk nicht ausstarb, gab es auch für die Untertanen eine Bestimmung ähnlicher Art. Sobald eine Amazone, Kriegsweib oder Königin, zwei Töchter geboren hatte, durfte sie sich nicht mehr zu einem Mann legen. Ohne Lust sollte sie das Lager teilen und immer an das Wohl ihres Volkes denken. Legte eine Amazone sich zu einem Mann und empfand sie Lust …*

*Es gab in der Schloßbibliothek mehrere alte Schriftrollen, die nichts anderes enthielten als Vorschriften über den Umgang mit den Männern und das ›Liegen beim Mann‹. Manche Regeln waren kaum zu verstehen, andere widersprachen sich. Aber in einem Punkt stimmten sie alle überein: Die Königin der Amazonen hatte bis zum Erreichen des fünfundzwanzigsten Lebensjahres jeden Umgang mit Männern unbedingt zu vermeiden.*

*Nach kurzer Suche hatte Ulissa den Bauerjungen gefunden, der ihrer Schwester so gut gefallen hatte. Sie erzählte ihm unter dem Siegel der Verschwiegenheit, daß die schöne Yppolita, die stolze Königin der Amazonen, sich in ihn verliebt hätte.*

*Der junge Mann war entweder überaus mutig oder ungeheuer dumm, jedenfalls begann er, Yppolita auf ihren Ritten nachzustellen.*

Es erwies sich, daß die Bauernfamilie eine wohlgefüllte Vorratskammer besaß. Ich aß die köstlichste Kohlsuppe meines Lebens, das zarteste, schmackhafteste Fleisch, die süßeste Grütze. Bissen um Bissen schob ich in mich hinein und stellte mir vor, wie die Speise meine Magenwände auseinanderschob, bis wieder ein sicherer Abstand zwischen ihnen war. Ich war gerettet.

Der Bauer und seine Familie waren Nivesen, eingewandert aus Aventuriens Norden. Harme, der Bauer, seine beiden erwachsenen Söhne, Alko und Arl, sowie Tala, die Bäuerin, die unermüdlich neue Schüsseln von der Feuerstelle an den Tisch schleppte – alle hatten sie das gleiche kupferrote Haar und dunkle, mandelförmige Augen. Außer den vieren gehörte noch eine zahnlose Greisin zum Haushalt, die unaufhörlich in sich hineinkicherte. »Mule, meine Tante«, erklärte der Bauer. »Sie ist nicht ganz richtig im Kopf. Vorher saß sie mit ihrer Familie auf dem Hof. Vor gut einem Jahr haben zwei Oger den Hof überfallen. Sie hat als einzige überlebt, hatte sich in der Wassertonne versteckt. Es muß schlimm gewesen sein, das alles mitanzuhören ... Seitdem ist sie so.«

Junivera sah ihn mißbilligend an.

Bauer Harme zuckte die Achseln. »Sie versteht sowieso nicht, was ich sage; es macht nichts aus. Nun, Tante Mule!« rief er zu der Alten hinüber. »Schön, daß Besuch da ist, nicht wahr!«

»Ja, schön!« kicherte die Greisin. »Die da kenne ich« – dabei zeigte sie auf Mädchen –, »die war schon einmal hier!«

»Wann denn?« fragte Elgor.

Die Alte sah ihn ratlos an.

»Ihr müßt lauter sprechen, junger Herr«, empfahl die Bäuerin.

»Wann war sie hier?« brüllte Elgor mit Donnerstimme.

»Söhnchen, warum schreist du denn so?« fragte die Alte. »Vorgestern war sie hier, vorgestern oder am Tag davor. Sie ist ein Königskind!«

»Na seht ihr?« sagte Harme in die Runde. »Sie ist nicht ganz richtig im Kopf. Aber was soll man tun?«

Die Alte sprach zu sich selbst. »Vielleicht war's auch gestern. Sie kam hoch zu Roß und war nicht allein. Zwei Frauen waren mit dabei ... hihihi ... eine trug einen brennenden Helm!«

Plötzlich ließ sich die Alte vom Stuhl sinken und kroch mühselig über den Boden zu der Stelle, wo Mädchen saß. Mädchen sprang auf und wich angstvoll zurück.

»Beugt eure Häupter vor ihr, hihihi, sie ist eine Königin!«

Die Alte griff nach Mädchens herabhängender Hand, aber Mädchen riß sich los und flüchtete hinter den Tisch.

Auf einen Wink des Bauern sprangen die beiden Söhne auf, zogen die Greisin behutsam hoch und führten sie zu ihrem Stuhl zurück.

»Nein, wir bringen Tante Mule besser zu Bett«, sagte die Bäuerin und stieß eine Kammertür auf.

»Ich will noch nicht schlafen«, jammerte die Weißhaarige, aber sie ließ sich willig zur Tür hinaus führen.

»Ich muß mich bei euch entschuldigen … Manchmal ist sie schon sehr sonderbar.« Bauer Harme verschwand und kehrte bald darauf mit einem mächtigen Krug zurück. Er stellte hölzerne Becher auf den Tisch und füllte sie mit würzig duftendem Bier.

»Ich kann euch gar nicht genug danken«, sagte der Bauer. Diesen Satz hörten wir wohl hundert Mal. »Ihr habt es den Strolchen gezeigt, die kommen so bald nicht wieder! Gepriesen sei Praios!« Er hob den Becher.

Behutsam brachte ich das Gespräch auf Beilunk, die Beilunker Berge und die Amazonen.

Harme wußte nicht, wo die Burg der Amazonen lag. »Das weiß niemand, und wer es weiß, der lebt nicht lang. Darum will ich es auch gar nicht wissen.«

In Beilunk kannte er sich aus. Er hatte dort mehr schlecht als recht zehn Jahre gelebt, als freier Fuhrmann mit eigenem Wagen und Pferd, bis er den Hof des getöteten Vetters übernahm.

»Wer in Beilunk was erfahren will, der geht hinunter zum Fluß und setzt sich ins Neunauge. Die Silbertaler muß man natürlich im Stiefel verstecken, am besten nimmt man nur einen mit und trinkt so viel, daß nichts davon übrigbleibt. Im Neunauge sitzen die Flußschiffer, selbstverständlich nicht die Kapitäne, aber die Ruderer und Decksleute, und die wissen alles, was auf und am Fluß geschieht. Dort trifft man die Landfahrer und die ziehenden Gaukler – und die geschicktesten Diebe des ganzen Radromtals. Geht ins Neunauge, dort hört Ihr mehr, als Ihr hören wollt!« Harme sprang auf und füllte die leeren Becher. »Und ein Bier kriegst du dort« – er schnalzte mit der Zunge –, »da kann man mein selbstgebrautes vergessen!«

»Kommen auch Amazonen nach Beilunk?« wollte Junivera wissen.

»Gewiß, ziemlich oft, aber niemals ins Neunauge.« Harme kicherte. »Das ist nichts für die stolzen Frauen ... O Pardon!« sagte er zu Junivera, »aber das Neunauge ist auch nichts für Euch. Die Frauen sind dort anders als Ihr ... Ihr versteht schon, denke ich.«

Junivera nickte.

»Aber schön sind sie auch, die Frauen im Neunauge ...«

Harme schaute versonnen zur Decke, spähte hinüber zu seiner Frau und setzte wieder eine ernste Miene auf. »Ihr wollt die Amazonen kennenlernen, scheint mir?«

»Unser Freund hier« – Larix deutete auf mich – »ist von einem Fürsten in Nostria beauftragt, das Leben der Amazonen zu erforschen. Der Fürst will ein Buch über alle Völker Aventuriens schreiben, und unser Freund soll ihm alle Neuigkeiten über die Amazonen beschaffen.«

»Na, da wünsche ich viel Spaß!« Harme schüttelte den Kopf.

»Paßt nur auf, daß Euch die Amazonen nicht mit dieser anderen Reisegruppe verwechseln!«

»Mit welcher anderen?« fragte Elgor.

»Als ich zuletzt in Beilunk war – das ist jetzt allerdings eine Weile her –, hieß es, Ulissa habe ein Kopfgeld auf eine Reisegruppe von der Westküste ausgesetzt.«

»Wer ist Ulissa?« – »Was für eine Gruppe?« fragten Elgor und ich fast gleichzeitig.

Harme lachte und nahm einen tiefen Zug aus seinem Becher.

»Na, Ihr scheint ja neugierig zu sein ... Wer ist Ulissa?« Er sah Elgor aus großen Augen an. »Die Königin der Amazonen natürlich! Großartige Amazonenforscher seid Ihr!« Jetzt wandte er sich mir zu: »Sie suchen eine Gruppe von fünf Personen – genau wie die Eure.«

Er legte mir beschwichtigend die Hand auf den Arm. »Nein, nein, erschreckt nicht! Sie suchen vier Männer und eine Frau – und nicht zwei Frauen und drei Männer. Allerdings, ein Zwerg und ein Elf sind auch in der anderen Gruppe.«

»Ich bin ein Halbelf«, erklärte ich.

»Laßt gut sein«, brummelte Harme vergnügt. »Selbst wenn sie hinter Euch her wären, ich würde Euch niemals verraten, nach dem, was Ihr heute für mich getan habt.«

»Was zahlen sie denn?« fragte Larix.

»Wie meint Ihr? Oh, zweihundert Dukaten, glaube ich.«

»Eine Menge Geld.«

»Ich will es mir jedenfalls nicht verdienen.« Harme warf einen Blick in die Runde. »Habt Ihr noch Bier?« Er schenkte nach. »Nein, war das ein Kampf! Besonders die Kleine, nein, die Große, na, die, die Ihr ›Mädchen‹ nennt! Mir hat der arme Schurke fast leid getan.« Harme sah sich suchend um. »Wo steckt denn Eure Fechtmeisterin?«

Mädchen hatte sich nicht an unserem Gespräch beteiligt. Fast den ganzen Abend lang war sie im Zimmer auf und ab gegangen und betrachtete alles, was es dort zu sehen gab. Prüfend hatte sie Töpfe und Pfannen in den Händen gedreht und mit einem schweren Messer, von der Bäuerin mißbilligend beobachtet, eine Kerbe in den Tisch geschnitzt. Sie hatte Zucker, Salz und Essig probiert und hätte fast in einen Bimsstein gebissen, wenn die Bäuerin ihn ihr nicht abgenommen hätte.

Aber jetzt war Mädchen verschwunden, und der ältere der beiden Söhne fehlte ebenfalls.

»Alko zeigt ihr unseren Stall«, erklärte die Bäuerin.

Harme holte einen zweiten Krug Bier, und wir plauderten über die Ernte und über die gefährlichen Zeiten.

Als Mädchen wieder zur Tür hereinkam, hatte sie Stroh im Haar und Alko einen roten Kopf. Er setzte sich zu seinem Bruder und begann, mit ihm zu flüstern. Daraufhin zeigte er zur Haustür. Die beiden standen auf und gingen hinaus.

Wir hörten, wie sie vor der Haustür miteinander sprachen. Alkos leise Stimme wurde immer wieder von Arls überraschten Ausrufen unterbrochen. Mädchen setzte sich zu uns an den Tisch, probierte einen Schluck Bier und spuckte ihn wieder aus.

Als die Schlafenszeit gekommen war, bestanden die Bauersleute darauf, daß wir ihre Betten benutzten. Sie wollten im Stall übernachten. Da ihnen ihr freundliches Angebot nicht auszureden war, nahmen wir es schließlich an. Junivera und Mädchen bezogen die Betten der Eltern. Elgor, Larix und mir waren die zwei Betten der Söhne zugedacht. Für mich hätte das bedeutet, entweder mit dem Hünen Elgor oder mit Larix, dem Schnarcher, das Bett teilen zu müssen. Beide Möglichkeiten gefielen mir nicht.

Ich zog es vor, auf dem Fell vor dem Kamin in der Wohnstube zu übernachten. Nach dem harten Tag, der hinter uns lag, fiel ich schnell in einen tiefen, traumlosen Schlaf.

Mitten in der Nacht hörte ich ein Geräusch. Mädchen stand im dunklen Zimmer, sie war gegen einen Stuhl gelaufen.

»Mädchen, wo willst du hin?«

Sie schrak zusammen. »Ach, du bist es, Arve. Ich… ich will Alko besuchen.«

»Aber der schläft doch bestimmt.«

»Ich werde ihn wecken.«

»Mädchen, komm einmal her!«

Sie kauerte sich neben mich auf die Fersen.

»Ich weiß nicht, ob es gut ist, wenn du Alko besuchst.«

»Warum nicht? Er ist ein Streuner wie Viburn. Er kennt fast alle seine Geheimnisse. Vorhin, in der Scheune, da hat er sie mir gezeigt.«

Mir ging ein Licht auf. Ich dachte an meinen toten Freund. Viburn hatte viele Vorzüge gehabt. Eine feste Moral hatte nie dazu gehört und ganz gewiß nicht das Bedürfnis, irgend jemandem eine solche zu vermitteln. Ich schob eine Hand unter Mädchens Fellkleid, ertastete eine kleine, feste Brust und streichelte sie sanft. »Ist das ein Streunergeheimnis?«

Die Glut des niedergebrannten Feuers tauchte Mädchens Gesicht in ein rotes, geheimnisvolles Licht. Sie hatte die Augen geschlossen. »Ja«, flüsterte sie.

Ich zog die Hand zurück.

»Das ist kein Streunergeheimnis. Das tun alle Frauen und Männer miteinander.«

»Alle?«

»Nun, vielleicht nicht alle – alle, die sich lieben, meine ich.«

»Was ist das, *sich lieben?*«

Man hatte mir im Leben schon leichtere Fragen gestellt.

»Das ist ein Gefühl ...« Ein Blick in Mädchens ratloses Gesicht sagte mir, daß ich so nicht weiterkam. »Wenn ... Wenn ...« – »Wenn man jemanden gern ansieht? Wenn man traurig ist, wenn er nicht da ist? Wenn man ihn gern anfassen möchte? Wenn es Freude macht, zu sehen, wie er durch den Wald geht? Wenn man lachen muß, weil er lacht?« Während Mädchen mir diese Fragen stellte, war ihr Gesicht ganz nah an mich herangekommen.

Etwas schnürte mir die Kehle zu. Ich nickte stumm.

»Ich sehe gern, wie du durch den Wald gehst.«

Mit zwei schnellen Griffen hatte Mädchen ihr Gewand abgestreift. Ihr Körper schmiegte sich an mich, lang, schmal und fest – und wärmer als das Feuer im Kamin. Ich hätte ihr sagen sollen, daß ich mit meiner Erklärung noch nicht fertig war, daß sie mich völlig falsch verstanden hatte. Ich hätte die Decken abstreifen und mit fester Stimme erklären sollen: »Mädchen, wir wollen *vernünftig* sein.« So und nicht anders hätte ich handeln sollen, aber – ganz im Vertrauen – in moralischen Dingen habe ich mich immer nach meinem Freund Viburn gerichtet.

Nach dem Frühstück brachen wir zeitig auf. Bis nach Beilunk hatten wir noch zwei Tagesmärsche zurückzulegen. Es gab einen Weg, der von Harmes Haus zur Straße führte.

Wir folgten ihm, bis er auf die Landstraße stieß. Es war eine der alten Reichsstraßen, deren Pflaster aus großen Sandsteinblöcken bestand. Unzählige Fuhrwerke hatten tiefe Rillen in die Steine gegraben; zwischen den Blöcken wuchs welkes Kraut. Die Straße schwang sich in einem weiten Bogen um einen dichten Wald, aus dem ein paar Felsklippen ragten. Nachdem wir ein Stück am Wald entlanggegangen waren, bahnten wir uns einen Weg durchs Unterholz und arbeiteten uns ein Stück in den Wald hinein. An einer Stelle, wo wir von der Straße aus nicht zu sehen waren, selbst aber einen guten Blick ins Freie hatten, ließen wir uns auf einem Baumstamm nieder und warteten.

»Es ist unsinnig, daß wir hier unsere Zeit vergeuden!« schimpfte Larix, faßte sich an die Nase und schleuderte einen enormen Rotzschwaden ins Gebüsch. »Wir haben bei Ingerimm Besseres zu tun, als hier zu hocken und die Straße anzustarren.«

»Eine Weile warten wir noch«, bestimmte Elgor. »Wir müssen sichergehen.«

»Ich kann nicht verstehen, daß ihr die Bauersleute mit solchem Mißtrauen bedenkt«, warf Junivera ein. »Wir haben ihnen das Leben gerettet – wie könnten sie uns da verraten wollen? Solch gottlose Menschen gibt es nicht.«

»Nicht in den Legenden und den heiligen Büchern«, sagte Elgor, »aber – ich wiederhole mich – das echte

Leben ist anders, als du denkst. Zweihundert Dukaten sind sehr viel Geld. Selbst wenn diese Leute ein Leben lang schuften wie die Karrenhunde und jeden Heller in den Sparstrumpf stecken – sie werden doch niemals so viele Goldstücke auf einem Haufen sehen.«

»Was denkst du, Arve?« wandte sich Junivera an mich.

»Ich bin fürs Warten«, erwiderte ich.

Mädchen beobachtete einen Perainekäfer, der über ihre Finger krabbelte, immer bestrebt, einen Punkt in der Höhe zu erreichen. Es schien ihr gleich zu sein, ob wir marschierten oder rasteten.

Ein, zwei Stunden verstrichen. Ein Fuchs bummelte die Straße entlang, hob witternd die Nase und verschwand zwischen den Sträuchern auf der anderen Seite. Ich verfolgte durch das Gewirr der kahlen Äste die schneeweißen, wattigen Wolken, die über uns auf ihrem Weg nach Osten zogen. Aus der Ferne war das Rumpeln eines Fuhrwerks zu hören.

»Zweihundert Dukaten sind viel Geld«, wiederholte Elgor die Worte, die er vorhin zu Junivera gesprochen hatte. Seine Stimme klang betrübt. »Harme ist nicht einmal viel schlechter als viele, denen ich in letzter Zeit begegnet bin. Manchmal denke ich, Valpo und Cella, unsere kaiserlichen Geschwister, sind an allem schuld. Sie verbreiteten ihre schmutzigen Gedanken über das ganze Land. Wenn die Kaiser dem Volk nichts anderes vorleben als Habgier, Eigennutz und Völlerei – wie sollen die einfachen Leute dann ein göttergefälliges Leben führen? Kann mir das einer sagen, hm? Wie heißt es doch in Nostria: ›Die Salzarele beginnt am Kopf zu stinken.‹ Ja, ja, so ist es wohl!«

»Du hast recht«, stimmte Larix ihm zu, »wir leben in schlimmen Zeiten. Doch vielleicht wird nun manches besser, jetzt, wo dieser junge Reto die beiden Popanze davongejagt hat. Ich hörte, ganz Gareth sei in Aufruhr. Man traut dem Jungen zu, daß er das unterste zu oberst kehrt. All die feisten Hofschranzen zittern um ihre Pfründe…«

Während die beiden miteinander gesprochen hatten, war der Krieger aufgestanden und hatte das Schwert in der Scheide gelockert. Angestrengt spähte er auf die Straße hinaus. Jetzt konnte man schon deutlich das Klappern der Pferdehufe und den mahlenden Ton der Karrenräder unterscheiden. Vorsichtig schlichen wir zum Straßenrand und legten uns unter ein paar jungen Fichten auf den Bauch.

»Es kann auch ein anderer Wagen sein«, murmelte Larix, aber er schien seinen eigenen Worten nicht zu trauen.

Das Fuhrwerk polterte um die Biegung herum. Auf Elgors Zeichen sprangen wir vor und traten auf die Straße hinaus. Die Pferde wieherten erschreckt und blieben stehen. Oben auf dem Bock wurde Bauer Harme blaß wie die weißen Felsen von Prem.

»Oh, holla!« stammelte er, »meine Freunde… Ihr seid noch nicht weit gekommen… Ich dachte gar nicht, daß Ihr die Straße nehmt.« Junivera trat einen Schritt nach vorn und griff den Pferden in die Zügel. »Du wirst auch nicht mehr weit kommen, Bauer! Nie mehr!«

»Aber, was soll…? Ich will nach Beilunk… zum Markt.«

»Mit leerem Karren?« Larix kletterte zu Harme auf den Bock. Der Bauer wich langsam zurück. »Saatgut…«, keuchte er verzweifelt. »Saat-gut… Ich muß Saatgut kaufen, so glaubt mir doch!«

»Zeig uns dein Geld!« Elgor hielt ihm die offene Hand entgegen.

»Ich… ich… habe Kredit.«

»Herunter mit dir!«

Schlotternd vor Furcht kletterte Harme zu uns herab, und warf sich vor Elgor auf die Knie. Junivera ließ die Pferde los und riß den jammernden Bauern hoch.

»Wir glauben, daß du in Beilunk etwas *ver*kaufen

willst, obwohl du mit leerem Wagen fährst!« donnerte sie.

Sofort lag Harme wieder auf dem Pflaster.

»Gnade!« flehte er, auf dem Bauch kriechend. »So habt doch Erbarmen! Wenn Ihr mich tötet, so müssen meine Frau und die Buben verhungern.«

»Ach, reiß dich zusammen, Kerl!« brüllte Larix vom Bock herab. »Wie habe ich mich in dir getäuscht! Ingerimms Hammer soll deinen geldgierigen Schädel zerschmettern!«

Um seine Worte zu unterstreichen, schlug der Zwerg mit der flachen Hand klatschend auf das Sitzbrett.

Die Pferde schnaubten, stiegen hoch und zogen plötzlich an. Junivera und Elgor warfen sich zur Seite, Larix wäre fast hintenüber vom Bock gekippt. Er schwankte hin und her, klammerte sich mit einer Hand an den Sitz und tastete mit der anderen nach den herabgefallenen Zügeln. Als er sie endlich zu fassen bekam und lauthals »Brrr, Brrr!« rufend – die Pferde zum Stehen brachte, war der Wagen schon fast hinter der Kurve verschwunden.

Auf den klobigen Pflastersteinen lag Harme und starrte hinauf in die ziehenden Wolken. Ein Karrenrad hatte ihm den rechten Arm zerquetscht, ein zweites war über seinen Hals hinweggerollt.

Wir trugen ihn in den Wald, schichteten einen Haufen aus Steinen über ihm auf und banden aus einem gebogenen Nußstecken und ein paar kurzen Zweigen ein Boronsrad zusammen.

Junivera saß vorn neben Larix auf dem Bock, ich kauerte auf der Ladefläche und dachte darüber nach, ob ich mein Hinterteil weiter den Knüffen und Stößen des holprigen Pflasters aussetzen oder lieber abspringen sollte, um so wie Mädchen und Elgor neben dem Karren herzumarschieren.

Unsere Waffen und Rüstungen versteckten wir unter

leeren Säcken auf dem Wagen. Mädchen hatte sich unter Tränen von ihrem auffälligen schwarzen Umhang getrennt. Es war uns nicht leichtgefallen, ihr verständlich zu machen, daß eine Bäuerin niemals einen schwarzen, am Saum mit winzigen goldenen Löwinnen bestickten Mantel trägt. Mädchen konnte nämlich nicht begreifen, warum wir unbedingt als Bauern gelten und all unsere blinkenden Waffen verstecken wollten. Sie sprang immer wieder zum Wagen hin, zupfte die Säcke zur Seite und warf einen langen Blick auf ihren Schatz. Dann war sie für eine Weile beruhigt.

Eigentlich hatte ich mir irgendwann, als wir an den Trollzacken entlangkraxelten, geschworen, mir von meinem Anteil an Viburns Lohn ein Pferd und vielleicht sogar einen kleinen Wagen zu kaufen, weil ich im Leben nie mehr freiwillig einen Schritt zu Fuß gehen wollte – aber jetzt fragte ich mich, ob dies wirklich ein guter Plan gewesen sei. Ich ging in die Hocke, um die Stöße besser abfangen zu können.

Dabei hatte ich vor vielen Jahren schon einmal tage-, nein mondelang auf so einem rumpelnden Frachtwagen gesessen. Eigentlich hätte ich die Unbequemlichkeiten dieser Fortbewegungsart besser in Erinnerung behalten sollen. Damals stand ich in Diensten eines Weidener Fuhrunternehmers, eines hungrigen jungen Burschen, der gerade eben zwei Wagen sein eigen nannte, aber immerzu davon sprach, daß der Name ›Kohlenbrander‹ einmal auf allen Straßen Aventuriens bekannt werden würde. Einen lumpigen halben Taler am Tag zahlte mir der junge Gorge, damit ich mit einem Bogen hinten auf seinem Wagen hockte und nach ›lumpigem Raubgesindel‹ Ausschau hielt. Kreuz und quer durch Weiden, Greifenfurt und Albernia führten unsere Fahrten. Mein Lohn reichte nicht zum Sterben und nicht zum Leben, und auf meinem Hintern wuchsen Schwielen.

Als wirklich einmal Räuber kamen – das war an

einem strahlend schönen Traviatag – war ich zwischen lauter stinkenden Pökelfässern eingeschlafen. Plötzlich stand der Wagen still, und ringsumher gab es ein ungeheures Gelärme und Gebrülle. Ich suchte nach meinem Knüppel, sprang über die Bordwand und warf mich ins Getümmel, aber Gorge und die Fuhrleute mit ihren klobigen Dolchen und tückischen Peitschen hatten die Sache schon für sich entschieden. Nach allen Seiten rannte das Räubergesindel davon. »Los, Spitzohr!« brüllte Gorge mich an und zeigte auf einen davonhumpelnden Mann mit langem Zopf und einem großen, schwarzen Schlapphut. »Der ist verwundet! Schnapp ihn dir und bring ihn her, damit wir ihm Manieren beibringen können!«

Obwohl der Schurke das rechte Bein nachzog, bewegte er sich schnell wie ein Eichhörnchen durch das Dickicht, und ich brauchte viele hundert Schritt, bis ich ihn eingeholt hatte. Ich tat einen langen Sprung, packte ihn an der Schulter und riß ihn herum – und wäre fast in ein langes Messer gestürzt, das genau auf mein Sonnengeflecht zielte.

»Bei allen Zwölfen – du bist ja noch ein Kind!« keuchte der Schurke – und hatte mich damit zutiefst beleidigt. »Du könntest jetzt tot sein, Kleiner, und ich müßte mir ein Leben lang Vorwürfe machen ... Ja, bist du denn von Sinnen?«

»Laßt mich mein Messer ziehen und stellt Euch zu einem ehrlichen Kampf!« erwiderte ich. »Dann wird sich ja zeigen, ob ich ein Kind bin ...«

»Das hätte ich nicht sagen dürfen, was?« grinste der Fremde, traf aber keine Anstalten, meinem Wunsch zu entsprechen. Ohne das Messer sinken zu lassen, drängte er mich gegen einen Baumstamm. »Ist dies eigentlich ein Leben, das dir gefällt?« fragte er und musterte mich vom Kopf bis zu den Füßen. »Auf einem ollen Karren zu hocken und in die Gegend zu glotzen?«

»Ich wüßte nicht, was Euch das angeht«, erwiderte

ich. »Es ist allemal besser als das Leben eines Räubers und Halsabschneiders.«

»Wie willst du das beurteilen?« fragte der Strauchdieb; dann aber fuhr er fort: »Vielleicht hast du sogar recht, auf deine Weise. Gerade heute habe ich mich übrigens entschlossen, meinen Beruf aufzugeben. Ich denke, ich werde nach Elenvina wandern, wo meine reiche Tante wohnt. Willst du nicht mit mir kommen?«

Ich schüttelte heftig den Kopf und wollte dem Schurken gerade sagen, daß ich auf so einen schurkischen Vorschlag niemals eingehen könnte, da schallte Gorges rauhe Stimme durch den Wald: »Spitzohr, wo steckst du? Hast den Schurken entkommen lassen, was? Habe ich nicht anders erwartet. Na los, beweg deinen faulen Elfenarsch zum Wagen – wir haben nicht den ganzen Tag Zeit! Übrigens – den Lohn für diese Woche kannst du getrost vergessen!«

»Wie weit ist es nach Elenvina?« fragte ich den Mann mit dem Zopf, der seinen Dolch inzwischen sinken gelassen hatte.

»Zwei, drei Tagesmärsche«, erwiderte er, »aber erst einmal muß jemand mein Bein verarzten... Ich hoffe doch, du verstehst dich ein wenig auf die Heilkunst?«

»Ich heiße übrigens Viburn«, stellte er sich vor, als ich ihm später einen notdürftigen Verband um die Stichwunde im Oberschenkel wickelte. »Und hör endlich damit auf, ständig ›Ihr‹ zu mir zu sagen. Wir reisen doch jetzt zusammen, da ist so eine schnörkelige Ausdrucksweise auf die Dauer zu umständlich.«

Seit jenem schönen Traviatag habe ich viel Zeit mit Viburn verbracht – und ihn viele Male aus den Augen verloren. Manchmal – Viburn führte schließlich ein unstetes, rauhes Leben – hatte ich mir vorgestellt, was wohl wäre, wenn er eines Tages für immer ginge, ob ich es beim Abschied spüren würde, daß es der letzte wäre. Ich fragte mich, ob meine schöne Elfenmutter mir wohl ein Gespür für solche Dinge mit auf den Weg gegeben hätte. Nun wußte ich es: Als Viburn mir an jenem Tag, da er zu seinem Spaziergang mit Mädchen aufbrach, noch einmal vom Talgrund aus zuwinkte, habe ich gar nichts gespürt und nichts geahnt. Der Streuner war einfach ohne jede Vorwarnung aus meinem Leben verschwunden – gerade so wie er damals, ebenfalls ohne irgendeine Ankündigung, an meine Seite getreten war. Ich vermißte ihn sehr. Halb Albernia, Windhag und den Kosch hatte ich zusammen mit ihm bereist, und ich fragte mich nun, ob ich jemals wieder den Wunsch verspüren würde, in jene Länder zurückzukehren.

Der Karrenboden hüpfte eine Handbreit in die Höhe und versetzte mir einen üblen Stoß. Ich sprang hinab auf die Straße. Alle Knochen im Leib taten mir weh. Welch ein Genuß, eine feste, nicht stoßende und bockende Fläche unter den Füßen zu spüren!

Mädchen gesellte sich zu mir.

»Warum habt ihr Steine auf den Bauern gelegt?«

»Damit die wilden Tiere nicht an ihn herankönnen.«

»Aber er wollte euch Böses, habt ihr mir erklärt. Weshalb schützt ihr ihn da? Und überhaupt, wenn man tot ist, dann spürt man nicht, wenn einen ein Wolf beißt, sagt Junivera.«

»Ja, das ist wahr.« Ich suchte wieder einmal nach Worten. »Man läßt einen Menschen nicht so einfach unter dem Himmel liegen. Das tut man nicht – so will es der Brauch.« Jetzt wird sie fragen, was ein *Brauch* ist, dachte ich und begann vorsorglich schon wieder nach einer Erklärung zu suchen, aber sie sagte: »Hätte ich über Oheim auch Steine decken sollen?«

»Nein, ich denke nicht. Du hast doch gesagt, daß er in einer Höhle gestorben ist. Da war er ja nicht ungeschützt.« Ich nutzte die Gelegenheit, zu etwas anderem zu wechseln: »Was war er für ein Mensch, dein Oheim?«

»Ein guter, glaube ich, aber er war alt, noch älter als

Bauer Harme. Er hat viel gebetet, aber damals wußte ich noch nicht, daß man das Beten nennt.«

»Zu wem hat er gebetet?«

»Das weiß ich nicht. Er hat es mir nie gesagt. Es hätte auch keinen Sinn gehabt. Ich habe nämlich keine reine Seele, und wenn eine Seele einmal schmutzig ist, kann es sehr lange dauern, bis man sie wieder rein bekommt.«

»Das hat dir alles dein Oheim erzählt?«

Mädchen nickte.

»Was weißt du sonst noch von deinem Oheim?«

»Oh, er hat hübsche kleine Figuren gehabt, aus Holz. Eine sah aus wie ich. Aber ich durfte sie niemals berühren. Die Figur, die mir ähnelte, hatte eine silberne Nadel im Kopf. Einmal habe ich sie in die Hand genommen, weil ich die Nadel herausziehen wollte, da wurde Oheim furchtbar böse. Er hat mich gebunden und schrecklich verprügelt. Viele Tage habe ich nichts zu essen und nur ganz wenig Wasser bekommen. Sonst hat Oheim mich nie geschlagen. Oheim sagte, wenn ich die Nadel herausziehe, wird meine Seele niemals mehr rein.«

Noch nie im Leben hatte ich solch einen blühenden Unsinn gehört. Von Druiden, beispielsweise, erzählt man sich die seltsamsten Dinge, gruselige Geschichten von Macht und Beherrschung, aber nichts von silbernen Nadeln und reinen Seelen. Ich wußte nicht, ob ich Mädchen glauben konnte.

»Du sagst, du hast dein ganzes Leben bei Oheim verbracht?«

»Solange ich denken kann.«

»Aber du hast auch gesagt, dein Leben habe nur zwei Sommer und zwei Winter gedauert. Das kann nicht sein.«

Sie sah mich unglücklich an. »Glaubst du mir nicht? Du hast mir auch nicht geglaubt, als ich sagte, daß ich noch nie mit einem Bogen geschossen habe, und doch habe ich die Wahrheit gesagt.«

»Vielleicht weißt du es einfach nicht besser«, lenkte ich ein.

Mädchen stampfte ärgerlich mit dem Fuß auf. »O doch, ich weiß, was ich rede. Und ich weiß auch, was Wahrheit und was Lüge ist und daß man immer die Wahrheit sagen muß, wenn man Rondra gefallen will.«

»Niemand weiß immer, was die Wahrheit ist«, warf ich ein, »vielleicht nicht einmal die Götter.«

»Aber das ist Unsinn! Wenn man die Wahrheit spricht, dann sagt man es so, wie es ist, und wenn man lügt, dann sagt man es so, wie man möchte, daß es sein soll.«

»Das hat dir Junivera beigebracht, nicht wahr?«

Mädchen nickte. »Und der Oheim hat genauso zu mir gesprochen.«

Ich stieß einen Seufzer aus. »Und dennoch, man kann glauben, daß man die Wahrheit sagt, und trotzdem etwas Falsches behaupten. Wenn Du mir erzählst, du seist zwei Jahre alt, dann mag es sein, daß du mich nicht belügen willst, aber die Wahrheit ist es trotzdem nicht: Du siehst aus wie jemand, der achtzehn Sommer und Winter erlebt hat. Du bist ein sehr großes Kind.«

»Was ist das, ein *Kind?*«

Ich warf ihr einen mißtrauischen Blick zu. Machte sie sich etwa über mich lustig? Eben hielt sie mir noch einen Vortrag über die Wahrheit und nun gab sie vor, ein so schlichtes Wort wie ›Kind‹ nicht zu kennen? Aber in ihren Augen lag nicht eine Spur von Neckerei, nur die gewohnte, grenzenlose Wißbegier.

»Ein Kind ist ein kleiner Mensch. Warst du denn niemals klein?«

»Ich verstehe nicht, was du meinst. Ich war immer so groß, wie ich heute bin. Ich bin doch kein Farnkraut, das in die Höhe schießt!«

Da gab ich auf.

Während unserer Fahrt waren wir einigen Reisegruppen und Fuhrwerken begegnet. Niemand hatte uns angesprochen, niemand hatte uns sonderlich beachtet. Allmählich begannen wir, uns sicherer zu fühlen. Als der Abend kam und wir einen Gasthof vor uns am Weg erblickten – eine Reihe kleiner Fenster im Obergeschoß ließ auf viele Schlafkammern und bequeme Betten schließen –, entschieden wir, unsere Tarnung auf eine ernsthafte Probe zu stellen. Nachdem wir, vorsichtig nach allen Seiten spähend, unsere Waffen, Rüstungen und ähnliche unbäuerliche Ausrüstungsteile in einem Gebüsch am Straßenrand versteckt hatten, fuhren wir zu dem stattlichen Anwesen hinüber. Wir zogen den Wagen hinters Haus, übergaben die Pferde einem Stallburschen und kehrten in der Gaststube ein. Der langgestreckte Raum empfing uns mit Essensduft und wohliger Wärme. Dicke, leicht gekrümmte Deckenbalken hingen tief über unsere Köpfe herab. Um diese Jahreszeit trifft man nicht mehr viele Reisende auf den Straßen, und der Schankraum des *Fuhrmann* mit seinen vielen Tischen und Bänken war fast leer. Nur an einem Ecktisch bei einem kleinen Fenster saßen zwei Männer, allem Anschein nach Knechte eines nahegelegenen Hofes.

Der hagere, ein wenig düster dreinblickende Wirt wechselte ein paar Worte mit seinem Stallburschen, der kurz hinter uns den Raum betreten hatte, dann wischte er sich die Hände an der kurzen Schürze ab, setzte eine freundliche Miene auf und begrüßte uns. Nachdem er uns die Lager in unserem Gemeinschaftsquartier gezeigt und uns wieder in die Gaststube zurückbegleitet hatte, setzte er sich zu uns an den Tisch, um ein Gespräch zu beginnen. Es war gar nicht einfach, auf all seine neugierigen Fragen eine passende und freundliche Antwort zu finden.

Von Mädchen schien der Wirt besonders gefesselt. Wir hatten unserem Findelkind eingeschärft, nach Möglichkeit zu niemandem zu sprechen und nur in Notfällen mit Ja oder Nein zu antworten. Mädchen befolgte unsere Anweisungen sehr genau, aber gerade ihre Einsilbigkeit ließ dem Wirt keine Ruhe. Er überschüttete sie geradezu mit bohrenden Fragen: Wo sie herkomme, wo sie geboren sei, wo sie hingehe, wer ihre Eltern seien, ob diese dem Wirt womöglich bekannt sein könnten und auch, ob sie selbst schon einmal im *Fuhrmann* gewesen sei.

Die meiste Zeit antworteten wir an Mädchens Stelle, wobei sich Larix als besonders geschickt und einfallsreich erwies. Endlich kam eine Schar neuer Gäste herein, und der Wirt ließ von uns ab.

Die Neuankömmlinge waren allesamt Straßenhändler. Das war an ihrer Kleidung und ihrer Sprache leicht zu erkennen. Sie trugen die bunt bestickten Mäntel der Norbarden, hatten alle das gleiche blauschwarze Haar und unterhielten sich in einem Kauderwelsch aus Norbardisch und Garethi. Wie sie dem Wirt erzählten, waren sie auf dem Weg von Beilunk nach Wehrheim, das sie noch vor den ersten schweren Schneefällen zu erreichen hofften.

Die fahrenden Händler – drei junge Frauen, zwei junge und zwei alte Männer – sorgten rasch für eine ausgelassene Stimmung in der Schenke. Eine Frau und einer der Alten packten Bandurrias aus. Sie stimmten ein Lied an, und bald forderte der Wirt eine der jungen Frauen zum Tanz auf.

Auch mich hielt es kaum auf meinem Stuhl. Die Musik war einfach, ein gewöhnliches norbardisches Tanzlied, aber ihr Rhythmus ging sofort in die Beine. Zu gern hätte ich getanzt, lieber noch selbst eines meiner Lieder gesungen. Mädchen schien nicht sehr musikalisch zu sein. Zwar sah sie die Musikanten aufmerksam an, aber es lag unverhohlene Abwehr in ihrem Blick. Erst als sie sicher war, daß die Fremden nichts Böses im Schilde führten, entspannte sie sich.

Die allgemeine Heiterkeit hatte sich längst auf unseren Tisch übertragen. Elgor summte das Liedchen mit, und Larix klopfte mit seinem Becher den Takt, so lange und heftig, bis der Boden zersprang. Zum ersten Mal seit Beginn unserer Reise sah ich Junivera lächeln. Ich war überrascht, wie sehr sich ihr Gesicht durch das Lächeln veränderte. Die Rondrageweihte war gewiß keine häßliche Person, aber an diesem Abend sah sie bezaubernd aus. Sie hatte freche Grübchen in den Wangen, ihre hübschen Zähne blitzten, und die großen braunen Augen funkelten.

Einer der Kauffahrer kam an unseren Tisch, um Junivera zum Tanz aufzufordern. Sie wies ihn mit freundlichen Worten ab: Sie tanze nie, aber wenn sie es jemals täte, dann selbstverständlich nur mit ihm …

Ich beobachtete, daß die Bandurriaspielerin die Szene mit finsterer Miene verfolgte, und berichtete Elgor von meiner Beobachtung.

»Unsere Priesterin hat sich eben ungewollt eine Feindin gemacht«, lachte ich.

Zu meinem Erstaunen erschrak Elgor über meine Bemerkung. Er warf einen prüfenden Blick zu der Musikantin hinüber. Dann wandte er sich an Junivera, die gerade einen tiefen Zug aus ihrem Becher nahm: »Ich glaube, du solltest besser hinaufgehen.«

Die Rondrageweihte sah ihn verständnislos an. »Aber warum denn? Mir gefällt es hier, und hier gibt es nichts, woran Rondra Anstoß nehmen würde. Was ist nur in dich gefahren?« Man konnte Elgor ansehen, wie sehr er nach einer Antwort suchte. Schließlich blickte er ergeben zur Decke und zuckte die Achseln.

Kurz darauf kam der junge Bursche wieder an unseren Tisch. Inzwischen hatte er einige Bierbecher geleert, und nun bedrängte er Junivera um so hartnäckiger. Während des mit viel Gelächter gemischten Wortgeplänkels beobachtete Elgor unverwandt die Bandurriaspielerin. Als die Musik plötzlich verstummte, griff er nach Juniveras Arm.

»Junivera, bitte, geh hinauf!«

Doch da trat die junge Frau schon an unseren Tisch. Sie stieß den bierseligen Burschen zur Seite und zischte Junivera an:

»Auf der Stelle hörst du auf, ihm schöne Augen zu machen, sonst ...!«

Die Geweihte war mit einem Schlag todernst geworden.

»Sonst – was?«

»Sonst kratze ich dir die Augen aus, du Bauernschlampe!«

»Junivera, sie meint es nicht so«, murmelte Elgor und setzte hastig hinzu: »Das ist keine würdige Herausforderung.«

Die Händlerin hatte seine Worte gehört. »Nein – was ist es dann? Eine Schmeichelei? Hätte die Ackertreterin es lieber förmlicher? Also schön – ich fordere dich heraus – *würdig* heraus, du ... du ... Misthaufendirne!«

Junivera wollte aufstehen, aber da wurde sie von der Fremden schon hinterrücks mitsamt des Stuhles umgerissen. Eng umschlungen rollten die beiden Frauen über den Dielenboden. Die Händlerin kämpfte wie eine Straßenkatze. Sie kratzte und spie, riß an Juniveras Kleidern und Haaren. Offensichtlich war dies nicht ihr erster Kampf, und eine Zeitlang sah es so aus, als hätte die Priesterin nicht die Spur einer Chance gegen sie. Bald hockte die Fremde rittlings auf Juniveras Bauch und hatte ihren Körper zwischen den Schenkeln eingeklemmt. Sie zielte mit ihren Fingernägeln nach Juniveras Gesicht, und als diese schützend die Arme hochriß, fetzte sie ihr über der Brust das Kleid entzwei.

»Schau gut her, Gane!« rief sie dem betrunkenen jungen Burschen zu. »Hat sie vielleicht etwas, das ich nicht besitze?« Mädchen huschte an mir vorbei, offenbar um sich ins Kampfgetümmel zu stürzen. Ich erwischte sie am Arm und hielt sie fest. Junivera stieß sich mit aller Kraft vom Boden ab. Die Händlerin wurde abgeworfen, flog herum und erwartete kauernd Juniveras Angriff, aber die Priesterin erhob sich ohne Hast und mit gemessenen Bewegungen. Ihre Gegnerin hechtete nach ihren Beinen. Junivera wich mühelos aus und schlug der Frau mit der geballten Faust auf den Kopf. Die Händlerin stürzte schwer und kam nur mit Mühe wieder auf die Beine. Als sie kaum stand, traf sie Juniveras Faust in die Magengrube. Sie krümmte sich stöhnend zusammen. Juniveras Gesicht wurde blasser denn je, ihr Blick starr und fast gedankenverloren. In der Schenke war es totenstill. Nur das leise Wimmern der Frau war zu hören.

Auf der Theke lagen zwei große Fleischmesser. Junivera ging mit festen Schritten zum Tresen hinüber. Aus der strengen Frisur hatte sich eine dicke schwarze Haarsträhne gelöst und fiel ihr über das Gesicht. In ihrem Wollkleid klaffte ein Riß, der bis zum Nabel reichte. Die schweren Brüste hoben sich bei jedem Atemzug. Sie ergriff beide Messer, eines an der Klinge und eines am Griff, und kehrte zu der Frau zurück, die mit gesenktem Kopf in die Knie gesunken war. Sie warf ein Messer neben der Händlerin auf den Boden. »Heb es auf!« sagte sie leise. »Ich hoffe doch, du verstehst dich auf den Messerkampf. Es wäre gut für dich, denn nur eine von uns wird diesen Ort lebend verlassen!«

Ein Raunen ging durch die Schenke. »Ruhe! Ich bitt Euch, Ruhe!« war die unsichere Stimme des Wirtes zu vernehmen.

Die Frau griff zögernd nach dem Messer, rutschte über den Boden bis zu einer der dicken hölzernen Säulen und zog sich daran hoch. Schweißperlen standen auf ihrer Stirn und ihre Lippen bebten, während ihr Blick hilfesuchend in die Runde schweifte.

Juniveras Messer ruckte hoch, aber da stand plötzlich Elgor neben ihr. Er umklammerte Juniveras Handgelenk und hielt es in eisernem Griff. »Junivera!« raunte er mahnend, »Priesterin der Göttin! Gib Frieden, ich bitte dich! Siehst du nicht, daß sie fast stirbt vor Angst? Was willst du denn noch?«

Endlich öffnete die Geweihte ihre Faust, das Messer fiel klirrend zu Boden. Sie schüttelte heftig den Kopf, als ob sie sich mühte, aus einem tiefen Traum zu erwachen. »Es ist gut, Elgor«, sagte sie schließlich. »Laß mich los – ich werde sie verschonen, du hast mein Wort.«

Als Elgor ihre Hand freigegeben hatte, schüttelte sie wiederum den Kopf, so daß ihre langen Haare wehten. Dann griff sie hastig nach ihrem Kleid, um ihre Blöße zu bedecken.

Als einer der ersten hatte der Wirt die Fassung wiedergewonnen. »Aber holla!« rief er mit angestrengter Fröhlichkeit in der Stimme, »so kämpft keine Bäuerin!«

Junivera murmelte etwas, wandte sich ab und ging hinauf in unser Quartier. Ihre Gegnerin wankte mit unsicheren Schritten zu ihren Leuten zurück.

Wir blieben noch ein Weile an unserem Tisch sitzen – vor allem, um den Wirt und die Gäste zu beobachten. Aber keiner von ihnen verließ den Schankraum oder benahm sich so, als ob er einen Verdacht geschöpft hätte.

Schließlich stiegen auch wir in unseren Schlafraum hinauf. Während der Nacht teilten wir Wachen ein: Einer von uns saß ständig am halb geöffneten Fenster und achtete darauf, ob sich vielleicht jemand vom Gasthof entfernte, aber alles blieb still.

# 8. Kapitel

*Yppolita kam es zwar merkwürdig vor, daß sie – wann immer sie ihr Pferd durch das Burgtor lenkte – dem hübschen blonden Jungen begegnete. Aber sie beschloß, nicht über diese scheinbaren Zufälle nachzudenken, denn die Treffen bereiteten ihr ein großes Vergnügen. Einmal brachte sie ein reiterloses Pferd mit hinaus, um ihren Verehrer das Reiten zu lehren, ein anderes Mal forderte sie ihn auf einer Waldlichtung zu einem herzhaften Ringkampf heraus. Ulissa sorgte dafür, daß das Treiben der Königin am Amazonenhof nicht verborgen blieb. Sie richtete es so ein, daß sie mit einer Jagdgesellschaft dem sorglosen Paar begegnete, oder sie schickte die Schwertmeisterin aus, die Königin zu suchen, weil Yppolita eine dringende Entscheidung zu treffen hätte. Natürlich ergab es sich so, daß die Schwertmeisterin Hana ihre Königin in einer glühenden Umarmung mit dem jungen Bauern fand.*

*Hana liebte und ehrte ihre Königin sehr, aber sie konnte nicht länger mitansehen, wie Yppolita die Ehre des Königinnenhauses befleckte. Auf dem Rückweg zur Burg erhob sie mahnend ihre Stimme: »Verzeiht, meine Königin, wenn ich ungefragt das Wort an Euch richte – noch dazu wenn meine Rede euch ohne die gebührende Achtung erscheinen mag.«*

*»Aber Hana, was ist denn in dich gefahren? Warum so umständlich? Sprich nur frei heraus!«*

*Und Hana erzählte der Königin alles, was sie bedrückte. Sie hielt ihr vor, wie oft sie die Gebote verletzt hatte, an die sich auch eine Herrscherin halten mußte. Yppolita erschrak zutiefst. Zwar hatte sie die Ausflüge mit dem jungen Mann sehr genossen, aber vor allem wollte sie den Amazonen eine gute und verehrungswürdige Königin sein. Sie sagte: »Ich werde ihn nicht wiedersehen, Hana. Das verspreche ich dir!«*

*Tatsächlich ritt sie in den nächsten Tagen nicht aus. Doch ihre Einsicht kam zu spät. Ulissas Plan war schon zur Hälfte aufgegangen. Der Rest war ein Kinderspiel: Sie begab sich heimlich zu einem Kräuterkundigen. Der Mann war klein von Statur, nicht größer als ein Kind, aber ein Meister im Bereiten von Pulvern und Mixturen. Nach einer langen Feilscherei – Ulissa mußte schließlich nicht nur das Pulver, sondern auch die Verschwiegenheit des kleinen Mannes bezahlen – hielt sie das Pulver in Händen, wie sie es benötigte: schnell wirksam und völlig geschmacklos. Sie hatte ihren Lieblingsring dafür gegeben, einen in Gold gefaßten Bernstein, in dem ein kleiner Perainekäfer gefangen war.*

*Beim Nachtmahl kippte Ulissa der Königin das Schlafpulver in den Wein. Yppolita wurden die Lider schwer, kaum daß sie den Becher geleert hatte. Die Schwester führte sie hinauf in die Schlafkammer, war ihr beim Auskleiden behilflich, half ihr, ins Bett zu steigen, und wartete ab, bis sie eingeschlafen war. Dann lief sie in den Stall, sattelte ihr Pferd und ritt zu dem Hof, auf dem der junge Bursche zu Hause war. Sie klopfte an sein Fenster. Es dauerte nur wenige Augenblicke, bis der Junge vor ihr stand.*

*»Was wünscht du dir mehr als alles auf der Welt?« fragte sie ihn.*

*Der Junge senkte den Kopf und schwieg.*

*»Nun, du brauchst es mir gar nicht zu sagen – ich weiß es auch so. Nun hör mir gut zu. Die Königin schickt mich zu dir. Sie will dir heute nacht deinen Wunsch gewähren. Sie wartet in ihrem Schlafgemach auf dich.« Ulissa senkte ihre Stimme. »Du weißt, daß sie dich dort eigentlich nicht empfangen darf, nicht wahr? Darum wird die Königin sich schlafend stellen und so tun, als ob sie dich gar nicht bemerkt, wenn du ihr Zimmer betrittst. Du darfst nicht zu ihr sprechen. Das ist ihr Wunsch. Aber du darfst dich schweigend zu ihr legen.«*

*Der Junge nickte heftig mit dem Kopf. »Ich will alles genauso tun, wie sie es wünscht.«*

*Schließlich beschrieb Ulissa ihm noch, wie er durch eine geheime Pforte in den Palast gelangen konnte.*

*Nachdem sie wieder zum Palast zurückgeritten war, setzte sie sich ans Fenster und wartete. Nach einer kurzen Weile schon sah sie, wie der Junge die Burgmauern überkletterte und im Schatten des Wehrganges zur Nebenpforte schlich. Ulissa lief in Hanas Zimmer und rüttelte die Schwertmeisterin wach. »Schnell Hana, komm mit mir! Ich habe im Gemach der Königin verdächtige Geräusche gehört.«*

*Sie weckten noch zwei Offizierinnen und liefen zum Schlafzimmer Yppolitas. Ulissa stieß die Tür auf und stürmte vor. Die drei Offizierinnen folgten ihr mit gezogenen Waffen. Zwei Amazonen hatten Fackeln in Händen. Das flackernde Licht fiel auf das Lager der Königin und auf die schandbare Nacktheit der Menschen, die dort lagen. Eben hob die Königin benommen, berauscht den Kopf. Der junge Bursche fing vor Schreck zu schreien an. Ulissa sprang vor und stach ihm das Schwert mitten ins Herz. »Du ruchloser Hund! Was hast du meiner Schwester angetan!« rief sie dabei mit einer Stimme voller Verzweiflung.*

*Hana hatte Tränen in den Augen. Sie griff nach Yppolitas Schwertgehänge, zog die Klinge heraus und brach sie über dem Knie entzwei. Dann sprach sie die Worte, die ihr nach dem Gesetz als der ältesten Offizierin in der Burg zustanden:*

*»Die Amazonen haben keine Königin mehr.*

*Wer wird nun Königin in Kurkum sein?«*

*Ulissa trat vor, nahm Hana die zerbrochenen Schwerthälften aus der Hand, fügte sie zusammen und sagte:*

*»Ich.«*

Larix hatte den Wagen angehalten. Wir standen auf einer Anhöhe und sahen ins Radromtal hinab.

*Nicht, daß ich Beilunk lassen muß,*
*macht mir das Herze schwer –*
*Ich denk an Aylas heißen Kuß,*
*Ayla, du fehlst mir sehr.*

*Beilunk, leb wohl, du Perle im Radromtal.*
*Für Aylas heißen Kuß*
*tausch ich dich tausendmal.*

Beilunk – Perle des Radromtals. Wer immer der Stadt diesen Beinamen verliehen hatte, er hatte sie gewiß nicht – so wie wir – in der Zeit zwischen Herbst und Winter betrachtet. Beilunk liegt an der Mündung des Radrom in einem weiten Tal. Die Stadt war auf einem flachen Hügel errichtet worden, der zum Meer und zum Hafen abfällt. Saftige grüne Wiesen und fruchtbare Äcker ziehen sich an beiden Ufern des Radrom entlang und legen sich in einem breiten Ring um die Stadt. Das flache, tiefe Land wird von mehreren hoch aufgeschütteten Straßendämmen durchschnitten, die strahlenförmig wie die Speichen eines Rades in der Stadt zusammenlaufen.

Zur Zeit der Bedonblüte, wenn das Land um Beilunk flammend gelb leuchtet, soll der Blick auf die Radrommündung unvergleichlich sein …

Im Spätherbst aber blüht kein Bedon. Die Felder liegen brach, der Radrom verläßt sein Bett, und seine lehmgrauen Wasser wälzen sich übers Land. Umgestürzte Bäume, in deren Zweigen verfilztes Treibgut hängt, und aufgetriebene, steifbeinige Tierkadaver prägen das Bild. In der Ferne verschmilzt der graue schwere Himmel mit dem endlosen Meer. Dort liegt der Golf von Perricum. Ebenso grau und trostlos wie Land und Wasser ringsumher erhebt sich auch die ›Perle des Randromtals‹ über den breiten trägen Fluß. Die roten Ziegeldächer der Häuser haben ihre leuchtende Farbe verloren. Nicht einmal die goldene Kuppel des Praiostempels, die hoch über alle anderen Häuser ragte, erstrahlt in dem vielgepriesenen Glanz.

Keiner von uns hatte Beilunk schon einmal gesehen, aber alle kannten wir das alte Lied von Aylas heißem Kuß, und so hatte sich in uns eine gewisse Vorstellung von der ›Perle des Radromtals‹ gebildet. Nun waren wir enttäuscht. Nur Mädchen starrte mit offenem Mund zu der fernen Stadtmauer hinüber. Aufgeregt zeigte sie uns die winzigen Fuhrwerke auf der Radrombrücke und die Fischerboote auf dem Golf. Am liebsten wäre sie sofort zur Stadt hinübergelaufen, aber unser Plan sprach dagegen: Junivera, Larix und Elgor sollten mit Bauer Harmes Wagen zur Stadt fahren, geradewegs über die Radrombrücke. Mädchen und ich sollten einen weiten Bogen durch den Wald schlagen und über eine andere Straße nach Beilunk marschieren. Tatsächlich gab es weiter südlich einen zweiten Weg, der am Radrom endete. Von dort sollte man den Fluß mit einer Fähre überqueren können. Wenn wir in zwei Gruppen aufgeteilt in die Stadt eindrangen, wäre unsere Tarnung nahezu vollkommen. Nicht einmal die gerissensten Kopfgeldjäger könnten einen Verdacht schöpfen. Als wir unseren Plan faßten, hatte Mädchen keine Einwände erhoben. Aber nun wurde ihr klar, daß sie erst am Abend in dieser verheißungsvollen Stadt eintreffen würde, während der Wagen mit unseren Gefährten schon in wenigen Stunden durch das Stadttor fuhr. Mädchen war kaum zu trösten, und als wir ihr nun auch noch verboten, Juniveras auffälligen Priesterinnenmantel beim Einzug in die Stadt anzulegen, sank ihre Laune in trostlose Tiefen. Sie sprach nicht mehr mit uns.

Ich verabschiedete mich von Junivera und den anderen. Elgor schenkte mir ein paar Silbertaler und einen Dukaten. Davon sollte ich in Beilunk Unterkunft und Verpflegung für Mädchen und mich bezahlen. Außerdem mußte ich Mädchen unbedingt ein paar gewöhnliche, unauffällige Kleidungsstücke beschaffen. Ihr kurzes Fellgewand sah zwar auf seine Weise sehr reizvoll aus, war aber fast so auffällig wie Juniveras Geweihtenumhang. Nachdem Mädchen eine Stunde lang stumm an meiner Seite durch den Wald gestapft war, erzählte ich ihr von meinem Einkleidungsplan.

Sofort war ihr Schweigen gebrochen.

»Was für ein Kleid kaufst du mir?«

»Hm ... ein grünes vielleicht?«

»Ich möchte ein rotes – mit goldenen Eulen!«

Elgor trug eine goldene Brosche, die mit einem Eulenkopf verziert war. Dieses Schmuckstück hatte es Mädchen angetan.

»Ich werde sehen, was sich tun läßt.«

»Und schwarze Stiefel – bis hierher.« Sie zeigte auf eine Stelle auf ihrem Oberschenkel. Viburn hatte solche hohen Stulpenstiefel getragen.

»Und eine weiße Schürze!« (Die hatte sie beim Wirt des *Fuhrmann* gesehen) »Und einen Hut mit einer langen Feder.« (So einen Hut hatte einer der Straßenhändler getragen.)

Froh darüber, daß Mädchens Laune sich so schlagartig aufgehellt hatte, erhob ich gegen keinen ihrer Wünsche modische Bedenken. Ich versuchte vielmehr, ein paar eigene Vorschläge beizusteuern, erweckte aber wenig Begeisterung.

Auf unserem Weg durch den Wald sprang Mädchen immer ein paar Schritte vor mir her. Als wir nach ein paar Stunden endlich die Straße nach Beilunk erreichten, war sie kaum noch zu halten. Mir war das hohe Tempo recht, denn der Abend dämmerte schon, und wir konnten nicht darauf hoffen, den Fährmann nach Einbruch der Nacht noch zu einer Fahrt über den Fluß zu überreden.

Tatsächlich wollte das kleine Boot eben ablegen, als wir den Steg erreichten. Ich zahlte den weit überhöhten Fahrpreis, ohne lange zu feilschen. (Bei der letzten Fahrt lohnt sich das Handeln nicht: Wer übergesetzt wird, ist einfach in der schlechteren Lage.)

Der Fährmann übernahm das Ruder am Heck, zwei junge Männer saßen an den Riemen und ruderten gemächlich auf den Fluß hinaus. Außer Mädchen und mir waren noch zwei Fahrgäste – augenscheinlich Bauern – an Bord. Wie ich aus ihren Gesichtern lesen konnte, liebten sie das Wasser ebensowenig wie ich. Sie hielten den Blick starr auf die Silhouette der Stadt gerichtet und vermieden es, in die trüben Fluten zu schauen. Kaum waren wir vom Ufer abgestoßen, als uns die Strömung des Radrom ergriff und unwiderstehlich vor sich her schob. Das gefiel mir ganz und gar nicht, aber den Mann am Ruder schien es nicht zu stören. Mädchens Augen standen weit offen, doch es lag keine Furcht darin. Zappelig wie ein Kind hockte sie neben mir auf der Bank. Unentwegt schaute sie sich nach dem zurückbleibenden Ufer um, dann wieder betrachtete sie Beilunk oder das Eintauchen der Ruderblätter ins Wasser.

Die Fahrt dauerte endlos lange. Als wir endlich das andere Ufer erreichten, war es dunkel geworden, und Beilunk lag weit hinter uns. Gerade wollte ich dem Fährmann mitteilen, wie unverschämt es von ihm sei, uns den langen nächtlichen Fußmarsch zurück nach Beilunk zuzumuten, da stieß einer der Ruderer einen Pfiff aus.

Am Ufer erschien ein Mann mit einem Ochsengespann und warf uns ein langes Tau zu. Der Ruderer fing es auf und knotete es am Bug fest. Dann setzten sich die Ochsen in Bewegung, um uns im Schneckentempo in Richtung Stadt zu schleppen.

Von einem Hesindetempel schallte das Nachtlied durch die Gassen, als wir endlich den Hafen von Beilunk erreichten. Ich fragte mich, weshalb ich mich darauf eingelassen hatte, die Fähre und nicht die Brücke zu benutzen.

Beilunks Hafenviertel liegt außerhalb der Stadtmauern, die nur die Oberstadt umschließen. Kein Bürger, der etwas auf sich hält, baut sein Haus vor den Toren der Stadt, dort, wo die Gassen so finster sind, daß man nicht die Hand vor Augen sehen kann, und wo die Stadtgardisten niemals patrouillieren.

Ich hatte Mädchen an der Hand genommen und tastete mich an den Hauswänden entlang. Alle Fensterläden waren geschlossen, nur hin und wieder fiel ein schmaler Lichtstreifen auf die ungepflasterte Straße. Aus der Abwasserrinne stank es nach Abfällen und Kot, aber der Geruch schien Mädchen nicht zu stören. Sie war so aufgeregt, daß sie kaum sprechen konnte. Vor jedem Fensterladen blieb sie stehen und versuchte, durch eine Ritze in den Blenden zu spähen. Ungeduldig zog ich sie hinter mir her. Wer in der Nacht zu lange durch die Straßen streift, wird irgendwann anderen nächtlichen Wanderern begegnen, und von einer solchen Begegnung versprach ich mir in Beilunks Unterstadt nicht viel.

Wir bogen um eine Ecke und stießen auf eine Herberge. Endlich ein Haus, dessen Läden offenstanden! Heller Lichtschein fiel hinaus auf das Pflaster und auf ein paar knochige Pferde, die an einem Querbalken vor der Schenke angebunden waren. Ich warf einen raschen Blick durch ein offenstehendes Fenster. Im Schankraum waren nicht allzu viele Zecher versammelt. Mädchen hatte inzwischen schon die Tür angesteuert. Ich riß sie am Arm zurück.

»Also gut!« flüsterte ich so eindringlich wie möglich. »Wir gehen hinein. Aber das Reden überläßt du mir.«

»Nur wenn ich gefragt werde, ich weiß.« Mädchen nickte eifrig.

»Nicht einmal dann.«

Natürlich löste Mädchens Auftritt in der Hafenkneipe erhebliche Unruhe aus. Man muß das verstehen. Sicher kehrte nicht alle Tage eine mannshohe, blonde Frau in einem kurzen Fellkleidchen in dieser Taverne ein. Und Flußschiffer haben noch in keiner Stadt Wert auf einen gepflegten Umgangston gelegt.

»Holla, holla, blondes Feuer! Komm zu uns herüber. Laß das Langohr ziehen! Es wird dir nicht halb soviel Freude bereiten wie wir!« – »Blondes Rehlein« – die

Ruferin mit der kratzigen Stimme war eine breitschultrige Frau –, »hast du es schon einmal mit einer Dame versucht? Ich zeig dir ein paar Sachen, von denen du noch nicht einmal geträumt hast …« – »Was hast du eigentlich unter dem Pelzchen?« fragte ein graubärtiger Alter. »Noch ein Pelzchen etwa? Zeig es doch einmal her!«

Unwillkürlich zuckte ich zusammen, aber Mädchen lächelte nur freundlich und traf keine Anstalten, dem Wunsch des Zechers zu entsprechen. Wir suchten uns einen abgelegenen Tisch, und allmählich ließ das Gerede der Schiffer nach. Die verwegenen Gestalten wandten sich wieder ihren Bierbechern und Würfelspielen zu. Mädchen aber ließ nicht ab, ihre Umgebung aus großen Augen zu beobachten. Sie musterte jeden einzelnen Zecher, als ob sie ihn sich für immer einprägen müßte.

Der Wirt hatte ein Bett für uns – zu einem niedrigen Preis –, und er trug sogar ein schmackhaftes Essen auf. Es nannte sich ›Botschek‹, bestand aus roten Bohnen und Fleisch und wurde auf einem dicken harten Fladen serviert. Die anderen Gäste verfütterten dieses eßbare Servierbrett an einen Hund, oder sie schenkten es einer Bettlerin, die von Tisch zu Tisch humpelte. Ich gab ihr meines und sah zu, wie sie es in einen Sack stopfte, nur bei Mädchen hatte sie kein Glück. Meine Begleiterin hatte ihren Fladen restlos verspeist.

Wir waren die einzigen Übernachtungsgäste in der Taverne und konnten uns im großen Schlafraum ein Bett aussuchen. Die Wahl fiel mir nicht leicht, denn alle Betten waren gleichermaßen kurz, klamm und schmutzig. Doch nachdem Mädchen unter meine Decke geschlüpft war, hatte ich die Unzulänglichkeiten meiner Schlafstatt rasch vergessen. Eigentlich mag ich keine großen Frauen, oder vielmehr, eigentlich hatte ich – bis ich Mädchen kennenlernte – immer gedacht, ich würde keine großen Frauen mögen. Die Nächte mit Mädchen änderten meinen Sinn. Nie werde ich ihren Körper vergessen, der sich warm und fest an den meinen schmiegte, vom Kopf bis zu den Füßen berührte mich ihre glatte Haut. Mädchen schloß, während wir beisammen waren, niemals die Augen. Immer wenn ich meine Lider öffnete, sah ich im Dunkel das Schillern ihrer Augäpfel. Ihr Blick war ernst und aufmerksam ...

Am Morgen erwachte ich herrlich erquickt. Ich fühlte mich kräftig und unternehmungslustig, meine Haut war lange nicht so zerstochen, wie ich es befürchtet hatte. Ich schaute zur Seite, doch der Platz neben mir war leer. Erschreckt fuhr ich hoch, da sah ich Mädchen vor dem Bett auf dem Boden liegen. Sie hatte sich in eine Decke gewickelt und atmete ruhig und gleichmäßig.

Ich trat ans Fenster und schaute hinab in die dämmrigen Gassen. Trotz der frühen Stunde herrschte dort unten schon ein buntes Gedränge. Lastträger schleppten schwere Säcke vom Hafen herauf, Karrenräder knarrten. Das Gebrüll der Fuhrleute erfüllte die Luft. Durch das Gewühl schaukelte eine üppig verzierte Sänfte heran. Augenblicke später rollte die Meute ineinander verknäuelt über den Boden – im verbissenen Kampf um ein paar Münzen, die eine zierliche Hand aus dem verhängten Seitenfenster gestreut hatte.

Ich wandte mich um. Mädchen war eben dabei, den Gürtel um ihr Fellgewand zu zurren. Auf einem kleinen Tisch neben dem Fenster standen eine flache Schüssel und eine große Wasserkanne. Ich erklärte Mädchen, wozu man diese Dinge benutzen konnte, und sie sprengte sich hastig ein paar Tropfen Wasser ins Gesicht.

Wir gingen hinunter, um zu frühstücken. Es gelang mir nicht, den Wirt in ein Gespräch zu ziehen. Der Mann war es gewohnt, vor Fremden seine Zunge im Zaum zu halten, das merkte ich ihm an. Also gab ich meine Bemühungen auf. Mit jeder meiner Fragen verriet ich ihm mehr, als ich jemals von ihm erfahren würde. Immerhin wußte er ein Geschäft, wo man Frauenkleider kaufen konnte, einen Laden im Hafenviertel natürlich. Auf die Idee, uns zu einem Schneider in der Oberstadt zu schicken, kam der Wirt gar nicht erst.

Nachdem wir unsere Zeche gezahlt hatten, nahm ich Mädchen bei der Hand, und wir traten hinaus auf die Straße. Hier war das Gedränge noch dichter geworden. Unter den vielen zerlumpten Gestalten fiel Mädchen in ihrer Barbarentracht kaum auf. Nur hin und wieder blieb jemand stehen, um sie mit offenem Mund anzustarren. Mädchen ihrerseits schaute jedem Vorübergehenden so aufmerksam ins Gesicht, als ob sie sich vergewissern wollte, ob er nicht ein alter Bekannter sei, den sie nur nicht auf Anhieb erkannt hatte. So schlenderte sie, hin und wieder den Kopf einziehend, unter den vorspringenden, niedrigen Dächern hindurch, ihre Hand lag stets auf dem Griff des Goblinsäbels, den sie hinter den Gürtel gesteckt hatte. »So viele Menschen«, sagte sie immer wieder. »Wo kommen sie nur alle her – und wo gehen sie hin?«

Ich machte keinen Versuch, ihr das Verhalten der Beilunker Hafenarbeiter und Kleinhändler zu erklären – ich habe mich selbst oft genug gefragt, was diese Leute, die sich tagaus tagein zwischen Schlafen und Arbeiten bewegten, am Leben hielt.

Endlich fanden wir den Trödler, den uns der Wirt empfohlen hatte. In dem engen dunklen Laden gab es alles – oder fast alles – zu kaufen, was die Provinzen des Neuen Reichs zu bieten haben: Ausgetretene Schuhe aus maraskanischem Büffelleder, zersprungene Töpferwaren aus Rommilys, beinerne Nivesenflöten, rostige Waffen in Gehängen aus sprödem, trockenem Leder, bunte Stoffballen, Kerzenleuchter, Handspiegel, Holzkämme, Specksteinstatuetten aller Zwölfgötter,

Amulette aus Tigerzähnen und viele Dinge, die ich noch nie gesehen hatte, waren auf Brettern und Tischen zu höchst lockeren Türmen aufgeschichtet. Ich wagte es kaum, mich zu bewegen, auch Mädchen hielt die Arme eng an den Körper gepreßt.

Der Trödler, ein kleiner buckliger Mann mit einem großen, schweren Schädel und zwei verschieden langen Beinen, humpelte wieselflink durch den bunten Irrgarten. Kaum hatte er uns erblickt, da entzündete er ein Tiegelchen mit Räucherwerk. Der süße, betäubende Rauch zog in dichten Schwaden durch den Raum und machte mir das Atmen schwer. Mädchen schnupperte erst mit erhobener Nase, sog dann tief die Luft ein – und wurde von einem Hustenanfall geschüttelt.

»Zu Diensten, zu Diensten, edle, weitgereiste Bürger! Phex, dem stillen Gott, sei Dank, daß er so hohen Besuch in mein elendes Haus geführt hat.«

Mädchen hatte die Hand nach einem winzigen hölzernen Käfig ausgestreckt. Schon stand der Trödler neben ihr und hielt ihr den Käfig vor die Augen.

»Nehmt ihn nur, nehmt ihn nur, schönes Kind! Ich schenke ihn Euch ...« Er warf mir einen raschen Blick zu. »... wenn der Herr mir einen halben Silbertaler schenkt ...«

»Die junge Dame wünscht ein Kleid«, sagte ich.

»Und Stiefel«, ergänzte Mädchen. »Und eine Schürze und ...« Ich trat ihr sacht auf die Zehen, um sie an das Schweigegebot zu erinnern.

Der Trödler hatte mich beobachtet. Er gab Mädchen einen vertraulichen Stups. »Ich sehe, der Herr ist hartherzig. Er will dich in der Kälte frieren lassen. Aber ich glaube, er meint es nicht so. Er hat nämlich in Wirklichkeit ein Herz aus Gold. Das sehe ich ihm an.« Er ergriff Mädchen bei der Hand und humpelte mit ihr davon. Ich folgte ihnen in ein Hinterzimmer, wo der Trödler schon damit begonnen hatte, in einem unordentlichen, halb mannshohen Kleiderhaufen zu wühlen. Er zog ein

Kleid nach dem anderen hervor und warf es in einem hohen Bogen hinter sich.

»Na, wie gefällt Euch dieses?« murmelte er dabei. »Oder das? Dieses hier ist ein besonders edles Stück. Oh, welch prächtiges Gewand! Zieht Euch aus, Kleines, zieht Euch aus! Wie wollt Ihr sonst die wunderschönen Stücke anprobieren?« Dabei wies der Bucklige auf eine Nische hinter einem hohen Schrank, vor der eine Wolldecke ausgespannt war; aber Mädchen löste ihren Gürtel und ließ mitten im Laden ihr Fellkleidchen zu Boden fallen.

Der Trödler riß die Augen auf und schnaufte etwas Unverständliches. Dann umtanzte er Mädchen wie ein Derwisch, hielt ihr ein Kleid nach dem anderen vor den nackten Leib und fand unzählige Gelegenheiten, sie hier und dort flüchtig zu berühren und zu betasten. Mädchen sah lächelnd auf ihn hinab und verfolgte alle seine Bewegungen gleichmütig.

Ein braunes, kurzes Kleid, das am Saum mit bunten, kleinen Glasperlen bestickt war, löste bei ihr einen leisen Entzückungslaut aus. »Das gefällt Euch, nicht wahr?« jauchzte der Händler. »Kommt, ich helfe Euch, es anzuziehen.«

»Was soll es kosten?« fragte ich.

»Ach, fast nichts, sechs Silbertaler.« Er konnte seinen Blick nicht von Mädchen lösen. »Bückt Euch ein wenig, dann werde ich es Euch überstreifen.«

»Sechs Silbertaler sind eine Unverschämtheit. Und jetzt laß uns allein! *Ich* werde der Dame beim Anziehen behilflich sein.« Der Bucklige warf mir einen flehentlichen Blick zu.

»Über den Preis können wir reden... können wir reden«, murmelte er. »Aber laßt mich beim Anziehen helfen! Ihr habt keine Erfahrung mit diesen feinen Stoffen. Unter Euren Händen geht das Kleid womöglich entzwei.«

Ich beschloß, ihm seinen Willen zu lassen. Unser Einkauf dauerte endlos lange, aber am Ende besaß Mädchen eine warme, wollene Hose, ein Unterkleid, ein glasperlenbesticktes Oberkleid, einen schlichten Umhang, ein Paar recht gut erhaltene, hohe Söldnerstiefel und als Dreingabe eine Lederscheide für ihren Goblinsäbel. Der Trödler hatte ihr all die Dinge Stück für Stück angezogen, und ich brauchte ihm für alles zusammen nur sieben Silbertaler zu zahlen.

Der Schweiß stand ihm in dicken Tropfen auf der Stirn, als ich ihm das Geld in die Hand zählte. »Ich glaube, ich bin ein schlechter Händler«, murmelte er.

»Das mag sein«, stimmte ich zu. »Aber andererseits habe ich selten einen Trödler gesehen, dem sein Geschäft so viel Vergnügen bereitet hat …«

Er schaute unter buschigen Brauen zu mir auf und schnitt eine Grimasse.

»Was kostet dieses Rapier?« fragte ich. »Wenn Ihr es mir persönlich umlegen dürft?«

»Fünf Dukaten!« zischte er. Der Mann hatte offensichtlich keinen Humor.

Ich verzichtete auf den Kauf, und wir gingen hinaus auf die Straße.

Durch das Tor zur Oberstadt zog ein ständiger Strom von Bürgern, Lastträgern und Fuhrwerken. Mädchen und ich schlüpften im allgemeinen Geschiebe ohne Schwierigkeiten an den dösenden Wachen vorüber und betraten die Oberstadt.

Hier waren die Straßen mit roten Ziegeln gepflastert. Prächtige zwei- oder gar dreistöckige Häuser aus den gleichen Ziegeln säumten unseren Weg. Breite Fenster mit blank geputzten Butzenscheiben zierten die Fassaden neben kunstvoll beschnitzten Türen aus edlem Holz. Reich verzierte Schilder aus geschwärztem Eisen, leuchtend grünem Kupfer oder sogar goldblitzendem Messing wiesen aus, welchen Handel die Bewohner der Häuser trieben. Beilunk war zweifellos eine reiche

Stadt. Vielleicht trug sie den Beinamen ›die Perle‹ doch zurecht.

Mädchen bestaunte die blinkenden Panzer der Stadtgardisten mit dem gleichen Entzücken, mit dem sie die farbenprächtigen, schweren Kleider der Bürgerinnen, ihre golddurchwirkten Umhängetücher und die zierlichen Muffs aus schwarz glänzendem Maulwurfsfell betrachtete. Ich konnte ihr ansehen, daß ihr die neue Garderobe, auf die sie eben noch stolz gewesen war, schon jetzt keine Freude mehr bereitete. Auch ich kam mir in meinem abgewetzten Lederzeug sehr ärmlich vor. Mancher Bettler am Straßenrand war hier besser gekleidet.

Um die Mittagszeit standen wir vor den Stufen des kolossalen Praiostempels und starrten zu der blinkenden, goldenen Kuppel empor. Mädchen stieß leise, andächtige Laute des Erstaunens aus. Zwei Greifen auf dem marmornen, strahlend weißen Giebelfeld hielten einen großen Rundschild aus lauterem Gold, das das Licht der Sonne widerspiegelte. Goldene Greifen dienten als Türgriffe an dem dreifach mannshohen Portal.

»Hier wohnt der Herr Praios?« fragte Mädchen leise.

»Ja, hier wohnt er wohl«, antwortete ich, »aber er besitzt viele Häuser, und dieses ist nicht einmal sein prächtigstes, obwohl ich zugeben muß, daß es mich sehr beeindruckt.«

»Kann man hineingehen? Oder meinst du, er hat etwas dagegen?«

Gemeinsam mit Viburn hatte ich schon so manches heimliche Haus des Phex besucht, ein paar Perainetempel kannte ich, und einmal hatte ich den Efferdtempel in Havena besucht. Vor den strahlenden Kultstätten des Praios aber beschlich mich immer ein seltsames Unbehagen. Um die Wahrheit zu sagen: Ich fürchtete mich vor ihnen. Mir war, als ob in ihrem Innern eine gewaltige, strenge Macht darauf wartete, mir in die tiefste Seele zu blicken und all meine geheimsten Gedanken, meine unausgesprochenen Hoffnungen und uneingestandenen Wünsche ans Licht zu zerren, sie vor mir auszubreiten und sie wie kleine hilflose Tiere um- und umzuwenden, bis ich vor Scham und Schande gestorben wäre.

»Wir können nicht hineingehen«, erklärte ich Mädchen. »Hier draußen, am Tempelportal, wollen wir mit Junivera, Elgor und Larix zusammentreffen. Im Innern finden sie uns vielleicht nicht.«

Wir hielten eine Zeitlang nach allen Seiten Ausschau, aber die drei waren nirgendwo zu entdecken. Wir warteten. Als die Gläubigen zum Nachmittagsgebet in den Tempel strömten, waren unsere Gefährten noch immer nicht aufgetaucht. Eine Patrouille der Stadtgarde zog eben zum dritten Mal an uns vorüber, der Hauptmann musterte uns mit mißtrauischem Blick. Ich summte ein Liedchen, nahm Mädchen bei der Hand und ging langsam davon.

Etwas war schiefgelaufen. Auf unserer Reise hatte ich Elgor und Junivera als überaus zuverlässige Menschen kennengelernt. Wenn sie jetzt nicht am Treffpunkt erschienen waren, konnte es dafür nur eine Erklärung geben: Es mußte ihnen etwas zugestoßen sein! Aber was? Waren sie gefangen? Tot? Wie sollte ich das jemals herausfinden, in einer fremden Stadt und mit einem einzigen Verbündeten: einem schönen großen Kind, das nicht aufhören wollte, die Beilunker Bürgerhäuser zu bestaunen, und sich offenbar um den Verbleib unserer Gefährten kein bißchen kümmerte.

»Du mußt nicht traurig sein«, sagte Mädchen plötzlich. »Wir werden sie finden. Ich spüre das.«

Überrascht sah ich sie an. »Ich bin nicht traurig – ich bin verzweifelt! Kannst du mir verraten, wie du sie finden willst?«

Mädchen war an einem Karren mit heißen Kastanien stehengeblieben. »Das riecht sehr gut. Das möchte ich gern essen... Ganz einfach, wir gehen zu dieser Taverne, von der ihr bei Bauer Harme geredet habt, und fragen nach ihnen. Kaufst du mir etwas von dieser Speise?«

Zerstreut gab ich dem Straßenhändler ein paar Kreuzer und sah ihm dabei zu, wie er die gerösteten Kastanien mit einer hölzernen Zange auf ein großes welkes Laubblatt legte.

Das *Neunauge*, genau, so hieß die Schenke! »Dort hört ihr mehr, als ihr hören wollt«, hatte Harme gesagt.

Ich ging mit zügigen Schritten auf das Südtor zu, das hinaus zum Hafenviertel wies. Mädchen lief schimpfend hinter mir her. In der Eile hatte sie Schwierigkeiten, die Kastanien auf dem Blatt zu balancieren.

# 9. Kapitel

*Ulissa, die neue Königin, leitete selbst den Rat der Kriegerinnen. Die Amazonen hatten Yppolita immer geliebt, aber alle waren überzeugt, daß der Rat nur* ein *Urteil fällen konnte. Yppolita schwieg zu den Vorhaltungen der Schwester und der Anklägerin. Was hätte sie für sich vorbringen können? Gewiß, sie hatte den Bauernjungen nicht heimlich in die Burg geholt, wie ihr die Schwester im Verhör unterstellte. Aber sie hatte den Unglückseligen zu seiner Tat ermutigt. Daran konnte es keinen Zweifel geben.*

*Auch sprach es nicht für Yppolita, daß sie die komplizierten Zölibatbestimmungen nicht kannte. Als Königin wäre es ihre Pflicht gewesen, die alten Schriften zu studieren.*

*Also verfolgte Yppolita stumm die Verhandlung, bis ihre königliche Schwester das Urteil sprach:* Lebenslange Verbannung!

*»Wer immer die Dirne Yppolita in den Mauern Kurkums erblickt, hat sie auf der Stelle zu erschlagen und die sterbliche Hülle der Königin zu übergeben. Die Leiche ist in den Bergen zu verscharren – weitab von den Gräbern der stolzen Kriegerinnen!« Am nächsten Tag schon sollte die Schwertmeisterin Hana Yppolita in die Verbannung führen. Sie sollte sie bis ans andere Ufer des Radrom begleiten, zu jenem Fluß, den Yppolita niemals mehr überqueren durfte.*

*In der Nacht rief die Königin Hana zu sich und erteilte ihr einen geheimen Befehl: »Yppolita wird mich hassen, solange sie lebt. Das weiß ich genau. Sie wird unentwegt auf Rache sinnen und eines Tages wiederkehren, um sich den Thron zurückzuerobern. Es wird einen Krieg geben, der viele unserer Besten das Leben kosten wird. Das darf nicht geschehen.*

*Darum, Hana, wirst du meine Schwester in die Trollzacken führen und sie dort erschlagen und vergraben! So – und nun geh!«*

*Hana hob die Hand zum Gruß und verließ den Raum. Es stand ihr nicht an, ihrer Königin zu widersprechen.*

*Am nächsten Tag traten die beiden Frauen ihre traurige Reise an. Auf dem Weg von Kurkum nach Beilunk sprachen sie kaum mehr als zehn Worte miteinander. Von Beilunk zogen sie weiter nach Westen, bis sie den Fuß der Trollzacken erreichten. Sie übernachteten auf einem einsamen Bauernhof, der von einer Nivesenfamilie betrieben wurde. Man sprach über einen alten Druiden, der ein paar Tagreisen entfernt in den Trollzacken in einer Höhle hauste. Hana kannte den Einsiedler aus früherer Zeit. Die Frauen ritten lange durch die Täler des Gebirges, bis sie die Höhle gefunden hatten.*

*Der Mann nahm sie bei sich auf. In der Nacht, als Yppolita eingeschlafen war, erzählte Hana dem Druiden von dem Befehl, der ihr so schwer auf den Schultern lag. Der langbärtige Alte versank in tiefes Nachdenken. Endlich sagte er: »Ich weiß einen Rat: Ich kann deinem Schützling das Gedächtnis nehmen. Das ist ein schwieriger Zauber, aber er wird mir gelingen. Wenn Yppolita morgen erwacht, dann wird sie ein neugeborenes Kind sein, das im Körper einer jungen Frau lebt. Sie wird laufen und sprechen können, aber sie wird niemals erfahren, daß es einen Ort wie Kurkum gibt. Es wird sein, als wäre sie gestorben und als ein anderer Mensch geboren. Du, Hana, kannst deiner Königin melden, daß es Yppolita nicht mehr gibt. Du hast deinen Befehl ausgeführt.«*

*Hana trat leise an das Bett der Schlafenden. Ihre Augen waren vor Tränen blind. Das Kinn sank ihr schwer auf die Brust.*

*»Gut«, sagte sie leise, »so soll es sein. Sie wird leben.«*

*Dann ritt Hana hinaus in die Nacht. Der Druide schnitzte eine kleine Puppe aus Holz. Der Morgen dämmerte schon, als er mit seiner Arbeit fertig war. Er trat an Yppolitas Bett, die Puppe in der einen, eine silberne Nadel in der anderen Hand.*

Das Neunauge bestand aus einem einzigen, riesigen Raum. Dicke, rauchgeschwärzte Balken trugen die Decke, die zusätzlich von mächtigen Pfeilern gestützt wurde. An eisernen Ketten hingen zwei mächtige Karrenräder, auf denen unterschiedlich lange Kerzen brannten. Im Kamin prasselte ein mächtiges Feuer, die Flammen züngelten um einen dickbauchigen schwarzen Topf, der an einem Schwenkhaken hing.

Die Theke und alle Tische bestanden aus dicken Bohlen, die über grob gezimmerte Böcke gelegt waren. Die Gäste holten sich ihre Getränke selbst vom Tresen, wo Wirt und Wirtin unablässig Bier aus schweren Fässern zapften. Es mochten wohl an die fünfzig Gäste in der Schenke sitzen, aber sie war keineswegs voll. Mädchen und ich fanden leicht einen Platz am Ende eines Tisches. Für meinen Geschmack war es noch zu früh, um mit dem Trinken zu beginnen, und so war ich froh darüber, unbehelligt auf der Bank sitzen und meine Umgebung betrachten zu können.

In einer dunklen Ecke gleich neben der Theke saß ein leibhaftiger Troll. Ich mochte meinen Augen kaum trauen. Es war ein junger, ein kleiner Troll, aber ganz ohne Zweifel eines dieser zottigen, haarigen Wesen, um die jeder vernünftige Mensch einen weiten Bogen schlägt. Dieser hier schien zahm zu sein. Ich beobachtete ihn fast eine Stunde lange, und in der ganzen Zeit erschlug er nicht einen einzigen Gast, und er biß nicht einmal einem Zecher aus Spaß die Hand ab.

Was er im Neunauge verloren hatte, wurde mir erst später klar, als es am Nachbartisch zu einer Rauferei zwischen zwei Seemännern und ein paar Flußschiffern kam: Der Wirt rief dem Troll etwas zu, und der langhaarige, in Pelze gehüllte Riese stand langsam auf. Tief vornüber gebeugt, um nicht an die Deckenbalken zu stoßen, und sich mit den Händen auf dem Dielenboden abstützend, schob er sich durch die Tischreihen auf die Streitenden zu. Er war noch ein paar Mannslängen von ihnen entfernt, als sie überraschend einen hastigen Frieden schlossen.

Der Troll warf ihnen noch einen langen, finsteren Blick zu, dann kroch er gemächlich wieder in seine Ecke zurück, um vom Wirt einen kleinen, mit Bier gefüllten Holzeimer entgegenzunehmen. Wie den meisten anderen Gästen hatte auch mir beim Anblick des bedrohlich näherkommenden Trolls der Atem gestockt, aber nun fühlte ich mich wieder einigermaßen wohl in meiner Haut. Ich hatte fest damit gerechnet, im Laufe des Abends in irgendeine Prügelei verstrickt zu werden (der geneigte Leser mag sich einmal als Halbelf verkleidet in eine Hafenkneipe begeben – dann weiß er, was ich meine), doch nun sah es so aus, als würde ich für meinen Besuch im Neunauge nicht mit einer blutenden Nase bezahlen müssen.

Der Schankraum füllte sich. Ein halbes Dutzend Hafenarbeiter, vier Männer und zwei Frauen, nahm – ohne uns lange um Erlaubnis zu bitten – an unserem Tisch Platz, und ich beschloß, ein vorsichtiges Gespräch anzuknüpfen.

Wir sprachen über Beilunk, über die rauhe, aber herzliche Unterstadt und die raffgierigen Pfeffersäcke, die hochnäsigen Priester und die abgrundtief hirnlosen Gardisten der Oberstadt. Wir sprachen auch von der neuen Zeit, die nun kommen werde, da der junge, strahlende Reto den Garether Thron von den unsäglichen Geschwistern befreit und sich selbst zum Kaiser gekrönt hatte. Auch vor den reichen Beilunker Spießern werde der frische Wind nicht haltmachen, und so mancher, der durch Kriecherei vor Bardo und Cella in Amt und Würden gelangt sei, hocke jetzt schon zitternd neben dem Ofen und lausche, ob der Gitterwagen nicht schon vor seinem Haus hielte. Die Anständigen würden nun für immer von den Verschlagenen geschieden, eines ehrlichen Bürgers Stimme würde wieder etwas gelten in der Stadt. Im weiteren Verlauf des Gespräches kamen wir überein, daß es auf der Welt keine bessere und ehrlichere Arbeit gäbe als das Ausladen von Schiffen. An zweiter Stelle kam die Jagd. Soviel gestanden meine neuen Freunde mir zu. Die Schauerleute schleppten Bier von der Theke heran. Ich trank vorsichtig. Mädchen lehnte ab. Sie sagte, Bier schmecke ihr nicht. Da brachte einer der Männer einen Becher maraskanischen Wein, mit Honig gesüßt. Mädchen leerte den Becher in wenigen Zügen. Ich nahm mir vor, sie im Auge zu behalten.

Inzwischen sprachen wir über die Amazonen. Meine Tischgenossen wußten schon von dem von der Amazonenkönigin ausgesetzten Kopfgeld. »Eine Menge Geld!« seufzte eine große rothaarige Frau, die eiserne Reifen auf den muskulösen Oberarmen trug. »Nie wieder müßte ich einen Sack auf dem Buckel tragen!« Scheinbar hatte sie schon vergessen, wie sehr sie ihre Arbeit liebte. Sie sah mich von oben bis unten an.

»Hey, ein Elf ist auch bei den Gesuchten. Vielleicht bekomme ich ein paar Dukaten, wenn ich dich im *Schwarzen Bären* abliefere!«

»Ich bin ein Halbelf, kein echter Elf. Was ist der *Schwarze Bär?* Eine Schenke, nehme ich an?«

Die Rothaarige warf lachend den Kopf in den Nacken. »… eine Schenke, nehme ich an?! Wie kann man den *Schwarzen Bären* nicht kennen?! Aber du bist ja nicht von hier. Der Bär ist eine Nobelkneipe in der Oberstadt, nicht weit vom Praiostempel. Der Wirt – er heißt Elfried Urber oder so ähnlich – kommt gut zurecht mit diesen streitbaren Damen. Der Kopfgeldbrief hing jedenfalls in seinem Laden, und bei ihm sollten die Gesuchten auch abgeliefert werden. Dann kommen die Amazonen wahrscheinlich her, um sie abzuholen und nach Kurkum zu schaffen … Ein scheußlicher Gedanke!« Sie schüttelte sich.

»Wo liegt eigentlich dieses *Kurkum*?«

»Na, du machst mir Spaß! Denkst du, das wüßte ich?

Und wenn ich es wüßte, würde ich es bestimmt niemandem erzählen. Schließlich hänge ich am Leben.«

Eben setzten unsere Tischgenossen Mädchen den dritten Becher gesüßten Wein vor. Ich sah Mädchen an und schüttelte den Kopf. Sie lächelte schief und setzte den Becher trotzdem an die Lippen.

»Mädchen, laß ihn stehen! Trink nicht so viel!« sagte ich.

Sie schüttelte den Kopf. »Das schmeckt mir sehr gut. Viel besser als Bier.« Sie trank einen weiteren Schluck.

Ich beugte mich vor, riß ihr den Becher aus der Hand und stellte ihn auf den Tisch. »Laß es sein!«

Im Nu hatte ich all meine neuen Freunde gegen mich: »Das Langohr gönnt der Dame den Wein nicht!« – »Wir sind wohl nicht fein genug, um deiner Herzliebsten einen Wein zu kaufen, du Waldeichhörnchen!« – »Komm, schöne Frau, nimm einen Schluck, hör nicht auf den Spielverderber!«

Mädchen ließ sich nicht zweimal bitten. Währenddessen rückten die Hafenarbeiter dichter an sie heran. Eine mollige Schwarzhaarige mit einer speckigen Lederschürze ließ sich an meiner Seite nieder, legte mir den Kopf an die Schulter und die Rechte auf den Oberschenkel. »Laß den Jungs doch ihren Spaß!« raunte sie mir ins Ohr. »Komm lieber mit mir – dann können wir auch einen Spaß haben.«

Die Lage spitzte sich zu. Ich beschloß, das Gespräch ein wenig zu beschleunigen. »Was passiert denn sonst noch so in eurer Stadt? Hat es nicht gestern einen Zwischenfall mit ein paar Bauern gegeben?« fragte ich vorsichtig – meine Freunde waren schließlich als Bauern verkleidet gewesen.

»Ach, frag mir keine Löcher in den Bauch!« Die Frau wandte sich ab, um sich mit ihrem Banknachbarn auf der anderen Seite zu unterhalten. Mädchen hielt ihren Becher hoch und ließ den letzten Weintropfen in den offenen Mund fallen. Gerade wollte ich aufstehen, um zu gehen, da drehte der Mann links von mir sich zu mir herum. »Stimmt, da ist irgend etwas am Tor geschehen. Bauern waren auch dabei. Warum willst du das wissen?«

»Ach nur so. Hatten sie einen Wagen und zwei Pferde bei sich?«

»Keine Ahnung. Aber mein Freund hier, der weiß Bescheid.«

Ich ging hinüber zu dem anderen – ein Kerl mit einem breiten runden Gesicht. Aus seinen Nasenlöchern wuchsen lange schwarze Haare. Seine Augen flackerten unstet, während er seltsam fragende Blicke zu seinen Gefährten hinüber warf. »Ja, ich weiß etwas über deine Bauern ...«, murmelte er unbestimmt.

»Wieso *meine* Bauern?«

»Schon gut, hab ich nur gesagt, weil du so nach ihnen fragst.« Er schaute sich wieder hastig im Lokal um. »Aber hier drin kann ich nicht mit dir darüber sprechen. Zu viele Ohren – du verstehst. Komm mit raus, dann sage ich dir alles!«

Er stand auf und ging zur Tür, ich folgte ihm.

Draußen trat er ein paar Schritte vom Eingang weg und winkte mich zu sich heran.

»Also, was weißt du über die Bauern?«

»Tja ... das war so ... Am Osttor, da kamen die Bauern, und richtig, einen Wagen hatten sie auch dabei ...«

Ich hörte ein leises Geräusch hinter mir. Gleichzeitig schoß es mir durch den Kopf, daß Elgor und die anderen durch das Westtor in die Stadt gefahren waren, vielleicht durch das Nordtor, falls es ein solches gab, auf keinen Fall aber konnten sie von Osten gekommen sein. Du hast einen schweren Fehler gemacht, war mein nächster Gedanke. Ich warf mich herum. Ein grellroter Blitz flammte vor meinen Augen auf, dann war das rote Leuchten plötzlich seltsam schwarz gesprenkelt, bis ich gar nichts mehr sah.

Ich saß auf einem schnellen Pferd und galoppierte durch einen nächtlichen Wald. Hinter mir hörte ich die Hufschläge meiner Verfolger. Eine der widerwärtigen, gesichtslosen Kreaturen war hinter mich auf den Pferderücken gesprungen und griff mir in die Zügel. Mein Pferd wurde langsamer und langsamer. Gleichzeitig schlug mir das haarige Ungeheuer immer wieder mit einem kurzen Knüppel auf den Schädel. Jeder Schlag schmerzte dämonisch, und ich wunderte mich darüber, daß ich nicht vom Pferd fiel. Dann endlich war es soweit: Ich rutschte aus dem Sattel und stürzte – endlos lang. Als ich schließlich auf dem Boden aufschlug, ergriff jemand meinen Kopf, hob ihn hoch und sagte: »Altes Langohr, was machst du für Sachen?«

Das war Viburns Stimme.

Also träumte ich. Eine innere Stimme mahnte, daß ich eigentlich keine Zeit zum Schlafen und zum Träumen hatte. Ich riß die Augen auf, aber ich wachte nicht auf, denn da hockte tatsächlich Viburn über mir, hielt meinen Kopf in einem zärtlichen Griff und sah zu mir hinab.

»Ach Viburn«, hörte ich mich sagen. Dann fielen mir Mädchen und die Hafenarbeiter ein. Ich zwinkerte heftig und riß noch einmal weit die Augen auf. Aber mein Traum wollte kein Ende nehmen. Zwar konnte ich jetzt den Eingang des Neunauges deutlich vor mir sehen. Er war nur ein paar Schritte entfernt. Zwar fühlte ich mich wach und wollte gern aufspringen, aber da saß immer noch Viburn und hielt meinen Kopf fest. Verzweifelt schloß ich die Augen wieder und versuchte, meine Kraft zu sammeln, um endlich Borons sanfte Arme abzuschütteln und in die Wirklichkeit zurückzukehren. Doch es half nichts: Viburns Geist blieb da. Vielleicht hatte ich den Verstand verloren ...

»Arve, sei vernünftig! Wach auf! Du hast lange genug geschlafen!«

Das Gespenst tätschelte kräftig meine Wangen. Ich

befürchtete, mein armer schmerzender Schädel müßte unter dieser Behandlung zerplatzen. Ich riß mich zusammen und sprang auf.

Vor mir stand Viburn mit seinem breitkrempigen Hut, seinen Stulpenstiefeln, den langen dunkelblonden Locken und dem unvermeidlich spöttischen Grinsen.

»Viburn?«

Er nickte lachend.

»Du lebst!«

»Ich weiß!« Er boxte mich gegen die Schulter.

»Viburn, wie kann…? Viburn, du mußt…! Viburn, woher…?«

»Jetzt nimm dich aber zusammen! Dieses kindische Geplapper ist ja nicht zu ertragen! Komm, wir trinken ein Bier zusammen, und dann reden wir!«

»Mädchen!« sagte ich.

»Was ist mit ihr?«

»Sie ist da drin! Ein paar Hafenarbeiter haben mich niedergeschlagen, um sich an sie heranmachen zu können!«

»Na los – dann komm!« Mit zwei Sätzen war Viburn durch die Kneipentür verschwunden.

Ich eilte ihm nach. In den Knien hatte ich ein weiches Gefühl, und mein Kopf schmerzte fürchterlich. Ich konnte kaum die Augen offenhalten.

Gleich hinter der Tür prallte ich gegen einen Rücken. Er gehörte Viburn. Mein Freund war nämlich nicht – wie ich es erwartet hatte – sofort zum Tisch der Hafenarbeiter gestürmt, sondern am Eingang stehengeblieben, um die Lage zu prüfen. Von hier aus konnte man den riesigen Schankraum recht gut überblicken. Mädchen saß mit vornübergesunkenem Kopf zwischen zwei Schauerleuten, die ihr die Arme um die Schultern gelegt hatten und ihren Oberkörper stützten. Sie mußte eine ungeheure Menge maraskanischen Weines getrunken haben.

Viburn ließ seinen Blick durch den Raum wandern,

schließlich musterte er nachdenklich einen betrunkenen Flußschiffer, der ganz in unserer Nähe auf einer Bank eingeschlafen war. Ich konnte noch immer keinen klaren Gedanken fassen. Abwechselnd starrte ich auf den Tisch, an dem Mädchen und die Schauerleute saßen – und auf meinen Freund, der so unvermittelt aus Borons Hallen zurückgekehrt war.

»Bleib hier stehen!« raunte Viburn mir zu. Dann ließ er sich vorsichtig auf der Bank neben dem Betrunkenen nieder. Er sprach ihn an. Der Mann antwortete nicht. Er wachte auch dann nicht auf, als Viburn ihn behutsam an der Schulter berührte. Der Streuner grinste zufrieden und zog seinem Nachbarn die speckige Filzkappe (die übliche Kopfbedeckung der Flußschiffer) vom Kopf. Als nächstes kam die schwere schwarze Jacke des Schlafenden an die Reihe. Der Mann brummelte irgend etwas, griff auch einmal blindlings mit der Hand in die Luft, aber seine Augen öffneten sich nicht. Viburn legte die Ellenbogen seines Opfers auf den Tisch, bettete liebevoll den Kopf darauf und trat zurück. Nachdem er den eigenen Hut und seine Jacke auf einer Bank abgelegt hatte, streifte er die geliehene Jacke über und versteckte die langen Locken unter der Schifferkappe.

Ich hatte all das wie durch einen roten Nebel wahrgenommen, während ich vorsichtig eine feuchte, geschwollene Stelle auf meinem Schädel betastete.

Viburn kam zu mir zurück. Offenbar sah er mir an, daß es mir nicht besonders gut ging, denn er sprach wie mit einem kranken, fiebernden Kind: »Ich gehe jetzt zu Mädchens Tisch hinüber. Du wartest einen Augenblick und kommst mir dann nach. Verstanden? Ich will die Burschen ein wenig ablenken. Du hältst dich zurück, bis der geeignete Moment gekommen ist. Dann schnappst du dir Mädchen und läufst mit ihr nach draußen. Dort wartet ihr auf mich. Alles klar?«

»Aber ... wie?«

»Stell jetzt keine dummen Fragen, sondern tu genau das, was ich dir eben gesagt habe, Arve!«

Dann ließ er mich stehen, während ich mich noch bemühte, mir seine Anweisungen einzuprägen.

Er ging zur Theke und ließ sich einen vollen Bierkrug geben. Nachdem er einen tiefen Zug genommen hatte, schlenderte er mit unsicheren Schritten zum Tisch mit Mädchen und den Hafenarbeitern hinüber. Einen Augenblick lang fürchtete ich, Mädchen könne ihn erkennen und mächtiges Aufsehen verursachen, aber Mädchen rollte hilflos mit den Augen und war vermutlich nicht einmal mehr in der Lage, sich selber zu erkennen.

Viburn blieb bei den Schauerleuten stehen, lächelte ihnen zu und hob den Bierkrug. Einer der Männer erwiderte den Gruß. Da brüllte Viburn so laut, daß ich es auf meinem fernen Beobachtungsposten hören konnte: »Ach so! Alle Flußschiffer stinken wie die Wühlschweine! Jeder Mann auf dem Fluß ist dümmer als ein Wels, sagst du? Na, das wollen wir doch einmal sehen!«

Damit leerte er den Bierkrug über dem Kopf des hoffnungslos verwirrten Zechers aus.

Der Hafenarbeiter sprang auf, blieb schwankend stehen und starrte Viburn ungläubig an.

»Was murmelst du da?« brüllte Viburn. »Sag es ruhig laut: Wir fahren auf dem Fluß, weil wir uns nicht aufs Meer trauen?«

Viburn knallte dem Mann die rechte Faust ans Kinn. Es war ein wuchtiger Schlag, und der Schauermann flog rücklings über den Tisch.

Bierkrüge polterten zu Boden, eine Flasche zerklirrte. Die betrunkenen Hafenarbeiter schrien wild durcheinander und mühten sich, auf die Beine zu kommen.

Überall im Neunauge waren Flußschiffer aufgesprungen. Sie stießen wilde Flüche aus und setzten sich in Bewegung.

Der Wirt rüttelte den Troll wach und brüllte ihm

etwas ins Ohr. Plötzlich festigte sich in meinem benebelten Kopf der Gedanke, daß dies der *geeignete Augenblick* sein könnte, von dem Viburn eben gesprochen hatte. Ich hastete durch die engen Tischreihen. Der Raum um mich her schwankte wie eine Kogge im Sturm. Ich biß die Zähne zusammen. Im Schankraum tobte eine Rauferei mit der urtümlichen Gewalt einer Naturkatastrophe. Viburn hatte seine Worte gut gewählt. Die Gäste im Neunauge waren entweder Seeleute, Flußschiffer oder Hafenarbeiter. Die Flußschiffer stellten die größte Gruppe, aber die Seemänner verbündeten sich sofort mit den Schauerleuten.

Ich kam nur langsam voran. Wurfgeschosse zischten haarscharf an meiner Nase vorbei. Ungezielte Tritte und verirrte Boxhiebe trafen mich mehr oder weniger schmerzhaft und stießen mich vor und zurück. Auf meinem Weg hätte ich manch einen prächtigen Schwinger landen können, aber ich versuchte es gar nicht erst. Endlich sah ich Mädchen unmittelbar vor mir. Ihr Oberkörper war auf den Tisch gesunken, um ihre Mundwinkel spielte ein stilles Lächeln. Als ich ihre Hand ergriff, wäre sie fast von der Bank gerutscht. Ich tätschelte ihre Wange – man könnte auch sagen, ich gab ihr ein, zwei kräftige Ohrfeigen –, aber damit erreichte ich gar nichts. Es gelang mir nicht einmal, das selige Lächeln von ihrem blassen Gesicht zu vertreiben. Da stieß ich einen Seufzer aus, bückte mich und warf mir die leblose Gestalt über die Schulter.

Der Weg zur Tür war nicht so schwer, wie ich es befürchtet hatte. Inzwischen schien der Troll vollends aufgewacht zu sein. Und eben hatte er begonnen, sich einen neuen Biereimer zu verdienen. Aus den Augenwinkeln sah ich den mächtigen, zottelhaarigen Schädel, der sich drohend über das Kampfgetümmel erhob. Die massigen Muskelberge spannten sich. Ausgewachsene Seebären flogen wie Stoffpuppen durch die Luft.

Ein allgemeines Gedränge in Richtung Eingangstür setzte ein. Ich hielt meine Last fest gepackt und ließ mich einfach vom Strom nach draußen schieben.

»Wie schön, daß ihr endlich kommt«, sagte eine Stimme neben mir. Viburn – er trug tatsächlich wieder seinen Hut und seine Jacke – stampfte ungeduldig mit dem Fuß auf.

»Komm, ich helfe dir tragen.«

Wir legten Mädchen auf ihren Umhang, ergriffen unsere Last und setzten uns in Bewegung.

Mädchen lag auf einem Bett beim Fenster. Ihr Unterkiefer hing schlaff herab, ihr Mund stand weit offen, und sie schnarchte wenig damenhaft.

Viburn und ich hockten auf einem anderen Bett. Wir redeten. Nachdem wir anfangs gleichzeitig und völlig wirr alles hervorgesprudelt hatten, was uns auf dem Herzen lag, einigten wir uns schließlich darauf, eine gewisse Reihenfolge einzuhalten. Ich machte den Anfang und berichtete von all unseren Erlebnissen, seit Viburn uns verlassen hatte. Viburn hörte mir aufmerksam zu, ohne mich zu unterbrechen. Nur einmal, als ich erzählte, wie wir vergeblich vor dem Praiostempel auf Elgor, Larix und Junivera warteten, wurde er unruhig und wollte etwas sagen. Doch dann entschied er sich weiter zu schweigen.

Ich beendete meinen Bericht mit dem unangenehmen Erlebnis vor dem Neunauge.

»Also los«, drängte ich dann. »Jetzt bist du an der Reihe. Wie konntest du den Goblins entkommen? Hast du sie im Schlaf erstochen, oder hast du ihnen eingeredet, daß es das beste für sie sei, dich laufen zu lassen?«

»Genau.«

»Was soll das heißen – genau?«

»Ich habe sie überzeugt.« Mit einem selbstgefälligen Lächeln strich sich Viburn die Locken aus der Stirn. »Gewissermaßen an ihre Vernunft appelliert.«

*Goblinvernunft?* Ich verschränkte die Arme vor der Brust und wartete ab.

»Für dich sind Goblins eben nur strohgefüllte Affenköpfe«, fuhr Viburn fort. »Deshalb fällt es dir auch so schwer, mit ihnen auszukommen. Ich dagegen verstehe es, in ihnen unsere pelzigen Mitbürger zu sehen.« Er lachte. »Für mich sind sie Aventurier wie du und ich, darum kann ich mich auch so gut in sie hineinversetzen.«

Mädchen rief im Schlaf meinen Namen. Mir fiel plötzlich ein, daß ich Viburn nicht alle meine Erlebnisse lückenlos geschildert hatte. Einen Bereich hatte ich ausgespart, obwohl gerade der mich stark beschäftigte. Gemeinsam mit mir hatte Viburn zu unserem schlafenden Findelkind hinübergeschaut. Jetzt trafen sich unsere Blicke. Voller Unbehagen dachte ich daran, daß es für uns noch einige Schwierigkeiten geben würde, aber ich entschied, der Zeitpunkt für ein ›Gespräch unter Freunden‹ sei noch nicht gekommen.

»Nun erzähl schon!« forderte ich Viburn auf. »Wie hast du unsere haarigen Mitaventurier betört?«

»Wo soll ich anfangen? Über meine Gefangennahme weiß ich nicht viel. Der Kampf fing eben an, mir zu gefallen – ich hatte schon zwei Strolche aufs Fichtennadelstreu geschickt –, da war die Szene plötzlich zu Ende. Als die Handlung wieder einsetzte, lag ich an Händen und Füßen gefesselt unter einem regentriefenden Stechpalmenbusch, ein paar Schritte entfernt von dem murmelnden und belfernden Goblintrio.

Während ich vorsichtig meine Fesseln untersuchte – gute Arbeit, ein Handwerk, auf das sich die Goblins verstehen –, lauschte ich heimlich dem goblinischen Geplapper, bis ich ausreichend im Bilde war. Dann mußte ich nur noch auf den geeigneten Augenblick warten, um mit meinen neuen Freunden ins Gespräch zu kommen. Als das kräftigste der drei Affengesichter eben sagte: ›Wenn wir nur seinen Kopf in Beilunk abliefern, haben wir unterwegs keine Scherereien mit ihm... Und die Dukaten bekommen wir sowieso‹, schaltete ich mich ein:

›Gar nichts werdet ihr bekommen. Ob ihr nun meinen Kopf abliefert oder meinen dicken Zeh.‹

Die drei hatten, in Lederhäute gehüllt, auf dem Boden gehockt und sich den Regen auf die runden Schädel prasseln lassen, jetzt flogen ihre Köpfe herum, und ihre gelben Augen starrten mich an. Plötzlich redeten alle durcheinander: ›Der Hund spricht unsere Sprache!‹ – ›Schneid ihm die Zunge heraus!‹ – ›Hau ihn in Stücke!‹ – ›Zieh ihm die Haut ab!‹ – ›Was hat er gesagt?‹ – ›He du, wie hast du das eben gemeint, rede, du Specht!‹

Ich war nur zu bereit zum Reden, aber der kräftigste der drei Goblins mußte seinen Gefährten unbedingt zeigen, wie gut er sich darauf verstand, einen hilflosen Gefangenen zum Sprechen zu bringen. Er zerrte mich unter dem Busch vor, schleppte mich zu den anderen und trat mir, nur um wichtig zu tun, mit voller Wucht in den Bauch. Ich hätte gern auf den Waldboden gekotzt, aber mein Magen hätte außer bitterem Schleim nichts abgegeben. Sobald ich wieder einigermaßen regelmäßig atmen konnte, gab ich den Burschen eine kleine Lagebeschreibung, die ich mir aus ihren Wortwechseln zusammengereimt hatte: Der ganze Trupp war angeheuert worden, um in den Trollzacken eine Gruppe von fünf Reisenden zu stellen und tot oder lebendig nach Beilunk zu schaffen. Die Jagdgesellschaft hatte ein Elf zusammengestellt, und dieser trieb auch einen Spezialisten für Fährtensuche auf, einen verfressenen, streitsüchtigen Oger. Bald war der Anführer der Goblins mit dem Menschen- und Goblinfresser aneinandergeraten, was dazu geführt hatte, daß die rothaarigen Krummbeine nun ohne Häuptling dastanden. Du erinnerst dich an unseren Fund beim Bach... den Burschen mit dem Schiefertäfelchen...? Da hatten wir mit unseren Vermutungen gar nicht so falsch gelegen. Nun ja, ich hörte außerdem, wie Elf, Oger und Goblins ihre Beute schließlich gestellt hatten und wie diese Begegnung ausgegangen war; aber wie sich das alles abgespielt hat, wirst du selbst am besten wissen.

Irgendwie mußten meine drei Goblins, der kümmerliche Rest der Jägerschar, erfahren haben, daß der Elf vom Wirt des *Schwarzen Bären* in Beilunk zweihundert Dukaten für die Lieferung der Reisenden bekommen hätte, ein gutes Geld, das die Goblins sich nun selbst verdienen wollten. Ich machte sie jetzt auf die bedenkenswerte Tatsache aufmerksam, daß sie keineswegs fünf, sondern höchstens einen Gefangenen in Beilunk abliefern würden.

›Keinen Gefangenen, sondern nur einen Kopf‹, knurrte mein besonderer Freund, der vorhin schon einmal denselben häßlichen Vorschlag gemacht hatte. Gleich danach stellte er auch noch seine Vertrautheit mit der Rechenkunst unter Beweis, indem er von den gespreizten Fingern seiner linken Hand nach und nach vier umbog und am Ende den Daumen in die Höhe hielt. ›Dann werden wir eben nur einen Teil von den 200 Dukaten bekommen.‹

›Das wäre dann natürlich nur noch ein Dukate‹, stimmte ich ihm zu. ›Aber nicht einmal damit würde ich an eurer Stelle rechnen.‹

Alle drei starrten mich schweigend an, übellaunig und verdutzt zugleich.

›Stellt euch einmal vor, ihr beauftragt jemanden, ein paar Strolche für euch aus dem Weg zu räumen. Nun kommt dieser Jemand zurück, um euch zu erklären, er könne euch nur einen Gefangenen bringen …‹

›Einen Kopf!‹

›Na schön, einen Kopf … Die anderen seien leider entwischt. Was würdet ihr dazu sagen?‹ Da die Goblins stumm blieben, antwortete ich für sie: ›Du hast die Sache vermasselt, würdet ihr sagen. Jetzt sind die anderen nämlich gewarnt, und nun wird es doppelt schwer, sie in die Hand zu bekommen.‹«

Viburn legte eine kleine Pause ein und schlug die Beine übereinander. Ich sah ihm an, wie sehr er seine kleine Erzählung genoß. Endlich fuhr er fort:

»›Wieviel würdest du in einem solchen Fall bezahlen?‹ fragte ich den dicksten Goblin, ›ein blinkendes Goldstück etwa?‹

Meine Worte hatten sie nachdenklich gemacht. Sie begannen, sich heftig an den Köpfen zu kratzen und ratlos in den Nüstern zu bohren.

Ich wartete ab.

Endlich kam der ersehnte Augenblick. Der dicke Goblin tippte mich – fast zärtlich – mit der Fußspitze an. ›Du hast einen Vorschlag?‹

›Bindet mich los, dann gebe ich euch einen Rat.‹

Er schüttelte seinen regennassen Affenschädel. ›Kommt nicht in Frage! Du wirst uns auch so alles sagen, was wir wissen wollen.‹

›Aber mein Rat *ist*: Bindet mich los und laßt mich frei.‹ Es gibt nur eine Sache, die häßlicher ist als ein Goblingesicht: ein lachendes Goblingesicht. Der dicke Rotpelz stieß ein feuchtes Gluckern aus, dann streifte er meine Haare zur Seite und griff nach meinem Ohr. In der anderen Hand hielt er ein kleines rostiges Messer, das er vermutlich in irgendeiner Wirtshausküche gestohlen hatte. Ein schmerzhaftes Brennen durchzuckte mich, aber der Schrecken war schlimmer als der Schmerz: Das Messer hatte nur die Haut geritzt, gewissermaßen nur die Stelle gezeichnet, wo der endgültige Schnitt angesetzt werden sollte.

Mit einem gellenden Schrei fuhr ich zusammen und versank augenblicklich in eine tiefe Ohnmacht. Siehst du, so ...«

Viburn sah mich an, dann verdrehte er die Augen so weit nach oben, daß sie fast unter den oberen Augenlidern verschwanden. Ein beeindruckendes Schauspiel.

»Kaum hatte mich der Ohnmachtsanfall ereilt, da gerieten die Goblins auch schon in einen prächtigen Streit: ›Da! Jetzt sagt er gar nichts mehr! Das hast du nun davon!‹

›Aber ich habe ihm doch gar nichts getan, nur …‹

›Ach was, du bist ein ungeschickter Tölpel! Und von Menschen hast du keine Ahnung!‹

›Genau! Davon hat er keine Ahnung! Alle Menschen sind große Hosenscheißer!‹

›Nun tu was! Weck ihn auf, du Trottel!‹

›Was bin ich? Sag das noch mal!‹

Unvermittelt waren dumpfe Schläge, Stöhnen, Fauchen und Fluchen zu hören. Ich schielte vorsichtig zum Kampfplatz hinüber. Das hätte ich nicht tun sollen, denn der dritte Goblin rief: ›Hört auf! Hört auf! Er kommt wieder zu sich!‹

Diesmal übernahm ein anderes Krummbein die Verhandlungsführung: ›Also rede! Was hätten wir davon, wenn wir dich laufen ließen?‹

›Ihr hättet eine gute Gelegenheit, euer rotes Fell zu retten.‹

›Was soll das heißen?‹

›Das will ich euch gern sagen. Hört gut zu!‹ Anschließend breitete ich eine lange, farbenprächtige Geschichte vor meiner Zuhörerschaft aus. Sie handelte vom Fürsten von Ilsur, der die Fürstin vor vielen Jahren mit einer wunderschönen Elfe betrogen habe. Fürst und Fürstin seien inzwischen gestorben, ihr Land werde inzwischen von ihrer Tochter geführt. Diese junge Frau, eine grausame, hartherzige Herrscherin, habe nun erfahren, daß ihr Thron bedroht sei. Aus der Verbindung zwischen ihrem fürstlichen Vater und der Elfenschönheit sei nämlich ein Sohn entsprungen. Vor wenigen Wochen erst habe der Halbelf erfahren, welch edles Blut in seinen Adern fließe, und nun sei er mit einem kleinen Gefolge unterwegs nach Ilsur, um den Thron für sich zu beanspruchen. Dies alles sei der Fürstin nicht verborgen geblieben, und sie kenne nun nur einen Gedanken: den Halbbruder aus dem Weg zu räumen.

An dieser Stelle ging den Goblins gleichzeitig ein Licht auf. Endlich wußten sie, was hinter dem Auftrag steckte. Auch den ilsurischen Thronfolger hatten sie in unserer Reisegruppe deutlich ausmachen können.« Viburn zwinkerte mir zu. »Nicht wahr, altes Langohr?« Dann setzte er seine Erzählung fort: »Der Rest war eigentlich kaum mehr als ein Kinderspiel. Nun mußte ich den Goblins nur noch begreiflich machen, daß die Fänger oder die Mörder des Thronanwärters ihrerseits kaum darauf hoffen durften, ein hohes Alter zu erreichen. Selbstverständlich konnte die grausame Fürstin erst dann völlig zufrieden sein, wenn nicht nur der Halbelf, sondern auch sämtliche Mitwisser für immer verstummt wären. Insofern könnten die Goblins froh sein, daß es ihnen nicht gelungen war, die Reisenden zu überwältigen. Denn der Tag, an dem sie ihre Beute in Beilunk abgeliefert hätten, wäre wohl der letzte in ihrem ruhmreichen Goblindasein gewesen.

Meine Geschichte schien die kleinen Widerwarte beeindruckt zu haben, denn sie zogen sich zu einer kurzen Beratung zurück.

Als bald darauf der Dicke – ich glaube, er hieß Trachjaz – zu mir kam und fragte: ›Und wenn deine Geschichte stimmt …? Wieso sollten wir dir nicht einfach die Kehle durchschneiden? Warum sollten wir dich leben lassen?‹, da wußte ich, daß ich gewonnen hatte.

›Weil ihr damit eure Lage verbessert, Rotschopf! Denk doch einmal nach! Eigentlich sitzen wir alle in einem Boot. Meine Freunde und ich wollen natürlich nicht in die Fänge der Fürstin geraten. Wenn ihr mich freilaßt, kann ich mich meinen Freunden wieder anschließen und ihnen dabei helfen, Ilsur sicher zu erreichen. So lange aber, wie wir auf freiem Fuß sind, wird sich niemand die Mühe machen, nach euch zu suchen.

Ihr gewinnt Zeit, um euch in aller Ruhe im Finsterkamm zu verstecken ...‹

›Was sollen wir im Finsterkamm anfangen? Da gibt es massenhaft Goblins und nichts zu fressen.‹

›Na, ist mir doch gleich, wohin ihr euch verkrümeln wollt. Hauptsache, du hast verstanden, worauf es ankommt, und das hast du doch?‹

Seine beiden Kameraden waren zwar weniger kräftig gebaut, aber offenbar konnten sie schneller denken – oder sollte ich sagen, sie waren noch dümmer als der Dicke? Na, sei es, wie es will, jedenfalls knieten sie sich gemeinschaftlich über mich, lösten meine Fesseln und verstauten die Lederriemen in ihren Gürteltaschen. Ich wollte aufstehen, aber der Dicke stieß mich zurück, umklammerte mein Bein und fing an, an meinem Stiefel zu zerren. Wohl oder übel mußte ich ihn gewähren lassen, denn meine Glieder waren so steif, daß ich mich kaum zur Wehr setzen konnte. Auch wollte ich unsere eben gegründete Freundschaft nicht schon wieder aufs Spiel setzen. Schließlich durfte ich mich aufrichten, trat von einem Fuß auf den anderen, während sich meine Fußlappen allmählich mit Wasser vollsogen, massierte meine Handgelenke und sah dem dicken Goblin dabei zu, wie er meine Zwölf-Silbertaler-Stiefel unschlüssig in den Klauen drehte. Eigentlich hätten wir einander nun Lebewohl sagen können, doch mir kam plötzlich eine gute Idee.

›Also, meine Herren‹, setzte ich an, ›ihr wart wirklich sehr großzügig zu mir. Darum will ich euch zum Abschied auch eine Freundlichkeit erweisen, zum Ausgleich für die verlorenen Dukaten gewissermaßen. Da ihr mir die Stiefel sowieso abgenommen habt, sollt ihr wissen, daß in einem von ihnen ein kleiner Schatz verborgen ist. Nichts Besonderes, nur ein Ring, aber immerhin fünf Dukaten wert.‹

Sofort wurde dem Dicken ein Stiefel entrissen. Alle drei Goblins gingen daran, die Stiefel auf den Waldboden zu schlagen, mit den Händen in die Schäfte zu fahren und mit den Fingernägeln die Nähte aufzubiegen.

›Halt, halt!‹ rief ich. ›So zerstört ihr sie nur. Der Ring steckt im Absatz des rechten …‹

Schnell hatten die Goblins den rechten Stiefel, und der Dicke war schon dabei, sein albernes Küchenmesser unter den Absatz zu treiben.

Ich trat zu ihm hin. Er preßte den Stiefel an die Brust und hob das Messer. ›Schon gut, schon gut‹, beschwichtigte ich ihn, ›ich will dir ja nur etwas zeigen. Hier, siehst du die Nägel im Absatz? Du mußt nichts weiter tun, als mit einem kleinen Zweig auf diesen Nagel hier zu drücken und …‹

Ein anderer Goblin sprang mit einem Zweiglein herbei, der Dicke riß es ihm aus der Hand und drückte mit einem Ende auf den Nagel. Nichts geschah. Er starrte mich finster an.

›… und ein bestimmtes Zauberwort zu sprechen‹, beendete ich meinen Satz.

›Wie heißt das Wort?‹

›Es ist ein Elfenwort, ganz leicht auszusprechen. Es lautet: Lel. Ach halt, Moment! Das hätte ich fast vergessen: Ich darf das Wort nur einem Häuptling sagen, sonst wirkt es nicht.‹ Die drei tauschten ratlose Blicke. ›Wir haben aber keinen Häuptling‹, sagte einer.

Ich wandte mich an meinen speziellen Freund: ›Ich dachte, du seist der Häuptling… Du trägst einen Häuptlingshelm, oder?‹

›Stimmt!‹ rief er strahlend, während gleichzeitig die beiden anderen krakeelten: ›Trachjaz, unser Häuptling? Niemals!‹«

Viburn hob das rechte Bein und warf einen wohlgefälligen Blick auf seinen Fuß. »Wie du siehst, habe ich meine Stiefel zurückbekommen, außerdem noch diesen recht brauchbaren Säbel samt Scheide. Die Burschen waren so mit sich beschäftigt, daß sie nicht einmal meinen Abschiedsgruß erwidert haben. Leicht hätte ich sie alle drei niederstechen können, aber das hätte mir keine Freude gemacht. Außerdem waren sie – alles in allem – keine üblen Leute.«

Während Viburn und ich unsere Erlebnisberichte austauschten, hatten wir nach und nach den gesamten Kerzenvorrat des Wirtes aufgebraucht. Natürlich war es verschwenderisch, all die teueren Lichter, die wir in einem Schrank entdeckt hatten, niederzubrennen – wir hätten unsere Geschichten ebensogut im Dunkeln erzählen können –, aber ich war über Viburns Wiedergeburt so beglückt, daß ich ihn immer wieder ansehen mußte. Vielleicht mochte es ihm ähnlich ergangen sein. Eben war wieder eine Kerze ein letztes Mal aufgeflackert, aber diesmal zündeten wir keine neue mehr an. Der matte Schein der Morgendämmerung fiel ins Zimmer, und durch die Fenster drangen seit einiger Zeit schon die üblichen Geräusche einer erwachenden Stadt.

Viburn beendete rasch seine Erzählung: Er war eine Weile im Wald umhergeirrt, bis er durch eine glückliche Fügung auf die Reichsstraße nach Beilunk stieß. Dort hatte ihn ein Kutscher aufgenommen, ein freundlicher Mann, der eine leere Reisekutsche nach Beilunk überführte. Gemeinsam waren sie im *Fuhrmann* eingekehrt, wo Viburn unsere Spur wieder aufnehmen konnte: »Wie ich hörte, hat sich unsere Junivera dort eine Blöße gegeben – eine sehr eindrucksvolle Blöße, wie ich den Handzeichen des Wirts entnehmen durfte.« Viburn umspannte mit den Händen zwei imaginäre Wölbungen in der Luft. Er kicherte leise, aber plötzlich strafften sich seine Züge. »Ich fürchte, ich kann mir denken, wo unsere eiserne Jungfrau, der Kleine und der Lange geblieben sind: Vorm Stadttor erzählte der Wachmann meinem Freund, dem Kutscher, die Geschichte von ein paar Betrügern und Mördern, die man gestern, nein, vorgestern verhaftet hatte. Die drei, ein Menschenpaar und ein Zwerg, hatten auf einem Bauernwagen gesessen, der einem gewissen Arme oder so ähnlich, jedenfalls einem Vetter eben dieses Wachmanns, gehörte – der Bursche kannte sogar die Pferde beim Namen. Die Betrüger hatten sich heftig gewehrt, waren aber am Ende überwältigt worden. Auf dem Wagen waren dann Kriegerwaffen und ebensolche Rüstungsteile gefunden worden. Die drei saßen nun im Verlies – bei Wasser. Brot sollen sie erst dann bekommen, wenn ein Bote des Stadthauptmanns ein Lebenszeichen von dem Besitzer des Wagens gefunden hat, oder wenn sie ihr Verbrechen gestehen. Dann allerdings werden sie einen Tag später öffentlich hingerichtet…« Viburn trat zum Fenster und trommelte mit den Fingerspitzen gegen die Scheibe. »Als ich die Geschichte hörte, habe ich mir nicht viel dabei gedacht. Der Wirt im Fuhrmann hat uns nicht erzählt, daß die Reisegruppe der vollbusigen Kämpferin mit einem Pferdewagen unterwegs war, auch konnte ich nicht ahnen, daß ihr euch vor der Stadt trennen würdet. Aber jetzt kann es keinen Zweifel geben. Die ›Mörder‹ im Verlies sind Junivera, Larix und Elgor. Tja – das nenne ich Pech.«

»Was soll das heißen – Pech?«

»Nun, sie hatten angefangen, mir zu gefallen. Auch erwiesen sie sich für unser Vorhaben als weniger hinderlich, als ich befürchtet hatte. Es ist schon sehr ärgerlich, daß wir nun ohne sie weiterziehen müssen…«

»Viburn, laß die albernen Späße! Wir werden auf keinen Fall ohne sie weiterreisen. Wir müssen sie irgendwie befreien…!«

Als sein ruhiger Blick mich traf, wurde mir klar, daß er seine Bemerkung ernstgemeint hatte. Ich suchte nach Worten…

»Viburn!«

Mädchen war aufgewacht. Sie hatte sich auf die Ellenbogen gestützt und starrte aus weit aufgerissenen Augen zu uns herüber, ihr Gesicht war schmerzverzerrt.

»Vi-burn!«

Mit schwerer Zunge formte sie die beiden Silben. Schwankend richtete sie sich weiter auf, ihr Kopf pendelte kraftlos.

Sie schwang die Beine aus dem Bett und zog sich langsam am Bettpfosten hoch. Mit zwei Sprüngen war Viburn bei ihr und ergriff sie bei den Schultern. Ein feuchter Schwall aus Mädchens Mund ergoß sich über sein Wams. Er drängte sie behutsam aufs Bett zurück, dann riß er eine Decke von einem anderen Bett und wischte notdürftig die stinkende Brühe von seiner Brust.

»Mädchen, Mädchen, das ist jetzt das zweite Mal, daß du mir auf diese Weise die Garderobe ruinierst! Laß es bitte nicht zu einer Angewohnheit werden!«

Mädchen wollte etwas sagen, nach Viburns Gesicht fassen, aber sie wurde von neuen Würgekrämpfen geschüttelt. Viburn sah über die Schulter zu mir zurück. »Das ist schon kein Kater mehr, das ist ein Säbelzahntiger. Die Schauerleute müssen viel Geld für unsere Kleine ausgegeben haben – dummes Pack! Eine schöne Frau mit einem kleinen Schwips kann sehr unterhaltsam sein, aber was soll es, ein junges Mädchen zu vergiften? Keine Lebensart, diese Säckeschlepper, kein bißchen!«

Mädchen hatte sich ein wenig erholt. Jetzt tastete sie vorsichtig über Viburns Stirn. »Du bist nicht kalt«, sagte sie, »warm. Ganz anders als Oheim …«

»Warum sollte ich kalt sein? Schließlich bin ich nicht tot.«

»Nein?«

»Nein.«

»Und du warst auch nicht tot?«

»Nein, nicht, daß ich wüßte.«

Viburn wischte ihr mit einem Deckenzipfel über den Mund und die schweißnasse Stirn.

»Arve, du hattest unrecht. Er ist nicht tot.«

»Nein, ist er nicht.«

»Du hast dich geirrt! Du hast dich geirrt, du hast dich geirrt! Weißt du Viburn, ich habe nie gedacht, daß du tot sein könntest, erst als Arve es mir sagte, da wurde ich unsicher. Arve weiß so viel. Nie hätte ich gedacht, daß er sich irren könnte.«

Wieder krümmte sich Mädchen unter Krämpfen zusammen. Sie bot ein Bild des Jammers. Das Sprechen bereitete ihr große Mühe, aber ihr Mund stand niemals still. Immer wieder stammelte sie, wie schön es sei, daß ich mich geirrt hätte, und mehr als zwanzigmal ließ sie sich von Viburn versprechen, daß er uns nie mehr verlassen würde. Endlich sank sie auf das Kissen zurück und schlief wieder ein.

# 10. Kapitel

*Auf dem Heimritt quälte Hana die Frage, ob sie wirklich genug für ihre geliebte Yppolita getan hätte. War ihr Sonnenstrahl jetzt in Sicherheit? Hana stellte sich vor, wie sie vor Ulissa, ihre Königin, träte. Wie sollte sie das königliche Verhör, ohne zu lügen, überstehen? Wenn Ulissa nun Verdacht schöpfte und ihr befahl, die Wahrheit zu sagen?*

*Je näher sie ihr Ritt nach Kurkum führte, desto elender war ihr zumute. Ulissa würde alles aus ihr herausfragen. Dann würde sie sie zwingen, Yppolitas Mörderinnen zur Höhle des Druiden zu führen. Eine Amazone kennt den Selbstmord nicht, darum blieb Hana dieser Ausweg verwehrt. Hana kannte die Lüge nicht, und sie konnte sich nicht vorstellen, einen königlichen Befehl zu verweigern.*

*Und doch hatte Hana, als sie das Tor des Palastes von Kurkum erreichte, eine Lösung gefunden: Sie brachte ihr Pferd zum Stehen, zog zwei Pfeile aus dem Köcher auf ihrem Rücken und stieß sich die Spitzen mit einem Ruck tief in beide Augen. Nun würde niemand Yppolitas Mörderinnen zur Druidenhöhle führen können.*

Vom Hafen her fegte ein kalter Wind durch die Straßen von Beilunks Oberstadt und riß die letzten Blätter von der mächtigen Linde vor dem Praiostempel. Die Kälte fand immer neue Wege durch meine Kleider, so eng ich mich auch in meinen Umhang wickelte. Während ich mit der einen Hand Viburns Hut, den ich mir geliehen hatte, fest auf den Kopf preßte und mit der anderen meinen Umhang zusammenhielt, dachte ich an Mädchen und den Streuner, die jetzt behaglich in ihren warmen Betten lagen. Viburn, elende, eigensüchtige Streunerseele! Er hatte mir gesagt: »Du weißt, was ich von deinen Befreiungsabsichten halte, aber du willst ja nicht auf mich hören. Du willst dich ja unbedingt in der Oberstadt umschauen und einen Plan aushecken, wie du deine Freunde aus dem Verlies holen kannst. Bitte schön, dann schaue dich um und hecke einen Plan aus! Ich für meinen Teil ziehe es vor, noch eine Mütze Schlaf zu nehmen. Unausgeruht bin ich nur ein halber Mensch.«

Darum schlenderte ich nun allein durch Beilunks Straßen, ohne recht zu wissen, was für ein Ziel ich eigentlich verfolgte. Am Fürstenpalast hatte ich mir von einem vermummten, unfreundlichen Passanten den Turm zeigen lassen, in dessen Fuß sich die Kerkerzellen befanden. Das Bauwerk erwies sich als ausgesprochen düster. Aus der Zinnenkrone an der Spitze war ein Stück des Mauerwerks herausgebrochen, die schwarz verwitterten Steine kündeten vom hohen Alter des vierzig Schritt hohen Turmes, der die jüngere und besser gepflegte Palastmauer weit überragte. Ich hatte auch einen Blick auf die schmalen Schießscharten im Kerkerturm geworfen: breit genug, um hinausschießen zu können, aber nicht dazu gedacht, einem heimlichen Besucher Einlaß zu gewähren.

Dicht an die Hauswände gepreßt, um Schutz vor einem plötzlich einsetzenden Eisregen zu nehmen, war ich zum Hesindetempel geschlichen, in dem ich mich ein wenig aufwärmen wollte. Zwei Priester am Eingang hatten mich fortgeschickt – der Tempel sei für meinesgleichen nur während der Gebetsstunden geöffnet, und gebetet werde erst wieder am nächsten Tag um die achte Stunde. Wenn ich aber dennoch den Altarraum aufsuchen wollte, vielleicht um der Göttin eine angemessene Spende… Ich hatte abgewinkt – so kalt war mir nun auch wieder nicht! Eine üble Stadt, dieses Beilunk! Jetzt stand ich im Schutz eines Hoftores, spähte über den menschenleeren Marktplatz und sah den vor den peitschenden Regenböen fliehenden Blättern zu. Eben fiel mein Blick auf eine Holzfigur an einer Hausfassade auf der gegenüberliegenden Seite des Platzes, einen schwarz bemalten Bären, da drang aus der Ferne Hufgeklapper an mein Ohr. Das Getrappel kam rasch näher, es schallte durch die Straße, die zum Osttor führte. Dann bog eine Gruppe von zehn gepanzerten Kriegern um eine Hausecke und sprengte auf den Platz. Auf ein Zeichen des vordersten Reiters drosselte die Schar ihr Tempo, und die Pferde überquerten den Platz in unruhig tänzelndem Schritt. Die Krieger waren allesamt Frauen – große, kräftige Gestalten, aber zweifellos Frauen, daran konnte es keinen Zweifel geben. Sie trugen Rüstungen, wie sie im Süden, zum Beispiel in Aranien, üblich sind, also Helm, Brust- und Schienbeinpanzer und dazu kurze Röcke aus bunten Lederstreifen. Die bronzenen, polierten Panzer wiesen mit goldenem Blattwerk verzierte halbschalige Ausbuchtungen auf, und zwischen diesen und den kreisförmigen Manschetten, die die Reiterinnen um die Hälse trugen, blitzte die helle, weiche Haut ihrer Brüste hervor. Vielleicht wäre mir dieser Anblick zu anderen Zeiten nicht zuteil geworden, aber heute riß der gnadenlose Seewind die langen, blauen und roten Umhänge zur Seite, so daß sie wie Fahnen um die Schultern der Frauen flatterten. Auf dem Kopf trugen die Reiterinnen blinkende Helme mit einem Schmuck aus rotem oder schwarzem Pferdehaar, das ebenfalls vom Wind zerzaust wurde. Halbkreisförmige, kleine Schilde waren an den Sätteln befestigt, ebenso reich verziert wie die breiten Sattelköcher, in denen Kurzbögen und Pfeile steckten.

Der Wind fauchte weiter wütend über den Platz und trieb Regentropfen und kleine Eisstückchen fast waagerecht vor sich her, aber die Frauen schienen den Sturm gar nicht zu bemerken. Auch ich hatte die Kälte fast vergessen. Gedankenverloren betrachtete ich die nackten, rotgefrorenen Schenkel der Reiterinnen, die die Pferde mit sicherem Druck über das glatte Pflaster lenkten, ohne Eile, als gälte es, in einer milden Brise einen südlichen Strand zu überqueren.

Als es mir in den Sinn kam, daß ich soeben die legendären Amazonen beobachtet hatte (oder zumindest einen Zug von ihnen oder einen Trupp oder wie immer sie das nennen mögen), da war die Schar schon vor dem Haus mit dem schwarzen Bären abgesessen. Zwei Frauen nahmen die Pferde zusammen und führten sie durch ein Hoftor, die anderen gingen durch die Eingangstür. Ohne lange zu überlegen, lief ich quer über den Platz. Vor der Tür des *Schwarzen Bären* strich ich rasch meinen Umhang glatt und brachte mein zerwühltes Haar notdürftig in Ordnung. Nachdem ich einmal kurz durchgeatmet hatte, stieß ich die Tür zur Schankstube auf. Weder der Wirt noch die Gäste beachteten mich. Aller Augen beobachteten die Gruppe der Reiterinnen, die sich unter Rüstungs- und Waffengeklirr soeben an einem großen runden Tisch im rückwärtigen Teil der Schankstube niederließ. Möglichst unauffällig schlenderte ich zu einem kleinen unbesetzten Tisch ganz in der Nähe der Amazonen. Von dort warf ich einen flüchtigen Blick auf den Wirt, aber dessen Aufmerksamkeit wurde weiterhin ganz von den Kriegerinnen in Anspruch genommen. Nachdem er jede einzelne von ihnen mit einem Händedruck begrüßt hatte, nahm er ihre Bestellungen entgegen.

Die kriegerischen Frauen hatten unterdessen begonnen, es sich gemütlich zu machen: Sie stellten die schweren Helme unter den Stühlen ab und schüttelten die vom Gewicht des Kopfschutzes niedergedrückten Haare aus. Der Wirt, den sie bei seinem Vornamen, Ulfried, nannten, nahm ihnen die langen Umhänge fort, um sie irgendwo zum Trocknen aufzuhängen.

Währenddessen zogen die Frauen die eisernen Manschetten von den Unterarmen und rieben sich verstohlen die nackten Schultern und die klammen Schenkel. Es beruhigte mich, sie bei diesen menschlichen Gesten beobachten zu können – immerhin schienen sie doch aus Fleisch und Blut zu bestehen. Andererseits fühlten sie sich im *Schwarzen Bären* offenbar wie zu Hause, sonst hätten sie sich kaum so gegeben.

Inzwischen hatte Ulfried seine weiblichen Gäste mit großen irdenen Krügen versorgt. Die Amazonen stießen die Humpen über der Tischmitte polternd zusammen, jede von ihnen nahm einen langen, tiefen Zug und stellte den Krug erst dann auf den Tisch zurück, als sie einen herzhaften Rülpser ausgestoßen hatte.

Endlich war Ulfried aufgefallen, daß außer den Amazonen noch ein neuer Gast sein Lokal betreten hatte. Er musterte mich lange und mißbilligend, entschloß sich aber schließlich doch, mich nach meinem Wunsch zu fragen.

»Einen Becher von dem, was die Damen dort trinken«, erwiderte ich.

»Die Damen«, belehrte mich der Wirt, »trinken ein Bier, das ich nur für sie bereithalte. Für Euch dürfte doch wohl ein Becher aus meinem gewöhnlichen Faß genügen?«

»Ja doch, gewiß.« Mir war nicht nach einem Streit zumute.

Während Ulfried mein Bier holte, hatte ich Gelegenheit, mich in der Schankstube umzuschauen. Es war nicht eben ein ›feines‹ Lokal, aber immerhin sah alles hier teurer aus als in den Schenken, die Viburn und ich sonst bevorzugten. »Warum soll ich einen Silbertaler ausgeben, um in feiner Gesellschaft zu trinken«, so lautete Viburns Devise, »wenn ich mich anderswo für einen Heller schneller und gründlicher besaufen kann?« Die Gäste im *Schwarzen Bären* saßen auf geschnitzten Stühlen, sie aßen von glasierten, irdenen Tellern und hantierten mit Bestecken aus blinkendem Metall, nicht etwa mit hölzernen Löffeln. Auf mehreren Tischen standen Kerzenleuchter aus Messing, und Ulfried spülte tatsächlich die Bierbecher in einem hölzernen Zuber, bevor er sie an neue Gäste austeilte. Hier mochte ein Bier leicht zwei Heller kosten. Mit einem unbehaglichen Gefühl betastete ich meinen ausgemergelten Brustbeutel – nun gut, ich mußte mich eben so lange wie möglich an meinem Becher Bier festhalten.

An einem Stützbalken jenseits der Theke entdeckte ich unseren Steckbrief. Zwar konnte ich die Schrift nicht entziffern, aber die fünf Köpfe waren deutlich zu erkennen. Man hatte uns von der Seite dargestellt, vier Männer und eine Frau. Da es sich bei dem Blatt um keine Originalzeichnung, sondern um einen Holzschnitt handelte, konnte man annehmen, daß unsere Konterfeis auch anderswo ausgehängt waren. Zum Glück hatte nicht gerade eine meisterliche Hand den Stichel geführt: Die Bilder waren uns so ähnlich wie irgendeinem anderen Aventurier. Immerhin konnte ich erkennen, daß Larix als erster von links abgebildet war (ein Koloß von einer Nase ragte fast über den Rand des Blattes hinaus), und auch der zweite Kopf von rechts wies ein markantes Kennzeichen auf: eine Ohrmuschel, die sich weit über die Schädeldecke erhob und jedem Unauhasen zur Zierde gereicht hätte. Unwillkürlich tastete ich unter den Haaren nach meinem Ohr. Nein, der Holzschneider hatte wirklich stark übertrieben!

Während ich meine Beobachtungen anstellte, versuchte ich, so viel wie möglich von den Gesprächen am Nebentisch aufzuschnappen, aber die Unterhaltung der Kriegerinnen war kaum reizvoller als die anderer Kriegsleute auch. Sie drehte sich um einträgliche Beutezüge, endlose Gelage und vor allem um den Stumpfsinn gewisser Vorgesetzter, die offenbar nicht mit am Tisch saßen. Die Unterhaltung war überhaupt erst richtig in Schwung gekommen, nachdem eine der Frauen, die als einzige einen ganz und gar vergoldeten Helm besaß, mit dem Wirt in ein Hinterzimmer gegangen war. Durch eine offene Tür konnte ich die beiden weiter beobachten. Ich hätte zu gern gewußt, was Ulfried mit der Amazonenführerin zu bereden hatte, und dachte eben darüber nach, ob ich versuchen sollte, mich unauffällig der Tür zu dem hinteren Gelaß zu nähern, da geschah etwas, das meine Gedanken in eine völlig andere Richtung lenkte: Eine der Kriegerinnen am Nebentisch zwinkerte mir zu. Unter der Hutkrempe hinweg hatte ich sie gedankenverloren angestarrt – leicht hätte sie meinen Blick als eine Beleidigung auffassen können –, und nun das! Ich saß mit dem Rücken an die Wand gelehnt, hinter mir gab es niemanden, dem ihr Zeichen gegolten haben könnte, also hatte sie zweifellos mich gemeint.

›Meine‹ Amazone war eine der jüngsten am Tisch, sie mochte eben die Zwanzig überschritten haben. Sie war von voller Gestalt – fast zu sehr –, der Brustpanzer umspannte das reizvoll wogende Fleisch wie ein überaus eng geschnürtes Mieder. Dedlana – dem Zuruf einer Gefährtin hatte ich ihren Namen entnommen – hatte ein rundes, ein wenig pausbäckiges, aber ebenmäßiges Gesicht, gerahmt von langem, welligem Haar, das ebenso schwarz war wie die kräftigen Brauen und die fröhlich funkelnden Augen.

Eben stand sie auf, um mit federnden, weit ausgreifenden Schritten zur Hintertür zu eilen. Die Anführerin hatte sie zu sich gerufen. Bald durchmaß sie wiederum die Gaststube mit ihren wiegenden Schritten, um den hinteren Ausgang anzusteuern, hinter dem ich die Stallungen vermutete. Dedlana war groß – atemberaubend groß, mindestens so groß wie Elgor, also überragte sie mich fast um Haupteslänge.

Während ich noch überlegte, ob das Zwinkern eine Aufforderung gewesen war, ihr in den Stall zu folgen (wer weiß, was im Kopf einer lebenslustigen Kriegerin vor sich geht?), kehrte sie schon wieder zurück. Die Lederstreifen ihres Rocks wippten fröhlich um die kräftigen Schenkel, während sie näher kam, mit der Linken den Säbel, in der Rechten eine Pergamentrolle haltend. Wieder traf mich ihr freundlicher, fast neckischer Blick, dann ging sie zur Anführerin ins Nachbarzimmer hinüber, übergab ihr die Rolle, kehrte zurück und setzte sich auf ihren Stuhl, wobei sie das Bein über die Rückenlehne hinweg schwang.

Auf einen Zuruf trat der Wirt zu ihr hin; wenig später brachte er mir ein neues Bier, obwohl ich meinen Becher noch gar nicht geleert hatte. »Vom Nebentisch«, erklärte er knapp, mit einer Handbewegung in Dedlanas Richtung. Ich sah zu ihr hinüber. Sie hatte ihren Krug erhoben und nickte mir zu. Da erwiderte ich mit meinem Becher ihren Gruß, trank einen Schluck und fragte mich dabei, wie das alles enden mochte und ob ich mich wohl richtig verhielt. Wenig später brachte mir Ulfried eine Schüssel, in der auf einem Haufen roter, gebackener Bohnen vier gebratene Eier dampften.

»Vom Nebentisch, nehme ich an.«

Er nickte. Wenigstens betrachtete er mich inzwischen nicht mehr so mißbilligend wie zuvor.

Meine Gönnerin war offenbar in äußerst guter Stimmung. Sie stürzte schwungvoll den Inhalt ihres Kruges hinunter und schlug ihrer Nachbarin zur Rechten klatschend auf die nackte Schulter.

Während ich meine Bohnen löffelte (schade um das vortreffliche Gericht; ich war zu nervös, um es genießen zu können), trug der Wirt ein Tablett mit einer Weinflasche und zwei Gläsern an Dedlanas Tisch. Sie riß den Korken mit den Zähnen aus der Flasche, schenkte aber keinen Wein in die Gläser, tippte vielmehr mit dem Zeigefinger auf die Flasche, sah mich an und nickte zufrieden mit dem Kopf, so als wollte sie mir versichern, daß sich ein ausgezeichneter Wein in der Flasche befände.

Ich fragte mich, ob ich diese Geste als Einladung an den Amazonentisch auslegen durfte, da erhob sich Dedlana, und mit ihr zwei andere Kriegerinnen, die eine blutjung, die andere eine Dreißigjährige, und stieg die Treppe hinauf. Die beiden anderen Amazonen folgten ihr, die jüngere trug das Tablett mit dem Wein. Von der obersten Stufe warf mir Dedlana noch einmal ihr strahlendstes Lächeln zu, dann war sie verschwunden.

Es wurde still im Schankraum.

Ein Blick in die Runde bestätigte mir, was ich ohnehin schon spürte: Alle Amazonen und mindestens Dreiviertel der anwesenden Gäste starrten mich wortlos an. Der Wirt stand an der Hintertür und wartete.

Ich schob meinen Stuhl zurück, schaute kurz auf meinen Tisch, auf dem noch immer die zwei Bierbecher und die Bohnenschüssel standen, unterdrückte den zerstreuten Gedanken, daß ich nun wohl auch mein erstes Bier nicht zu bezahlen bräuchte, und stand auf.

Ulfried nahm mich am Fuß der Treppe in Empfang. »Geht nur hinauf, oben werdet Ihr Euch schon selbst zurechtfinden.«

Am oberen Ende der Treppe hatte sich Dedlanas Eskorte aufgestellt. Die beiden Frauen nahmen mich in die Mitte und geleiteten mich zu einer offenstehenden Zimmertür. Mitten in dem geräumigen, hellen Zimmer, das außer einem breiten Himmelbett, einem Tischchen und einer Truhe keine Möbel enthielt, stand Dedlana, die Hände in die Hüften gestützt, und sah mir entgegen.

»Ich heiße Dedlana«, sagte sie. »Wie ist dein Name?«

»Ar … lone. Ich heiße Arlone.«

»Ein schöner Name.«

»Ebenso wie deiner.«

Unterdessen hatte die junge Amazone den kleinen Tisch neben das Bett gerückt und Weinflaschen und Gläser darauf abgestellt. »Das ist Xaviera«, stellte Dedlana sie vor, »und ihr Name ist Salima«, damit deutete sie auf die andere Kriegerin, »Salima ist meine Schwester.«

»Ein hübsches Zimmer«, sagte ich. »Für ein Schlafzimmer fast zu groß.«

»Das finde ich auch. Ich könnte in einem solchen Zimmer niemals schlafen. Außerdem wäre mir das Bett viel zu weich...« Ich stand noch immer bei der offenen Zimmertür und sah zu der großen Amazone auf, die sich ebenfalls nicht gerührt hatte. Wie sollte ich das Gespräch fortsetzen?

Jetzt knieten die beiden Amazonen links und rechts hinter Dedlana nieder, schnallten die Schienbeinpanzer ab, legten sie abseits auf den Boden und begannen, die Riemen ihrer Sandalen aufzuschnüren.

Dedlana lächelte nicht mehr. Ihre schwarzen Augen blickten ernst, fast feierlich auf mich herab.

Xaviera löste ihr den Lederrock, unter dem ein knappes, eng gewickeltes, weißes Lendentuch zum Vorschein kam.

Da schnürte sich mir die Kehle zu.

Dedlana hob die Arme über den Kopf, damit ihre Gefährtinnen die seitlichen Schließen des Brust- und Rückenpanzers besser erreichen konnten.

Mir war, als hörte ich ein leises, schmatzendes Geräusch, als der Brustpanzer fortgezogen und Dedlanas Oberkörper frei wurde. Ich versuchte, so gelassen wie möglich dreinzuschauen, mir schien es ratsam, nicht zu zeigen, *wie* beeindruckt ich war. Auch als Salima mit behenden Fingern das Lendentuch von Dedlanas Hüften wickelte, behielt ich meine gleichmütige Miene bei. Ich war froh darüber, daß ich nicht zum Sprechen aufgefordert wurde, denn ich hätte gewiß kein Wort herausgebracht. Um überhaupt etwas zu tun, zog ich Viburns Hut vom Kopf. Xaviera nahm ihn mir aus der Hand und legte ihn auf die Truhe.

Salima, die den Raum kurz verlassen hatte, kam mit

einem Tuch, einem dicken Schwamm und einer großen, wassergefüllten Schüssel zurück. Die beiden Amazonen wechselten sich darin ab, den stattlichen Frauenkörper langsam von den Schultern bis zu den Füßen zu waschen. Dabei verharrte Dedlana in statuenhafter Reglosigkeit und schaute mich unverwandt an.

Nachdem Salima ihre Schwester sorgfältig abgetrocknet hatte, kam sie mit ihrem Waschzeug zu mir und nickte aufmunternd mit dem Kopf.

Ich räusperte mich. »Vielen Dank ... äh ... Ich glaube, das mache ich lieber allein.«

Salima stellte die Schüssel auf dem Boden neben meinen Füßen ab und trat zur Tür, wo bereits Xaviera Stellung bezogen hatte.

Ich wandte mich an Dedlana: »Gehen die beiden nicht hinaus?«

Die Amazone war überrascht. »Wieso sollten sie?«

»Bleiben sie denn auch später noch da ...? Während der ganzen ... äh ... Zeit, meine ich?«

»Natürlich.«

Dedlana schritt zum Bett, ließ sich darauf nieder und streckte die Beine aus. »Nun komm!«

Mir war nicht wohl in meiner Haut, aber ich nahm meinen ganzen Mut zusammen. »So kann ich das nicht.«

»Warum nicht?«

»Weil, weil ... es so eben nicht geht! Ich kann nicht – gegen die Bräuche meiner Väter verstoßen.«

»Schluß mit dem Gerede!« fauchte eine Stimme hinter mir. Ein Säbel ratschte aus einer Scheide. »Zieh dich aus und lege dich zu ihr. Wir haben schließlich nicht den ganzen Tag Zeit!«

Die Lage wurde ernster. »So glaube mir doch ... äh ... Xaviera, es ist unmöglich, wenn ihr mich nicht mit Dedlana alleine laßt.«

»Pah! Wir können dich zwingen!«

»Es gibt etwas, das man nicht einmal vom schlimmsten aller Feiglinge mit Waffengewalt erzwingen kann. Das ist ein … ein Naturgesetz.«

Zu meiner unendlichen Erleichterung schaltete sich Salima in unseren Wortwechsel ein. »Xaviera, es kann sein, daß er recht hat. Diese Männer sind ein seltsames Volk. Ich kenne sie besser als du. Du weißt, ich habe schon zwei Töchter. Um sie zu bekommen, habe ich viele Male bei einem Mann liegen müssen … Komm, wir gehen hinaus.«

»Und bitte schließt hinter euch die Türe zu!« rief ich ihnen nach. »Bitte, macht sie zu!«

Wir lagen Seite an Seite im Bett und tranken Wein. Das heißt, Dedlana trank in tiefen Zügen, ich setzte nur hin und wieder das Glas an die Lippen.

Sie lächelte. »Ich will dir etwas anvertrauen«, flüsterte sie, »etwas, das du niemandem verraten darfst, Arlone. Das mußt du mir versprechen.«

»Ich verspreche es.«

»Was wir eben getan haben, das hat mir schon Spaß gemacht …«

Ich fuhr leicht mit dem Finger über ihre schwere Brust und umrundete spielerisch die pralle Knospe. »Das habe ich gemerkt.«

Sie zuckte zurück. »Du hast es gemerkt? Das durfte nicht sein!«

»Du hast dich sehr gut verstellt, aber gespürt habe ich es doch. Sei unbesorgt«, log ich zu ihrer Beruhigung, »einem anderen wäre wahrscheinlich gar nichts aufgefallen. Ich habe eben sehr viel Erfahrung.« (Eine zweite Lüge.)

»Du hast also schon bei vielen Frauen gelegen. Wie ist es mit denen? Sind die anders als wir?«

Ich erzählte ihr eine Menge erfundener Geschichten über meine Abenteuer in allen Provinzen Aventuriens, schilderte ihr eine lange Reihe Frauen aller mir bekannten Völker und versicherte ihr, daß sie alle sehr verschieden, aber einander in gewisser Hinsicht auch wieder ähnlich gewesen seien. Das gelte auch für sie selbst, Dedlana. Sie antwortete mit Berichten über ihr Leben als Amazone. Ich erfuhr, daß ich der sechste Mann war, der bei ihr gelegen hatte. Keins dieser Treffen hatte ihr zu einer Tochter verholfen, und so mußte Dedlana immer wieder aufs neue ihr Glück versuchen, ein Umstand, über den sie, wie sie mir gestand, nicht so betrübt war, wie es ihr als Amazone wohl angestanden hätte. Wenn eine Amazone sich nämlich zu einem Manne legte, so sollte sie diese Tat als ein Opfer begreifen, als eine Erniedrigung, die sie schweren Herzens auf sich nehmen mußte, um den Stamm zu erhalten. In nächtlichen Gesprächen hatte Dedlana erfahren, daß sie nicht die einzige ihres Stammes war, die das Fortpflanzungsritual nicht als eine ausschließlich demütigende und schmerzvolle Erfahrung empfand. Aber das alles durfte natürlich niemand erfahren, und darum mußte ich Dedlanas Erzählungen von Zeit zu Zeit mit einem neuerlichen Schweigegelübde unterbrechen.

Sehr bald hatte ich bemerkt, daß die Amazone auf alle Fragen nach der Lage und Beschaffenheit ihrer heimatlichen Burg mit äußerstem Mißtrauen antwortete. Also mußte ich mit größter Vorsicht zu Werke gehen. Immerhin gelang es mir nach und nach auf Umwegen – »Wie lange seid ihr eigentlich durch diesen Eisregen geritten? – Ist es weit bis zum Meer, von Kurkum aus?« –, den Standort der Burg recht genau zu erfahren: Sie mußte auf der Nordseite der Berge von Beilunk liegen, etwa fünf Tagesreisen von der Stadt entfernt.

Ansonsten neckte mich meine muskelbewehrte Liebhaberin wegen meines – wie sie fand – zu zierlichen Körperbaus: »Haben diese anderen Frauen, mit denen du zusammen warst, eigentlich keine Angst gehabt, dir weh zu tun?« Ich berichtete ihr, daß derartige Zusammentreffen bisher immer recht glimpflich für mich verlaufen seien, machte ihr artige Komplimente über den

Bau und die Kraft ihrer Gliedmaßen und versicherte ihr mehrfach, daß ihr Busen keineswegs zu groß geraten sei.

Ich erfuhr, daß von allen Kriegsleuten Aventuriens die Amazonen der Göttin Rondra am nächsten stünden: »Niemand verehrt die Löwin so tief wie wir. Unser ganzes Leben ist vom Dienst an Rondra bestimmt. Wir weihen ihr jeden Kampf, auch die täglichen Fechtstunden, und wir kennen eine Menge Übungen, um unsere Körper schön, stark und rondragefällig zu bilden. Ja, eine jede von uns versucht, der Göttin möglichst ähnlich zu sein.« Sie unterbrach sich. »Ich weiß natürlich, daß ich der Göttin nicht wirklich ähnlich sein kann – wie vermessen wäre dieser Wunsch! –, aber wir mühen uns, in unserem Erscheinen, unserem Auftreten und in unseren Taten, menschliche Abbilder Rondras zu sein, wenn du verstehst, was ich meine …«

Ich nickte. »Ich versuche es. Immerhin begreife ich nun, warum ihr mit den Männern so wenig im Sinn habt: Wir sind der Göttin zu wenig ähnlich, nicht wahr?«

Dedlana stimmte mir heftig zu und fuhr dann fort: »Ich will dich wahrhaftig nicht beleidigen, mein lieber Arlone – das mußt du mir glauben, aber eine jede von uns hat nun einmal einen schöneren Körper als du. Es ist nett, mit dir zusammen zu sein, sehr nett sogar, aber ich habe dabei nicht das Gefühl, der Göttin nahe zu sein – dazu ist mir deine Gestalt zu fremd, zu knochig und sehnig … Und außerdem, ich habe es ja schon gesagt, besteht immer die Sorge, daß ich dich ungewollt verletzen könnte. Wenn ich aber mit einer Kurkumerin zusammen bin, gibt es nichts, das mir fremd wäre und das mich ablenken könnte. Ja, das ist ganz etwas anderes …«

So erfuhr ich nach und nach, wie eine Amazone die Welt und die Liebe betrachtete. Manches konnte ich verstehen, anderes blieb mir fremd. So oder so behielt ich meine Meinung für mich und versuchte statt dessen immer wieder, das Gespräch auf Dedlanas Burg zu bringen und auf die junge Königin Yppolita, aber es war dies ein Bereich, über den die Amazone offenkundig nicht gern reden wollte und der ihr geradezu Verdruß zu bereiten schien.

Nach einer Weile verspürte Dedlana einen Drang, sich dem, das ihr keine Freude machen durfte, ein zweites Mal hinzugeben, aber wir hatten wohl zu viel über die Liebe geredet. Ich fühlte mich seltsam beklommen und fragte mich zwischendurch immer wieder, ob ich wohl alles richtig machte, und ob Dedlana wieder das Gefühl hatte, mich vor den wildesten Tiefen ihrer Leidenschaft schützen zu müssen. Die Amazone immerhin schien unser Zusammensein durchaus zu genießen: Sie stöhnte so laut, daß ich befürchten mußte, ihre lustvollen Laute würden früher oder später die Wächterinnen auf den Plan rufen. Doch die schienen ihren Posten verlassen zu haben. Niemand störte uns.

Ich entspannte mich ein wenig, fing nochmals eine Plauderei mit Dedlana an und sah ihr dabei zu, wie sie den restlichen Wein aus der Flasche trank und schließlich in einen stillen Schlummer versank. Ich schlüpfte aus dem Bett. Zwar wußte ich nicht, wie das offizielle Ende dieses ›Fortpflanzungsrituals‹ aussehen würde, aber ich wollte es auf jeden Fall lieber in angekleidetem Zustand erleben.

Außer der Eingangstür besaß das Zimmer eine zweite Tür, die zu einem Nebenraum führte. Aus diesem Zimmer waren plötzlich Schritte und dann leise Stimmen zu hören. Ich wollte eben in meine Stiefel schlüpfen, aber ich überlegte es mir anders, huschte zur Tür und preßte mein Ohr an einen Spalt. Ich unterschied zwei Stimmen, deren eine Ulfried, dem Wirt, gehören konnte, die andere möglicherweise der Amazonenführerin.

»Was hast du herausgefunden?« fragte die Frauenstimme.

»Nichts Bestimmtes. Die Gefangenen können zu den Leuten gehören, die Königin Ulissa suchte, ebensogut kann es sich um ganz gewöhnliche Halsabschneider handeln.« Ich war mir nun sicher, daß Ulfried der männliche Sprecher war.

»Haben sie immer noch nicht geredet?«

»Nein, Serafa, die Wachen haben kein Wort aus ihnen herausgebracht.«

»Dann kann es sich nicht um gewöhnliche Diebe und Mörder handeln.« Die Frau schritt im Zimmer auf und ab. »Die hätten – allein aus Hunger – längst geplaudert.«

»Was willst du tun?«

»Was ich eben gesagt habe: Ich muß mir die Gefangenen selbst ansehen. Hast du deinen Mann erreicht?«

»Ja«, murmelte der Wirt. »Er hat mir auch diesen Plan gegeben.« Papiergeraschel war zu hören. »Aber er war nicht bereit, euch zu führen. Erst habe ich gedroht, seine Kinder umzubringen, dann habe ich ihm Geld geboten. Beides hat nicht gewirkt.«

»Dann gehen wir eben allein.«

»Das hat keinen Sinn, Serafa. Ohne Führer kommt ihr keine hundert Schritt weit. Der Gang ist mit tödlichen Fallen gespickt. Schließlich ist er als Fluchtweg *aus* dem Palast angelegt worden und nicht als leichter Spazierweg *in* den Palast hinein.«

»Wir gehen allein.«

»Gestatte mir eine Frage, Serafa. Was haben diese Leute euch eigentlich getan? Warum läßt Ulissa so fieberhaft nach ihnen suchen? Man könnte ja fast meinen, daß sie sie töten wollen.«

Die Frauenstimme wurde so leise, daß ich sie kaum mehr verstehen konnte. »Was ich dir jetzt sage, Ulfried, geht dich eigentlich gar nichts an, und du wirst es auch sofort wieder vergessen: Ich glaube, das Ganze hängt mit Yppolita, unserer verbannten Königin, zusammen. Wahrscheinlich will sie auf den Thron zurückkehren. Der Fürst von Albernia hat jedenfalls ...«

»Was ist los, Arlone?« rief meine große Geliebte schlaftrunken vom Bett. »Was treibst du denn da? Komm doch zu mir!«

Ich huschte zu ihr und streichelte ihr das Haar, bis sie wieder eingeschlafen war. Dann konnte ich auf meinen Horchposten zurückkehren.

»Also, du weißt Bescheid. Meine Truppe bricht auf jeden Fall morgen nach Shamaham auf, ganz gleich, ob wir von unserem nächtlichen Ausflug zurückkehren oder nicht. In diesem Fall übernimmt Alla das Kommando. Du weißt natürlich von nichts.«

»Was soll denn werden, wenn man euch überrascht und gefangennimmt?«

»Eine Amazone läßt sich nicht lebend gefangennehmen, aber die Wachen dürfen uns trotzdem nicht entdecken. Es würde zu bösen Verwicklungen zwischen Kurkum und dem Grafen von Beilunk führen, wenn man ein paar Amazonen in seinem Keller erwischte.«

»Serafa, noch einmal, du weißt, daß ich dich mag ...«

»Na, na, na!«

»Schon gut, daß ich dich als Kriegerin schätze. Laß ab von deinem Plan! Der Gang ist tödlich, glaube mir!«

»Genug jetzt, du bist ein Hosenscheißer wie alle Männer! Ich muß mit Salima und Ilka den Einsatz besprechen. Übrigens, wann ist eigentlich Dedlanas Buhler gegangen? Ich habe ihn gar nicht bemerkt.«

»Ich glaube, er ist immer noch da.«

»Was, und das sagst du erst jetzt?«

Drüben polterten eilige Schritte durchs Zimmer.

Mit zwei Sätzen flog ich zum Bett hinüber, zog die Decke hastig über die eben erwachende Dedlana und zog sie mir bis zum Hals. Kaum hatte ich die Augen geschlossen, als auch schon die Türe aufgerissen wurde.

»Nun sieh dir das saubere Pärchen an, Ulfried. Liegen breit und behäbig im Bett und stehlen Rondra den Tag. Dedlana, du meldest dich in zwei Minuten bei mir! Und du Bube (damit war ich gemeint), dir gebe ich zehn Lidschläge Zeit, das Weite zu suchen!«

Mit einem Knall flog die Tür wieder zu.

Nun kannte ich also das Ende der Fortpflanzungszeremonie, mir erschien es wenig stimmungsvoll und etwas zu plötzlich. Ich drückte der völlig überraschten Dedlana einen herzhaften Kuß auf den Mund, schnappte meine Stiefel, Umhang und Hut und stürzte die Treppe hinunter. Unten fand ich die Tür zum Pferdestall. Dort konnte ich in aller Ruhe meine Garderobe vervollständigen, bevor ich hinaus auf die Straße trat.

Auf meinem Bett in der Herberge fand ich einen hübsch gearbeiteten Degen samt Scheide und besticktem ledernen Schultergurt. In die Schnalle war ein Zettel geklemmt:

*Der Degen ist für dich.*
*Betrachte ihn als Belohnung dafür,*
*daß du so gut auf Mädchen aufgepaßt hast.*
*Warte hier auf uns, bis wir zurück sind.*
*Wir stellen ein paar Erkundigungen an.*
*Gruß*
*Viburn*

Ich hatte kaum die Zeilen überflogen, als ich auch schon Viburns und Mädchens Stimmen im Treppenhaus hörte. Dann stürmten sie herein und begrüßten mich freudig. Mädchen war immer noch ein wenig blaß, hatte sich aber offenbar wieder gut erholt. Weil ich sicher war, die wichtigeren Nachrichten zu besitzen, schwieg ich zunächst und ließ mir von den beiden ihre Erlebnisse schildern.

Viburn berichtete, wie er zunächst – ohne viel Erfolg – versucht hätte, etwas über die Amazonen in Erfahrung zu bringen, dann in einer Seitenstraße einem jungen Edelmann eine Lektion in gutem Benehmen erteilt – »Zum Dank schenkte er mir seinen Degen.« – und einen Plan geschmiedet hätte, wie man in den Palast eindringen könnte.

»Wozu das?« fragte ich.

»Na, um die Gefangenen zu befreien, natürlich.«

»Ich denke, die hätten ›Pech gehabt‹ und sollten gefälligst auf sich selbst aufpassen?«

Viburn zuckte die Achseln. »Sollten sie eigentlich auch. Ich habe Mädchen meinen Standpunkt ganz genau erläutert. Ich habe ihr erklärt, worin mein Auftrag besteht und wofür ich meine Dukaten bekomme: Das Verschwinden dieser Yppolita soll ich aufklären und nicht etwa ein paar tölpelhafte Havener sicher durch alle Fährnisse Aventuriens geleiten. Dafür zahlt mir niemand einen Kreuzer ...«

»Ja und ...?«

Viburn seufzte tief. »Mädchen hat sich nicht überzeugen lassen. Sie kann ungeheuer dickköpfig sein. Hast du das gewußt?«

Mädchen war zwischen uns getreten, hatte uns beiden einen Arm um die Schultern gelegt und lächelte uns abwechselnd zu. Mir fiel wieder ein, daß ich dringend noch etwas mit Viburn besprechen mußte, und seinem Mienenspiel glaubte ich zu entnehmen, daß er an das gleiche dachte.

Stillschweigend verschoben wir die Aussprache noch einmal, denn jetzt gab es wichtigere Dinge zu klären. Viburn wollte mir unbedingt seinen Befreiungsplan schildern, doch ich hörte ihm kaum zu, während er sein gewagtes Vorgehen entwickelte, in dem eine schlecht einsehbare Mauerstelle, Wurfhaken und Kletterseile eine wichtige Rolle spielten. Ungeduldig wartete ich darauf, daß sein Redefluß versiegte und ich endlich sagen konnte:

»Wir machen es ganz anders – wir gehen durch den Keller!«

Anschließend konnte ich in aller Breite meine Tageserlebnisse beschreiben. Ich beendete meinen Bericht mit dem Wortwechsel, den ich im Nachbarzimmer belauscht hatte.

Viburn nämlich deutete das Gespräch ebenso wie ich: »Natürlich, so ist es: Es gibt einen unterirdischen Gang zu den Verliesen, und diese Serafa besitzt einen Plan. Heute nacht wird sie mit ein, zwei Gefährtinnen zu den Gefangenen schleichen – sie wird es zumindest versuchen. Und wir werden ihren Stoßtrupp nach Kräften unterstützen.«

# 11. Kapitel

*Kurz nachdem aber die Schwertmeisterin Hana mit der entthronten Yppolita davongeritten war, hatte die neue Amazonenkönigin etwas Seltsames geträumt, nicht nur einmal, sondern in mehreren, aufeinanderfolgenden Nächten:*

*Sie sah ihr Ginsterkatzenpärchen beim Spiel, einer wilden Rauferei, wie sie bei jungen Katzen üblich ist. Gewöhnlich trug Kull, die ältere, bei solchen Balgereien den Sieg davon, aber diesmal wurde sie von Irum, der jüngeren, auf den Rücken geworfen. Kull, die keine andere Möglichkeit mehr sah, stellte sich tot, und Irum ließ von ihr ab. Kaum hatte die jüngere Katze ihr jedoch den Rücken gewandt, da sprang Kull wieder auf, stürzte sich von hinten über Irum und schlug ihr die Zähne in den Nacken. Es war das Geräusch der kleinen, splitternden Knochen, das jedesmal den Traum beendete und Ulissa erschreckt aufwachen ließ.*

*Ulissa benötigte keine weise Frau, um diesen Traum zu deuten. Als sie Hana bei ihrer Rückkehr ins Verhör nahm und von ihr erfuhr, daß Yppolita nicht gestorben war, fuhr ihr ein eisiger Schrecken in alle Glieder.*

*Schon einen Tag später schickte sie geheime Botschaften an die Bevollmächtigten des Amazonenvolkes im ganzen Reich:*

*Sollte eine der Frauen etwas erfahren, das irgendwie, ganz gleich wie weit entfernt, im Zusammenhang mit Yppolita stand, mußte noch am gleichen Tag eine Meldung nach Kurkum abgesandt werden.*

*Nachdem Ulissa eingesehen hatte, daß die blinde Hana ihr bei der Suche nach Yppolita tatsächlich nicht mehr von Nutzen sein konnte, ließ sie sie in den Kerker werfen.*

Kurz vor Mitternacht hatten wir vor dem Schwarzen Bären Posten bezogen. Viburn stand hinter einem Hoftor, dessen Riegel er ohne viel Mühe mit dem Dolch ausgehebelt hatte, und spähte durch einen schmalen Spalt hinüber auf die andere Straßenseite. Wir hatten uns vergewissert, daß man den Schwarzen Bären nicht durch einen Hinterausgang verlassen konnte. Wann die Amazonen aufbrechen wollten, hatte ich nicht belauschen können. So blieb uns keine andere Möglichkeit, als abzuwarten und abwechselnd die Tür des Gasthofes zu beobachten. Die Zeit verging endlos langsam. Mädchen trat aufgeregt von einem Fuß auf den anderen.

Ruhig stand sie nur, wenn sie mit der Überwachung der Schenkentür an der Reihe war. Dann wirkte sie gelöst und gesammelt zugleich – wie eine lauernde Katze.

Endlich wurde drüben die Tür aufgestoßen, aber es traten nur ein paar späte Zecher auf die Straße hinaus. Kurz nachdem die Männer gegangen waren, wurde im Gastraum das Licht gelöscht. Ringsumher herrschte tiefe Stille, die nur gelegentlich vom Fußtritt einer fernen Stadtwachenpatrouille unterbrochen wurde.

Zwei Kreaturen der Nacht flatterten riesenhaft und lautlos um die Kuppel des Praiostempels. Im Sternbild der Stute stand das bleiche Halbrund des Madamals und warf sein mildes Licht auf den weiten Platz vor dem Tempel. Der silberne Schimmer auf den freien Flächen und Hausdächern ließ die dunklen Schatten in den Straßen noch schwärzer erscheinen. Irgendwo, ganz in unserer Nähe, sprangen gedämpfte Hilfeschreie, ein ersticktes Stöhnen auf. Wir fuhren zusammen, aber was wir gehört hatten, waren nur die Angstlaute eines Schläfers in einem schweren Traum.

Wir warteten und froren, denn Firuns Atem senkte sich herab aus dem sternklaren Himmel. Wenn Viburn sprach, stieg weißer Dampf von seinem Munde auf; auf einer Pfütze vor dem Tor glänzte matt eine Haut aus Eis.

Das Madamal war schon einen beträchtlichen Weg über den Himmel gewandert, als wir endlich ein Geräusch aus dem *Schwarzen Bären* hörten. Einen Augenblick später öffnete sich drüben die Tür, und ein Kopf unter einer Kapuze kam zum Vorschein. Er spähte nach rechts und links. Dann wurde die Türe vollends aufgestoßen, und drei Gestalten in langen, dunklen Kapuzenmänteln traten auf die Straße hinaus. Ein kaum hörbares Klirren von Metall klang herüber, als sie sich in Bewegung setzten.

Wir gaben ihnen einen Vorsprung von vielleicht vierzig Schritten, dann schlüpften wir aus dem Tor. Ich ging am Schluß, vor mir Mädchen und Viburn an der Spitze, diese Reihenfolge hatten wir vorher festgelegt. Dabei hatte ich mir vorgenommen, so dicht wie möglich hinter Mädchen zu bleiben, um sie, falls sie sich nicht schnell genug schützen konnte, rechtzeitig in Deckung ziehen zu können. Meine Vorsicht erwies sich als völlig unbegründet. Als nämlich die von uns verfolgten Gestalten zum ersten Mal einen Blick nach hinten warfen, war ich es, der den Sprung in den Schatten fast nicht mehr schaffte. Mädchen und Viburn waren mit einer glatten, fließenden Bewegung weggetaucht, und zwar gleichzeitig und im selben Moment, als die Gruppe vor uns ihren Schritt verhielt.

Viburn war als Streuner aufgewachsen. Ihm lag das Schleichen im Blut. Aber Mädchen? Ich fragte mich nicht zum ersten Mal, wie sie ihre Tage verbracht haben mochte, bevor sie auf diesen seltsamen ›Onkel‹ gestoßen war.

Die drei Amazonen aus dem *Bären* bewegten sich ebenfalls sehr vorsichtig. Aber offenbar hatten sie nicht – wie wir – ihre Waffen mit Stoff umwickelt, denn immer wieder einmal erklang ein leises Scheppern, wenn eine Säbelscheide gegen einen Beinpanzer stieß.

Vermutlich trugen sie unter den Umhängen ihre vollständigen Rüstungen, obwohl leichte Kleidung für ihr Vorhaben viel nützlicher gewesen wäre. Vielleicht waren ihnen zivile Kleider zuwider. Es mochte für sie schon ein Zugeständnis bedeuten, daß sie auf ihre schweren Helme verzichtet hatten. Mit Verfolgern schienen die Amazonen nicht zu rechnen. Wann immer sie eine freie, ungedeckte Fläche überqueren mußten, verharrten sie erst einmal im Schatten, bis sie sich vergewissert hatten, daß die Luft rein war. Aber nach hinten schauten sie fast nie. Das hätte ihnen – im Vertrauen gesagt – auch nicht viel genützt. Mädchen und Viburn beim Schleichen zuzusehen, bereitete mir die gleiche Freude, mit der man einen geschickten Handwerker – sagen wir einen Steinmetz – bei der Arbeit beobachtet: Mal rutschten sie auf Zehenspitzen, den Rücken eng an die Steine gepreßt, an einer Hauswand entlang, dann sprangen sie mit langen, lautlosen Sätzen von einer Türöffnung zur nächsten, um gleich darauf auf alle viere zu sinken und im Schutz einer niedrigen Vorgartenmauer weiterzukriechen. Alle diese Fortbewegungsarten wechselten sie gleitend, fast übergangslos, und sie behielten immer das – recht zügige – Tempo der Amazonen bei. Eine unsichtbare Hand schien Viburn und Mädchen zu führen und ihnen zu zeigen, welches der günstigste und sicherste Weg für sie sei, denn ich sah sie niemals auch nur einen Blick auf ihren Schleichpfad verwenden, ihre Augen ruhten unverwandt auf den huschenden Gestalten, die wir verfolgten.

Ich war recht froh darüber, daß ich das Ende unserer kleinen Gruppe bildete, denn so brauchte ich mich nur nach meinen Vorderleuten zu richten. Bald schon gab ich es auf, selbst nach den Amazonen auszuspähen – ich ließ mich einfach fallen, wenn Mädchen zu Boden glitt, und hüpfte in eine Toreinfahrt, wenn Mädchen sprang.

Unser Weg führte uns durch die halbe Oberstadt. Da

wir nicht wußten, ob auf dem Plan des Gangs auch vermerkt war, an welcher Stelle in der Stadt er endete, und da wir von den Amazonen diese Mitteilung niemals bekommen würden, hatten wir entschieden, uns von den Kriegerinnen zu diesem Endpunkt führen zu lassen. Danach würde man weitersehen.

Nachdem die Amazonen auf der Nordseite des Praiosplatzes entlanggeschlichen waren, bogen sie in eine Straße ein, die zum alten Fürstenpalast, dem jetzigen Amtssitz des Markgrafen, führte. Doch die Kriegerinnen folgten nur ein Stück weit dem Verlauf der Palastmauer, dann setzten sie ihren Weg durch eine schmale, von hohen Giebelhäusern gesäumte Gasse in Richtung auf das östliche Stadttor fort. Bevor sie es erreicht hatten, änderten sie wiederum die Richtung und gingen nun an der dunkel aufragenden Stadtmauer entlang. Hier konnten wir ihnen sehr leicht folgen, denn zwischen der Mauer und den äußersten Häusern der Stadt wuchs allerlei Gesträuch, das uns gute Deckung bot.

»Halt, wer da?«

Vor den Amazonen waren plötzlich zwei Männer aus dem Boden gewachsen. Wir sahen die Topfhelme der Stadtgardisten im Madamal blinken.

Ein zweiter Ruf verwandelte sich in ein gurgelndes Röcheln. Stoff raschelte, Atem keuchte, ein dumpfer Fall, noch einmal prasselten Zweige unter einer schweren Last. An der Stelle, wo eben noch die Amazonen und die Soldaten gestanden hatten, war niemand mehr zu sehen.

Wir warteten.

Nach kurzer Zeit lösten sich drei Gestalten aus dem Schatten einer Buschgruppe. Sie huschten hinüber zu einer kleinen Pforte im Fuß eines Befestigungsturmes. Offenbar war die Tür verschlossen, denn es dauerte eine ganze Weile, bis wir ein Knacken hörten und die Pforte nach innen schwang. Die Amazonen schlüpften durch die Öffnung und zogen die Tür hinter sich zu.

Bald hatten auch wir den Mauerturm erreicht. Ganz in der Nähe lagen die leblosen Körper der beiden Soldaten. Mädchen tat einen Schritt in ihre Richtung, aber Viburn hielt sie am Arm fest.

»Brauchst sie dir gar nicht anzusehen«, zischelte er. »Der eine hat das Genick gebrochen, dem anderen wurde die Kehle durchgeschnitten. Darauf wette ich. Die beiden werden uns nicht mehr stören.«

Ich lauschte an der Pforte. Von drinnen waren Stimmen und ein leises Schaben zu hören. Tappende Schritte entfernten sich, dann wurde es still.

»Sie sind uns entwischt«, stellte ich fest. »Wir hätten zuschlagen sollen, als sie mit dem Türschloß beschäftigt waren.«

Viburn schüttelte bedächtig den Kopf. »Was heißt entwischt? Wir wissen doch, wo sie sind. Wie du gehört hast, soll der Weg durch den Gang gefährlich sein. Ich finde es gar nicht schlecht, wenn die Damen weiterhin vor uns hergehen und uns da ein wenig Arbeit abnehmen... Aber nun rasch, damit wir sie nicht aus den Augen verlieren!«

Die Pforte war nur angelehnt. Ich stieß sie auf und wäre fast in ein Loch gestürzt, das unmittelbar vor meinen Füßen im Boden klaffte – eine offene Luke! Viburn drängte mich zur Seite, ließ sich auf die Knie fallen und griff tastend in die schwarze Öffnung hinein. »Hier steht eine Leiter«, verkündete er flüsternd, schwang sich über den Rand und war bald in dem Loch verschwunden. Kurz darauf tauchte sein Kopf wieder auf. Ich beugte mich zu ihm herab.

»Ein Schacht«, berichtete er mit gedämpfter Stimme, »nicht tief. In der Wand hinter mir fehlt eine Steinplatte. Dort muß der Einstieg sein.«

»Was ist mit den Amazonen?«

»Nichts zu hören – nichts zu sehen!«

Ich stieg die Leiter hinab, hinein in die undurchdringliche Finsternis. Als ich den linken Fuß auf festen Steinboden setzte, legte sich Viburns Hand auf meine Schulter. »Komm hier herüber!«

Ich zwinkerte, wartete darauf, daß sich meine Augen an die Dunkelheit gewöhnten und ich wieder etwas wahrnehmen konnte, aber ich mühte mich vergebens. Die Schwärze blieb. Es machte keinen Unterschied, ob ich die Augen öffnete oder geschlossen hielt. In meinem Gürtel steckten zwei kurze Fackeln, aber wenn wir Viburns Plan befolgen und weiter unentdeckt bleiben wollten, hatte es keinen Sinn, sie anzuzünden.

»Legt eure Mäntel ab!« sagte Viburn, als Mädchen zu uns herabgestiegen war. »Auf dem Rückweg werden wir sie wieder an uns nehmen.«

In mir regten sich Zweifel, ob wir nach dieser Nacht jemals wieder Mäntel benötigen würden, aber ich behielt meine finsteren Gedanken für mich.

»Mädchen, du hältst meinen Gürtel fest, und Arve, du hakst dich bei Mädchen ein!« befahl Viburn jetzt.

Einen Augenblick später bewegte sich Mädchens Gürtel von mir weg. Ich setzte mich in Bewegung. Sie flüsterte: »Bücken!« Ich zog den Kopf ein und stolperte über eine Schwelle vor meinen Füßen. Mädchen fing meinen Sturz mit ihrem Rücken auf. Nun ging es abwärts, immer im Kreis herum.

Plötzlich wurde Mädchen nach vorn gerissen. Ich fand einen Halt an der Wand zu meiner Linken, klammerte mich mit aller Kraft fest. Zoll um Zoll zog ich Mädchen zurück. Vor mir schabten und kratzten Füße über Stein.

Viburn keuchte: »Alles in Ordnung!« und Mädchen: »Ist gut, wir haben ihn hochgezogen.«

Viburn rang vernehmlich nach Luft. »Die verdammte Wendeltreppe... war plötzlich zu Ende... Ein Schacht... Keine Ahnung, wie tief...«

Ich zog eine Fackel aus meinem Gürtel. »So geht es

nicht weiter! Ich will einen Blick auf die Architektur werfen.« Zu meiner Überraschung hatte Viburn keine Einwände vorzubringen. Ich schüttete etwas Zunder aus meinem Beutelchen auf eine Treppenstufe, kramte nach Stahl und Feuerstein und schlug beide so leise wie möglich gegeneinander.

Viburns Hand tastete sich vor. Er wickelte die klebrige, von meinem Körper gewärmte Fackel aus und hielt sie dicht über das Zunderhäufchen, aus dem soeben eine kleine Flamme sprang, die mir gleißend hell erschien.

Viburn kehrte zum Ende der Treppe zurück und leuchtete hinab. »Kein Boden zu sehen«, meldete er. Auf der untersten Stufe lag ein wenig Geröll. Viburn stieß mit der Fußspitze einen faustgroßen Stein in die Tiefe und wartete vier, fünf Herzschläge lang, bis von unten ein Plumpsen erklang.

»Das scheint nicht der richtige Weg zu sein. Wir müssen wieder nach oben steigen.«

Er reichte mir die Fackel hoch, und ich übernahm die Führung. Schon nach wenigen Stufen stieß ich auf eine Tür in der Außenwand des Treppenschachtes. Das Holz war mit Pech bestrichen und mit dünnen Steinplatten und Mörtel beklebt. Wäre die Tür geschlossen gewesen, man hätte sie gewiß kaum entdecken können, aber jetzt stand sie einen Spaltbreit auf. Vermutlich hatte ich mich eben an dem Türrahmen festgehalten, als Viburn beinahe abgestürzt wäre.

Vorsichtig schob ich die Geheimtür weiter auf, leuchtete mit der Fackel in den dahinter liegenden Gang und spähte hinein. Der Stollen war etwa mannshoch, hatte einen leicht abfallenden Boden aus festgestampfter Erde, mit modrigem, pilzüberwuchertem Holz verschalte Wände und stieß nach etwa zehn Schritten auf eine steinerne Querwand.

Vor der Mauer gab es einen neuen Aufenthalt, denn wir entdeckten zwei Gänge, die an dieser Stelle in unseren Stollen mündeten. Viburn wollte den rechten einschlagen, ich aber den linken, weil ein untrügliches Gefühl mir sagte, daß dieser der richtige sei.

»Vielleicht hattest du vorhin doch recht, Arve«, murmelte Viburn. »Wir hätten den Weibern den Plan draußen vor der Pforte abnehmen sollen – sie haben gewiß an dieser Stelle keine Zeit verloren.«

Unterdessen hatte Mädchen sich gebückt, um auf dem Boden nach Spuren der Amazonen zu suchen. Nun stand sie auf und betastete die steinerne Wand. Schließlich zückte sie einen kurzen Dolch und trieb ihn in eine senkrechte Fuge. Etwas knackte, und in der Wand öffnete sich eine verborgene Tür ähnlich der im Treppenschacht.

»Mädchen, das ist ja toll! Wie hast du das nur gemacht?«

»Das war nicht sehr schwer, Arve.«

Sie nahm mir die Fackel aus der Hand und beleuchtete einen deutlich sichtbaren Kratzer im Boden, der in einem Viertelkreis zur Türe führte.

Hinter der Tür steckten drei Spieße im Boden. Der mittlere hatte ein schwarzes Stück Tuch auf die gestampfte Erde geheftet.

Viburn bestand darauf, die Falle zu untersuchen: »Ich möchte sehen, wie das Ding gebaut ist. Schließlich müssen wir wissen, ob hier ein pfiffiger Meister am Werke war.« Mädchen entdeckte ein paar Schritt hinter der Falle eine kleine Blutlache auf dem Boden. Von dort führte eine Tropfenspur tiefer in den Gang hinein. Anscheinend hatte der Spieß mehr als nur einen Mantel erwischt. Wir warteten ab, bis Viburn seine Besichtigungen beendet hatte.

»Nicht übel«, stellte er fest. »Wenn man die Tür öffnet, macht man die Falle scharf, indem man sie wieder schließt, löst man sie aus. Die Spieße können also nur jemandem gefährlich werden, der dem Gang – so wie wir – in der falschen Richtung folgt. Die Spieße sind übrigens aus massivem Eisen und aus ziemlich großer Höhe herabgefallen. Die Amazonen müssen außerordentlich behende und geistesgegenwärtige Frauen sein, sonst wäre der Weg hier für sie zu Ende gewesen.«

Wir zeigten ihm den Blutfleck auf dem Boden.

»Keine schwere Verletzung, würde ich sagen. Vermutlich hat sie der Spieß beim Wegspringen gestreift. Immerhin – wir sollten zufrieden sein. Sehr zuvorkommend von den Damen, eine so deutliche Spur für uns zu legen …«

Der Tunnel, in dem wir uns nun befanden, besaß steinerne Wände, eine gewölbte, ebenfalls gemauerte Decke, und der Boden war in unregelmäßigen Abständen mit quer verlaufenden Holzdielen belegt. Diese Bretter gaben uns einige Rätsel auf – vermutlich war das ihr einziger Sinn. Denn manchmal stießen wir auf eine einzelne Diele, über die wir leicht hinwegsteigen konnten, dann wieder war eine Gangstrecke von fünf und manchmal mehr als zehn Schritt von einem regelrechten Holzfußboden bedeckt.

Wie wir an den kleinen Blutlachen sehen konnten, waren die Amazonen vor längeren Holzpassagen regelmäßig stehengeblieben, um sie eingehend zu untersuchen – eine Arbeit, die uns nun erspart blieb.

Immerhin, für die Amzonen hatte ihre Vorsicht sich ausgezahlt, denn nachdem wir dem – übrigens schnurgerade verlaufenden – Gang ein paar hundert Schritt gefolgt waren, stießen wir kurz nacheinander auf zwei tiefe, im Boden klaffende Löcher. Von unten reckten Holzpfähle ihre häßlichen Spitzen zu uns hinauf, aber eine gepfählte Kriegerin konnten wir nicht entdecken. Einen größeren Blutfleck fanden wir vor einem Fußbodenstück, das durch eine deutliche Kante von dem übrigen Boden abgesetzt war. Von dieser Kante – sie erhob sich eine knappe Handbreit über dem Boden – fielen die Bretter über die Strecke etwa einer guten

Mannslänge leicht ab, bis die Höhe des Gangbodens wieder erreicht war.

Wir blieben stehen. Viburn beleuchtete die merkwürdige schiefe Ebene mit der Fackel, drückte sie probeweise mit der Hand nach unten, erst leicht, dann stärker, sie gab nicht nach. Anschließend versuchte er, die schräge Platte anzuheben – und hatte sofort damit Erfolg. Er stemmte die mannslange Platte um Armeslänge nach oben, und wir konnten in eine schwarze grundlose Grube sehen. Dort unten bewegte sich etwas: eine zweite Platte, die offenbar mit der ersten verbunden war, und zwar in einem rechten Winkel. Viburn pfiff durch die Zähne. »Auch nicht schlecht ausgedacht!« Er ließ die Holzplatte auf den Boden zurückfallen und spazierte über sie hinweg. »Kommt mir ruhig nach! Es besteht keine Gefahr!«

»Was ist das?« fragte Mädchen erstaunt.

Viburn war gern bereit, ihr den Mechanismus zu erklären. »Eine raffinierte Kombination aus Tür und Falltür. Wenn die Platte, über die wir gerade gegangen sind, senkrecht steht, sieht sie aus wie eine Tür. Die andere Platte, ich meine die, die unten in der Grube hing, liegt dann waagerecht wie eine Falltür. Du trittst auf die Falltür, die klappt nach unten weg, du stürzt in die Grube. Die andere Tür klappt über dir zu. Das Ganze arbeitet wieder nur, wenn man aus der ›falschen‹ Richtung kommt – also von außen in den Palast eindringen will. Von hier aus, wo wir jetzt stehen«, er schaute noch einmal zu der Falle zurück, »braucht man die Scheintür nur einfach umzustoßen. Sie ist ein bißchen länger als die Fallklappe und liegt sicher auf dem Boden auf. Ich frage mich, wie die Amazonen das Ding überwunden haben… Vielleicht haben sie einen Dolch an einem Strick befestigt, ihn in die Tür geworfen und sie heruntergezogen – so könnten sie es geschafft haben.«

Wir gingen weiter. Hin und wieder mündeten dunkle Seitengänge in den Haupttunnel ein. Die beharrlich geradeaus verlaufende Blutspur zeigte uns, daß wir die Seitengänge nicht zu beachten brauchten. Allerdings wurde der Abstand zwischen den Tropfen immer größer, und am Ende des gewölbten Gangs versiegte die Spur ganz, so daß wir, als der Gang sich in spitzem Winkel gabelte, ratlos stehenblieben.

Viburn zuckte die Achseln. »Mädchen, entscheide du!«

Sie hatte sich gebückt, aber auf der festen Erde waren keine Spuren zu entdecken.

Da war plötzlich aus dem linken Gang ein leises Geräusch zu hören: ein dumpfer Schlag, ein gedämpfter Schrei. Wir gingen nach links.

Der Stollen, grob aus unterirdischem Felsgestein gehauen, war so schmal, daß wir nur hintereinander gehen konnten. Aus Spalten in der knapp mannshohen Decke fielen einzelne Wassertropfen. Zweimal mußten wir auf Hände und Knie hinab, um unter einem Felsbrocken durchzukriechen, der offenbar den Meißeln der Tunnelbauer widerstanden hatte. Auf diesem Stück hatten die Steinhauer die härteste Arbeit zu verrichten gehabt und – wie Maulwürfe – den Weg des geringsten Widerstandes gesucht: Der Tunnel stieg auf und fiel ab, wand sich nach rechts und links wie der Leib einer fliehenden Seeschlange. Meißelspuren in dem schwarzen Stein ringsumher zeugten von der Mühe, die dieser Stollen gekostet hatte.

Wieder ein Geräusch vor uns – viel lauter dieses Mal!

Viburn, der an der Spitze ging, bückte sich, legte die Fackel auf den Boden und erstickte die Flamme mit dem zusammengeknüllten Ende seines Umhangs. Finsternis umspülte uns wie eine tintenschwarze Flüssigkeit.

Fußgetrappel – jetzt wieder ferner und leiser werdend …

»Weiter!« hauchte Viburn.

Aus leisem Kleidergeraschel schloß ich, daß er und

Mädchen sich nun kriechend weiterbewegten. Also ließ auch ich mich zu Boden gleiten. Während ich auf schmerzenden Knien vorwärtskrabbelte, tastete ich immer wieder nach Mädchens Füßen, um die Fühlung nicht zu verlieren.

Viburn flüsterte etwas, das ich nicht verstand, aber Mädchen gab die Warnung aufgeregt an mich weiter: »Nach rechts, ganz nach rechts!«

Ich preßte mich eng an die rauhe Felswand und schob mich weiter nach vorn.

Mit der Linken berührte ich einen glatten Gegenstand, warm und nachgiebig. Ich fuhr vorsichtig darüber hin: ein Bein, ein nackter Oberschenkel. Dann stieß ich gegen eiskaltes Metall, ein scharfer Dreikant, der senkrecht aus dem Boden stand. Etwa eine Handbreit davon entfernt ein zweiter und ein dritter Spieß.

Mein Kopf prallte gegen den Felsen. Plötzlich war die Finsternis mit leuchtenden Flecken durchsetzt. Der Gang war hier so niedrig, daß man nur auf dem Bauche robbend vorwärtskam. Und so, zwischen Decke, Seitenwand und der Reihe der Spieße eingeklemmt, kroch ich Zoll um Zoll durch eine klebrige, kühle Lache und über einen Frauenarm mit schlaff geöffneter Hand hinweg. Mein Degengriff hakte sich hinter einem der Spieße ein. Mit angehaltenem Atem riß und zerrte ich an der Waffe. Eine Ewigkeit verging, bis ich sie endlich freibekam. Dann lag das Hindernis hinter mir. Ich hob versuchsweise die Hand, auch über meinem Kopf war wieder genügend Raum. Also erhob ich mich auf alle viere und beschleunigte meine Geschwindigkeit, um zu Mädchen und Viburn aufzuschließen – und wurde plötzlich aufgehalten, als ich mit dem Gesicht gegen Mädchens muskulöse Waden prallte.

Seit einiger Zeit hatte ich die Augen fest zugekniffen – aber das bemerkte ich erst jetzt, da ich sie, durch den Zusammenprall erschreckt, aufriß und voller Verblüffung feststellte, daß ich etwas sah: Mädchen und

Viburn zeichneten sich als schwarze Silhouetten vor einem schwach erleuchteten Halbrund ab. Der Felsstollen war zu Ende. Die beiden standen vor der Mündung eines geräumigen, ausgemauerten Tunnels. Das matte Licht, das aus der Öffnung fiel, konnte nur von den Fackeln der beiden überlebenden Amazonen stammen. Viburn bedeutete mir durch eine Geste, leise zu sein. Das wäre wirklich nicht nötig gewesen – ich wagte kaum zu atmen…

Der Tunnel beschrieb kurz hinter der Mündung einen Bogen. Durch diese Krümmung fiel das Flackerlicht der Flammen. Da es nicht schwächer wurde, mußten die Amazonen kurz hinter der Biegung stehengeblieben sein. Sie schienen dort mit irgendeiner Arbeit beschäftigt. Wir hörten ein leises Knacken, Schurren und Schleifen, hin und wieder auch ihre Stimmen, ohne aber die Worte verstehen zu können.

Der vergehende Lichtschein sagte uns: Sie hatten sich wieder in Bewegung gesetzt. Auch wir schlichen weiter. Hinter der Biegung endete der Gang vor einer eisernen Platte, einer Art Fallschott. Die Amazonen hatten es zur Hälfte hochgedrückt und in der seitlichen Führung festgekeilt, indem sie eine Dolchspitze zwischen Stein und Eisen getrieben hatten. Hinter der Platte führte eine in Stein gehauene Treppe steil nach unten. Aus der Tiefe flackerte das Fackellicht zu uns hinauf.

»Da vorn geht es wieder nach oben.« Die Frauenstimme war klar zu verstehen gewesen. Beide Frauen mußten unmittelbar vor uns sein.

Viburn schlüpfte als erster unter dem Schott hindurch, Mädchen folgte ihm, auch ich bückte mich, um den beiden nachzukriechen, die sich rasch wieder aufgerichtet hatten und bereits die Treppe hinabschlichen. An der Wand, gleich vor der Öffnung, war eine Art Griff befestigt, an dem ich mich festhielt, während ich mich unter der Eisenplatte hindurchschob. Kaum hatte ich den Bügel gepackt, da gab er nach, drehte sich wie eine Klinke.

Von irgendwoher war ein ächzendes Schaben zu hören, dann Wasserrauschen. Ein mächtiges Gurgeln und Strömen, das immer lauter wurde und mir vom Fuß der Treppe entgegenscholl. Erschreckt krabbelte ich zurück. Fast im gleichen Augenblick, da ich den Griff berührte, spätestens beim ersten Wasserschwall, waren dort unten die Fackeln erloschen. Wieder umgab mich diese allgegenwärtige, lähmende Finsternis.

Fußgetrappel auf der Treppe. Jemand stieß mich zu Boden, ehe ich ausweichen konnte, Füße trampelten über mich hinweg. Das mußten Viburn und Mädchen gewesen sein, sagte ich mir, rollte mich herum und tastete nach meinem Degen, während ich gleichzeitig versuchte, auf die Beine zu kommen. Und wieder Geräusche ganz in meiner Nähe. Ein kalter Hauch in der Luft, ein nasses Tuch klatschte mir ins Gesicht und wickelte sich um meinen rechten Arm. Mit der freien Linken griff ich blindlings zu, krallte mich in einem triefenden Haarschopf fest. Ein kalter Feuerbrand schnitt meine rechte Hüfte entlang. Ich zerrte an den nassen Haaren, ruderte mit dem Degenarm, um endlich das verdammte Tuch loszuwerden und nach Möglichkeit diesen fremden Körper zu treffen.

Ein Arm prallte gegen mein Knie, ein Messer – ein Säbel, ein Dolch? – klirrte auf dem Steinboden.

Fingernägel fuhren über mein Gesicht, bohrten sich ein in Wange, Stirn und Schläfe, rutschten zur Augenhöhle hin. Ich warf mich zurück, kam frei. An meinem Arm hing immer noch der nasse Stoff, endlich konnte ich ihn abstreifen.

Die Schwärze ringsumher war erfüllt von Stöhnen, Reißen und Zerren. Mit dem Rücken prallte ich gegen eine Wand, offenbar war ich zurückgewichen, hatte es nicht einmal gemerkt. Bereit, mitten hinein ins Rabenschwarz zu stechen, hielt ich den Degengriff mit beiden

Händen umklammert. Aber wenn ich Viburn …? Oder gar Mädchen? Wahnsinn! Was wir hier trieben, war sinnlose Raserei.

Unmittelbar vor mir hörte ich ein Geräusch. »Viburn?«

Keine Antwort.

Stich!

Der Degen schrammte an Metall entlang, aufwärts, die Spitze drang in etwas Weiches ein …

Ein Laut wie ein tiefer verzweifelter Seufzer. Ein schwerer Sturz, begleitet von metallenem Scheppern. Ich bückte mich und fuhr mit fliegenden Händen über den Boden. Meine Finger stießen auf eine kalte Rüstung, wurden benetzt von heißem, sprudelndem Blut.

Und immer noch das gräßliche, hilflose Seufzen.

Endlich hörte es auf.

Es wurde still in der Finsternis, aber von irgendwo her waren weiterhin schwere Atemstöße zu hören.

»Viburn?«

»Hm!«

»Mädchen?«

»…«

»MÄDCHEN!«

»Ja?«

Mit dem Rücken zur Wand ließ ich mich auf den Boden sinken, zog meine zweite Fackel aus dem Gürtel und zündete sie an. Es dauerte unerträglich lange, bis endlich ein Licht aufflackerte, denn meine Hände zitterten so sehr, daß ich kaum den Zunderbeutel aufschnüren konnte.

Das unstete Licht fiel auf Viburn und Mädchen, die rechts und links von dem eisernen Schott auf dem Boden kauerten, und auf die leblosen Körper der Kriegerinnen. Das Gesicht meiner Gegnerin war verzerrt und blutüberströmt, doch ich erkannte sofort: Es war Salima, Dedlanas verständnisvolle Schwester. Der Kopf der anderen Amazone war in das schwarze Tuch ihres

Umhangs gehüllt. Mädchen oder Viburn hatte sie mit dem eigenen Mantel erwürgt.

»Welche ist die Anführerin?« fragte Viburn: »Die dort oder diese hier?« Und er schickte sich an, das Tuch vom Gesicht der Toten zu zerren.

»Schon gut!« wehrte ich ab. »Ich erkenne ihren Brustpanzer. Das ist Serafa – sie müßte den Plan bei sich haben ...«

Viburn untersuchte die Kriegerin mit kundiger Hand. »Nichts! Wahrscheinlich hat sie ihn in der Hand getragen, als die beiden vom Wasser überrascht wurden. Er wird dort unten liegen.« Damit stand er auf und trat an das Schott. Ich ging zu ihm hinüber und hielt die Fackel in die Öffnung. Das Wasser stand bis knapp unter der ersten Treppenstufe.

»Ich frage mich, was die Wasserfalle ausgelöst hat«, murmelte er. »Stellt euch vor, jemand benutzt den Gang, um aus dem Palast zu flüchten. Er wird diese Stelle doch erst dann überfluten, wenn er sie hinter sich gelassen hat. Das heißt, der Auslöser müßte ...«

»... auf dieser Seite sein«, beendete ich seinen Satz und tippte auf den Griff neben dem Schott.

»Arve, du ...!«

Ich zuckte mit den Schultern und wandte mich ab.

Viburn kauerte noch immer vor der Öffnung und starrte auf das Wasser, das jetzt still und unbewegt auf der Treppe stand. »Da unten, am Ende der Treppe, verlief der Gang waagerecht weiter – vermutlich bis zu einer Treppe, die wieder nach oben führt.

Wie weit diese Treppe entfernt sein mag, weiß ich nicht. Auf jeden Fall ist dort unten jetzt alles überflutet. Vermutlich kann man nicht hindurchtauchen, die Falle würde wenig Sinn machen, wenn man es könnte ...« Er schüttelte bedächtig den Kopf. »Ich gebe noch nicht auf. Wer sich so etwas ausdenkt, der muß auch einen Ablauf für das Wasser einplanen. Vielleicht möchte er ja den Gang noch ein zweites Mal benutzen. Da wird er kaum das Wasser mit Eimern hinausschöpfen wollen ... Ein solcher Ablauf aber dürfte sich etwa in der Mitte des unteren Verbindungsgangs befinden. Bis dahin könnte man vielleicht doch ... Er fuhr sich mit gespreizten Fingern durch die Locken.

Mädchen nahm an unserem Gespräch nicht teil. Sie hatte sich neben der toten Serafa niedergelassen und betrachtete den hingestreckten Leib mit einem gedankenverlorenen Blick. Ihre Fingerspitzen glitten fast zärtlich über die Verzierungen des bronzenen Panzers.

»Kannst du gut tauchen, Arve?«

»Ich? Ich bin froh, wenn ich mich so lange über Wasser halten kann, bis mich jemand herauszieht. Und dann sogar tauchen! Nein, kommt nicht in Frage! Ich bin doch kein Molch!«

»Ist ja schon gut! Ich bin selbst kein guter Schwimmer. Mädchen, wie ist es mit dir?«

Sie schien ihn nicht zu hören.

»Mädchen!«

»Ja – was?«

»Kannst du tauchen?«

»Selbstverständlich, das lernen wir schon mit drei Jahren.«

»Was sagst du da?«

Sie hob den Kopf und schaute uns fragend an. »Was ist los? Warum guckt ihr so erschrocken?«

»Wie hast du das gemeint?« Viburn trat dicht vor sie hin und beugte sich über sie.

»Was – gemeint?«

Er packte ihre Schulter. »Du hättest mit drei Jahren Tauchen gelernt?«

Mädchen schüttelte den Kopf, daß die langen blonden Haare ihr ums Gesicht flogen. Dann sah sie uns an, als sei sie gerade aus einem tiefen Schlaf erwacht.

»Ich fühle mich so seltsam, weiß gar nicht, was ich rede. Was ist das – Tauchen?«

»Schwimmen unter Wasser, ohne Luft zu holen«, erklärte Viburn, »aber ich denke, das hast du als Kind gelernt.«

Mädchen hatte den Kopf in die Hände gestützt und rieb ihre Schläfen. »Vielleicht kann ich es wirklich... Mir schien es so. Es war, als ob ich träumte. Das hängt alles mit diesen beiden Kriegerinnen hier zusammen... Einen Moment habe ich gedacht, ich würde sie kennen. Aber das kann nicht sein. Nein, ich bin mir ganz sicher, ich habe sie nie gesehen.«

»Vielleicht doch!« erwiderte ich. »Denk doch einmal darüber nach! Streng dich an!«

Viburn hatte sich wieder der überfluteten Treppe zugewandt. »Laß gut sein, Arve! Für solche Spielchen haben wir jetzt keine Zeit. Wir müssen das Wasser aus diesem Gang befördern. Ich bin sicher, daß es da unten irgendwo einen Ablauf gibt.«

»Aber wir wissen nicht, ob er da ist, wo du ihn vermutest, und da unten ist es finster.«

»Trotzdem, wir müssen es versuchen – oder wollt ihr umkehren?« Er wartete unsere Antwort gar nicht ab: »Mädchen, vielleicht kannst du wirklich unter Wasser schwimmen. Du solltest es versuchen.«

Ich wollte widersprechen, aber Mädchen war bereits aufgestanden und hatte angefangen, ihre Kleider abzustreifen. Bald kauerte sie nackt vor dem Schott und schaute fragend zu uns zurück. »Ich weiß gar nicht, wonach ich dort unten suchen soll.«

»Ich auch nicht«, erwiderte Viburn. »Vielleicht gibt es irgendwo an der Wand einen Hebel oder einen Griff, vielleicht entdeckst du etwas Ungewöhnliches auf dem Boden – irgend etwas Merkwürdiges, das dir auffällt... Aber bleibe nur nicht zu lange dort unten – bedenke, daß du auch noch Luft für den Rückweg brauchst!«

Mädchen nickte ihm zu. Dann stieg sie die Stufen hinab, bis nur noch ihr Kopf aus dem klaren Wasser schaute, holte tief Luft und verschwand.

Aus dem Dunkel blubberten ein paar Luftblasen auf,

dann beruhigte sich das Wasser wieder. Viburn und ich starrten auf die glatte Fläche und warteten.

Nichts geschah.

Kein Laut, keine Luftblasen, gar nichts.

Zeit verging.

»Wir hätten sie nicht gehen lassen dürfen«, wollte ich zu Viburn sagen, aber beim Anblick seiner sorgenvollen Miene verzichtete ich darauf. Er stieg aus den Stiefeln und streifte sein Wams ab. Da zerplatzte eine einzelne Blase auf dem Wasser, dann folgte ein ganzer Schwall und endlich, endlich auch Mädchens Kopf. Sie stieg bis zum Nabel aus dem Wasser, strich sich die triefenden Haare aus dem Gesicht und lächelte uns zu.

»Ich kann wirklich *tauchen.*« Sie rang nach Luft. Ihre festen kleinen, von Wasserperlen und einer Gänsehaut bedeckten Brüste hüpften bei jedem tiefen Atemzug. »Aber ich habe nichts gefunden ... Ich versuche es noch einmal.«

Bevor wir etwas einwenden konnten, war sie schon wieder in der Tiefe verschwunden. Das Wasser mußte eisig kalt sein, aber Mädchen stieg hinein und hinaus wie eine Hofdame, der ein gewärmtes Bad bereitet wurde.

Diesmal dauerte die Wartezeit noch länger, aber wir ertrugen sie mit mehr Gelassenheit. Mir fiel gerade auf, daß der Wasserspiegel um eine halbe Stufe gesunken war, da tauchte Mädchen wieder auf. Wieder stieg sie erst gar nicht aus dem Wasser.

»Einen Dolch!« keuchte sie und streckte uns die offene Hand entgegen.

Viburn reichte ihr seine Waffe. »Wozu brauchst du den Dolch?« fragte er, und ich gleichzeitig: »Was treibst du da unten?«

Eine Antwort erhielten wir beide nicht.

Als Mädchen zum dritten Mal die Treppe hinaufstieg, kam sie ganz aus dem Wasser heraus und kroch unter dem Schott hindurch.

Viburn sah sich suchend um, zog den schwarzen Mantel einer der Kriegerinnen unter dem toten Körper vor und warf ihn über Mädchens Schultern, um sie anschließend mit dem derben Tuch kräftig abzurubbeln.

»Jetzt wird das Wasser bald abgeflossen sein«, berichtete sie. »Da war eine kleine Platte mitten im Boden. Das kam mir seltsam vor. Erst habe ich sie ein wenig zur Seite geschoben und jetzt mit dem Dolch herausgehoben.«

Ein Blick auf die Treppe zeigte mir, daß der Wasserspiegel langsam, aber deutlich erkennbar sank.

»Der Gang ist ungefähr fünfzehn Schritt lang«, fuhr Mädchen fort. »Am anderen Ende ist auch eine Treppe, genau wie diese hier, und eine solche Eisenplatte. Die habe ich schon hochgeschoben.«

»Wie hast du das gemacht?«

»Das ging ganz leicht. Ich habe den Dolch daruntergeschoben und ein wenig gedrückt. Die Platte glitt hoch – fast wie von selbst …«

Viburn murmelte etwas von Gegengewichten.

Ich hielt meine Fackel in den Treppenschacht. Auf den untersten Stufen stand zwar noch Wasser, aber wir wollten keine Zeit mehr verlieren. Ich ging voran, die Treppe hinab. Der Boden des Ganges war immerhin noch kniehoch mit Wasser bedeckt, und das war kalt, sehr kalt. Mit zusammengebissenen Zähnen wollte ich weiterwaten, aber Viburn hielt mich an der Schulter fest. »So bleib doch! Mädchen muß sich erst anziehen. Gib mir die Fackel, damit ich ihr leuchten kann!«

»Schon gut!« rief Mädchen von oben. »Ich komme auch im Dunkeln zurecht.«

Anscheinend hatte sie ihr Tastvermögen ein wenig überschätzt, denn es dauerte eine ganze Weile, während der wir sie oben geräuschvoll hantieren hörten, bis sie endlich zu uns stieß. Sie hatte den schwarzen Umhang der Amazone eng um den Leib geschlungen und grinste verschmitzt. »Worauf wartet ihr, ich bin soweit.«

Inzwischen war das Wasser fast völlig abgeflossen, nur hier und da standen im Fackellicht blinkende Lachen auf dem Boden. In der Mitte des Ganges klaffte ein kleines viereckiges Loch, aus dem etwas Helles ragte, ein Pergament. Viburn zog es vorsichtig aus der Öffnung und strich es auf einer steinernen Bodenplatte glatt. Ich hielt die Fackel dicht darüber. Wir entdeckten die feinen Linien einer Silberstiftzeichnung, schwach, aber immerhin erkennbar, wenn man sich nur dicht genug über das Blatt beugte.

»Der Plan«, murmelte Viburn. »Welches Glück, daß er im Abfluß hängengeblieben ist! Seht her« – er deutete auf eine Stelle am Rand –, »hier sind wir hereingekommen. Offenbar ist das nicht das Ende des Tunnels, nein, er führt unter der Stadtmauer hindurch.« Sein Finger strich eine Falte glatt. »Wo er endet, ist leider nicht eingezeichnet. Nun, darum können wir uns später kümmern... Seht ihr, hier sind wir entlanggegangen. Es sind sogar ein paar Fallen eingezeichnet, diese kleinen Pfeile, gewiß ein Symbol für Gefahr. Da ist so ein Pfeil, am anderen Schott, oben an der Treppe, die wir noch vor uns haben.«

Viburn löste das nasse Pergament behutsam vom Boden und legte es auf die Fläche seiner linken Hand, mit der Rechten griff er nach meiner Fackel.

»Arve, laß mich bitte die Führung übernehmen! Wir müssen auf bestimmte Dinge achten, und die kenne ich besser als du.«

An der Treppe angelangt, beleuchtete er umständlich jede Stufe, bevor er einen Fuß darauf setzte. Vor der obersten blieb er stehen und zwinkerte mich heran. »Hier, sieh mal!«

Die Deckplatte der Stufe war nicht – wie die anderen – in die Seitenwände des Schachtes eingelassen, sondern durch eine kaum sichtbare Fuge von ihnen getrennt. Die schmalen Ritzen hätte ich niemals bemerkt. »Was kann das bedeuten?« fragte ich.

»Das werden wir möglicherweise nie erfahren«, antwortete Viburn. »Gewiß löst man irgend etwas aus, wenn man auf diese Stufe tritt. Aber ich möchte sie nicht probeweise niederdrücken. Wer weiß, vielleicht schneiden wir uns den Weg nach vorn, vielleicht den Rückweg ab. Also steigt einfach über die Stufe hinweg!«

Wir befolgten seinen Rat, passierten unversehrt das geöffnete Schott und gelangten in einen zwei Mannslängen breiten Tunnel, der quer zu der Öffnung verlief. Die Decke wölbte sich so hoch, daß man sie in der Mitte kaum mit der Degenspitze erreichen konnte. Nach rechts und links maß der Gang etwa zehn Schritt, beide Enden waren mit einer Steinwand verschlossen, in beide Stirnwände war eine hölzerne Tür eingesetzt. Viburn hielt die Fackel dicht über den Plan. »Wir gehen nach links.«

Mädchen schaute fast sehnsüchtig zur rechten Stirnseite des Gewölbes. »Was mag sich hinter dieser Tür befinden?«

»Ich will es gar nicht wissen«, erwiderte Viburn. »Der Zeichner des Plans hat den Raum hinter der Tür mit *drei* Pfeilen markiert.« Er wandte sich nach links, ergriff Mädchen bei der Schulter und zog sie hinter sich her.

Die Tür war verriegelt, aber Viburn ließ sich nicht lange aufhalten. Ein paar wuchtige Tritte gegen die Seite, wo die Tür in den Angeln hing, genügten, und der Weg war frei.

»Nichts hält ewig«, stellte er fest, während er die Tür für uns aus dem Weg räumte, »diese modrige Kellerluft bekommt weder dem Holz noch dem Metall.«

Wir standen jetzt in einem kleinen Raum mit fast quadratischer Grundfläche. Die Wand hinter uns wie auch die Seitenwände und die gewölbte Decke waren mit Ziegeln ausgemauert, vor uns erhob sich eine Bretterwand, sie schien den hinteren Teil des Gewölbes von dem kleinen Vorraum abzuteilen. Viburn zeigte mir den Plan. Die Bretterwand war als Querstrich markiert, hinter sie hatte der Zeichner zwei Symbole gekritzelt, die ich als einen Sack und ein Faß deutete.

»Was mag das zu bedeuten haben?« fragte Viburn offenbar genauso ratlos wie ich.

»Sehen wir nach!« schlug ich vor. »Dann werden wir es erfahren.«

Viburn schob die Dolchspitze in eine Ritze zwischen zwei Brettern und zuckte erschreckt zusammen: Das Brett schwang lautlos zur Seite. Es hing an einem einzigen Nagel an seinem oberen Ende. Das Nachbarbrett war auf die gleiche Weise befestigt. Wenn man beide zur Seite schob, klaffte in der Wand eine Lücke, durch die ein schlanker Mensch bequem hindurchschlüpfen konnte. Ich schob vorsichtig erst meine Fackel, dann meinen Kopf in die dunkle Öffnung. Zu meiner grenzenlosen Überraschung schlug mir der würzige Duft von Dörrobst und Pökelfleisch entgegen. Gleichzeitig hörte ich ein leises Rascheln. Dann war alles still.

Viburn und Mädchen folgten mir durch den Spalt. Das Licht meiner Fackel fiel auf Fässer, Töpfe, Säcke und Kisten, gerade so, wie es unser Plan versprochen hatte. Der Gewölbekeller war so lang, daß wir das hintere Ende nicht sehen konnten; er enthielt einen Wintervorrat, den ein ganzer Ogerstamm nicht auf einen Sitz verzehren konnte. Es gab keinen Zweifel: Wir standen im Vorratskeller des Palastes!

Behutsam schlichen wir an Kräuterbüscheln, Heringsfässern und Weinkrügen vorüber, bis wir die Tür am anderen Ende des Kellers erreicht hatten. Viburn untersuchte sie, während ich ihm die Fackel hielt. Ich fand den Anblick entmutigend: schwere Eichenbretter, die von zahlreichen eisernen Beschlägen zusammengehalten wurden, ein festes, aber keineswegs grob gearbeitetes Schloß, dessen Schlüssel vermutlich der Haushofmeister am Halse trug, falls ihn nicht der Graf oder die Gräfin selbst in Verwahrung hatte. Viburn pfiff durch die Zähne. »Das wird nicht leicht ...«

Ich warf noch einmal einen Blick auf den Plan. Der Vorratskeller war der einzige Raum, der an diesem Ende des unterirdischen Ganges eingezeichnet war. Was mochte sich hinter der eisenbeschlagenen Tür befinden? Doch gewiß nicht das Verlies, in dem unsere Freunde eingekerkert waren? Natürlich nicht! Ich tippte Viburn auf die Schulter. »Laß gut sein, Alter! Wahrscheinlich würdest du auch mit diesem Schloß fertig werden und vielleicht noch in dieser Woche, doch wir sind auf deine Kunst gar nicht angewiesen ...«

»Nein?«

»Nein! Denk doch mal nach! Wer hat unseren Plan gezeichnet? Ein Mensch, der einen Befreiungsversuch im Verlies durchführen wollte? Wohl kaum. Viel eher ist das die Arbeit eines Diebes, der Gefallen am gräflichen Proviant gefunden hat. Wahrscheinlich geht er regelmäßig hier ein und aus, der praktische Durchschlupf durch die Bretterwand spricht dafür ...«

»Mag sein, daß du recht hast«, warf Viburn ein. »Trotzdem müssen wir diese Tür überwinden. Wie sollen wir sonst zu den Verliesen vordringen?«

»Ach was! Hinter der Tür befindet sich wahrscheinlich eine Kellertreppe und über uns der Palast. Einen unmittelbaren Zugang zum Verlies finden wir dort sicher nicht.« Ich tippte auf den Plan. »Nein, was wir suchen, ist hier. Hier an der Stelle, wo unser unbekannter Freund die drei Pfeile aufgemalt hat.«

Viburn starrte mich an. »Du meinst ...?«

»Ja! Die Wächter im Verlies fürchtet ein Dieb mehr als alle Fallen. Eine Falle kann er entschärfen, aber wenn ihn die Schergen des Grafen entdecken, dann ist es vorbei mit freiem Trank und freier Speise ...«

»Ich wollte ohnehin wissen, was es mit diesen Pfeilen

auf sich hat«, sagte Mädchen fröhlich. »Dann sollten wir hier keine Zeit mehr verlieren.« Sie zurrte ihren Umhang wieder eng um die Schulter. »Los Arve! Du hast die Fackel, geh voran!«

Im Vorübergehen warf Viburn einen sehnsüchtigen Blick auf die Weinkrüge. »Vielleicht sollten wir auf dem Rückweg kurz …«, murmelte er.

Wir zwängten uns wieder durch den Spalt und schoben anschließend die Bretter an ihren alten Platz zurück. Weiter ging es, durch den Vorraum und das lange Gewölbe, bis wir vor der anderen Türe standen. Ich schaute noch einmal auf den Plan und die drei Pfeile, aber die konnten uns keinen weiteren Aufschluß geben. Und der Zeichner hatte sich nicht die Mühe gemacht, seine Zeichnung jenseits der unheimlichen Pfeile fortzusetzen.

Die Tür ähnelte der, die Viburn vorhin so mühelos aufgebrochen hatte, und das faulig riechende Holz sah keineswegs fester aus. Viburn hob das rechte Bein, doch dann hielt er inne.

»Was wird, wenn dahinter gleich das Wohnzimmer des Kerkermeisters und seiner Kumpane liegt?« wollte er wissen.

»Kann ich mir nicht vorstellen«, erwiderte ich. »Dann hätten die Wachen vorhin deine Tritte gehört. Sie hätten uns längst jemanden zur Begrüßung geschickt. Los, trau dich!«

Viburn grinste gequält. »Auf deine Verantwortung?«

Ich nickte.

Krach!

Schon bei Viburns erstem, fast zaghaftem Tritt waren die Angeln aus dem morschen Holz gebrochen. Das ganze Türblatt klappte nach hinten, stieß mit dumpfem Klang gegen ein Metall. Ich leuchtete ihr.

Im Fackellicht schimmerten die rostigen Stangen eines schweren Gitters, gegen das die fallende Türe gestoßen war, hinter den Stäben öffnete sich ein dunkler

Raum. Zwischen dem Türrahmen und dem Gitter lag ein kurzer Korridor, in dessen Seitenwänden zwei mannshohe Öffnungen gähnten. Viburn, der sich immer um die Nebensächlichkeiten kümmert, hatte inzwischen die Überreste der Tür untersucht. »Das hätten wir auch leiser haben können«, verkündete er flüsternd. »Der Riegel war gar nicht vorgeschoben ...«

Auch mir war nach Flüstern zumute. Niemals während unseres langen Marsches durch den Tunnel hatte ich mich so unbehaglich gefühlt wie jetzt beim Anblick der Dunkelheit hinter den Gitterstäben. Mädchens Hand schob sich unter meinen Arm.

Gemeinsam mit Viburn legte ich die hinderliche Tür flach auf den Boden. Über sie hinweg schob ich mich langsam vor bis zum Gitter, bereit, beim geringsten Laut, bei der kleinsten verdächtigen Bewegung sofort zurückzuspringen.

Nichts rührte sich.

Hinter dem Gitter erstreckte sich ein runder Raum. Sein Durchmesser mochte mehr als zehn Schritt betragen, ich konnte ihn nur schätzen – das Licht der kleinen Fackel reichte nicht aus, um das seltsame Gelaß auszuleuchten.

Der größte Teil des Bodens wurde von einer ebenfalls runden Öffnung eingenommen. Das Loch entsprach der Mündung eines gewaltigen Brunnenschachts, und es war fast bis zum Rand mit Wasser gefüllt. Der Abstand zwischen dem Schacht und den Rundmauern betrug etwa eine Mannslänge, so daß man bequem um den Brunnen hätte herumgehen können, wäre der Boden nicht über und über mit Schutt und Holzresten, mit Haufen von seltsam bleichen Gebilden bedeckt gewesen.

»Bei Boron!« wisperte Viburn. »Noch nie habe ich solche Mengen von Knochen gesehen.«

Er hatte recht. All diese Kehrichthaufen bestanden aus den Überresten von Schenkeln und Becken, aus

Rippenkäfigen und kugeligen Schädeln mit leeren Augenhöhlen. Vielleicht hatte ich die Gebeine von Anfang an erkannt, aber etwas in mir hatte sich geweigert, den scheußlichen Anblick so zu deuten.

Mir wurde kalt.

Viburn war ein nüchternerer Beobachter. »Sieh doch nur, das sind nicht nur Menschenknochen. Da drüben liegt ein Pferdeschädel, und hier«, er zeigte auf ein Gebilde, das direkt zu unseren Füßen hinter dem Gitter im Fackelschein schimmerte, »das ist ein Unterkiefer von einem Schwein. – O, sieh mal da oben!«

Ich schaute in die Richtung, in die sein Finger wies. An zwei Stellen ragten vor der runden Außenwand kantige steinerne Säulen auf. Oben auf diesen Säulen – sie waren gut mannshoch – kauerte je ein menschliches Gerippe. Die Knochen hatten sich noch nicht voneinander gelöst. Man konnte erahnen, daß die Unglücklichen dort auf ihren hohen Podesten im Sitzen gestorben waren.

Die Gebeine auf dem Boden dagegen waren wirr durcheinandergewirbelt und teilweise zerbrochen und zertrümmert.

»Was mag das alles zu bedeuten haben?« murmelte Viburn. »Das sieht aus wie der Futterplatz eines stinkenden Tatzelwurms oder eines sonderbaren Feinschmeckers.«

Wir warfen beide einen Blick auf den schwarzen Brunnenschacht, in dem das Wasser glatt wie ein Kristallspiegel stand.

»Vielleicht lebt es nicht mehr«, sagte ich vage. »Die Knochen scheinen alle schon recht lange hier zu liegen …«

»Vielleicht hat es aber auch besonders großen Hunger, eben weil es lange nichts Anständiges mehr zu beißen bekam«, gab Viburn zurück. Er versuchte, seiner Stimme einen lockeren Klang zu geben, aber seine tiefernste Miene paßte nicht zu seinen scherzhaft hingeworfenen Worten. Mich selbst hatte eine lähmende Beklommenheit ergriffen. Mit Mühe löste ich meinen Blick von den Überresten all der unglückseligen Wesen, die in der runden Kammer ein grausames Ende gefunden hatten.

»Ich fühle mich so seltsam«, flüsterte Mädchen. »Mir ist kalt, viel kälter als vorhin im Wasser, und mein Hals ist ganz eng ...«

»Du hast Angst«, erwiderte ich.

»Vielleicht. Ich weiß, was Angst ist. Viburn hat mir davon erzählt. Aber wenn ich Angst habe, dann bestimmt nicht vor diesen Gerippen. Ein Haufen alter Knochen kann uns doch nicht gefährlich werden.«

»Nun, irgend jemand muß all diese Kreaturen umgebracht, wahrscheinlich sogar aufgefressen haben. Vielleicht fürchtest du dich vor diesem Unbekannten. Mir jedenfalls geht es so.«

»Nein, das ist es auch nicht. Solange ich nicht weiß, ob ...«

»Könnt ihr eure Erörterung nicht später fortsetzen?« fuhr Viburn ungeduldig dazwischen. »Wir müssen noch etwas erledigen. Wenn wir Glück haben, brauchen wir diese Knochen nicht in ihrer Ruhe zu stören.« Er zeigte auf eine der Öffnungen in der Korridorwand. »Könnte sein, daß man um den Raum herumgehen kann.«

Tatsächlich begann hinter beiden Öffnungen je ein schmaler Gang, der eine führte links, der andere rechts an dem runden Gelaß vorüber. Wir entschieden uns für den linken und stießen nach wenigen Schritten auf eine Steinwand, die uns den Weg versperrte. Also versuchten wir es mit dem rechten – mit dem gleichen Ergebnis.

Viburn ließ sich nicht entmutigen. »Es muß eine Möglichkeit geben, diese Wände aus dem Weg zu räumen. Sonst wären die Bogengänge gar nicht angelegt worden. Gib mir die Fackel, Arve!«

Viburn untersuchte die steinernen Sperren Zoll um Zoll, immer wieder trieb er den Dolch in eine Fuge, sprengte mit der Spitze Mörtel und Steinsplitter ab. Tatsächlich brachte seine Arbeit schließlich hinter einer dünnen Steinschicht eine geteerte Holzplatte zum Vorschein: eine getarnte Tür, so wie wir sie schon am Anfang des Tunnels gefunden hatten. Viburn strahlte uns an, seine Miene sagte: »Die Tür, die einem erfahrenen Streuner wie mir widersteht, muß erst noch erfunden werden.«

Es dauerte über eine halbe Stunde, bis er sich mit der Tatsache abgefunden hatte, daß es solche Türen tatsächlich gab.

»Wir könnten versuchen, sie anzuzünden«, schlug er vor, aber nur, um seine endgültige Niederlage nicht einzugestehen. Es war klar, daß es uns selbst in Stunden nicht gelingen würde, das feuchte Holz in Brand zu setzen, ganz abgesehen von dem verräterischen Brandgeruch, der leicht die Wachen auf den Plan rufen konnte. Wir kehrten zum Gitter zurück.

Viburn versuchte es nach oben zu drücken. Es hob sich um ein paar Zoll, dann stieß es gegen einen Widerstand. Ich hielt die Fackel hoch. Wir entdeckten eine hölzerne Sperre, die vom runden Raum aus nicht zu erreichen war, von unserer Seite ließ sie sich leicht herausziehen.

Nun brauchten wir nur noch das Gitter nach oben zu schieben, und der Weg wäre frei. Viburn und ich tauschten einen langen Blick.

»Leuchte noch einmal mit der Fackel hinein«, sagte er. »Ich will wenigstens wissen, ob es auf der anderen Seite einen zweiten Ausgang gibt.«

Er schirmte die Fackel mit der Hand ab und spähte aus schmalen Augenschlitzen in die Finsternis. »Ein Gitter«, stellte er schließlich fest, »dieses hier ganz ähnlich.«

Wieder sahen wir uns an und nickten gleichzeitig mit

dem Kopf. Gemeinsam bückten wir uns und schoben das Gitter hoch. Mädchen brach ein Brett aus den Überresten der eingetretenen Tür und stellte es senkrecht unter das Gitter. Das Brett hielt stand. Viburn zog langsam, fast lautlos seinen Säbel, ich tat es ihm gleich, Mädchen hielt ihre Waffe schon in der Faust.

Schulter an Schulter mit Viburn betrat ich den Raum. Stummes Entsetzen wehte mir wie eine feine Gischt entgegen, legte sich über mein Gesicht und drang in meine Kleider ein. Mir war, als würde ich das tausendfache Sterben sehen, spürte die Qual von Schweinen, Pferden, Hunden, Menschen und anderen Kreaturen, ahnte ihren Todesschrei, in dem sie einander alle gleich geworden waren. Knochen knackten, Schädeldächer splitterten… Über all diese Geräusche, von denen ich nicht sagen konnte, ob sie in der Wirklichkeit oder nur in meinem Kopf erklangen, legte sich ein anderer, noch widerwärtigerer Laut: ein freßgieriges Stöhnen und Schnaufen, ein sabberndes Schlürfen und Schmatzen.

Mir war, als hätten die Mauersteine ringsumher die Todesangst der tausend Opfer in sich aufgesogen, um sie nun wieder auszuströmen. Wir konnten sie riechen, fühlen und schmecken: die Angst der Elenden, die oben auf den steinernen Podesten verhungert waren, deren Sterben in scheinbarer Sicherheit nur länger gedauert hatte und grausamer gewesen war.

Schwarz und spiegelglatt stand das Wasser im runden Brunnenschacht; wie eine riesige Pupille starrte es teilnahmslos zur gewölbten Decke hinauf.

Ich nahm meine ganze Kraft zusammen und tat einen Schritt in den Raum hinein, schloß auf zu Viburn, der die Lähmung schneller als ich überwunden hatte.

Noch einen Schritt – und wir standen am Rand des Brunnenschachtes. Ich beugte mich vor und spähte hinab, sah nichts als die dunkle Spiegelung des steinernen Deckengewölbes. Waffen und Augen stetig auf den schwarzen Spiegel gerichtet, gingen wir – behutsam einen Weg über die verstreuten Knochen ertastend – langsam um die Schachtöffnung herum, Mädchen und ich nach links, Viburn nach rechts.

Jenseits des Schlundes trafen wir wieder aufeinander und legten – häufiger nach hinten als nach vorn schauend – die wenigen Schritte bis zum Fallgitter zurück. Mädchen behielt den Brunnenschacht im Auge, während Viburn und ich versuchten, das Gitter hochzustemmen. Wie zu erwarten war, rührte es sich nicht. Nein, das stimmte nicht ganz: Einen Zoll etwa ließ es sich nach oben bewegen, dann stieß es gegen eine Sperre.

Ein dumpfes Glucksen! Wir flogen herum. Auf dem Wasser zerplatzte eine einzelne dicke Blase. Drei Klingen ruckten hoch. Nichts geschah. Nach endlos langer, atemloser Wartezeit wandten Viburn und ich uns wieder dem Gitter zu.

»Das haben wir gleich«, flüsterte Viburn voller Zuversicht. Das namenlose Grauen hatte seine Macht über ihn verloren: Er hatte eine greifbare Aufgabe zu lösen – das Gitter mußte überwunden werden.

»Wenn sie hier die gleiche Sperre wie drüben eingebaut haben, dann…« Er murmelte gedankenverloren vor sich hin, während er ein dünnes, festes Seil zu einer Wurfschlinge verknotete. Schließlich streckte er den Arm mit dem Seil durch das Gitter und warf die Schlinge wieder und wieder nach oben.

Blasen blubberten. Viburn ließ sich nicht mehr aus der Ruhe bringen. Endlich hatte sich die Schlinge verfangen. Viburn zurrte sie fest und hielt den Strick senkrecht gespannt. »Arve…! Arve, dreh dich um und schau her! Du steckst deinen Degen oben durch das Gitter – mit dem Griff voran. Sieh zu, daß du mit dem Heft den Strick erwischt, dann drückst du ihn einfach nach hinten… Es hat keinen Sinn, den Riegel nach unten zu ziehen, man muß ihn irgendwie zurückstoßen… Na los, mach schon! Wir…«

Eisiges Wasser schwallte wie aus Eimern gegossen über uns hin.

Mädchen stieß einen kindlichen Seufzer aus.

Ob auch ich einen Laut hervorbrachte, weiß ich nicht mehr. Aber ich erinnere mich noch daran, daß ich mich eine Zeitlang nicht bewegen konnte. Ich stand einfach da, in der Rechten den Degen, in der Linken die Fackel – die wie durch ein Wunder nicht erloschen war –, und starrte *es* an.

Das Geschöpf ragte eineinhalb Mannslängen hoch aus dem Schacht. Wasser troff von seinem pelzigen Schädel, strömte in Bächen über die wulstigen Ringe aus weichem Fett, die – am Hals beginnend – den ganzen massigen Leib der Kreatur umspannten. Das feine blaßbraune Fell auf den Fettringen war von kleinen Narben übersät. Das Wesen schüttelte sich, so daß feine Wassertröpfchen wie eine Regenböe nach allen Seiten stoben, und öffnete seinen Rachen. Zwischen oberer und unterer Gesichtshälfte klaffte plötzlich ein rosiger Spalt, und die Kiefer entfernten sich noch weiter voneinander, bis ein Pferdekopf leicht in den gähnenden Schlund hineingepaßt hätte. Das rosafarbene Loch war gesäumt von zwei Reihen schwärzlicher, kleiner, pfeilspitzer Zähne, jeder einzelne hatte die Form des Reißzahns eines kleinen Hundes, aber es mochten mehr als hundert sein... Dem offenen Rachen entströmte ein süßlicher, nicht einmal unangenehmer Duft. Dicke Speichelfäden quollen aus den Winkeln des Mauls, krochen über das feuchte Fell – eine unendlich lange Zunge holte die Fäden wieder zurück.

Mit dumpfem Klang klappten die Kiefer zusammen. Der Anblick des klaffenden Mauls war schwer zu ertragen gewesen, aber nun sah die Kreatur noch abscheulicher aus. Damals verspürte ich nur einen namenlosen Ekel, aber heute weiß ich, was mir so widerwärtig war: Das triefende Ungeheuer, diese fettgepolsterte Riesenwalze, erinnerte entfernt an einen Menschen. Menschlich wirkten die krallenbewehrten, mit Schwimmhäuten bespannten Hände, die, fast zierlich anzuschauen, an den fettbehangenen Armen saßen, menschlich schienen auch die kleinen blaugrauen, nach vorn gerichteten Augen und der buschige Schnurrbart, der über die Oberlippe herabhing. Seltsam, fast komisch und überaus menschenähnlich die blonden, fingerlangen Haare, die auf dem Kopf des Untiers wuchsen und nun, von einem sauberen Mittelscheitel geteilt, an seinem Schädel klebten. Nur der riesige Rachen, der jetzt in den Halsspeckrollen versunken war, und die ständig auf und zu klappernden Nüstern verliehen dem Gesicht eine bestialische Fremdartigkeit. Wieder besudelte Geifer das hellbraune Fell. Der starr auf uns gerichtete Blick, stumpfsinnig, gierig und böse zugleich, sagte uns: Wir waren der Grund für den widerwärtigen Speichelfluß.

Seit dem Auftauchen des Untiers hatten wir uns nicht mehr bewegt, und die Kreatur hatte sich darauf beschränkt, uns aus ihren fischhaft blöden Augen anzustarren. Jetzt schoß plötzlich ihre rechte Hand (oder sollte ich sagen: Flosse?) vor. Gedankenschnell wischte sie über den Brunnenrand und fegte einen Knochenhaufen zur Seite. Dann stemmte das Monster beide Hände auf den Steinboden … O heiliger Phex! Das Untier wollte aus dem Wasser steigen!

Es wälzte den Bauch auf die Steine, die Fettmassen breiteten sich auf dem Boden aus, aber es kam nicht aus dem Brunnen heraus. Vielleicht war sein Hinterleib zu schwer, vielleicht angekettet, vielleicht durch einen Zauber gehalten – das Untier konnte nur die obere Körperhälfte aus dem Brunnen heben.

Trotzdem hätte es uns leicht erreichen können, wenn es in unsere Richtung vorgestoßen wäre, aber das tat es nicht – noch nicht. Es reckte sich hoch mit pendelndem Kopf – und glotzte uns an.

Viburns Säbelspitze wanderte unendlich langsam nach oben. »Du möchtest, daß wir den Anfang machen, nicht wahr?« sagte er zu den starren Augen hinauf. »Oder wartest du auf einen Fluchtversuch?«

Das Ungeheuer klappte die Kiefer auf und zu, in schnellem Takt, mehrmals hintereinander.

»Du kannst nicht sprechen, was? Aber äffst mich nach? Bist nicht völlig blöd, hast Sinn für Humor?«

Wieder klappten die Kiefer.

»Hast du dieses Spiel mit all deinen Opfern getrieben?«

Das Ungeheuer pendelte von einer Seite zur anderen.

»Ich frage mich, ob dir schon einmal eine Beute mit einem Stachel begegnet ist.« Dabei hob Viburn den Säbel ein Stückchen höher. »Hast ja ein paar Schrammen abgekriegt, aber das werden wohl Bisse gewesen sein. Ich sage dir, laß uns in Ruhe! Wir werden dir nicht schmecken!«

Die rechte Hand des Untiers huschte heran, unfaßbar schnell. Viburn warf sich zurück, stach zu, ritzte einen Speckwulst am Unterarm. Ein kleiner Spalt klaffte auf, helles Fett war zu sehen, ein, zwei Tropfen Blut.

All das hatte kaum einen Wimpernschlag lang gedauert.

Jetzt standen wir wieder auf unseren Plätzen, Mädchen rechts, Viburn links hinter mir, das Ungeheuer türmte sich vor uns auf, ständig pendelnd wie ein Faustkämpfer beim Turnier in Gareth.

»Genug gespielt!« zischte Viburn. »Wir greifen an. Zugleich!«

Wir stürzten vor, Viburn einen halben Schritt voran. Die Kralle traf ihn quer vor die Brust, schleuderte ihn zurück – irgendwo in die Dunkelheit hinter mir. Dann war *es* dicht vor mir. Mein Degen versank im faßdicken Hals, spielend leicht glitt er hinein. Neben mir hieb Mädchen quer in das aufgerissene Maul, so daß der Stahl auf den Zähnen klirrte. Mit beiden Händen riß ich den Degen heraus, sprang zurück, sah, wie auch Mädchen nach hinten flog.

Viburn lag zu meiner Linken, lang auf den Boden gestreckt.

Mädchen stand rechts, leicht nach vorn gebeugt, in der Hand den Griff ihres Säbels mit dem handbreiten Rest der Klinge. Etwas stimmte mit ihrer Kleidung nicht, aber ich nahm mir nicht die Zeit, sie anzuschauen. Das Ungeheuer schaukelte auf dem Brunnenrand, spuckte eben die Klinge aus, die zwischen seinen Zähnen geklemmt hatte.

Um beide Hände frei zu haben, klemmte ich das Fackelende in einen Mauerspalt, dann suchte ich nach einer Stelle, die ich mit dem Degen getroffen hatte, entdeckte schließlich ein kleines rundes Loch, aus dem ein dünner Blutsfaden rann. Ob das Untier meinen Stich überhaupt gespürt hatte, war nicht zu erkennen.

Die blassen Augen wanderten über uns hin, fanden Viburn. Gemächlich neigte sich die Walze in die Richtung, wo der Streuner lag. Uns schien sie gar nicht zu beachten.

Mädchen stieß einen unterdrückten Laut aus und stürmte an mir vorbei, sprang mit gespreizten Beinen auf den fetten Leib wie auf einen Pferderücken, krallte sich in den Speckwülsten fest und hämmerte mit der abgebrochenen Klinge auf den blonden Schädel ein. Wie eine Amazone ritt sie – in Streifenrock und blinkendem Panzer – auf der plumpen Walze und schlug immer wieder zu. Ja, Mädchen trug tatsächlich eine Amazonenuniform. Sie hatte der toten Kriegerin… Einen Moment lang war ich so verwirrt, daß ich den Degen sinken ließ.

Inzwischen hatte das Ungeheuer die Kiefer um Viburns Unterschenkel geschlossen. Ruckweise zog es sich, den leblosen Streuner über den Boden schleifend, zum Brunnenrand zurück. Mädchens Schläge rissen die Kopfhaut des Monsters auf, die glatten fahlgelben Haare waren blutgetränkt, aber das Tier schien die Wunden nicht zu bemerken. Auch auf mich achtete es nicht. Ich packte den Degen mit beiden Händen, grub die Spitze in eine Falte zwischen zwei Ringwülsten am Oberkörper und stach zu, legte mein ganzes Gewicht in den Stoß. Die Klinge versank, stieß auf etwas Hartes, veränderte spürbar ihre Richtung. Also heraus mit dem Stahl! Neu angesetzt und wieder zugestoßen! Viburn war aufgewacht. Mit dem freien Bein trat er blindlings zu, traf den scheußlichen Kopf auf Lippen und Nase und rutschte doch immer näher an den Brunnenrand heran, hatte ihn schon fast erreicht.

Mädchens Säbelstumpf schrammte über den glatten Schädel, über den knochigen Augenwulst und blieb in der Augenhöhle hängen.

Da endlich klappten die Kiefer auf. Die Kreatur stieß schnaufend Luft aus Rachen und Nüstern, ließ ein blubberndes Ächzen hören, das eher verwundert als schmerzerfüllt klang.

Die Krallenhand fuhr hoch und erwischte Mädchen im Genick. Wasser schwallte auf, dann waren beide, das Tier und Mädchen, im Brunnen verschwunden. Aber Mädchens Kopf kam wieder hoch, kaum daß sich das Wasser über ihm geschlossen hatte. Ich packte ihre Haare, Viburn griff unter ihre Schultern. Wir zogen wie rasend. Mädchen krabbelte über den Rand, war frei. Da kochte das Wasser wiederum auf. Der triefende Schädel kam hoch, die Hand schoß vor, klammerte sich an Mädchens Wade fest.

Und plötzlich kniete Viburn am Brunnenrand, den langen Dolch in beiden Fäusten, hoch über dem Kopf erhoben. Der Stahl zuckte wie ein Blitz durch die Luft, bohrte sich in den feisten Arm, bis zum Heft hinein in die schwellende Masse. Das Ungeheuer benötigte nur einen kurzen Augenblick, um den Dolch mit den Zähnen herauszureißen, aber die Zeit reichte aus: Mädchen war endgültig in Sicherheit. Mit fliegender Eile zerrten wir sie durch die Tür, durch die wir in das runde Verlies gekommen waren.

Die Kreatur starrte uns aus einem blassen Auge nach – aus der anderen Augenhöhle troff wäßriges Blut. Sie hatte nur den Kopf aus dem Wasser erhoben, die verletzte Hand ruhte auf dem Brunnenrand.

»Die erste Runde ging an uns«, knurrte Viburn leise. »Jetzt, wo wir unseren Gegner kennen, ist alles nur noch halb so schwer.«

»Du willst es noch einmal versuchen?«

»Hast du einen anderen Vorschlag, Arve? Unser Ziel liegt hinter dem Gitter da drüben.« Er zeigte zur gegenüberliegenden Wand, wo immer noch meine Fackel flackerte. »Also werden wir es noch einmal mit diesem Fettwanst aufnehmen müssen ... Verdammt schnell, der Bursche! Hast du das bemerkt?«

»Hm.«

Er wandte sich Mädchen zu und fuhr sie empört an: »Wie siehst du überhaupt aus? Wie kommst du zu dieser Uniform? Bist du von allen Zwölfen verlassen? Man stiehlt einem toten Krieger nicht die Rüstung! Du bist doch kein Goblin!«

Mädchen hatte sich das schmerzende Genick massiert. Jetzt sah sie Viburn betrübt an. »Die Uniform gefällt dir nicht? Ich hätte sie nicht nehmen dürfen ...?« Sie schaute an sich hinunter, auf den Panzer, der weit von ihrem schmalen Körper abstand. »Ich weiß nicht, warum ich die Sachen genommen habe. Ich, ich ... Ich kann es nicht sagen. Ich habe nur plötzlich gewußt, es ist gut für mich, diese Rüstung zu tragen. Und ich werde sie nicht wieder ausziehen. Auch nicht, wenn du es befiehlst.«

Viburn runzelte einen Moment lang nachdenklich die Stirn, dann winkte er ab: »Laß gut sein! Wir haben im Augenblick ganz andere Sorgen.« Ächzend zog er das rechte Bein an und betastete seinen Stiefel, der von einer Reihe kleiner Löcher punktiert war. »Schön, daß das Biest nur mit mir spielen wollte, sicher hätte es meine kostbare Wade auch glatt durchbeißen können.«

Ich hatte wie Viburn und Mädchen am Boden gehockt, jetzt richtete ich mich auf. »Wenn wir es noch einmal versuchen wollen, dann jetzt!« Mein Blick fiel auf Mädchens Säbelstumpf. »Hm … Viburn, wo ist deine Waffe?«

Er griff nach der leeren Scheide und deutete mit dem Kopf in Richtung Brunnen. »Und meinen Dolch habe ich auch verloren.«

Ich gab ihm meinen. »Gut, dann gehe ich voran. Du kommst als zweiter, Viburn, und Mädchen, du versuchst, nach hinten zu stürmen und Viburns Säbel aufzunehmen.« Nachdem ich tief durchgeatmet hatte, nahm ich den Degengriff in beide Hände, blickte über der Klinge den Kopf des Ungeheuers an und marschierte mit festen Schritten meinem Ziel entgegen. Dabei fragte ich mich verzweifelt, ob ich nicht einfach umkehren sollte … Fort, nur fort von hier, hinauf in warmes Sonnenlicht …

Noch ehe ich mich dem Brunnenrand auf zwei Schritte genähert hatte, tauchte das Ungeheuer unter. Viburn blieb ungläubig stehen, aber Mädchen lief an uns vorüber zur anderen Seite, um den Säbel zu suchen, wie ich es ihr aufgetragen hatte. »Ich glaube nicht, daß es sich noch einmal sehen läßt«, sagte sie leichthin. »Es hat Angst vor uns. Wir haben es besiegt.«

Viburn und ich drangen vorsichtig tiefer in das Gelaß ein, den Blick fest auf die runde Wasserfläche gerichtet, bereit, bei der kleinsten Bewegung zuzustoßen. Nur Mädchen schien sich ihrer Sache völlig sicher zu sein. Sie verschwendete kaum einen Blick auf den Brunnenschacht, schlenderte gelassen durch den Raum, suchte und fand den Säbel, hob schließlich ihren schwarzen Umhang vom Boden auf, legte ihn um die Schultern und verknotete die Schließen unter dem Kinn und über dem Oberkörper.

Inzwischen hatten wir die Öffnung umrundet und das herabgelassene Fallgitter erreicht. Hinter den Stäben hing noch immer der Strick herab, den Viburn oben an dem Sperriegel befestigt hatte.

»Schön, dann wollen wir es noch einmal versuchen.« Er wandte sich um. »Mädchen, du behältst den Brunnen im Auge!«

Ihr war deutlich anzusehen, für wie überflüssig sie diese Anweisung hielt, doch sie stellte sich ohne zu murren am Schachtrand auf.

Viburn ergriff den Strick und zog ihn straff. Ich schob meinen Degen, den Griff voran, durch eine Lücke oben zwischen den Stäben. Das Heft hakte hinter dem Strick, ich drückte. Ein Knirschen war zu hören. Es gab einen Ruck, der Sperriegel glitt zurück, fiel polternd auf den Boden. Viburn versuchte das Gitter anzuheben. Ohne Schwierigkeiten ließ es sich nach oben schieben.

Wir hielten es hoch, bis Mädchen unter ihm hindurchgeschlüpft war. Ich ging als nächster, nachdem ich meine Fackel aus dem Mauerspalt gezogen hatte. Zum Schluß folgte Viburn, dann ließen wir das Fallgitter wieder herab.

Wir drängten uns in einem schmalen, kurzen Korridor, entsprechend dem auf der anderen Seite des runden Verlieses. Auch hier gab es Maueröffnungen in beiden Seitenwänden, in die dem Fallgitter gegenüberliegende Stirnwand war eine Tür eingesetzt. Viburn betastete sie prüfend. Gerade hatte ich meine Fackel gehoben, um ihm bei der Arbeit zu leuchten, da flackerte die Flamme noch einmal hell auf und erlosch. Obwohl ich genau wußte, daß dies unsere letzte Fackel gewesen war, fuhr ich rasch mit der Hand über den Gürtel. Natürlich ohne Erfolg. In der undurchdringlichen Finsternis hörte ich Viburn an der Tür. Ein Schaben, ein Knacken, ein Flüstern: »Geschafft!«

Mädchen griff nach meinem Wams und zog mich sachte nach vorn, zwei, drei Schritte, dann blieb sie stehen. »Sieh mal!« hauchte sie.

Ich strengte meine Augen an, aber rings um uns her

gab es nichts als die rabenschwarze Nacht. Und doch, da vorn war ein matter, kaum wahrnehmbarer Schein. Wir gingen noch ein paar Schritte, und nun konnten wir ihn deutlich sehen: einen schmalen, hellen Strich, quer vor uns über dem Boden, eine Türritze, und hinter der Tür leuchtete ein Licht.

Wir steckten die Köpfe zusammen und hielten flüsternd eine Beratung ab. Viburn begann: »Die Tür ist wahrscheinlich nicht abgeschlossen. Die vorherige war es ja auch nicht. Warum sollten die Wächter die Türen zusperren, wenn niemand im runden Verlies eingekerkert ist… Für das Ungeheuer genügt das Fallgitter…«

»Dann sieh doch zu, daß du die Tür vorsichtig aufbekommst, einen Spaltbreit wenigstens, damit wir sehen können, was dahinter ist.«

»Ich weiß nicht, ob ich es versuchen soll, Arve. Es müßte mit dem Namenlosen zugehen, wenn dieses alte Holz nicht knarrt und knackt, sobald ich es berühre. Ein verdächtiger Laut – und die Leute hinter der Tür sind gewarnt.«

»Vielleicht ist niemand dahinter«, warf Mädchen ein.

Viburn antwortete nicht. Vermutlich hatte er, um zu lauschen, das Ohr gegen die Tür gepreßt.

»Ich höre nichts, aber was beweist das schon? Wenn der Raum leer wäre, könnten sie sich die Beleuchtung sparen.«

»Was schlägst du vor, Viburn?«

Mädchen antwortete an seiner Stelle: »Du reißt die Tür auf, Arve, und Viburn und ich stürmen hindurch. Ehe die Wachen sich von ihrem Schrecken erholen, haben wir sie zum Schweigen gebracht.«

»Das kann nicht gelingen«, nahm Viburn mir die Worte aus dem Mund. »Wir müßten zuerst…«

Mädchen hörte ihm gar nicht zu. Sie hatte meine Hand ergriffen und auf die Türklinke gelegt. »Wenn ich sage ›Jetzt!‹, dann reißt du die Tür auf, Arve! Entweder ihr tut, was ich sage, oder ich mache es allein.« Sie meinte es ernst. Weitere Einwände würde sie nicht abwarten. Ich spürte, wie sich ihr Körper straffte.

»Jetzt!«

Ich gehorchte, ohne zu zögern, wie ein folgsamer Büttel. Die Tür flog auf (Phex sei gepriesen, sie war tatsächlich nicht abgeschlossen!), Viburn und Mädchen huschten an mir vorbei, hinein in den gelben Fackelschein.

Den Degen in der Faust, stolperte ich hinter ihnen her. Vom plötzlichen Licht geblendet, versuchte ich, mir ein Bild von der Lage zu verschaffen. Ich sah einen Tisch mit zwei umgestürzten Hockern. Dort hatten offenbar dösend oder schlafend zwei Wächter gesessen. Beide lagen jetzt auf dem Boden. Auf der Brust des einen hockte Viburn. Er preßte sein Opfer mit dem Knie auf die Steinfliesen und drückte ihm die Dolchschneide gegen den Kehlkopf. Über dem anderen stand Mädchen, breitbeinig, ein wenig nach vorn gebeugt. Der Mann lag still auf dem Bauch, Kinn und Hals in einer schnell wachsenden Blutlache.

»Schnell!« zischte Viburn. »Wenn es dir nicht wie deinem Kumpan ergehen soll. Wo sind die Gefangenen?«

Der Mann öffnete die Lippen, brachte aber kein Wort heraus. Viburn lockerte den Druck der Klinge.

»Welche Gefangenen? Hier gibt es viele.«

»Wir suchen drei: einen Mann, eine Frau, einen Zwerg.«

»Ich, ich weiß nicht … wo …«

Mädchen trat zu ihm, stellte den Fuß auf sein Haar. Er stöhnte auf. »Laß mich mit ihm reden! Das dauert mir zu lange!«

Der Wächter riß die Augen auf, schielte zu Mädchen empor, las in ihrem Gesicht und begann zu zittern.

»Ja, ja, ja; ich weiß, wen ihr meint! Ich weiß es ja, ich weiß es ja!«

Viburn gab ihn frei, Mädchen riß ihn an den Haaren hoch, bohrte ihm die Dolchspitze hinter die Ohrmuschel. »Kein Laut! Nicht einmal deinen Atem will ich hören!«

Der Wächter nickte stumm.

Wir schauten uns in dem Kellerraum um. Mehrere lange Peckfackeln brannten in eisernen Haltern. Ihr Licht fiel auf vier fensterlose, aus dicken Bohlen gezimmerte Türen an beiden Seitenwänden. Uns gegenüber gähnte ein dunkler Gang, an dessen Ende, tief im Schatten, Treppenstufen nach oben führten.

»Welche Tür?«

Der Mann zeigte auf eine Tür zu unserer Linken. Wir schoben ihn zu ihr hin.

»Aufmachen! Du gehst als erster hinein!«

Mit bebenden Fingern zog der Mann den eisernen Riegel zurück und schwenkte die Tür zur Seite. Ein übler Gestank wehte uns aus der Dunkelheit entgegen. Viburn nahm eine Fackel von der Wand und hielt sie in die Zelle. Wir sahen einen großen, hohen Raum. An der Wand neben der Tür stand ein langer Tisch, auf dem dicke Brotlaibe und Schinkenviertel aufgereiht lagen. Nicht weit von dieser Tafel, etwas mehr als eine Armeslänge entfernt, hingen drei Käfige von der Decke herab. Die eisernen Gitterstäbe waren so bemessen, daß ein Mensch in ihnen sitzen, aber nicht liegen oder stehen konnte. In jedem Käfig kauerte, eben aus dem Schlaf erwachend und uns ungläubig musternd, ein sprachloser Gefangener: Elgor, Junivera und Larix!

# 12. Kapitel

*Zwei Jahre vergingen, ohne daß aus irgendeinem Teil des Landes eine Nachricht über Yppolita eingetroffen wäre, gerade so, als wäre sie tatsächlich gestorben.*

*Ulissa, die nun längst nicht mehr von dem Alptraum heimgesucht wurde, wandte sich anderen Dingen zu: die Burgbefestigung mußte erneuert, eine aufmüpfige Bauernschaft niedergeworfen werden.*

*Da traf ein Brief von Henabe ein, Hofdame im Fürstenschloß von Havena und zuverlässige Agentin des Amazonenvolkes:*

*»Etwas, das Yppolita, die Verräterin und ruchlose Hure, betrifft: Fürst Halman von Albernia hat eine kleine Gruppe von Kundschaftern ausgeschickt. Die fünf: ein Elf, ein Herumtreiber, eine Geweihte der Rondra, ein Krieger und ein Zwerg – beachtet beiliegende Zeichnung –, haben den ausdrücklichen Auftrag, Nachforschungen über das Verschwinden der schandbaren Buhlerin, der Besudlerin des Amazonenthrons, anzustellen. Wie mir aber mein Gewährsmann mitteilt, verfolgen die fünf vermutlich ein anderes Ziel. Worum es sich dabei handeln könnte, wollte oder konnte er mir nicht sagen. Er erging sich vielmehr in dunklen Andeutungen.*

*Untertänigste Heilswünsche von Eurer Dienerin*

*Henabe.«*

Komm, Junivera, steh auf! Du kannst dich auch unterwegs bedanken.«

Die Geweihte streifte Viburns Hand ab und versenkte sich erneut in ein Dankgebet an ihre Göttin, das nun schon fast eine Viertelstunde währte. Sie kniete neben ihrem Käfig auf dem Boden und hatte noch nicht einmal den Raum verlassen, der von einem üblen Gestank erfüllt war: mochten die Gefangenen auch drei Tage lang nichts gegessen haben – sie hatten trotzdem etwas ausgeschieden.

Während Junivera offenbar vor allem Rondra für ihre Rettung verantwortlich machte – wie ich mit einem Anflug von plötzlichem Ärger wahrnahm –, hatten uns Elgor und Larix überschwenglich die Hände geschüttelt. Alle drei waren dreckig und in ihren kurzen, sackleinernen Hemden erbärmlich anzuschauen, aber das Fasten hatte sie nicht so sehr entkräftet, wie ich befürchtet hatte. Larix war sogar schon wieder zum Streiten aufgelegt: Er behauptete, Elgors raubtierhaftes Magenknurren wäre die schlimmste Folter während der drei vergangenen Tage gewesen: »So etwas schimpft sich Kriegsmann und kann nicht einmal die eigenen Gedärme unter Kontrolle halten …«

Solange Junivera zu ihrer Göttin sprach, berichteten wir abwechselnd von unseren Erlebnissen. Die Gefangenen hatten nicht viel zu erzählen, auch konnten wir sie kaum verstehen, da sie jeder ein Schinkenstück in der einen und einen Brotbrocken in der anderen Hand hielten, Bissen um Bissen hinunterschlangen und sich nicht die Zeit nahmen, die Münder zu leeren, wenn sie uns etwas sagen wollten.

Wir erfuhren, daß sie täglich verhört, aber nicht gefoltert worden waren. Die Wachen hatten sich ganz darauf verlassen, daß der Hunger früher oder später sein Werk tun würde.

»Von einem *Fettwanst*, zu dem wir bald gesperrt werden sollten, war öfter die Rede«, sagte Elgor, Brot- und Schinkelkrümel verstreuend, »aber ich weiß nicht, was damit gemeint sein könnte. Da wir beschlossen hatten, uns in Schweigen zu hüllen, konnte ich auch nicht gut nach diesem Fettwanst fragen.«

Während wir Elgor von unserer Begegnung mit dem fetten Untier erzählten, kam Junivera endlich aus der Zelle. Auch sie hielt Brot und Schinken in den Händen, begann jedoch erst zu essen, nachdem sie nun auch uns ihren innigen Dank abgestattet hatte. Mit Tränen in den Augen bezeichnete sie uns als ›Werkzeuge der Göttin‹, mit denen ihr Rondra ihre Gnade erwiesen hätte.

Bevor wir aufbrechen konnten, mußte über das Schicksal unseres Gefangenen entschieden werden. Junivera und Mädchen schlugen vor, ihm den Hals durchzuschneiden.

Der Wächter heulte auf: »Tötet mich nicht! Ich habe Frau und Kinder. Ich, ich… zeige euch, wo ihr etwas zum Anziehen finden könnt.«

Das war nun tatsächlich ein reizvolles Angebot, denn Elgor, Larix und Junivera waren mit ihren Sträflingshemden wirklich unpassend gekleidet.

»Keine Tricks!« zischte Viburn, ritzte, um seine Worte zu unterstreichen, mit der Dolchspitze die Wange des angstvoll wimmernden Mannes und stieß ihn vor sich her. Der Wächter führte uns zu einer nahegelegenen Rüstkammer. Er wäre vor Angst fast gestorben, als wir feststellten, daß die Tür abgeschlossen, der Schlüssel aber nicht vorhanden war. Aber Viburn öffnete das einfache Schloß rasch mit einem eisernen Haken, während von fern die schwachen Laute der erwachenden Palastbewohner zu hören waren: Hufe klapperten über Pflastersteine, Karrenräder rumpelten, irgendwo spaltete jemand Holz.

Unsere drei Freunde rissen hastig ein paar Ausrüstungsgegenstände von den Wandhaken und aus den Schränken: schwere, wattierte Steppmäntel, Stiefel, Gehänge mit breiten Säbeln, wie sie in Beilunk üblich waren. Auch Mädchen schnallte sich einen Beilunker Säbel um. Larix fand außerdem einen kurzen schweren Knüppel, den er sogleich auf dem Kopf unseres Gefangenen ausprobierte.

»Das sieht dir ähnlich, du Draufgänger«, spottete Elgor, während er seinem Freund dabei half, den besinnungslosen Wächter in einem Schrank zu verstauen, »einen Unbewaffneten ... von hinten noch dazu!«

Larix knurrte etwas von taktischen Zwängen, schloß die Schranktüre ab und warf den Knüppel zur Seite.

Wenig später standen wir vor dem runden Gelaß, in dem der ›Fettwanst‹ hauste. Der Kopf des Ungeheuers ragte aus dem Wasser. Es hielt den Kopf leicht zur Seite geneigt und starrte uns aus seinem einen unverletzten Auge an.

Elgor, Junivera und Larix schienen die Sprache verloren zu haben. Stumm starrten sie die Kreatur an und ließen ihre Blicke über die Knochenhaufen wandern. Larix schüttelte seinen Kopf und umfaßte seinen Säbelgriff mit beiden Fäusten. »Bei der gerechten Rondra!« sagte Junivera leise, »das ist eine Kreatur aus den Niederhöllen!«

»Geht nur hinein!« forderte Viburn Elgor und Junivera mit einer lässigen Handbewegung auf. »Er wird euch nichts zuleide tun. Wir haben ihm nämlich Achtung eingeflößt.«

Mädchen schlüpfte nach vorn und hielt uns mit gespreizten Armen auf. »Halt! Bleibt stehen!«

»Aber weshalb?« fragte Viburn verdutzt. »Schnell vorwärts! Wir dürfen keine Zeit mehr verlieren!«

»Es wird jetzt wieder angreifen«, erklärte Mädchen bestimmt. »Es hat vergessen, was eben geschehen ist – das sehe ich ihm an.«

Viburn zögerte. »Vielleicht hast du recht. Wir sollten kein Risiko eingehen. Versuchen wir es mit diesem Gang! Arve, leuchte mir den Weg!«

Ich hatte – ebenso wie Elgor – eine der großen Wandfackeln aus dem Kerker mitgenommen. Mit ihrer Hilfe beleuchtete ich den halbkreisförmigen Gang, der rechts von dem kurzen Korridor vor dem Gelaß abzweigte.

Nach ein paar Schritten stießen wir auf die Tür, die Viburn auf dem Hinweg so viel Verdruß bereitet hatte. Von dieser Seite war sie zwar deutlich als Tür zu erkennen – die Tarnung aus aufgeklebten Steinen fehlte –, aber wieder erwies sie sich als unüberwindlich. Das Schloß war fein, zugleich aber äußerst hart. »Ich kann es knacken«, murmelte Viburn, »aber das wird lange dauern. O verdammt! Das muß der Fluchtweg für den Markgrafen selbst sein. Vermutlich besitzt er als einziger einen Schlüssel dazu.«

Wir kehrten zu den anderen zurück. Das Ungeheuer war verschwunden.

»Es ist untergetaucht«, sagte Mädchen. »Arve, gib mir deine Fackel!«

Ohne meine Antwort abzuwarten, nahm sie mir die hell lodernde Pechfackel aus der Hand. Sie richtete die Flamme auf den Brunnenschacht und näherte sich der Öffnung mit leisen, fast tänzelnden Schritten. Das Wasser schwallte auf, teilte sich, die widerwärtige Fratze des Ungeheuers erschien, sein rosiger Schlund gähnte zwischen weit klaffenden Kiefern.

»Lauft!« schrie Mädchen. »Lauft!« Sie stieß die Flamme in das pelzige Gesicht. Im gleichen Augenblick riß ihr ein Klauenhieb des Untiers die Beine weg. Mädchen fiel schwer auf den Rücken, blieb regungslos liegen, rang nach Luft. Die Kiefer schnappten blindlings zu, die Zahnreihen schlossen sich eine Handbreit über Mädchens Gesicht. Elgor und Viburn stürmten heran, trafen die Kreatur mit ihren Säbeln auf Hals und Schädel, hinterließen klaffende Schlitze im braunen Pelz. Der Riesenkopf wandte sich den neuen Gegnern zu. Mädchen kam hoch, langsam, benommen, kroch dem hinteren Ausgang entgegen. Larix und ich liefen, gefolgt von Junivera, um die Kämpfenden herum. Auch Viburn und Elgor rannten los, ließen das geblendete Ungeheuer hinter sich. In der Türöffnung gab es ein Gedränge. Irgend jemand stieß das Brett, mit dem wir das Fallgitter hochgestellt hatten, zur Seite. Die eisernen Stäbe prallten klirrend auf den Steinboden.

Wir waren hinter Elgors Fackel hergelaufen, durch den engen Korridor in den großen Raum mit der gewölbten Decke.

»Halt, halt«, schrie Larix. »Junivera und Mädchen! Sie sind nicht bei uns! Sie müssen noch bei dem Ungeheuer sein!«

Also rannten wir zurück und wieder hinein in den Korridor! Irgendwo im Brunnenschacht lag die Fackel auf dem Boden und beleuchtete eine gespenstische Szene: Mädchen rücklings auf dem Boden ausgestreckt, halb unter dem massigen Leib begraben. Am Gitter kniete Junivera. Die Geweihte hatte ihre Waffe weggeworfen und war verzweifelt bemüht, das Fallgitter nach oben zu schieben. Dabei starrte sie unverwandt die feiste Walze an, deren Wülste achtlos über Mädchen hinwegglitten, während sie sich näher und näher an das Gitter schob. Die Kiefer der Kreatur waren halb geöffnet, die lange Zunge hing schlaff aus dem Mundwinkel. Das zerstörte Auge starrte blicklos und trüb aus seiner blutenden Höhle, das andere war von rußig versengtem Pelz umgeben. Aus einem hell schimmernden Riß in der Kopfhaut rann ein Netz von Blutfäden über das breite Gesicht, in dem sich die Nüstern zuckend öffneten und schlossen.

Das Entsetzliche dieses Anblicks schien der Geweihten alle Kraft zu rauben. Weder hörte sie Mädchens Stimme, die, vom Gewicht des Kolosses halb erstickt, wieder und wieder Juniveras Name stammelte, noch gelang es ihr, das Gitter auch nur eine Handbreit nach oben zu bewegen. Wie von fern hörten wir sie rufen: »Hilfe! So helft mir doch!«

Viburn riß das Gitter hoch. Larix schlüpfte als erster hindurch, Elgor und ich folgten ihm. Von allen Seiten hackten und stachen wir auf den monströsen Körper ein. Hageldicht prasselten unsere Schläge. Blut, Wasser,

Fellstücke und Fettfetzen flogen durch die Luft. Das Tier krümmte und wand sich wie eine Made in einem Ameisenhaufen. Die schwellenden Massen gaben Mädchens Körper frei. Junivera sprang herbei, um ihr auf die Füße zu helfen, aber Mädchen stieß ihr die flache Hand ins Gesicht, rollte sich herum und zog sich mühselig an der Wand nach oben.

Ich beteiligte mich nicht mehr an dem Kampf gegen das Brunnenungeheuer. Nach ein paar Schlägen hatte ich bemerkt, daß es sich nicht länger zur Wehr setzen konnte. Wahrscheinlich war es schon tödlich getroffen, während es sich noch der Geweihten nachwälzte. Jetzt bog sich der ganze Leib nur noch im Todeskampf. Auch die anderen ließen von dem Ungeheuer ab. Gewiß konnten noch Stunden vergehen, bis der Riese endlich gestorben war, unsere Säbelhiebe würden sein Ende kaum beschleunigen.

Ohne noch einmal über die Schulter zu blicken, zogen wir uns zurück. Viburn ließ das Gitter herab und klemmte die Sperre fest.

Auf dem Weg durch den Gang übernahm Larix die Führung. Immerhin konnten wir auf dem Hinweg durch Zufall einer Falle entgangen sein, und die wollten wir jetzt nicht auslösen. Mir erschien diese Vorsichtsmaßnahme überflüssig, außerdem war höchste Eile geboten. Jeden Augenblick konnte die Flucht der Gefangenen entdeckt werden – die Stadtgardisten brauchten dann nichts anderes zu tun, als am Ende des unterirdischen Ganges auf uns zu warten. Es erwies sich aber bald, daß wir unter Larix' Führung kaum Zeit verloren. Er hastete flink wie ein Wiesel durch die Tunnel und Schächte, wobei die kleinen, listigen Augen unablässig über Wände, Boden und Decke huschten. Einoder zweimal wies er uns an, eine bestimmte Steinplatte nicht zu betreten, ob zu Recht oder aus Wichtigtuerei (wie Viburn vermutete), mochte ich nicht entscheiden.

Bald hatten wir die Stelle erreicht, wo die Wendeltreppe in der Stadtmauer hinaufführte. Wir beschlossen jedoch, dem Gang weiter, unter der Mauer hindurch, zu folgen. »Irgendwo werden wir schon an die Oberfläche kommen«, brummelte Larix zuversichtlich.

Zunächst aber fiel der Gangboden leicht ab und verlief viele hundert Mannslängen schnurgerade nach vorne. Wände und Decke waren mit schimmelbedeckten Brettern verschalt. Auf dem Boden stand Wasser, manchmal knöchelhoch, manchmal reichte es uns bis zu den Knien. Einmal versank Larix in einer mit Wasser vollgelaufenen Grube. Elgor zog ihn am Kragen wieder heraus und dankte ihm für die aufopferungsvolle und zugleich unterhaltsame Weise, in der uns der Zwerg auf die Gefahren des Weges aufmerksam machte.

Endlich standen wir vor einer hölzernen Treppe. Larix prüfte sie gründlich, stieg dann Stufe um Stufe nach oben, bis er auf eine Falltüre stieß. Nachdem er eine Weile lauschend unter der Luke verharrt hatte, drückte er sie mit einem Ruck nach oben. Sie klappte polternd um.

Wir hatten erwartet, daß helles Tageslicht zu uns hinunterfiele, aber der Raum über der Luke war genauso finster wie der unterirdische Gang. Larix hielt eine Fackel durch die Öffnung. »Nichts!« meldete er. »Nur ein hoher, runder Raum mit einer Leiter, die weiter nach oben führt.«

Wir folgten ihm hinauf in das runde Dunkel, das genauso aussah, wie er es beschrieben hatte.

Larix wollte die Leiter hinaufsteigen, aber Viburn hielt ihn zurück. »Ich wette, daß wir uns bereits über dem Erdboden befinden – und hier bist du nicht mehr zuständig. Die Fackel, wenn ich bitten darf!«

Die Leiter führte zu einer quadratischen Öffnung in der hölzernen Decke. Viburn kletterte hoch, hielt unter dem Loch kurz inne und verschwand im oberen Zimmer. Bald tauchte sein Kopf wieder in der Öffnung auf.

»Wenn ihr möchtet, könnt ihr zu mir heraufkommen«, rief er von oben. »Zu sehen gibt es allerdings nicht viel: Ein runder Raum ohne Fenster, genau wie dort unten – mit dem Unterschied, daß hier oben eine Strickleiter liegt.«

»Dann schnell zurück zu dem anderen Ausgang – ehe es zu spät ist!« sagte Elgor und wollte sich auf den Weg machen, aber Larix murmelte etwas wie: »... das kennt man doch ... genau wie in der alten Burg von Mendena ...« und hastete die Leiter hinauf.

Wir hörten ihn oben mit Viburn sprechen, anschließend waren nur noch gelegentlich Schritte auf den Dielen zu vernehmen, dann Larix heisere Stimme: »Hier, Viburn, faß mal mit an!« Etwas knirschte, Stein auf Stein, und durch die Deckenöffnung fiel plötzlich ein blasser, grauer Schein.

Einer nach dem anderen kletterten wir die Leiter hinauf. Oben standen Viburn und Larix vor einem großen, rechteckigen Loch in der Außenwand und schauten hinaus in die vom Morgenlicht erhellte Landschaft.

Larix strahlte vor Stolz. »Ein Fluchtturm, genau wie in Mendena! Den in Mendena hat mein Urgroßvater gebaut, dieser hier muß nach dessen Vorbild gemacht worden sein. Von außen ist der Turm völlig glatt, vielleicht sogar als Felsklippe getarnt. Von innen kann man aber bei Bedarf einen Stein hinausstoßen und dann mit Hilfe einer Strickleiter nach unten klettern.« Er wandte sich an Elgor. »Nun, du langer Krieger! So etwas lernt man in der Waffenschule nicht, oder?«

Elgor schlug ihm auf die Schulter: »Bist ein prächtiger Bursche! Für einen Angehörigen des kleinen Volks«, fügte er leiser hinzu.

Wir sahen hinaus ins Freie. Der Himmel war wolkenverhangen, der Stand der Sonne nicht auszumachen. Da wir, so weit wir uns auch aus der Öffnung beugten, weder den Radrom noch Beilunk sehen konnten, mußte das Mauerloch in die entgegengesetzte Richtung, also nach Osten, weisen. Dann wären die Berge, die in der Ferne dunstverhangen schimmerten, die *Berge von Beilunk,* das Gebirge, in dem sich irgendwo die Burg der Amazonen befand.

Der Turm, der von außen tatsächlich einer Felsklippe ähnlich sah, erhob sich inmitten eines kleinen, dichten Wäldchens, das seinerseits von offenen Ackerflächen umgeben war. Jenseits der Äcker, mehr als zwei gute Wegstunden entfernt, boten ein paar niedrige, baumbestandene Hügel vielleicht eine Deckung.

»Worauf wartet ihr?« fragte Mädchen ungeduldig. »Steigt hinab, und dann marschieren wir los! Wir müssen die Hügel dort drüben erreicht haben, bevor die Reiter der Stadtwache ausgerückt sind.«

Kurz darauf – wir hatten Turm und Wäldchen längst hinter uns gelassen und liefen im Eiltempo über einen zerfurchten Feldweg – hörte ich Viburn, der hinter mir ging, zu Mädchen sagen: »Seit du diese Amazonenuniform angezogen hast, bist du völlig verändert, meine junge Dame.«

»Wie meinst du das, Viburn?«

»Du schickst uns herum wie ein Weibel auf dem Exerzierfeld, du ...«

»Aber doch nicht zu eurem Schaden, oder?«

»Darum geht es doch gar nicht, Mädchen. Du bist anders geworden, spürst du denn das nicht?«

»Nein.«

»Du hast Junivera gekränkt – sie ins Gesicht geschlagen.«

»Nein, habe ich nicht! Außerdem ist sie ein Feigling!«

»Beim Anblick dieses feisten Undings kann jeder Mensch schwach werden, verstehst du das nicht?«

»Ich verstehe, daß sie große Angst hatte – die hatte ich auch. Aber sie hat sich ganz der Angst unterworfen, und das darf sie nicht! Das ist nicht die Art, Rondra zu dienen! Sie hätte mich – eine Kampfgefährtin – diesem

Ungeheuer überlassen, um ihre geweihte Haut zu retten. Soll ich das etwa vergessen?«

»Ich würde es tun«, antwortete Viburn.

»Du bist anders als ich«, erwiderte Mädchen.

Sie gingen eine Weile schweigend nebeneinander her, bis der Streuner wieder das Gespräch aufnahm: »Du gebrauchst eine seltsame Sprache: ›... der Angst unterworfen ...‹ Das klingt, als stamme es aus der Übung für einen Krieger oder einen Geweihten. Wer hat so mit dir gesprochen?«

Mädchen gab keine Antwort, Viburn ließ jedoch nicht locker: »Woher kennst du ein Wort wie *ausrücken?*«

»Habe ich das gesagt?«

»Ja, vorhin erst. Du sprachst von *ausrückender* Reiterei.«

Mädchen ging ein paar Schritte weiter, bevor sie antwortete: »Reiterei *rückt* doch *aus,* oder nicht?«

»Ja, das tut sie. Aber es ist ein Wort aus der Soldatensprache. Woher kennst du es?«

»Das weiß ich nicht.«

Wieder verging einige Zeit, diesmal ergriff Mädchen zuerst das Wort: »Viburn?«

»Ja?«

»Erinnerst du dich, wie ich dir sagte, ich *müßte* die Amazonenuniform einfach anziehen? Du hast mit mir geschimpft deswegen.«

»Ja, ich erinnere mich.«

»Wenn ich den Panzer nicht getragen hätte, wäre ich von dem Urwanst zerquetscht worden – ist dir das klar?«

»Ja, das mag sein. Vielleicht ...« Viburn stutzte. »Da hast du es schon wieder getan!«

»Was?«

»So ein seltsames Wort gebraucht: *Urwanst!*«

Mädchen seufzte. Ihre Stimme klang verwirrt. »Aber er heißt so: *Urwanst*. Der *Urwanst von Beilunk*. Das weiß ich genau.«

»Woher?«

»Jemand muß mir davon erzählt haben.«

»Wer?«

Mädchens Stimme klang fast verzweifelt: »Ich weiß es doch nicht! Manchmal ist mir, als gebe es ein Gewölk in meinem Kopf, das ich ...«

»He!« rief Larix von hinten. »Versteckt euch! Da kommen Reiter!«

Der Weg war auf der Seeseite von einer unregelmäßigen, windschiefen Hecke gesäumt. Hinter einer ihrer Buschgruppen kauerten wir uns jetzt auf den Boden. Nur Larix blieb stehen und spähte vorsichtig durch eine Lücke zwischen den Dornranken.

»Es sind mindestens fünfzehn«, meldete er. »Sie kommen von Beilunk und reiten geradewegs zu dem Wäldchen, in dem der Fluchtturm steht.« Nach einer Pause: »In der Ferne, bei der Stadt, sehe ich noch eine zweite Gruppe, größer als die erste. Aber die reitet nach Norden.«

»Scheint, daß sie euch vermissen«, sagte Viburn zu Elgor.

»Hat lange gedauert – die Beilunker Garde scheint nicht die schnellste zu sein.«

Inzwischen hatten wir uns alle wieder so weit aufgerichtet, daß wir das Gelände überblicken konnten. Wir beobachteten, wie der Reitertrupp im Wäldchen verschwand.

»Tja«, stellte Larix fest, »nun werden sie bald wissen, daß wir in der Nähe sein müssen. Nur gut, daß kein Schnee gefallen ist. Auf dem hartgefrorenen Boden könnte nur ein hungriger Oger unsere Fährte verfolgen.«

Tatsächlich ritten die Verfolger bald wieder aus dem Gehölz heraus – auf einem Weg, der in beträchtlicher Entfernung parallel zu unserem Feldweg verlief.

Wir warteten, bis die Reiter verschwunden waren, dann verließen wir unsere Deckung. Jetzt kamen wir nicht mehr so schnell voran: Wir schlichen gebückt an den Hecken entlang, vor jeder freien Fläche blieben wir stehen, um erst, wenn wir uns einigermaßen sicher fühlen konnten, mit großen Sprüngen das offene Feld zu überqueren. Wir schlugen einen weiten Bogen um ein kleines Dorf, das sich zwischen uns und den fernen Bergen auf einem kleinen Hügel erhob. Ein-, zweimal flüchteten wir uns in einen Entwässerungsgraben, brachen durch eine dünne Eisschicht und standen im knietiefen, schneidend kalten Wasser, während am Horizont eine Reiterschar vorübersprengte.

Wir hatten die Ausläufer der Beilunker Berge schon fast erreicht, als wieder einmal harter Galoppschlag erklang. Den einzigen Schutz weit und breit bot eine kleine Gruppe aus dürren, kahlen Sträuchern. Wir zwängten uns zwischen den starren Zweigen hindurch und warfen uns auf den Boden.

Plötzlich sprang Junivera, die seit Stunden kein Wort gesprochen hatte, wieder auf. »Wir sollten uns stellen und kämpfen!« rief sie. »Es kommen nur drei von diesen Schwächlingen auf jeden von uns! Dieses ewige Versteckspiel ist würdelos und meiner Göttin nicht wohlgefällig!«

Mädchen richtete sich halb auf. Mit glattem Schwung riß sie den Säbel aus der Scheide und setzte die Spitze an Juniveras Hals. »Auf den Boden mit dir, sofort!«

Junivera zögerte. In ihrem Blick mischte sich Zorn mit Verzweiflung.

»Herunter, sage ich dir!«

Die zarte Haut spannte sich unter dem Druck der Klinge. Junivera ließ sich auf den Boden gleiten.

»Es gibt eine Zeit zu kämpfen«, sagte Mädchen ernst, »und eine Zeit, da man sich klein machen muß. Zeit zu kämpfen hattest du heute morgen, du hast sie nicht genutzt.«

Die Geweihte sah Mädchen schweigend an, ihre Fäuste waren geballt, die Lippen bebten.

Diesmal ritten die Gardisten so dicht an uns vorüber, daß wir sie miteinander reden hören konnten.

»... unsinnig, was wir hier treiben – die sind flußaufwärts entwischt!«

»Dann wären sie Hauptmann Batell in die Arme gelaufen. Nein, ich bin mir sicher, die steuern die Beilunker Berge an.«

»... umkehren? Auf keinen Fall! Dir juckt wohl der Rücken? In Beilunk wird man dich kratzen – mit dem Ochsenziemer. Wir sollten ...«

Und fort waren sie. Ihr Anführer hielt genau auf die Berge zu.

Wieder mußten wir einen großen Bogen schlagen. Viburn hatte vor einiger Zeit zu hinken begonnen, kaum merklich zunächst, doch jetzt schien ihm jeder Schritt schwerzufallen.

»Sollen wir rasten?« fragte ich.

»Bist du verrückt? Kümmert euch nicht um mich! Ich komme schon zurecht. Sobald wir die Berge erreicht haben, sehe ich mir das Bein mal an. Jetzt haben wir Wichtigeres zu tun.«

Endlich gelangten wir in günstigeres Gelände: Frisch gerodete Flächen wechselten mit kleinen Gehölzen, Äcker mit sumpfigen Wiesen. Überall durchzogen von Weidengestrüpp gesäumte Gräben das Land. Es fiel uns nicht schwer, in dieser Landschaft ungesehen voranzukommen. Nur Viburns Bein machte mir Sorgen. Er stöhnte jetzt bei jedem Schritt und war sogar bereit, sich von mir stützen zu lassen, für ihn ein sehr ungewöhnliches Verhalten. Als das Gelände unwegsamer wurde, kam Elgor zu mir, und wir nahmen Viburn in die Mitte. So zerrten und schleppten wir ihn hinein in ein mit dichtem Gestrüpp überwuchertes Tal, folgten einem schmalen Bach, bis er sich in einem felsigen Hügelhang verlor, erkletterten den Hang und stiegen auf der anderen Seite wieder hinab, hinein in ein nächstes Tal, hinter dem ein neuer, noch höherer Hügel aufragte.

Viburn schnaufte leise und sank in sich zusammen. Er hatte die Besinnung verloren. Larix, dessen Augen niemals stillstanden, entdeckte ganz in der Nähe ein verfallenes Blockhaus. Das Dach war zur Hälfte eingestürzt, Fensterläden und Türe fehlten, aber der von Trümmern übersäte Innenraum bot doch ein wenig Schutz gegen den scharfen Wind, der in den Mittagsstunden aufgekommen war und noch immer – sogar heftiger – über das Land strich. Wir trugen Viburn ins Innere der Hütte und legten ihn auf den Boden. Ich beugte mich über sein Bein. Zu meiner Überraschung war es nicht geschwollen, dabei hatte ich damit gerechnet, daß wir den durchlöcherten Stiefel aufschneiden müßten. Er ließ sich jedoch leicht abstreifen. Viburns Wade fühlte sich eiskalt an. Sie war bleich, fast weiß und von einer Reihe kleiner dunkelroter Wunden gezeichnet.

Junivera trat zu uns. »Ich werde für ihn beten«, sagte sie. Auf dem Boden kniend, legte sie beide Hände auf Viburns Unterschenkel. Dann bog sie den Kopf in den Nacken und stieß, von gepreßten Atemzügen begleitet, leise, unverständliche Worte aus. Bald standen Schweißtropfen auf ihrer Stirn. Sie hatte die Augenlider fest geschlossen, zwischen ihren Brauen zog sich eine scharfe längliche Falte.

Die Zeit verging. Die Abstände zwischen den beschwörenden Worten wurden länger und länger. Die Geweihte war leichenblaß geworden, fast so weiß wie Viburns Bein. Der Schweiß strömte ihr aus den Poren über das Gesicht, die schwarzen Haare klebten auf ihrer Stirn. Ihre Lider begannen zu flattern, dann öffneten sie sich. Sie ließ sich erschöpft zur Seite fallen.

»Ich habe die Kraft verloren«, stammelte sie. »Die Göttin hört mich nicht mehr… Alles ist zu Ende… Alles, alles, alles…«

Mädchen stieg achtlos über sie hinweg, bückte sich und betastete Viburns Wade. »Aber wir müssen doch etwas tun…!«

»Was denn nur?« Ich war ratlos. »Das fette Vieh hat ihn vergiftet. Wie sollen wir ihm helfen, wenn wir das Gegengift nicht kennen?«

Die Abenddämmerung sank herab, und Viburn war nicht wieder aufgewacht. Larix schichtete Holzscheite auf dürres Gras und setzte den Haufen in Brand. Wir legten Viburn dicht ans Feuer, Larix wusch das Bein mit Wasser, das er aus einem hohlen Baumstumpf geschöpft hatte. Anschließend belegte er die Wade mit Fadenmoos und umwickelte sie mit Stoffstreifen, die er aus einer alten Decke geschnitten hatte. Den Rest der Decke warf er über den Ohnmächtigen. Wir teilten die Wachen ein – Elgor hatte die erste – und legten uns zum Schlafen nieder.

Schon nach kurzer Zeit – ich weiß nicht, ob ich schon eingeschlafen war – wurden wir durch Geräusche aufgeschreckt. Von draußen drang ein meckerndes Gezeter, durchmischt mit Elgors Flüchen, zu uns herein. Ich fuhr hoch, riß den Degen aus der Scheide. Larix war noch schneller als ich und stürmte vor mir durch die Tür.

Im Mondlicht vor der Hütte kämpfte Elgor mit zwei kleinen Kindern. Eines hatte er mit dem Knie auf dem Boden festgenagelt, gleichzeitig wehrte er mit den bloßen Händen den wütenden Angriff des anderen ab, das ihm mit einem Knüppel zusetzte. Larix schob seinen Säbel bedächtig in die Scheide zurück, ich folgte seinem Beispiel.

»Sag Bescheid, wenn du unsere Hilfe brauchst, Kriegsmann!« spottete der Zwerg.

Ich beschloß, dem albernen Gefecht ein Ende zu machen. Schließlich konnten die Kinder jeden Augenblick ein Geschrei anstimmen, um ihre Eltern – oder sonst jemanden – herbeizurufen. Also packte ich das Kerlchen, das den Knüppel schwang, von hinten am Kragen, um es in die Höhe zu halten. Zu meiner Überraschung war es so schwer, daß ich dazu auch die linke Hand zu

Hilfe nehmen mußte. Selbst dann war das strampelnde Kind nicht leichter zu stemmen als ein Hafersack. Immerhin hielt er endlich still, als er den Boden unter den Füßen verloren hatte. Larix nahm ihm den Knüppel aus der Hand.

Der Bengel schimpfte wie ein Maraskanfink in einer unverständlichen Sprache. Seine Stimme klang hell, aber kehlig und heiser – das war nicht die Sprache eines Kindes. Ohne ihn loszulassen, stellte ich ihn zurück auf den Boden und stieß ihn vor mir her zur Feuerstelle. Elgor schleppte seinen Gefangenen herbei, kehrte aber gleich zurück auf seinen Posten. »Ich hab' die kleinen Schurken beim Anschleichen beobachtet«, erklärte er uns knapp. »Will mal nachsehen, ob draußen noch ein paar von der Sorte herumlungern.«

Die kleinen Wesen trugen Anzüge aus dicker, grüner Wolle. Beide hatten breite Gürtel um ihre Trommelbäuche geschlungen, an den Ledergürteln hingen Tuchbeutel, aus denen verschiedene halb verdorrte Kräuterbüschel schauten. Die Winzlinge – sie waren etwa so groß wie achtjährige Menschenkinder – standen auf zierlichen, schmalen Füßchen, die in liebevoll bestickten Rauhlederstiefelchen steckten. Alles an ihnen war putzig, spielzeughaft anzuschauen, das galt auch für die dicken, runden Köpfe mit den kleinen, aber breiten Nasen und den großen nußbraunen Augen. Erst beim zweiten Hinsehen konnte man die feinen Krähenfüße in den Augenwinkeln entdecken, die geplatzten Äderchen auf den Wangen und der Nasenspitze, die dunklen Schatten auf Oberlippe und Kinn, Spuren eines sorgfältig abgeschorenen Bartwuchses. Nein, das waren keine Kinder.

»Den rechten lassen wir leben«, sagte ich laut, »den linken steche ich nieder.«

Beide sahen mich fragend an, keiner hatte auch nur mit einer Wimper gezuckt. »Sie scheinen uns ebenso gut verstehen zu können wie wir sie«, stellte ich fest.

»Oder sie müßten schon wahre Meister der Selbstbeherrschung sein. Was sollen wir mit ihnen anstellen?«

Niemand antwortete mir.

Ich trat vor die beiden hin und tippte mir mit dem Zeigefinger auf die Brust. »Arve.«

»Nipper«, erwiderte der rechte, nachdem er mein Zeichen nachgeahmt hatte, und »Mams« der andere, der noch etwas kleiner als sein Gefährte war.

Junivera ging hinaus, um Elgor auf seinem Posten abzulösen, der wenig später mit eingezogenem Kopf durch die Türöffnung schlüpfte. »Hast du etwas aus den Burschen herausbekommen?« fragte der Krieger mit einem Blick auf unsere kleinen Gefangenen.

»Sie heißen Nipper und Mams«, antwortete ich. »Weiter bin ich noch nicht gekommen.« Inzwischen hatte sich Elgor schon über Viburn gebeugt, der noch immer reglos neben dem Feuer lag. Daran hatte auch Larix' Behandlung nichts geändert.

»Wenn uns nicht bald etwas Besseres einfällt, wird er sterben.« Nie zuvor hatte ich den Krieger so niedergeschlagen erlebt. »Ich mag ihn sehr. Nicht nur, weil er uns das Leben gerettet hat...«

Nipper trippelte zum Feuer und hockte sich neben Viburn auf den Boden. Er betrachtete den Verband, den der Zwerg angelegt hatte, zupfte behutsam an den Stoffstreifen, ergriff einen Knoten mit spitzen Fingern und sah mich fragend an. Ich wandte mich an den Zwerg: »Hast du etwas dagegen, daß er den Verband abnimmt?«

»Nein. Ich weiß sowieso nicht, ob er etwas nützt. Er kann bei Wundfieber helfen, aber Viburn scheint überhaupt kein Fieber zu haben.«

Ich nickte dem Kleinen zu.

Sofort ließ er den Stoffstreifen los und zog sich von Viburn zurück.

Probeweise schüttelte ich den Kopf, zuckte die Schultern, streckte die flache Hand aus. Ich bewirkte nur ein mißtrauisches Stirnrunzeln bei unserem Gefangenen. Da ging ich um das Feuer herum, ergriff seine Hand, legte sie auf Viburns Verband und sagte: »Hm!«

Der Kleine blickte noch einmal zweifelnd zu mir auf, dann begann er, die Streifen aufzuschnüren. Sofort kam sein Gefährte, Mams, zu ihm herüber und hockte sich neben ihn. Mit geschickten Fingern zogen sie das Moos von den Wunden. Dann betasteten sie mit den Fingerkuppen vorsichtig die weiße Haut. Nipper zeigte auf das Moos, danach auf die Wunden. Anschließend hob er die Handfläche vor die Augen und schwenkte sie hin und her in einer Geste, mit der man üblicherweise einem Gegenüber zu verstehen gibt, wie wenig man von seinen Verstandeskräften hält.

»Er findet deinen Verband nicht gut, glaube ich«, sagte Mädchen zu Larix gewandt.

»Das habe ich schon selbst begriffen«, versetzte der Zwerg. »Der kleine Lümmel hat sich ja recht deutlich ausgedrückt.«

Nipper ging langsam zur Tür der Hütte, wobei er mich unverwandt aus seinen großen Augen ansah.

Ich ahmte die Geste nach, die ich eben bei den Kleinen beobachtet hatte und schwenkte die Hand vor dem Gesicht, der kleine Mann blieb stehen. Er zeigte auf Viburn, dann auf sich, dann zur Tür hinaus.

»Er will etwas von draußen holen«, sagte Elgor. »Ich werde mit ihm gehen. Wir haben sowieso keine andere Wahl.« Vor der Tür ergriff er Nipper bei der Hand und verschwand mit ihm in der Nacht.

Die beiden kehrten überraschend schnell zurück. Nipper trug einen Rucksack auf der Schulter und einen kleinen Kupfertopf in der Hand. Nachdem er ein paar Worte mit Mams gewechselt hatte, nahm ihm dieser den Topf ab, befestigte ihn an einem Stecken und hielt ihn über das Feuer. Nipper stellte den Rucksack auf den Boden. Nach kurzer Suche zog er eine Speckseite hervor, die er auf ein altes Holzbrett legte. Er fuhr mit der Handkante darüber hin, als ob er sie zerschneiden wollte, und zeigte anschließend auf den kurzen Dolch, den Larix am Gürtel trug. Larix hielt ihm die Waffe hin, aber der Kleine nahm sie nicht an. Statt dessen griff er in seinen Stiefelschaft und zog ein kleines Messer hervor, das dort – von uns unentdeckt – gesteckt hatte. Er erhob wieder diesen fragenden Blick.

Fast hätte ich mit dem Kopf genickt, aber ich verzichtete darauf. Diesmal versuchte ich es mit einem Augenzwinkern – mit besserem Erfolg: Auch Nipper zwinkerte mir zu. Anschließend schnitt er den Speck in Stücke und warf ihn in den Kupfertopf, in dem er sofort zu brutzeln begann. Bald stieg ein würziger Duft in die Nasen, und mir fiel ein, daß ich sehr lange nichts mehr gegessen hatte. Wollten die Kleinen Viburn ein deftiges Abendessen einflößen? Das war doch albern! Ich beschloß, sie nicht aus den Augen zu lassen.

Während Mams mit einem Stöckchen im Topf rührte, suchte Nipper Blättchen und Stengel aus den zahlreichen Kräuterbündeln heraus. Teils zerschnitt und teils zerrieb er sie zwischen den Fingern, alle wanderten nach und nach in den dampfenden Topf.

Der verlockende Geruch von gebratenem Speck wurde überlagert von herbem Kräuterduft, der Duft verwandelte sich in einen beißenden Gestank. Gerade, als ich mich fragte, ob uns die seltsamen Köche durch ihr Gebräu allesamt betäuben wollten, nahm Mams den Topf vom Feuer. Er stellte ihn auf den Boden, direkt vor Nippers Füße. Und dieser Wicht knöpfte doch tatsächlich ohne jede Scham seinen Hosenlatz auf, zerrte einen überraschend großen, blau geäderten Schaft heraus und strullte einen dicken gelben Strahl in den Topf, aus dem zischend stinkender Dampf aufstieg. Mitten in den weißen Schwaden standen die beiden Kleinen und stimmten ungerührt ein fröhliches Liedchen an. Mit zufriedener Miene rührte Mams ein letztes Mal in dem Sud, dann trug er den Topf zu Viburn hinüber.

Larix, Elgor, Mädchen und ich tauschten ratlose Blicke. Wenn wir die Kleinen an ihrem Vorhaben hindern wollten, mußten wir jetzt einschreiten. Ich betrachtete Viburns unbewegtes blasses Gesicht. Wer konnte sagen, was mit ihm geschehen mochte, wenn wir die Kleinen gewähren ließen? Aber wie lange würde er noch leben, wenn wir gar nichts unternahmen? Ich zwinkerte Nipper zu.

Nipper spaltete einen Zweig. Mit dem flachen Hölzchen spachtelte er eine graugrüne, dampfende Masse auf Viburns Wade. Er strich die Schicht über der Wunde glatt und ritzte mit dem Stäbchen ein paar einfache Zeichen hinein.

Dann zogen sich die beiden in eine Ecke des Raumes zurück, aus ängstlichen, besorgten Augen abwechselnd auf uns und auf Viburn blickend. Offenbar sind sie sich ihrer Sache keineswegs sicher, dachte ich besorgt.

Viburns Augenlider flatterten.

Mädchen zuckte zusammen.

Plötzlich schnellte Viburns Kopf vom Boden hoch. Sein Mund öffnete sich zu einem tierhaften Schrei. Dann preßte er die Kiefer aufeinander, daß wir die Zähne knirschen hörten. Sein Gesicht verzerrte sich zu einer Fratze, einem Abbild des Entsetzens und der Angst. Er krümmte sich zusammen, rollte über den Boden, über das Feuer hinweg, blieb lang ausgestreckt liegen. Nur sein Kopf schlug noch hilflos hin und her, kam dann aber endlich auch zur Ruhe.

Mädchen hatte Viburn schreckerstarrt beobachtet. Jetzt, da er sich nicht mehr bewegte, stürzte sie sich mit hoch erhobenem Säbel auf die beiden kleinen Kreaturen, die voller Furcht zu ihr hinaufstarrten. Dabei fuchtelten sie verzweifelt mit den Händchen vor den Gesichtern herum und schnitten wilde Grimassen. Sie sahen wahrhaftig drollig aus, aber Mädchen meinte es blutig ernst. Wäre Elgor ihr nicht im allerletzten Augenblick in den Arm gefallen – sie hätte die kleinen

Wichte in Stücke gehackt! Sie wehrte sich wie rasend gegen seine Umklammerung. Da Elgor sie nicht verletzen wollte, hatte er einen schweren Stand bei diesem Kampf. Ich sprang hinüber, um ihm zu helfen, als Larix' Stimme erklang:

»Mädchen, so beruhige dich doch! Er ist nicht tot! Ich … ich glaube wahrhaftig, er schläft.«

Larix hatte sein Ohr horchend gegen Viburns Brustkorb gepreßt. Jetzt richtete er sich auf und schüttelte ihn an der Schulter. Tatsächlich zuckten Viburns Augenlider, so als ob er träumte. Der Streuner stieß ein paar unverständliche Laute aus und wälzte sich schwerfällig auf die Seite. Jetzt konnten wir alle seine tiefen, regelmäßigen Atemzüge hören.

»Tatsächlich, er schläft!« Elgor gab Mädchen frei. Sie rieb sich Arm und Handgelenk, die in seinem Klammergriff gesteckt hatten.

Die beiden Kleinen steckten die Köpfe zusammen und keckerten in ihrer seltsamen Sprache. Sie grinsten zufrieden und wirkten überhaupt recht vergnügt. In Windeseile wuselten sie durch die Hütte, um ihre Siebensachen einzusammeln und in ihren Beuteln und Säcken zu verstauen. Bald war alles eingepackt, Nipper stellte sich vor Larix hin und streckte ihm sein Händchen entgegen. Der Zwerg antwortete nicht auf die Geste. Er wandte sich an Elgor: »Ich meine, wir sollten sie wenigstens bis morgen bei uns behalten. Noch wissen wir nicht, ob sie Viburn tatsächlich geheilt haben.«

Elgor warf einen Blick auf den schlafenden Streuner, der eben leise zu schnarchen begann. In Viburns Gesicht war die gewohnte rosige Farbe zurückgekehrt. »Nein, ich glaube, er ist über dem Berg. Die Kleinen scheinen sich ihrer Sache ganz sicher zu sein, sonst würden sie nicht so selbstbewußt auftreten. Wir müssen gerecht handeln – laß sie ziehen.«

Da drückte Larix herzhaft das Händchen, das immer noch vor seiner Brust schwebte. Nipper verzog das Gesicht zu einer Schmerzensmiene, befreite seine Hand und hielt sie wiederum hin. Diesmal achtete er darauf, daß die Handfläche deutlich nach oben gekehrt war.

»Es geht ihm wohl nicht um einen Händedruck, Larix«, erklärte ich. »Der kleine Wundarzt fordert sein Honorar.«

»Wieso von mir?« Der Zwerg war ratlos. »Ich besitze nichts, das ich ihm geben könnte.«

»Wie wär's mit deinem Dolch?« schlug Elgor vor.

Mit finsterer Miene zog Larix den Dolch aus dem Gürtel und hielt ihn dem Kleinen hin. Nipper nahm ihn aus seiner Hand. Nachdem er mit dem Daumen prüfend über die Schneide gefahren war, schnitt er eine mißbilligende Grimasse, steckte den Dolch aber ein. Die beiden nahmen ihre Sachen auf und stapften, ohne sich noch einmal zu uns umzudrehen, hinaus in die Nacht.

# 13. Kapitel

*Die Meldung vom Aufbruch der fünf Kundschafter aus Havena fuhr Königin Ulissa in Mark und Glieder. Aus der Schar ihrer Kriegerinnen rief sie die vertrautesten zu sich und schickte sie der Gruppe entgegen. Die Amazonen waren reichlich mit Dukaten ausgestattet, um unterwegs Verbündete anzuwerben, die bei der Suche nach den Kundschaftern helfen sollten. Die Gesuchten wurden in Rommilys gesichtet und in den Trollzacken beinahe gestellt, aber gefaßt wurden sie bis heute nicht.*

*Nun traf kürzlich auf Kurkum eine Botschaft aus Beilunk ein: Möglicherweise seien drei der fünf Havener gefaßt und säßen im Kerker von Beilunk. Ulissa sandte ihre Offizierin Serafa aus, begleitet von einer Schar Kriegerinnen. Serafa kehrte nicht zurück.*

Als Viburn am nächsten Morgen erwachte, war er vollständig geheilt. Sein Bein, von der trockenen, rissigen Salbe bedeckt, juckte unerträglich. Noch im Aufwachen, bevor einer von uns ihn daran hindern konnte, hatte er die grüne Schicht von der Wade gekratzt. Darunter kam eine helle, fast unversehrte Haut zum Vorschein. Von den Bißwunden war nur eine Reihe winziger, glänzender Narben geblieben. Überrascht stellte ich fest, daß auf dem Bein kein Haar mehr wuchs – es war so glatt wie ein Frauenschenkel (und – ganz im Vertrauen – so ist es bis heute geblieben).

Von nun an fehlte in Viburns Gedächtnis ein Tag. Er konnte sich nur noch an einen lähmenden Schmerz erinnern, der langsam von der Wade bis in sein Rückenmark gekrochen war. Erst als ihm Elgor von den beiden kleinen Wunderheilern erzählte, sah er ihn überrascht an. »Auf die kann ich mich besinnen, aber ich dachte, ich hätte nur von ihnen geträumt ... Die waren also tatsächlich hier, hm ...?« Er ließ sich Nipper und Mams noch einmal ausführlich von uns beschreiben und stieß schließlich einen überraschten Pfiff aus. »Das ist ja eine tolle Geschichte. Die beiden gehören einem sehr geheimnisvollen Volk an. Eigentlich sollten sie schon seit vielen Jahren ausgestorben sein. Mein Großvater hat mir von ihnen erzählt. Er nannte sie ›Feilscher‹.«

*»Feilscher?«*

»Ja, Elgor, das ist der Name, den er ihnen gab. Sie selber mögen sich anders nennen. Sie sprechen eine eigene Sprache, die niemand versteht.«

»Das haben wir gemerkt. Woher mag ihr seltsamer Name stammen?«

»Keine Ahnung. Großvater sagte, sie sollen sehr geschäftstüchtig gewesen sein. Er ist ihnen im Finsterkamm begegnet, wo sie angeblich mit Orks und anderen Menschenfressern einen schwunghaften Handel trieben.«

»Es waren zwei spaßige kleine Gesellen«, warf ich ein. »Schade, daß sie es so eilig hatten fortzukommen ...«

Viburn schüttelte den Kopf. »Merkwürdig. Ich kann mich nicht darauf besinnen, daß mein Großvater sie lustig gefunden hätte. Klein ... ja, aber spaßig? Ich hatte immer das Gefühl, daß er bei den Feilschern etwas erlebt hat, das er mir verschweigen wollte. Ich war schließlich noch ein Kind, und Kindern erzählt man nicht alles. Auf die besten Geschichten müssen sie verzichten.«

Während unserer Unterhaltung waren auch Mädchen und Junivera erwacht. Mädchen hatte unter ihrem schwarzen Umhang geschlafen. Jetzt war sie aufgestanden, um ihn auszuschütteln, und Junivera sah zum ersten Mal, daß Mädchen die erbeutete Uniform einer Amazone trug. Die Geweihte sprang auf.

»Wie ist das möglich?« rief sie. »Du trägst eine Gewandung, die dir nicht zusteht!«

Mädchen wandte sich um und sah Junivera fest in die Augen.

»Was geht dich das an?«

»Die Amazonen stehen unter dem Schutz meiner Göttin. Sie sind ihr wohlgefällig. Du verhöhnst Rondra, wenn du dich mit dieser Uniform schmückst, die zu tragen du kein Recht hast. Darum geht es mich etwas an.«

Mädchen warf den Kopf in den Nacken. »*Deine* Göttin? Rondra hat dich verlassen. Du hast es selbst gesagt. Erinnerst du dich nicht?«

»Ist das zu glauben?« rief Viburn dazwischen. »Wollt ihr wohl mit dem lächerlichen Geplänkel aufhören und«, er grinste verschmitzt, »euch gemeinsam mit mir darüber freuen, daß unser Freund überraschend schnell genesen ist?«

Mädchen entspannte sich und lächelte dem Streuner zu, aber Juniveras Miene blieb versteinert.

»Zieh die Sachen aus!«

»Das kann doch nicht dein Ernst sein, Junivera!« Viburns heitere Stimmung war nicht so leicht zu erschüttern. »Sie friert sich doch den ... äh ... die Nase ab! Ich finde auch, daß ihr die Tracht nicht steht – der Panzer ist viel zu weit, aber daran ist nun nichts mehr zu ändern –, zumal sie so klug war, ihre alten Kleider zurückzulassen.«

Elgor, der nicht darauf hoffte, daß Viburn mit seinen lockeren Sprüchen etwas ausrichten würde, ließ Junivera nicht aus den Augen und trat fürsorglich zwischen die Frauen.

»Herunter mit der Uniform, oder ich werde dir mit der Klinge die Ehrfurcht vor der göttlichen Rondra lehren!«

Mädchen stemmte die Hände in die Hüften. »Ich kämpfe nicht mit dir – du bist mir keine würdige Gegnerin.«

»Laß mich, Elgor!« sagte Junivera zu dem Krieger, der ihr die Hand auf die Schulter gelegt hatte. »Jetzt muß ich sie töten – du weißt es. Sie hat mich beleidigt. Ich muß Rondras Geboten folgen.«

»Gar nichts mußt du!« stellte Mädchen mit ernster Stimme fest. »Du bist keine Kriegerin vor der Göttin – und ihr zu nichts verpflichtet.«

»Mädchen, halt den Mund!« seufzte Viburn. »Du machst alles nur noch schlimmer!«

»Es mag sein, daß die Göttin im Moment ihre Gnade von mir genommen hat. Aber das ist allein deine Schuld, du Hure!« Junivera war erbleicht, um so dunkler glänzten ihre haßerfüllten Augen. »Du, du hast mich gedemütigt ... im Verlies bei dem Untier ... und gestern, bei der Hecke, als die Reiter kamen! Rondra blickt nicht gnädig auf eine Dienerin, die so tief beleidigt worden ist.«

Mädchen winkte ab. »Ach was! Leeres Gerede! Wir beide wissen, wann deine Göttin dich verlassen hat – *falls*, falls sie jemals auf deiner Seite war.«

Larix, der die letzte Wache gehalten hatte, war im Türrahmen aufgetaucht und hatte dort das Ende des Wortwechsels mitangehört. »Mit Reden ist dieser Streit wohl nicht aus der Welt zu bringen, Elgor!« sagte der Zwerg. »Vielleicht *müssen* sie gegeneinander kämpfen – aber nicht jetzt. Ich habe Hufgetrappel gehört. Offenbar Reiter aus Beilunk. Sie haben die Suche noch nicht aufgegeben. Wir hätten schon längst aufbrechen sollen, waren schon viel zu lange in dieser Hütte.«

»Also gut.« Junivera schnallte ihren Säbelgurt um. »Verschieben wir die Sache bis zur nächsten Rast. Rondra wird mir vergeben, wenn ich euch alle nicht wegen einer anmaßenden Wilden gefährden will. Dir bleiben noch ein paar Stunden Zeit, du Elende! Genieße sie!«

Ich habe nie erfahren, ob der Zwerg tatsächlich Reiter gehört, oder ob er sie nur erfunden hatte, um den Streit einstweilen zu beenden. Wir marschierten jedenfalls tiefer in die Beilunker Berge hinein, so eilig, als wäre uns tatsächlich die gesamte Kavallerie der Stadt auf den Fersen. Nachdem wir durch ein geröllbedecktes, unwegsames Tal gekraxelt waren und uns einen Weg über einen mit Blaudorn bewachsenen Hügel gebahnt hatten, waren wir auf einen kleinen Bach gestoßen. Dort hatten wir, nachdem wir die beiden Frauen zur Friedfertigkeit verpflichtet hatten, eine kurze Frühstückspause eingelegt.

»Ich kann bis zum Abend warten«, hatte Junivera gesagt, »bis zum Abend, das ist mein letztes Zugeständnis.«

Wir folgten dem Bachlauf gegen die Fließrichtung, hinein in ein enges, düsteres Tal. Dort suchten wir uns einen Weg zwischen seltsamen schwarzen Baumgestalten, knorrig verkrüppelt und mit fransigen Flechten behangen. Das Bächlein schien das einzig Lebendige in dieser Landschaft zu sein. Kein Vogel war zu sehen, kein Marder, keine Maus. Beim Anblick der Pflanzen konnte ich mir kaum vorstellen, daß aus ihnen jemals wieder grüne Blätter sprießen würden. Auf dem Boden stand trockener Farn, es gab kaum Unterholz, und so kamen wir gut voran.

Viburn schloß zu mir auf. »Wir müssen etwas tun«, sagte ich zu ihm. »Wegen Junivera und Mädchen, meine ich ...«

»Was schlägst du vor?«

»Das wollte ich dich fragen.« Ich zögerte. »Vielleicht kannst du mal mit Mädchen reden. Sie bitten, daß sie sich bei Junivera entschuldigt. Mädchen hält große Stücke auf dich.«

Viburn lächelte matt. »Sie hört nicht mehr auf mich. In der letzten Zeit hat sie sich sehr verändert.«

»Aber was willst du tun?« Ich zog ihn an der Schulter zu mir herum. »Sie gegeneinander kämpfen lassen? Das kannst du nicht ernsthaft im Sinn haben.«

Viburn antwortete nicht.

»Mädchen ist im Unrecht«, fuhr ich fort. »Sie kann Junivera nicht verzeihen, daß sie vor dem Brunnenungeheuer geflüchtet ist. Aber jeder von uns kann schwach werden. Mädchens Erwartungen sind unmenschlich oder meinetwegen übermenschlich. Das mußt du ihr klarmachen. Dann werden wir auch diesen Streit aus der Welt schaffen können.«

Der Streuner schüttelte den Kopf. »Ich fürchte, du irrst dich, Arve. Vielleicht könnte ich Mädchen begreiflich machen, daß sie zuviel verlangt, aber damit wäre nicht viel gewonnen. Mag sein, daß Mädchen sogar den Vorfall im Brunnenraum vergessen kann. Junivera aber wird sich ihre Schwäche niemals verzeihen. Und jedesmal, wenn sie Mädchen ansieht, wird sie daran erinnert.«

»Denkst du, das allein ist der Grund für Juniveras Haß? Mädchen hat sie zweimal gekränkt ...«

Viburn winkte ab. »Damit würde Junivera fertig werden. Nein, es ist so, wie ich es sage. Ich kann sie sogar verstehen. Du weißt, ihre Göttin schreibt ihr vor, niemals eine Herausforderung auszuschlagen. Der Angriff dieses, dieses ... *Urwanstes* war natürlich eine klare Herausforderung – und die Geweihte ist vor ihm geflohen. Das wird ihr bis ans Lebensende zu schaffen machen.«

»Ist es nicht seltsam«, fragte ich, »daß sie es mit der Angst zu tun bekommen hat wie ein ganz gewöhnlicher Mensch? Du hättest sie sehen sollen, wie sie diesem Oger gegenübergetreten ist ... Auf der ganzen Reise hatte ich nie daran gezweifelt, daß sie eine überdurchschnittlich mutige Frau ist.«

»Das ist sie auch. Und ich bin sicher, sie würde vor keinem Gegner davonlaufen, der auf zwei Beinen geht und eine Waffe in der Faust hält, mag er auch der

Schwertmeister von ganz Aventurien sein. Aber, sieh mal, Junivera ist noch jung. Einen Urwanst hat sie in der Waffenschule nicht gesehen, sie hat keine Ahnung, was für Kreaturen in den dunklen Klüften unserer Welt hausen. Auf diese fette Widerwärtigkeit war sie einfach nicht vorbereitet und auch nicht auf jene unbezwingbare Angst, die alles vollkommen Fremde in uns auslöst.«

Ich schaute zurück zu Junivera, die am Ende unseres kleinen Zuges ging, und nach vorn zu Mädchen, die ihn Seite an Seite mit Larix anführte. »Es muß doch irgendeine Möglichkeit geben, wie wir den Streit schlichten können!«

Viburn warf mir einen traurigen Blick zu. »Nenn mir eine! Ich gäbe dir meinen Anteil an der Belohnung dafür.«

Nebel senkte sich über das Tal, so dicht, daß man gerade noch zehn Schritt weit sehen konnte. Aus dem Dunst lösten sich die düsteren Krüppelbäume wie stumme Bettler, wie klagendes Volk, an dem ein Trauerzug vorübergeht. Mit dem Nebel kam die Abenddämmerung.

Larix beteuerte immer wieder, daß man noch sehr gut sehen könnte, es gäbe keinen Grund, so früh schon das Lager aufzuschlagen: »Der Nachmittag hat ja kaum erst begonnen.« Wir blieben erst stehen, als man kaum noch die Hand vor den Augen sah.

»Also dann!« Junivera warf ihren Mantel beiseite und lockerte den Säbel in der Scheide. »Ich bin bereit.«

»Unsinn!« wehrte Larix ab. »Wollt ihr im Finsteren kämpfen? Wir wollen erst ein Feuer anzünden.«

Junivera verharrte auf ihrem Platz und stimmte ein leises Gebet an. Mädchen sammelte mit uns Feuerholz, fröhlich und völlig unbeschwert.

Nie zuvor hatte Larix so lange gebraucht, um aus recht trockenem Reisig ein Feuer zu entzünden. Nachdem es aufgeflackert war, legte Mädchen ein paar kräftige Äste auf. Junivera stampfte ungeduldig mit dem Fuß auf. »Wie lange soll ich noch auf dich warten, du feige Schleiche?«

Das Feuer warf ein trübes Licht auf die nebelverhangenen Bäume. Dunstschwaden trieben aus der Nacht in den hellen Kreis. Mädchen ging um das Feuer herum, warf ihren Umhang zur Seite und stellte sich vor Junivera auf. Wir blieben auf der anderen Seite des Feuers zurück.

Die beiden Frauen zogen gleichzeitig ihre Säbel. Mädchen drehte den ihren in der Hand. »Die Waffe stammt aus dem Verlies in Beilunk. Sie hat einmal einem ehrenwerten Büttel gehört. Für dich ist sie zu schade.« Sie warf den Säbel auf ihren Umhang.

Junivera war außer sich. »O nein! So kommst du mir nicht davon! Kämpf! Stell dich endlich zum Kampf!«

Mädchen lachte.

Junivera schrie auf und stieß zornig die Säbelspitze vor, zerschnitt die Haut über Mädchens ungeschützter Schulter, riß die Waffe zurück und holte von neuem aus.

Mädchen nahm sich nicht die Zeit, einen Blick auf ihre Wunde zu werfen. Sie rollte plötzlich über den Boden, traf Junivera mit dem Fuß gegen den Leib. Im Zurücktaumeln riß die Geweihte den Säbel nach unten, aber Mädchen hatte sich schon mit beiden Beinen vom Boden abgestoßen, war katzengleich zurückgeschnellt, auf den Schultern gelandet, hatte den Schwung zu einer Rolle genutzt und stand nun wieder auf den Füßen, eine gute Mannslänge von Junivera entfernt. Blut rann aus ihrer Schulter und sickerte hinter den Brustpanzer.

Beide Frauen atmeten schwer. »Nimm die Waffe auf!« zischte Junivera, aber Mädchen schüttelte den Kopf.

Bei ihrem zweiten Angriff gab sich die Geweihte keine

Blöße. Sie führte den Säbel mit mäßigem Schwung, immer darauf bedacht, jeder Vorwärtsbewegung ihrer Gegnerin mit einem schnellen Stich zu begegnen. Mädchen wich Schritt für Schritt zurück, vom Hagel der Schläge getrieben, die sie oft nur um einen Fingerbreit verfehlten. Offenbar wollte sie die Geweihte in das Dunkel zwischen den Bäumen locken, aber Junivera war schneller: Mit zwei Sätzen sprang sie um Mädchen herum und trieb sie wiederum vor sich her. Diesmal hatte Mädchen das Feuer im Rücken. Sie versuchte, zur Seite zu entwischen, aber Junivera ahnte jede ihrer Bewegungen im voraus: Mit flinken Ausfallschritten versperrte sie ihr den Weg. Bald war Mädchen der hell lodernden Glut bedenklich nahe gekommen. Sie warf einen raschen Blick nach hinten und stolperte über eine Wurzel, stieß den Fuß zurück, um das Gleichgewicht nicht zu verlieren. Schon kam die Geweihte heran, den Säbel zum entscheidenden Schlag erhoben. Aber Mädchen war gar nicht wirklich gestolpert, der unbeholfene Schritt eine Finte, um Schwung für einen mächtigen Sprung zu gewinnen. Sie flog auf Junivera zu, rammte ihr die Schulter gegen den Oberkörper, während die niedersausende Klinge über sie hinwegstrich. Junivera torkelte nach hinten, stürzte zu Boden, als Mädchens Fuß ihre Kniekehle traf. Der nächste wuchtige Tritt zielte auf ihr Gesäß. Dann wartete Mädchen ab, bis die Geweihte wieder aufgesprungen war. Lässig stand sie in der blinkenden Amazonenrüstung neben dem Feuer und blickte ihrer Gegnerin entgegen.

Um Juniveras Selbstbeherrschung war es geschehen. Die Geweihte bebte vor Zorn, ihre Augen flackerten wie die einer Wahnsinnigen. Der Jähzorn ist nie ein guter Ratgeber, im Kampf ist er ein verhängnisvoller Verbündeter. Junivera wurde von der Wucht der eigenen Hiebe nach vorn gerissen, ihre von Wut und Haß geführte Hand fand nicht mehr die Zeit zu einem kaltblütig gezielten Streich.

Mädchen wich den Schlägen mühelos aus. Sie riß den Kopf herunter, sprang hoch in die Luft, pendelte leicht nach rechts und links, ahnte jeden Hieb lange voraus und war immer schon fort, wenn die schwere Klinge sausend die Luft zerteilte. Dabei lächelte sie unentwegt. Nein, es war nicht etwa ein gepreßtes, mühsames Grinsen, wie man es manchmal bei einem seine Überlegenheit ausspielenden Raufbold in einem Wirtshaus beobachten kann, sondern ein heiteres, offenes Lächeln, eine Miene, die Juniveras Wut noch steigerte.

Mädchen hätte schon viele Male in Juniveras offene Deckung hineinstoßen können, aber sie ließ sich Zeit. Offenbar lag ihr nichts daran, den Kampf zu beenden.

Andererseits war Junivera eine geschulte Kämpferin, die nicht so schnell ermüdete. Wieviel Zeit mußte vergehen, bis die Erschöpfung sie überwinden würde? Gerade holte sie wieder weit nach hinten aus. Mit meiner Fechtkunst ist es nicht weit her, aber selbst ich konnte die Zielrichtung von Juniveras Schlägen ohne Mühe im voraus erkennen. Dieser Hieb würde waagrecht kommen, brusthoch und natürlich wieder mit unbeherrschter Wut.

Mädchen wich nicht zurück. Sie riß die Arme über den Kopf und sprang in den Hieb hinein. Der Säbel klirrte auf ihren Panzer, flog der Geweihten aus der geprellten Hand.

Mädchen stellte den Fuß auf die Waffe.

Wie im Rausch bückte sich die Geweihte nach dem Säbelgriff, ohne ihre Gegnerin zu beachten. Mädchen riß sie an den Haaren hoch und schlug ihr die flache Hand ins Gesicht.

»Schluß jetzt! Du hast verloren! Du wirst mich nie besiegen! Begreifst du denn das nicht?« Eine zweite schallende Ohrfeige. »Du kannst mich nicht besiegen, weil ich dich in deiner Schwäche gesehen habe. Also verschone mich mit deinem geifernden Haß! Nähere dich mir mit der Demut, die mir gebührt!«

Ein seltsamer Satz, dachte ich, anmaßend und seltsam verschroben zugleich. Aber aus Mädchens Mund klang er fast natürlich, gerade so, als ob sie niemals anders gesprochen hätte. Auf Junivera hatte der Satz eine merkwürdige Wirkung: Ihre Schultern sackten herab, sie senkte die Augen und wandte sich um.

Ich begegnete Viburns Blick. Ihm war deutlich anzusehen, wie sehr ihn die befremdliche Szene beschäftigte. Später setzte er sich zu mir, abseits von der Feuerstelle und den anderen. »Mädchen ist eine Amazone«, sagte er. Hätte er eben festgestellt, ›das Feuerholz geht zur Neige‹, seine Stimme hätte nicht nüchterner klingen können.

Ich wartete stumm auf eine Erklärung.

»Du hast gesehen, wie sie kämpft?« begann er. Ich nickte. »So kämpft kein Krieger. Das lernt man in keiner Waffenschule. Andererseits ist sie auch kein reines Naturtalent. Jemand hat sie ausgebildet, jemand, der alle Finessen und Finten kennt.«

»Ich war in keiner Waffenschule«, warf ich ein. »Du auch nicht, soviel mir bekannt ist. Woher willst du wissen, daß sie anders als ein gelernter Krieger kämpft?«

»Nun, es ist ihr Stil. Schließlich haben wir beide schon viele Berufskämpfer ihr Handwerk ausüben sehen. Diese Gefechte haben immer eines gemeinsam: Beiden Seiten geht es darum, so schnell und unumwunden wie möglich das Ziel zu erreichen – den Sieg.«

Ich nickte. »Ja, ich verstehe, was du meinst. Mädchen geht es nicht so sehr um den Sieg. Es ist der Kampf selbst, auf den es ihr ankommt. Sie zieht ihn bewußt in die Länge, gerade dann, wenn sie sich überlegen fühlt.«

»So ist es. Und genauso halten es die Amazonen. Das habe ich jedenfalls immer wieder erzählen hören.«

»Ach was, über die Amazonen wird viel erzählt… Und selbst wenn die Geschichten stimmen. Vielleicht ist Mädchen einfach ein wenig grausamer als die meisten Kriegerinnen.«

Viburn winkte ab. »Du weißt, daß das nicht stimmt. Wäre sie tatsächlich grausam, wie leicht hätte sie Junivera auf eine schmerzvoll langsame Weise töten können. Nein, sie hat ihr nicht einmal eine Wunde zugefügt, wie sie selbst eine davongetragen hat.« Ich schaute zu Mädchen hinüber, auf ihre linke Schulter und den festen Verband, den ihr Junivera auf ihr Geheiß umgelegt hatte. Ja, Viburns Beobachtungen waren richtig. Mir fielen andere kleine Begebenheiten ein, die ich bis dahin kaum beachtet hatte: »Erinnerst du dich, wie merkwürdig sie sich verhielt, nachdem wir im Tunnel gegen die beiden Amazonen gekämpft hatten?«

»Natürlich. Jedesmal, wenn ich Mädchen in dieser Uniform sehe, muß ich daran denken.«

Nach einer Pause sagte ich: »Nehmen wir an, du hast recht. Wieso haben wir sie als wildes Findelkind in den Trollzacken aufgelesen? Sie ist noch jung. Warum hat sie ihr Volk verlassen? Weshalb kann sie sich nicht an ihre Kindheit erinnern?«

Viburn zuckte mit den Schultern. »Das sind Fragen, auf die ich selbst gern eine Antwort wüßte. Vielleicht hat ihr Volk sie verstoßen.«

»Das kann ich mir nicht vorstellen, nach allem, was ich über die Amazonen weiß. Es gibt grausame Strafen für Kriegerinnen, die über die Stränge schlagen – Spießrutenlaufen ist eine der harmloseren. Ich habe schon gehört, daß einer Amazone wegen einer Lapalie, einer Liebesgeschichte, der Kopf abgeschlagen wurde – aber davongejagt ...? So eine Ausgestoßene könnte doch alle Geheimnisse Kurkums ausplaudern.«

Viburn sah mich gedankenverloren an. »Nicht, wenn man ihr vorher das Gedächtnis nimmt!«

Wir blickten gleichzeitig zu Mädchen hinüber. Sie schien unseren Blick zu spüren und lächelte uns zu. Im roten Flammenschein sah sie sehr jung, hübsch und begehrenswert aus. Der weite Brustpanzer umgab ihren Körper wie eine fremde Hülle, wie eine Verkleidung.

Eben noch hatte ich Viburns Überlegungen völlig einleuchtend gefunden, jetzt, bei diesem Anblick, war ich mir meiner Sache nicht mehr so sicher. Ach Mädchen, wenn du dich doch erinnern könntest! Ich verspürte plötzlich eine tiefe Sehnsucht nach ihren Umarmungen, die ich seit Viburns Rückkehr nicht mehr genossen hatte. Dann fiel mir mein Abenteuer im *Schwarzen Bären* ein, wo ich mit Dedlana das Lager geteilt hatte. Ich hatte gespürt, wie eine Amazone liebt: ein wenig schüchtern, ein bißchen ungeschickt, aber dann voller Kraft und Leidenschaft. Wie völlig anders war Mädchens geschmeidige Zärtlichkeit …

Sie kam zu uns herüber und setzte sich zwischen uns. »Ihr redet über mich, nicht wahr?«

Uns beiden fiel keine kluge Antwort ein.

»Wie geht es deiner Schulter?« fragte Viburn. »Schmerzt sie sehr?«

Mädchen hob den linken Arm und schnitt eine Grimasse. »Nur, wenn ich den Arm bewege, sonst spüre ich es kaum.«

»Du bist eine überragende Kämpferin«, sagte ich, »und hättest Junivera viel schneller besiegen können. Warum hast du es nicht getan?«

Mädchen starrte eine Weile nachdenklich in den Nebel.

»Weil es mir so gefiel. Einen anderen Grund habe ich nicht.«

»Während ihr kämpftet, hast du dich da vielleicht an etwas erinnert?« fragte Viburn eindringlich. »An Fechtstunden zum Beispiel – oder hat dir eine innere Stimme gesagt, wie du dich bewegen sollst?«

»Kalt ist es hier – warum sitzt ihr nicht beim Feuer?« Mädchen legte sich den schwarzen Umhang enger um die Schultern. »Es ist seltsam, Viburn. Jetzt, da du mich danach fragst, fällt es mir wieder ein: Ich sehe manchmal eine Frau mit einem Schwert in der Hand. Sie ist nicht mehr jung, aber groß – und hat breite Schultern. Mir scheint es jedesmal so, als ob sie mir etwas sagen wollte – vielleicht tatsächlich einen Ratschlag für einen Kampf, vielleicht auch etwas ganz anderes –, aber bevor ich ihr zuhören kann, ist sie immer schon wieder verschwunden.«

»Könnte die Frau deine Mutter sein?«

»Ich glaube nicht, Arve. Sie sieht mir gar nicht ähnlich. Aber ihr Anblick ist mir angenehm, obwohl ich mich immer ein bißchen vor ihr fürchte ...«

»Viburn glaubt, du könntest eine Amazone sein ...«

»Merkwürdig, das habe ich auch schon mehrmals gedacht. Ich weiß gar nichts über diese Frauen, aber ich habe immer wieder so ein merkwürdiges Gefühl: als ich zum ersten Mal diese Uniform sah« – sie klopfte mit der rechten Hand gegen ihren Brustpanzer – »und häufig, wenn von den Amazonen die Rede ist.«

»Gefällt dir der Gedanke, du könntest eine dieser Kriegerinnen sein?« fragte ich.

Mädchen nickte. »O ja, sehr.«

»Als wir dich fanden, warst du ganz allein – keine Amazonen in der Nähe. Viburn fürchtet, sie könnten dich aus ihrem Volk ausgestoßen haben. Vielleicht könnte es für dich gefährlich werden, wenn du ihnen begegnest.«

»Nun, dann werde ich ihnen einstweilen aus dem Wege gehen«, erwiderte Mädchen unbekümmert.

»Das wird auf die Dauer schwer möglich sein«, wandte ich ein. »Schließlich sind wir unterwegs nach Kurkum, der Amazonenburg. Wir werden uns von dir trennen müssen, bevor wir die Burg erreichen – zu deinem eigenen Wohl.«

Mädchen schwieg. Enttäuschung und Ratlosigkeit sprachen aus ihrem Blick.

Viburn faßte ihr sanft unters Kinn. »Na, nun sei nicht so verzweifelt! Vielleicht wird das alles nicht so schlimm. Wir müssen unbedingt mehr über deine Vergangenheit von dir erfahren – ich weiß nur nicht, wie wir das anstellen sollen. Möglicherweise bist du in Kurkum völlig unbekannt. Es gibt nicht nur diese eine Amazonenburg. Die Amazonen bezeichnen sich gerne als *Volk*, aber das sind sie nicht. Man könnte sie viel eher einen Geheimbund nennen. Ein Klan, dessen Anführerinnen in lockerer Verbindung miteinander stehen. Soviel ich weiß, soll es in der Gegend um Punin auch eine Amazonenburg geben. Wir haben dich in den Trollzacken aufgelesen. Vielleicht bist du eine aufmüpfige Rekrutin, die aus Almada fortgelaufen ist…« Nach einer kleinen Pause fuhr er fort: »Auf jeden Fall wirst du dich von dieser Uniform trennen müssen, bevor wir in Kurkum angelangt sind. Denn dieser Panzer hat einer Kriegerin aus Kurkum gehört – soviel steht fest, und es wird den Frauen nicht gefallen, dich in dieser Tracht zu sehen… Aber bis dahin kann noch viel geschehen.« Mädchen versprach, es uns sofort zu erzählen, wenn ihr irgendeine Kleinigkeit aus ihrer Vergangenheit in den Sinn käme. Dann standen wir auf und kehrten zum Feuer zurück.

Während der Nacht war der Nebel noch dichter geworden. Die feuchten Schwaden wurden von einem leichten Wind bewegt. Sie trieben gemächlich über den Boden und verwoben sich in einiger Entfernung zu einem undurchdringlichen Gespinst. Aus dem bleiernen Dunst reckten die verwunschenen Bäume ihre schwarzen knorrigen Äste. An allen Zweigen, an den Blättern des braunen Farns hingen dicke, schwere Tropfen. Unser Feuer war längst erloschen. In klammen Kleidern hockten wir uns um die kalte Asche zu einem hastigen Morgenmahl. An Proviant fehlte es uns nicht, denn Viburn hatte es sich nicht nehmen lassen, auf unserem Weg durch den Fluchttunnel in Beilunk einen Abstecher in den Vorratskeller des Fürsten zu machen. Wir aßen zarten Schinken, der eigentlich verwöhnteren Gaumen zugedacht war, und den wir darum nur um so mehr zu schätzen wußten.

Als wir unsere Sachen gepackt hatten und aufbrechen wollten, wehte gedämpfter Hufschlag heran. Wir lauschten in den Nebel, bis das Geräusch in der Ferne verklungen war.

»Verdammt!« schimpfte Larix. »Geben die Strolche denn niemals auf?«

Elgor setzte eine nachdenkliche Miene auf. »Wenn mich meine Ohren nicht getäuscht haben, kam der Hufschlag von dort.« Er zeigte in die Richtung, die wir einschlagen wollten. »Dann müssen die Gardisten um uns herum geritten sein. Ich hätte nie damit gerechnet, daß sich eine Reitertruppe in diesem Gebirge so gut auskennt. Es eignet sich nicht für Pferde.«

Viburn stimmte ihm zu. »Vielleicht haben sie einen ortskundigen Kundschafter bei sich – möglicherweise war das eben auch eine Reiterschar, die zufällig vorübergekommen ist.«

»Das kann ich mir nicht vorstellen«, erwiderte ich. »Wer reitet schon aus freien Stücken durch ein so unwirtliches Gebiet – und noch dazu an einem so elenden Morgen?«

Larix war nicht aus der Ruhe zu bringen: »Wie dem auch sei – die Strolche sind fort. Und auch wir sollten uns jetzt in Bewegung setzen. Der Nebel ist auf unserer Seite. Er trägt jedes Geräusch eine halbe Wegstunde weit. Zum Glück machen Pferde viel mehr Lärm als wir – abgesehen von Elgor, natürlich.«

Viburn wandte sich schmunzelnd zum Gehen, da fiel sein Blick auf Junivera, die immer noch bei der Feuerstelle saß.

»Junivera – wir gehen.«

»Ich komme nicht mit euch.«

Viburn setzte sich neben sie und sprach ruhig auf sie ein. Er erklärte ihr, daß sie, ein Stadtmensch, allein in dieser Wildnis verloren wäre. Sie verstünde sich nicht auf die Jagd und wäre andererseits eine leichte Beute für alle Jäger in diesem Gebirge. Zurück nach Beilunk könnte sie auch nicht gehen, wenn sie nicht im Kerker enden wollte. Junivera schüttelte nur immer wieder stumm den Kopf. Viburn setzte von neuem an: »Siehst du nicht ein, daß du uns alle gefährdest, wenn du allein gehst und unseren Häschern in die Hände fällst? Sie werden dich verhören, und du wirst ihnen alles verraten, was du über uns weißt.«

»Mag sein, daß ich in Gefangenschaft gerate, aber ich würde euch niemals verraten, das weißt du.«

»Nein, das weiß ich nicht.« Viburn schüttelte heftig den Kopf. »Ich weiß nur eines ganz genau: Unter den Händen von einem phantasievollen Foltermeister würde ich meinen besten Freund verraten – und ich bin ein Mensch, der den Verrat für eines der schlimmsten Verbrechen hält.«

Mädchen ging zu den beiden hinüber, blieb hochaufgerichtet vor Junivera stehen. »Schluß mit dem unnützen Gerede! Steh auf und komm mit uns, Junivera! Du beanspruchst meine Geduld mehr, als es dir zukommt.«

Junivera zuckte zusammen, griff nach ihrem Packen und sprang hastig auf.

Wir waren kaum ein paar hundert Schritt gegangen, als die Reiter zurückkehrten. Larix sollte recht behalten: Das Hufgetrappel war weithin zu hören. Uns blieb reichlich Zeit, bäuchlings ins Farnkraut zu kriechen. Wir hatten uns in zwei Gruppen aufgeteilt, lagen aber nicht weit genug voneinander entfernt, um uns nachher im Nebel nicht zu verlieren. Bei mir waren Mädchen und Larix. Gemeinsam lauschten wir auf das Stampfen der Hufe, auf das Kollern der Steine. Die Geräusche kamen von mehreren Seiten. Offenbar waren die Reiter ausgeschwärmt, um das Tal in einem breiten Fächer zu durchstreifen. Bald war der Nebel ringsumher vom Schnauben der Pferde, von klappernden Tritten und leise klirrendem Stahl erfüllt. Ich hob vorsichtig den Kopf über die Deckung und starrte in die grauen Schwaden, bis mir die Augen schmerzten, aber es war nirgendwo eine Bewegung zu entdecken. Als ich mich gerade wieder hinlegen wollte, sah ich eine Silhouette, eine Spur dunkler als der Nebel ringsumher. Der Reiter näherte sich unserem Versteck schräg von der Seite. Wenn er seine Richtung beibehielt, würde er dicht an uns vorüberreiten, uns aber kaum entdecken. Vorsichtig zog ich den Kopf zwischen die Schultern.

»Hier ist nichts zu sehen! Ich komme rüber nach links!«

Die Stimme erscholl so laut und unvermittelt, daß ich erschreckt zusammenfuhr – eine unbeherrschte, verräterische Bewegung, aber sie blieb unentdeckt. Der Reiter sprengte rasch davon. Ich atmete langsam aus. Die Stimme war mir durch Mark und Bein gegangen, obwohl sie gar nicht unangenehm geklungen hatte: Es war eine Frauenstimme gewesen, und ich kannte sie – sie gehörte Dedlana, ›meiner‹ Amazone aus dem *Schwarzen Bären*.

»Das sind keine Reiter aus Beilunk«, erklärte ich, nachdem wir wieder aufgestanden waren und uns das feuchte Laub von den Kleidern geschüttelt hatten, »das sind Amazonen, und sie sind auf der Suche …«

»Nach uns?« fragte Larix.

»Nach wem sonst«, erwiderte Viburn. »Sie haben sich von Anfang an mehr als genug um uns gekümmert, so sehr, daß ich fürchte, unsere Unternehmung ist verraten worden, bevor wir noch aufgebrochen waren. Und nach dem Kampf im Beilunker Tunnel haben sie erst recht einen Grund, nach uns zu suchen, das liegt doch auf der Hand.«

Wir gingen weiter; ich übernahm die Führung. Es fiel mir nicht schwer, in diesem Nebel die Richtung zu halten. Dazu brauchte ich nicht einmal auf die bemooste Seite der Baumstämme und ähnliche Zeichen zu achten. Meistens finde ich mich in der Wildnis nicht besser zurecht als irgendein anderer Waldläufer, der die Zeichen der Natur zu deuten versteht, aber manchmal *weiß* ich einfach, wohin ich gehen muß. Dann wandere ich durch eine wildfremde Landschaft so sicher wie durch eine Straße in meinem Heimatdorf. Ich nehme an, daß ich diese Kraft – Viburn nennt sie mein ›Näschen‹ – meiner elfischen Mutter zu verdanken habe.

Der Boden stieg leicht an, war aber mit einem weichen dünnen Gras bewachsen, auf dem es sich angenehm gehen ließ. Ich kam so gut voran, daß die Gefährten hinter mir Mühe hatten, im noch dichter werdenden Nebel die Verbindung mit mir nicht zu verlieren. Eben hatte ich mich vorsichtshalber wieder einmal nach Mädchen umgedreht, die gleich hinter mir ging. Als ich wieder nach vorn schaute, standen zwei Amazonen vor mir, hoch oben auf ihren großen Pferden thronend. Beide hatten ihre Säbel in der Hand.

»Achtung, Mädchen!« rief ich und warf mich zur Seite in einen Strauch.

Hinter mir polterten die schweren Hufe vorüber. Ich warf mich herum, zerrte an meinem Degengriff, starrte in den Dunst, sah Mädchen, die reglos, mit halb erhobenen Armen auf die ansprengenden Reiterinnen starrte. Die vorderste Amazone riß den Säbel hoch.

Einen Wimpernschlag lang dachte ich, Mädchen plante eine ihrer Finten, doch dann wurde mir klar, daß etwas sie lähmte, daß sie völlig hilflos war. Die Zeit stand für mich still, und ich konnte doch nichts tun, nicht einmal schreien, als die Amazone neben Mädchen war und ihr Säbel vom höchsten Punkt hernieder fiel. Ich sah, wie Mädchen zur Seite geschleudert wurde und die Amazone im Nebel verschwand, gefolgt von ihrer Gefährtin. Ein Klirren noch, ein unterdrückter Fluch, das schnell leiser werdende Schlagen der Hufe … Stille. – Ich flog zu Mädchen hinüber, aber Viburn war schon bei ihr. Meine Blicke huschten über ihr Gesicht, ihren Körper – ich sah kein Blut! Nein, kein Blut, aber ich sah sie atmen und die Arme bewegen. Sie lebte, beim großen, tausendjährigen Wald, sie lebte!

Kopfschüttelnd ließ sie sich von Viburn auf die Beine helfen.

»Sie hat mich verfehlt.«

»Sie kann dich gar nicht verfehlt haben«, hörte ich mich sagen. »... ein so großes, stehendes Ziel ... aus dieser Nähe ... eine ausgebildete Kriegerin ...«

»Was plapperst du da, Arve?« schimpfte Larix. »Mädchen muß doch am besten wissen, ob sie getroffen wurde oder nicht.«

»Nein, sie hat mich nicht getroffen. Ihr Pferd hat mich umgeworfen, aber sonst bin ich unverletzt. Sie hat ...«

Mädchen verstummte. Ihre Augen blickten plötzlich ins Leere, ihre Hände fuhren nervös über den Umhang.

»Was ist?« fragte Viburn. »Sag es uns!«

Mädchen machte ein paar unsichere Schritte nach vorn.

»Nichts ... Es ist nichts. Laß uns weitergehen, schnell!«

# 14. Kapitel

*Kurz darauf traf dann die Meldung aus Beilunk ein, die Ulissas schlimmste Befürchtungen bestätigte: Die fünf Kundschafter hatten sich mit Yppolita verbündet und waren auf dem Weg nach Kurkum, um den Amazonenthron wieder in Besitz zu nehmen: Zwei Havener waren durch einen unterirdischen Gang in den Kerker von Beilunk eingedrungen, um ihre gefangenen Gefährten zu befreien. Die Befreier, die bei ihrer Tat drei Amazonen getötet hatten, waren in Begleitung gekommen. Diese dritte Person, eine Frau, hatten sie zur Tarnung bei dem lächerlichen Namen* Mädchen *gerufen, aber ein Kerkerknecht, den die Havener in ihrer Einfalt am Leben ließen, hatte die blonde Frau sehr gut beschreiben können, so gut, daß Ulissa darin ohne Mühe ihre Schwester erkannte.*

*Nun sandte Ulissa den Thronräubern alle verfügbaren Kriegerinnen entgegen, und tatsächlich, diese verzweifelte Maßnahme war endlich von Erfolg gekrönt: Die Kriegerin Bila erkannte die verbannte Königin im Nebelhain. Sie versuchte, sie zu töten, aber Yppolita konnte sich noch einmal retten. Zusammen mit ihren Kumpanen floh sie vor den von Bila gewarnten Kriegerinnen zu dem kleinen Volk, das wir die* Feilscher *nennen. Mimmel, der Häuptling der Feilscher, schickte Ulissa einen Boten. Königin Ulissa wurde mit den kleinen Abgesandten schnell handelseinig: Mimmel ist von Ulissa in Gold aufzuwiegen (wobei er noch seinen Lieblingshund mit auf die Waage nehmen darf), dafür liefert er Yppolita und drei ihrer Gefährten an die Amazonenkönigin aus. Zwei Havener darf er für sich selbst behalten, zu seiner Zerstreuung oder um sie in die Sklaverei zu verkaufen und sich so eine kleine Belohnung zu verdienen.*

*Als Ort der Übergabe entschied man sich für die gespaltene Eiche, als Zeitpunkt wurde die Mittagsstunde des nächstfolgenden Tages gewählt.*

*Endlich konnte sich Ulissa wieder sicher fühlen.*

Sie hat recht!« rief Larix, »laß uns weitergehen. In ein paar Minuten wird es hier von diesen streitbaren Frauen wimmeln. Bis dahin müssen wir verschwunden sein.« Aus seinen Haaren lief ein dünner Blutsfaden über die Stirn. Er wischte mit dem Handrücken darüber. »Das ist nichts«, versicherte er, als er unsere besorgten Blicke bemerkte, »das tölpelhafte Weib hat nur meinen Scheitel nachgezogen. Wenn sie einen Zwergenschädel spalten will, muß sie noch viel für ihre Muskelkraft tun.«

Wir marschierten tiefer in das Tal hinein. Der Boden stieg nun steiler an, war über weite Strecken mit moosbewachsenem Geröll bedeckt. Je höher wir kamen, desto lichter wurde der Dunst rings um uns her. Bald konnten wir unsere Umgebung wieder recht gut erkennen: Wir waren in eine enge, felsige Schlucht geraten, die vor Urzeiten von einem Fluß in des Gebirge geschnitten worden war. Zu beiden Seiten ragten senkrechte Felswände auf, unter unseren Füßen kollerte der grobe Kies, der einst am Boden des Flußbettes gelegen hatte. Der Anstieg fiel uns mit jedem Schritt schwerer, es war ein mühseliger Weg um Felsklippen herum, hinweg über loses Geröll und umgestürzte Baumstämme. Immerhin – ein Reiter konnte auf diesem Boden auch nicht schneller vorwärtskommen. Dieser Gedanke machte uns Mut.

Oberhalb der Nebelgrenze gabelte sich die Schlucht in drei Arme. Ich entschied mich für den linken. Er schien mir der ›richtige‹ zu sein. Warum, hätte ich nicht sagen können. An einer Biegung schaute ich noch einmal in das Tal zurück.

Wie Milch stand der Nebel zwischen den Bergflanken. Hier und da reckte sich eine Felsklippe oder ein besonders hoher Baumwipfel aus dem Dunst. Das Tal war erfüllt von den üblichen Geräuschen kletternder Pferde: Hufgeklapper, Schnaufen, erschrecktes Prusten, polternd rollende Steine. Mindestens zwanzig Reiter führten dort unten ihre Pferde bergan.

Wir folgten dem Nebenarm um eine langgezogene Biegung herum. Hinter der vorspringenden Felswand rauschte ein stürzendes Wasser. Mit jedem Schritt wurde das Tosen lauter. Endlich hatten wir den Felsvorsprung umrundet, vor uns lag das Ende der Schlucht: mit hohen, glatten Felswänden rings umher. In hundert Schritt Entfernung schoß ein breites Band aus silberhellem Wasser lotrecht am Fels entlang, um sich schäumend in ein seeartiges Becken zu ergießen. Ein Abfluß war nicht zu sehen, also mußte das Wasser sich einen unterirdischen Weg gebahnt haben. Früher einmal war es gewiß durch das Tal geflossen, durch das wir hinaufgestiegen waren. Mitten in meine Überlegungen hinein erklang Viburns Stimme: »Arve, wir sitzen in der Falle.«

Ich blickte an den Felswänden entlang und zurück in die Richtung, wo die Reiterinnen schon auf uns warteten. Eigentlich hätte ich Viburn rechtgeben müssen, aber mein Gefühl sagte mir noch immer, daß wir uns in der *richtigen* Schlucht befanden. Darum schwieg ich und lief zum Wasserfall hinüber, in der schwachen Hoffnung, wir könnten vielleicht denselben Weg benutzen, dem das Wasser folgte! Im Sprühnebel des Falles stand ich an dem Wasserbecken und versuchte, im Gestrudel der Luftblasen einen Abfluß zu entdecken. Ich fand ihn nicht – und selbst wenn: Wir hätten besser mit der Übermacht der Amazonen kämpfen können als uns der blinden Gewalt des Wassers auszuliefern. Wahrscheinlich wären wir alle nach wenigen Augenblicken zerschmettert worden. Ich zuckte die Schultern und wandte mich ab, um zu meinen Gefährten zurückzukehren, als mein Blick auf einen kleinen bestickten Beutel fiel. Das Säckchen lag auf einer schmalen Felskante, nur ein paar Schritte vom Wasserfall entfernt. Irgendwie kam es mir bekannt vor. Als ich es aufhob und unter meinem Griff leicht und knisternd getrocknete Kräuter spürte, hatte ich die Gewißheit: Die beiden kleinen Feilscher hatten solche Beutel bei sich getragen. Einer von ihnen mußte ihn verloren haben.

»Kommt hierher, schnell!« rief ich meinen Freunden zu, aber das Brausen des Sturzbaches konnte ich nicht übertönen. Larix hatte jedoch beobachtet, daß ich etwas gefunden hatte. Er trieb die anderen in meine Richtung. Bald steckten wir die Köpfe zusammen und brüllten uns gegenseitig unsere Ratschläge ins Ohr. Larix nahm nicht daran teil. Er untersuchte die Felskante, auf der der Beutel gelegen hatte. Schließlich packte er mein Ohrläppchen und zog mein Ohr vor seinen Mund. »Hinter dem Wasserfall! Ein dunkler Spalt!« Er schob mich zur Felswand und zeigte ins Dunkel hinter dem Vorhang des stürzenden Wassers. Tatsächlich setzte sich die Felskante bis dorthin fort. Der Bach stürzte nicht unmittelbar vom Felsen ab, zwischen Wasser und Stein blieb ein kleiner Abstand, gut zwei Mannsbreit vielleicht. In der Felswand hinter dem Wasserfall klaffte ein Spalt, so schmal, daß ein Kind, vielleicht sogar ein erwachsener Mensch hindurchpassen mochte.

Larix zögerte nicht lange. Er band sich ein Seil um den Leib, drückte das Ende Elgor in die Hand, stieg auf die Felskante und schob sich rücklings an der Wand entlang dem Spalt entgegen. Bald war er hinter dem Wasservorhang verschwunden. Ich beobachtete ihn von der Seite und sah, wie die stürzenden Fluten über seinen Bauch spülten und ihn von dem Felsvorsprung zu zerren drohten. So eng sich der Zwerg auch an die Felswand pressen mochte, für ihn reichte der Abstand zwischen Wasser und Stein nicht aus. Dennoch erreichte er endlich den schwarzen Riß im Gestein und schlüpfte hindurch. Das Seil in Elgors Hand ruckte zweimal zum Zeichen, daß Larix nichts Gefährliches entdeckt hatte.

Mädchen und Junivera gingen als nächste und erreichten wohlbehalten den Spalt. Die Reihe war an mir. Ich stieg auf den Vorsprung, schlüpfte hinter das Seil, das von Elgor an einem und Larix am anderen Ende straffgezogen wurde. Mit kleinen Schritten arbeitete ich mich über die bemooste, schlüpfrige Kante näher an den Wasserfall heran, bis das dumpfe Rauschen meine Ohren ganz und gar erfüllte und feine Tröpfchen mein Gesicht wie eine zweite, eiskalte Haut überzogen. Ich schloß die Augen, der Anblick der stahlblauen, ewig stürzenden Wand aus Wasser raubte mir fast die Besinnung. Schneidend kalt rissen und zerrten die Fluten an meinen Kleidern. So scheußlich hatte ich mir die Kletterei nicht vorgestellt! Da legte sich eine Hand auf meine Schulter. Ich wurde nach unten gedrückt und von einer zweiten Hand behutsam zwischen schabenden Felskanten nach hinten gezogen.

»Was ist los mit dir, Arve?« fragte Larix. »Sah ganz so aus, als ob du unbedingt ein Bad in diesem Teich nehmen wolltest ...«

Scheinbar war ich der einzige, dem der Wasserfall so zu schaffen machte, denn Viburn kam kurz hinter mir, und selbst Elgor, dem niemand mehr das Seil hielt, überwand die Felskante schneller als ich.

Wir standen in einem kleinen, fast runden Raum. Alle Wände – sie waren in schwaches, bläuliches Dämmerlicht getaucht – troffen vor Nässe, auf dem Boden schwappte knöcheltief eisiges Wasser. Das Getöse des Wasserfalles war so laut, daß es auf meinen Brustkorb drückte. Ich konnte nur einen einzigen klaren Gedanken fassen: Raus hier – so schnell wie möglich!

Mädchen hatte schon einen Ausgang gefunden: ein hüfthohes und etwa einen Schritt breites Loch. Sie ließ sich auf Hände und Knie nieder und kroch hinein. Vielleicht hätten wir abwarten sollen, bis sie zurückkehrte, um zu berichten, wohin der Gang führte, aber keiner von uns mochte auch nur einen Augenblick in dem brausenden Getöse bleiben – also krochen wir einer nach dem anderen hinter ihr her.

Nach wenigen Schritten umgab mich völlige Finsternis. Der Lärm der fallenden Wasser übertönte alle Geräusche, die meine Gefährten – oder ich selbst – verursachen mochten. So kroch ich taub und blind noch tiefer, auch ein spärliches Rinnsal floß unter unseren Händen und Knien abwärts. Hin und wieder gab es irgendwo vorn einen Aufenthalt. Das merkte ich daran, daß ich mit dem Gesicht gegen Elgors Hinterteil stieß und kurz darauf von Junivera einen Schubs erhielt. Eher ahnend als sehend nahm ich Helligkeit wahr. Sie wurde deutlicher, bis ich endlich Elgors dunkle, kriechende Gestalt von einem sie umgebenden Schein unterscheiden konnte. Dann sah ich, wie der Krieger sich aufrichtete. Ich kroch noch ein kleines Stück bis zur Einmündung des Gangs. Dahinter öffneten sich Wände und Decke zu einer wahrhaftig gigantischen Halle. In der mehr als zehn Mannslängen hoch gewölbten Decke klaffte an der höchsten Stelle ein Riß, durch den ein wenig Licht zu uns herabfiel, der Schein reichte aber nicht aus, um den riesigen Höhlensaal bis in alle Winkel auszuleuchten. Der Boden war eben und glatt, fast so, als würde er täglich gefegt. Links von uns sammelte sich das Wasser, das durch den Kriechtunnel floß, zu einem kleinen, flachen Teich. Am Rande dieser Wasserfläche standen ein paar Pilze, kniehoch und mit breiten, rötlichen Hüten. Larix ging hinüber, um sie sich näher anzusehen.

»Merkwürdig«, murmelte er. »Sie sind nicht echt, sondern aus Stein. Behauener, bemalter Stein …«

Zwischen den Pilzen fand er auf dem Boden einen angebissenen Apfel, den er zu uns herüberbrachte. Es war ein guter Lagerapfel, die Schale weder schrumplig noch welk. Eine Hälfte wies Bißspuren auf, Zahnabdrücke in einem engen Kreis wie von einem kleinen Kind.

Viburn warf einen Blick darauf. »Eure Freunde, die Feilscher! Anscheinend haben sie sich an dem Teich dort einen Rastplatz eingerichtet. Ich frage mich nur, wohin sie gegangen sein mögen.«

Wir wanderten an der Wand der unterirdischen Halle entlang. Ihr Boden hatte die Form eines riesigen Ovals. Auf der einen Längsseite gab es nur eine einzige Öffnung – durch die waren wir hereingekommen –, auf der anderen Längsseite reihten sich mannshohe Gangöffnungen dicht an dicht. Oft waren die Einmündungen nur durch eine schmale Felssäule voneinander getrennt. Insgesamt gab es mehr als dreißig solcher halbrunder Öffnungen. An Meißelspuren war zu sehen, daß sie alle von Menschenhand angelegt worden waren. Hinter jeder Öffnung begann nach wenigen Schritten eine Treppe, die steil hinab ins Dunkle führte. Wir teilten uns auf, um die rätselhaften Gangmündungen schneller untersuchen zu können. Da Junivera während des ganzen Tages uns immer nur stumm und teilnahmslos beobachtet hatte, verzichteten wir auf ihre Mithilfe. Ihr war nicht anzusehen, ob sie überhaupt verstanden hätte, was wir von ihr verlangten. So mußte also jeder von uns mehr als sechs Öffnungen erkunden. Anschließend trafen wir bei dem kleinen Teich wieder zusammen. Das Ergebnis war entmutigend: Natürlich waren sich die Gänge nicht völlig gleich. Jeder wies kleine Besonderheiten auf, die durch die Art des Gesteins und der Bearbeitung entstanden waren, aber nirgendwo gab es das kleinste Zeichen, irgendeinen Hinweis, wohin der Gang führen, was uns an seinem Ende erwarten mochte. Hinter jeder Öffnung konnte sich das Versteck der Feilscher verbergen, jeder Eingang konnte zu einer tödlichen Falle führen.

»Wir nehmen den siebten«, schlug Larix vor. »Sieben ist eine gute Zahl.«

»Von links oder von rechts?« fragte Viburn.

»Stimmen wir ab«, sagte ich.

Elgor, Viburn und ich waren für den siebten Gang von rechts, Larix und Mädchen für links, Junivera, von den beiden bedrängt, stimmte wie Mädchen.

»So kommen wir nicht weiter«, stellte Viburn fest. »Ich habe einen ganz anderen Vorschlag. Ihr wißt, daß mir diese Feilscher sowieso nicht ganz geheuer sind – auch wenn sie mein Leben gerettet haben mögen. Wir *müssen* keinen von diesen Gängen betreten. Vielleicht handeln wir uns nur eine Menge Ärger ein, wenn wir zu den Feilschern vordringen. Mag sein, sie schätzen keine fremden Besucher. Wie wär's also, wenn wir einfach hier abwarteten, bis sich draußen die Aufregung ein wenig gelegt hat, um dann wieder ans Tageslicht zurückzukehren?«

»Ich rechne nicht damit, daß die Amazonen ihre Suche bald aufgeben werden«, widersprach Elgor. »Sie hätten uns fast erwischt und wissen nun genau, wo sie nach uns suchen müssen. Nein, die Kriegerinnen werden jeden Stein einzeln umdrehen in den Tälern dort oben. Andererseits sind diese Feilscher – wie du sie nennst – völlig harmlos. Das versichere ich dir. Und selbst wenn sie sich über unseren Besuch empören würden – was können sie schon gegen uns unternehmen? Sie sind nicht gefährlicher als kleine Kinder. Ich allein würde mit zwanzig ihrer Sorte fertig werden.«

»Wenn du dich nur nicht irrst ...«, entgegnete Viburn.

Larix schlug sich auf Elgors Seite: »Ich stelle mir vor, da unten liegt irgendwo eine große Höhle, in der die kleinen Burschen hausen. Diese Höhle ist gewiß nicht nur durch das Schlupfloch hinter dem Wasserfall zu erreichen, vermutlich besitzt sie mehrere Eingänge. Wenn wir sie durch einen dieser Eingänge wieder verlassen, haben wir alle Verfolger abgehängt. Dann können die Amazonen da oben in den Felstälern herumstöbern, bis ihnen Bärte gewachsen sind.«

Larix hatte klug gesprochen, außerdem konnte ich mir wie Elgor nicht vorstellen, daß uns die Kleinen irgendwie gefährlich werden könnten. Nach Larix' Worten war eine nachdenkliche Pause eingetreten; gerade wollte ich sie unterbrechen, als wir ein leises Geräusch hörten: Fußtritte auf einer Treppe.

Sie kamen aus einer der zahlreichen Gangöffnungen. Wir schauten uns hastig nach Verstecken um. Aber da wären nur die anderen Gangmündungen in Frage gekommen, und um sie zu erreichen, hätten wir die halbe Höhle durchqueren müssen. Noch ehe wir einen Entschluß fassen konnten, fiel bereits Licht aus einer Öffnung, und Augenblicke später traten zwei kleine Fackelträger in die unterirdische Halle hinaus.

Als sie uns entdeckten, verharrten sie kurz, dann huschten sie in den Gang zurück. Dort blieben sie wiederum stehen, anscheinend um eine kurze Beratung abzuhalten. Schließlich kamen sie wieder aus dem Loch heraus und gingen Seite an Seite auf uns zu. Einer von ihnen war Nipper, er strahlte uns an.

»Siehst du, Viburn«, sagte ich, »es sind freundliche Burschen. Der linke hat dich kuriert.«

»Wieso freundlich?« versetzte Viburn. »Ich sehe nur, daß sie feixen wie ein Premer Speckfladen. Für mich ist das kein Beweis für Freundlichkeit.«

Die beiden ungleichen Gruppen standen sich immer noch gegenüber. Die Kleinen lächelten uns an und wechselten hin und wieder ein paar Worte in ihrer Sprache. Wir lächelten zurück, und ich setzte mein Zwiegespräch mit Viburn fort: »Sie mögen uns, sonst wären sie vor uns davongelaufen ...«

»Überzeugt mich auch nicht«, knurrte der Streuner. »Vielleicht haben sie nur rechtzeitig eingesehen, daß sie ungewollt den Gang zu ihrem Versteck verraten haben, und nun versuchen sie, uns hinzuhalten, bis sie einen Plan ausgeheckt haben.«

Larix trat vor, zeigte zuerst auf unsere Gruppe und dann auf den Gang, aus dem die Kleinen gekommen waren. Die beiden wechselten einen Blick. Dann lächelte Nipper wieder herzlich, wandte sich um und ging zur Gangmündung hinüber. Er winkte uns, ihm zu folgen.

»Er steht vor dem falschen Gang«, murmelte Viburn. »Die beiden sind aus dem achten gekommen, das weiß ich genau.«

Nipper und sein Gefährte hatten sich rechts und links neben der Öffnung aufgestellt und bedeuteten uns mit höflichen Verbeugungen, daß sie uns den Vortritt lassen wollten.

»So läuft das nicht!« rief Viburn und hielt uns mit ausgebreiteten Armen auf. Er trat vor, ergriff die beiden Kleinen sanft, aber bestimmt an den Oberarmen und schob sie in den Gang hinein. Anschließend verbeugte er sich tief. Nipper und sein Gefährte kamen nach einem kurzen, keckernden Wortwechsel wieder aus der Öffnung heraus, erwiderten die Verbeugung mehrmals und gingen voran in den Nachbargang, durch die Öffnung Nummer acht.

Viburn zwinkerte mir zu und folgte ihnen.

Der seltsame Zwischenfall vor der Gangmündung hatte natürlich mein Mißtrauen geweckt. Darum beeilte ich mich, den Gang als nächster zu betreten, denn ich wollte die beiden Kleinen während unseres Marsches genau im Auge behalten können. Der Tunnel war so niedrig, daß ich nur gebückt gehen konnte, für die Feilscher reichte die Deckenhöhe natürlich aus. Sie konnten sogar ihre Fackeln am ausgestreckten Arm in die Luft halten. Vielleicht hatten sie den Tunnel aus Gründen der Bequemlichkeit so großzügig bemessen. Ich sprach mit Larix, der hinter mir ging, über meine Beobachtung. Er blieb stehen, um Wände und Boden eingehend zu mustern, dann schloß er wieder zu mir auf. »Der gesamte Tunnel ist aus massivem Fels geschlagen. Ich kann mir kaum vorstellen, wie die kleinen Burschen das bewerkstelligt haben. Eigentlich würde ich solche Leistungen nur meinem Volk zutrauen, aber die Art der Meißelspuren spricht dagegen: Wer diesen Gang gehauen hat, verstand nicht viel vom Wesen des Gesteins. Statt die natürlichen Adern und Sprünge zu nutzen, haben die Erbauer nur ihre Körperkraft eingesetzt. Wenn ich nicht wüßte, daß das Menschenvolk nicht viel von der unterirdischen Baukunst hält, würde ich menschliche Tunnelbauer vermuten.«

»Du meinst, die Feilscher haben diese Gänge womöglich nur übernommen?«

Larix zuckte die Achseln. »Schwer zu sagen. Auf jeden Fall ist der Tunnel noch nicht alt – vielleicht zehn oder zwanzig Jahre …«

Der Weg durch den Fels führte uns beständig bergab. Mal war der Boden leicht geneigt, mal wies er in Stein gehauene Stufen auf, mal schraubte er sich als Wendeltreppe fünf oder sechs Mannslängen nach unten.

Mein Blick folgte jedem von Nippers Trippelschrittchen. Wenn der Feilscher eine Stufe übersprang, ließ auch ich sie aus, wenn er dicht an einer Gangwand entlangging, quetschte auch ich mich am Fels entlang. Doch meine Vorsichtsmaßnahmen waren anscheinend überflüssig. Die Gefährten hinter mir achteten weniger genau auf den Weg, aber auch unter ihren Füßen tat sich kein bodenloser Abgrund auf, kein Spieß zielte aus der Decke auf ihre Köpfe. Viburn war genau in die Fußstapfen des anderen Feilschers getreten. Eben gab er jedoch seine Vorsicht auf und entschied sich zu einer bequemeren, menschlichen Schrittlänge.

»Ich denke nicht, daß es in diesem Gang eine Falle gibt«, sagte ich von hinten.

»Wahrscheinlich nicht …«

»Vielleicht hatte auch die Szene oben am Eingang nichts zu bedeuten …«

»Welche Szene?« fragte Viburn. »Ach, als die Strolche

uns in den falschen Gang locken wollten? Na, das war doch wohl sonnenklar!«

»Hab ich zuerst auch gedacht. Aber dann ist mir eingefallen, dieser andere Gang hätte ja auch für uns bequemer angelegt sein können, mit einer höheren Decke zum Beispiel ...«

»Wie du meinst«, versetzte der Streuner. »Tritt du nur für deine kleinen Freunde ein und laß dich von ihnen einlullen. Ich für meinen Teil werde die Augen offenhalten, das versichere ich dir.«

Weiter folgten wir den Fackeln der beiden Feilscher. Der Gang verlief jetzt recht eben. Die Wände traten so weit auseinander, daß man bequem nebeneinander gehen konnte. Der Tunnel beschrieb einen langen Bogen nach rechts, knickte schließlich scharf nach links und endete in einem Raum mit quadratischer Grundfläche. In die Wand zu unserer Rechten war eine zweiflügelige Tür eingesetzt.

Nipper traf Anstalten, uns den Weg zu versperren, während sein Gefährte langsam einen Türflügel aufzog. Blendendhelles Tageslicht fiel durch den Spalt. Viburn sprang an Nipper vorbei, ergriff den anderen Feilscher beim Kragen und drückte die Tür wieder zu. Dann wartete er ab, bis auch Junivera, die als letzte ging, zu uns gestoßen war, und zog die Tür vorsichtig auf. Blinzelnd und zwinkernd spähten wir in einen kleinen Talkessel, der von unserem Standort bis zur gegenüberliegenden Felswand vielleicht zweihundert Schritt maß. Viburn ergriff die beiden Feilscher bei den Armen, und wir traten ins Freie.

Das Tal hatte eine merkwürdige Gestalt, man konnte seinen Boden in etwa mit einer Schuhsohle vergleichen. Dann standen wir an einer Seite des Absatzes. Zu unserer Linken erstreckte sich der Kessel in seiner Hauptausdehnung. Hier maß er von einem Ende bis zum anderen ungefähr sechshundert Schritt. Die Talsohle, eben wie ein Brett, war zum größten Teil mit

Obstbäumen bewachsen, Baum für Baum kelchförmig gestutzt, geordnet in Reih und Glied wie die Pikeniere auf dem Exerzierfeld in Gareth. Zu meiner Überraschung trugen alle Bäume noch dichtes – nicht einmal herbstlich gefärbtes – Laub.

»Das gibt's doch nicht – Kirschen! Oder ich will Larix heißen!«

Elgors scharfe Augen hatten richtig gesehen. An einem Teil der Bäume – sie waren mit feinmaschigen Netzen behängt – leuchteten dicke, rote Kirschen, geradeso als hätte eben erst der Sommer und nicht etwa der grimmige Winter begonnen.

Vor unseren Füßen begann ein mit dukatengroßen Steinen gepflasterter Weg, lief schnurgerade zur Mittelachse des Tales, wo er auf eine breite Straße stieß, die zwischen den Obstbäumen verschwand. Das Land vor der Obstpflanzung war von kurzem, blaugrünem Gras bedeckt, auf dem eine Unmenge dicker brauner Hühner herumstolzierte. Die Vögel in unserer Nähe waren stehengeblieben, um uns mit schief gehaltenem Kopf mißtrauisch zu beäugen.

Weder auf der Straße noch zwischen den Bäumen oder auf der Wiese war ein Mensch – oder meinetwegen ein Feilscher – zu sehen. Auch ein Haus oder sonst ein Bauwerk konnten wir nirgends entdecken.

Viburn, der immer noch die beiden Kleinen ergriffen hatte, setzte sich langsam in Bewegung. Wir folgten ihm zur Straße und dann weiter in Richtung auf die Pflanzung. Schließlich hatten wir die Kirschbäume erreicht und noch immer kein lebendes Wesen erblickt – abgesehen von den Hühnern natürlich.

Mädchen lief zu einem Baum hinüber und kehrte mit einer Handvoll Kirschen zurück. Die beiden Kleinen hatten sie dabei scharf beobachtet. In ihren Blicken lag eine Empörung, die sie nur mühsam überwinden konnten. Mädchen spuckte einen Kirschkern auf die Straße, kaute und schluckte gedankenverloren. »Feilscherkirschen«, murmelte sie. Sie aß eine zweite, erbleichte und stürzte zu Boden. Dort blieb sie liegen, bäuchlings, so wie sie gefallen war, preßte ihr Gesicht in die braune, frisch aufgebrochene Erde unter dem Kirschbaum und weinte. Ihre Schultern zuckten, ihr ganzer Körper wurde von einem stummen, schrecklichen Schluchzen geschüttelt. Elgor kniete sich neben sie, um ihr eine Hand auf die Schulter zu legen, aber Mädchen schien die Berührung gar nicht zu bemerken. Sie drängte ihr Gesicht nur tiefer in die weiche Erde.

Wir sahen uns ratlos an. Viburn schleuderte einen Feilscher zu Boden und stellte ihm den Fuß auf die Brust, den anderen, Nipper, stieß er mit dem Rücken gegen einen Kirschbaumstamm. Er riß den Säbel aus der Scheide und drückte die Spitze gegen den Trommelbauch des Kleinen. Mordlust funkelte in Viburns Augen. Ich erschrak.

»Viburn, komm zu dir! Sieh dir die Burschen doch an! Die sind genauso verwirrt wie wir. Sie wissen auch nicht, was mit Mädchen geschehen ist, glaub es mir!«

In der Tat hatten die Feilscher Mädchens Weinkrampf völlig überrascht beobachtet. Mag sein, sie hatten sich darüber geärgert, daß Mädchen ihre Kirschen stahl, aber mit dieser Wirkung hatten sie nicht gerechnet.

Mädchen kroch auf dem Bauch zu einem Baum, zog sich am Stamm empor und blieb eine Weile reglos stehen, die Stirn gegen die Rinde gelehnt. Viburn sah zu ihr hinüber. Er hatte sich gefaßt, die Kleinen waren erst einmal außer Gefahr.

Mädchen drehte sich langsam zu uns um. Sie atmete schwer. Ihr Gesicht, von Tränen und Erde verschmiert, war ernst, aber nicht von Schmerz verzerrt.

»Viburn, laß die beiden los«, sagte sie leise. »Ich war unbeherrscht, das tut mir leid. Aber mit den Kirschen hat das nichts zu tun, die Feilscher tragen daran keine Schuld. Nein, ich muß ihnen eigentlich dankbar sein.«

Viburn gab seine beiden Gefangenen frei. Kaum hatte Nipper seinem Gefährten auf die Beine geholfen, da rannten die Feilscher los, als säße ihnen der Namenlose im Nacken. Keiner von uns versuchte, sie aufzuhalten.

»Von den Feilschern droht uns keine Gefahr«, sagte Mädchen. »Mein Volk treibt gelegentlich Handel mit ihnen. Sie achten uns und beabsichtigen nur an guten Geschäften, nicht an Streitigkeiten teilzunehmen.«

»Dein Volk?« fragte Viburn. »Du erinnerst dich, nicht wahr? Du bist eine Amazone?«

»Ja, ich erinnere mich an alles – an jeden Tag in meinem Leben. Ich komme aus Kurkum.«

»Wie ist dein Name?« fragte Elgor. »Von jetzt an können wir dich endlich bei deinem richtigen Namen rufen.«

Mädchen nahm sich Zeit für ihre Antwort. Zunächst sah sie uns alle der Reihe nach an. Es lag keine Freude in diesem Blick – sorgenvoller Ernst, eine tiefe Rührung vielleicht, aber keine Spur von Fröhlichkeit. »Ich werde euch meinen Namen später nennen. Es ist kein guter Name, und ihr werdet ihn nicht gern vernehmen.« Sie unterbrach sich, um mit dem Mantelzipfel Schmutz von Stirn und Wangen zu wischen. Endlich setzte sie von neuem an: »Seit ein paar Tagen schon spürte ich, daß mein Gedächtnis sich regte. Ich brauchte nur die Augen zu schließen, und ich sah Folgen von bunten Bildern, Gesichtern und Gestalten. In der Stille der Nacht hörte ich Bruchstücke von Gesprächen und immer wieder den einen Namen, von dem ich jetzt weiß, daß es der meine ist. All diesen Erinnerungsfetzen fehlte der Zusammenhang. Da ich vor meinem inneren Auge fast nur Frauen sah, zumeist in Rüstung, häufig beim Kampf, wurde mir allmählich klar, daß ich einmal zu den Amazonen gehört haben mußte. Diese Ahnung wurde heute zur Gewißheit: Ihr erinnert euch an die beiden Amazonen, die so plötzlich aus dem Nebel auftauchten? Ich erkannte sie. Eine von ihnen, Bila mit

Namen, war meine engste Vertraute in der Kinderzeit und später meine Partnerin bei vielen Kampfübungen. ›Das ist Bila!‹ war mein einziger Gedanke, während die beiden auf mich zusprengten. Ich war so überrascht, daß ich mich nicht bewegen konnte. Offenbar hat auch Bila mich erkannt – und ein wenig von ihrer Zuneigung bewahrt, trotz allem«, fügte sie leiser hinzu, »denn sie lenkte ihren Säbel an meinem Kopf vorbei. Hoffentlich wird sie dafür nicht zur Rechenschaft gezogen. Sie hat meinen Kopf gerettet und kann leicht ihren eigenen dadurch verlieren.« Mädchen verstummte.

»So erzähl doch weiter«, drängte Viburn voller Ungeduld. »Du hast also diese Bila erkannt, konntest dich aber trotzdem noch nicht an deine Vergangenheit erinnern?«

»Nein, aber in mir stiegen düstere Gefühle auf. Nun konnte es keinen Zweifel mehr daran geben, daß ich einmal zu eben jenem Amazonenstamm gehört haben muß, der nun Jagd auf uns macht. Auch konnte ich mich nicht in Frieden von diesem Stamm getrennt haben, denn sonst wäre Bila nicht einfach davongeritten. Viburn, ich habe vor kurzem zu dir gesagt, ich würde mich freuen, wenn sich herausstellte, daß ich eine Amazonenkriegerin wäre. Nun, nach der Begegnung mit den beiden Reiterinnen wandelte sich meine Hoffnung in Angst: Ich fürchtete, daß ich euer aller Leben in Gefahr bringen würde. Eine Ausgestoßene hat von den Amazonen sicher nichts Gutes zu erwarten. Der Zorn der Kriegerinnen würde vor meinen Begleitern nicht haltmachen, so sagte ich mir. Ich nahm mir vor, euch bei der nächsten sich bietenden Gelegenheit zu verlassen. Die Gelegenheit kam aber bisher nicht.« Ihr stiegen Tränen in die Augen. Mit einer ärgerlichen, unwirschen Bewegung wischte sie sie fort. »Entschuldigt die kindische Schwäche! Das ist würdelos und wird nicht wieder geschehen.«

»Na, na, na!« brummelte Larix gutmütig. »Mag sein,

daß du eine Amazone bist – deswegen mußt du doch nicht aufhören, ein Mensch zu sein und Gefühle zu haben …«

Sie hob abwehrend die Hand. »Überlaß das mir! Du wirst sowieso bald anders über mich denken und jedes freundliche Wort bereuen, das du zu mir gesprochen hast.«

Viburn schaltete sich ein. Seine Stimme klang gereizt. »Du solltest es *uns* überlassen, zu wem wir freundlich sein wollen und zu wem nicht. Wenn die Amazonen dich tatsächlich ausgestoßen haben, heißt das nicht, daß du auf der Welt keine Freunde mehr hast. Jetzt erzähl uns endlich, woran du dich erinnerst, bitte!«

Mädchen sprach so leise, daß wir Mühe hatten, sie zu verstehen: »Als ich auf die Kirschen biß, als ich ihren Geschmack auf der Zunge spürte, waren plötzlich alle Erinnerungen wieder da. Zuerst erkannte ich nur den Geschmack der Früchte. Die Feilscher haben uns hin und wieder solche Kirschen nach Kurkum geschickt. Sie sind sehr teuer, weil sie im Winter reifen … Das einzige frische Obst weit und breit …« Sie schloß die Augen. »Dann plötzlich war alles wieder da, alles mit einem Schlag. Ich wußte, wer ich bin, wo ich aufwuchs, wie ich gelebt hatte, was ich tat. Freundinnen und Feinde sah ich, unsere Burg, den Palas und großen Turm, die Ställe mit den Pferden, die Jagdfalken, die Rüstkammern, den Thronsaal, meine Schwester … All das stieg gleichzeitig in mir auf. Gerade so, als hätte man mir die Augen und Ohren verbunden, mich mitten auf einen Jahrmarkt geführt und dann das Tuch mit einem Ruck weggerissen …«

Während Mädchen sprach, waren zehn oder mehr Feilscher die Straßen entlanggekommen. In achtungsvoller Entfernung hatten sie sich zu einem Halbkreis geschart und schauten zu uns herüber mit neugierigen, aber freundlichen Mienen. Wir alle hatten die Kleinen bemerkt, aber keiner von uns schenkte ihnen besondere

Beachtung. Wir waren zu sehr von Mädchens Geschichte gefesselt.

Ihr Bericht, den nicht einmal Larix durch eine Bemerkung zu stören wagte, dauerte sehr lange. Wir erfuhren alles über Kindheit und Reifezeit einer Amazonenkriegerin. Mädchen schilderte uns Mutproben, waghalsig und makaber zugleich, Schwertexerzitien mit hölzernen, stumpfen und scharfen Waffen, freiwillige Folterungen, die Leib und Seele abhärten sollten. Sie beschrieb das Stammesleben, das keine Gnade mit den Schwachen kannte, aber vom blinden Vertrauen der Kriegerinnen getragen wurde. Mädchen sprach auch von der Stellung der Königin, der vollkommenen Herrscherin, die doch zugleich die beflissenste Dienerin der Stammestraditionen und -gebote sein mußte, die dem Rat der Kriegerinnen zwar jeden Befehl erteilen konnte und sich doch die Ergebenheit des Rates immer wieder aufs neue durch Worte und Taten sichern mußte.

Mädchen erzählte anschaulich und spannend, manchmal fast zu ausführlich, aber ihr Bericht klang merkwürdig in meinen Ohren, und nach einer Weile hatte ich herausgefunden, was mich störte: Mädchen sprach viel von den *Amazonen* oder den *Kriegerinnen,* doch seltener sagte sie *wir,* und niemals gebrauchte sie das Wort *ich*. Wir hörten die Geschichte einer Beobachterin, einer Fremden, die nicht Teil des Volkes war, von dem sie erzählte. Ich unterbrach Mädchens Redefluß durch ein Räuspern und fragte: »Warum redest du nicht von dir? Was ist das für ein Gefühl, Kriegerin in Kurkum zu sein?«

Mädchen sah mich fast erschrocken an, dann senkte sie den Kopf. »Ich war keine Kriegerin.«

»Nein …?«

»Nein, ich war ihre Königin. Ich bin Yppolita.«

Das verschlug uns die Sprache – ich kann es nicht anders sagen. Für eine ganze Weile war nur das zeternde Geschwätz der zwanzig Schritte von uns entfernten

Feilschergruppe zu hören. Doch irgendwann bemerkten die Kleinen, daß in unserer Gruppe etwas Außergewöhnliches vorgefallen sein mußte. Sie verstummten ebenfalls und musterten uns mit ihren großen, kindlichen Augen.

»Das ist stark!« seufzte Larix, der schließlich als erster seine Fassung wiedergefunden hatte.

Mädchen – nein, von nun an soll sie ihren richtigen Namen tragen: *Yppolita* starrte noch immer auf die Erde vor ihren Füßen. »Verachtet mich nicht zu sehr!« murmelte sie. »Ich habe gefehlt, aber ich bereue es und will meine Strafe auf mich nehmen.«

Vibrun faßte ihr unter das Kinn und hob sanft ihren Kopf. »Was redest du da für einen Unsinn … Yppolita? Wo hast du gefehlt? Was für eine Strafe?«

»Ja, wißt ihr denn nicht?«

»Nein, ich fürchte, wir wissen gar nichts, Yppoli … äh … Eure Hoh …«

»… *Yppolita* genügt.«

»Also, Yppolita: Alles, was wir vom Fürsten von Albernia, unserem Auftraggeber, erfahren haben, war dies: Die Amazonen haben eine Königin, Yppolita mit Namen. Diese Königin, zu der sich Fürst Bennain aus bestimmten Gründen hingezogen fühlt …«

»Fürst Bennain ist mein Vater, falls du das meinst.«

Viburn nickte und griff seinen Satz wieder auf: »Diese Königin ist auf geheimnisvolle Weise verschwunden, und wir sollten herausfinden, wieso sie verschwunden ist und wo sie sich aufhält, falls sie noch lebt. So ungefähr lautete unser Auftrag, und damit ist auch alles gesagt, was wir über Yppolita wissen.«

Die Amazone starrte ihn ungläubig an. »Ich wißt nichts von der Schande, die ich über den Amazonenthron gebracht habe, habt nichts von meiner gerechten Strafe, der lebenslangen Verbannung, gehört?«

»Nein«, antwortete Viburn. »Das Neue Reich ist groß, nicht jede Kunde aus Kurkum dringt an jedes Ohr. Euer

Volk ist klein, und es ist nur eins unter vielen. Bitte erzähle uns – so genau wie möglich –, was geschehen ist.«

Und Yppolita berichtete von ihren Ausritten mit einem Bauernburschen, einem Treffen in ihrem Schlafgemach, das entdeckt wurde, ihrer anschließenden Verurteilung und der Verbannung, einer Strafe, die so milde ausfiel, weil Ulissa, die neue Königin, Gnade vor Recht ergehen ließ. Viburn ließ sich mit Yppolitas hastig hingemurmelten Worten nicht abspeisen. Er hatte eine Menge Fragen zu stellen: »Woher wußte der Bauernjunge, wie er bis zu dir, in dein Schlafgemach vordringen konnte?«

Yppolita zuckte die Achseln.

»Ist dein Schlaf sehr tief? Bist du schwer aufzuwecken?«

»Nein – man hat uns früh beigebracht, uns nicht zu sehr dem Schlaf hinzugeben.«

»Wie erklärst du dir dann, daß du nicht aufgewacht bist, als der Bursche in dein Zimmer kam, ja nicht einmal, als er in dein Bett gestiegen ist?«

»Das kann ich mir nicht erklären.«

»Aber ich!« Viburn schlug mit der Faust in die flache Hand. »Ich kann dir sagen, wie sich das zugetragen hat.«

»Ich will es nicht wissen«, erklärte Yppolita mit fester Stimme. »Ich habe mich würdelos benommen – würdelos für eine *Kriegerin*, meine ich. Für eine *Königin* habe ich …«

Bei den Feilschern sprang plötzlich ein helles Stimmengewirr auf. Yppolitas Bericht hatte uns so sehr in seinen Bann gezogen, daß wir auf sie gar nicht geachtet hatten. Jetzt erst stellten wir fest, daß inzwischen mehr als zwanzig der kleinen Gestalten um uns versammelt standen. Aus diesem Kreis war eben ein kahlköpfiger, dicker Wicht getreten und hatte Yppolita mit erhobener rechter Hand gegrüßt. In der linken hielt er eine Leine, an der ein kurzbeiniger fetter Hund zog. Yppolita erwiderte die Begrüßung mit den Worten: »Mein Gruß gilt dir, Häuptling Mimmel! Alles Gute für deine Frauen, deine Kinder und deine Geschäfte! Möge dein Gold sich täglich vermehren. – Das ist Mimmel, der ehrenwerte Häuptling der Zehnteler«, sagte sie zu uns. »Mimmel, das sind meine Freunde Elgor, Larix, Arve, Viburn und Junivera.«

Auf seine Art war Mimmel eine eindrucksvolle Erscheinung. Sein runder, prall vorstehender Bauch wölbte sich unter einem weiten, fein gefältelten Umhang aus mitternachtsblauer Seide, der bis herab zu den kleinen, in goldenen Pantöffelchen steckenden Füßen reichte. Der runde Schädel glänzte wie poliert. Ein dunkler Schatten zeigte an, daß der Häuptling die wenigen Haare, die ihm auf dem Kopf noch wuchsen, mit einem Schabemesser entfernen ließ. Glatt rasiert waren auch seine Wangen, aber Kinn und Oberlippe zierte ein sorgfältig gestutzter, grau gesträhnter Bart – ein Gesichtsschmuck, wie er in Khunchom oder Thalusa gerne getragen wird. In Mimmels Blick – seine Augen schauten unter buschigen, grannenhaarigen Brauen zu uns hinauf – paarte sich ein pfiffiger Zug mit gelassener Liebenswürdigkeit. Der Häuptling beherrschte unsere Sprache fehlerfrei. Mit einer anmutigen Geste wies er in die Richtung, aus der er mit seinen Gefährten gekommen war. »Seid meine Gäste! Folgt mir in den *Basaal*, kostet von unseren Früchten, unseren Vögeln, unserem Wein!«

Ohne eine Antwort abzuwarten, nahm er seinen Hund auf den Arm und setzte sich mit kleinen, kräftigen Schritten in Bewegung. Yppolita folgte ihm; wir anderen tauschten ein paar verwirrte Blicke, schließlich gingen wir hinter ihnen her, vorbei an endlosen Baumreihen, entlang an einem ovalen Teich, aus dem feine Dampfwölkchen aufstiegen. Wir traten aus der Pflanzung heraus – und das Ende des Tals lag vor uns. Zerklüftete Wände aus hellem Gestein ragten senkrecht in die Höhe – mehr als hundert Mannslängen. Dicht über der Talsohle wiesen die Felswände zahlreiche Löcher auf, die an Eingänge zu Tierbauten erinnert hätten, wenn da nicht die mehr oder weniger langen Treppen gewesen wären, die zu den Öffnungen hinaufführten. Mimmel geleitete uns zu einem Felsportal, das wir, ohne uns bücken zu müssen, passieren konnten. Hinter der Öffnung wölbte sich die gemeißelte Decke hoch hinauf über einem runden Höhlensaal, der von Wand zu Wand wenigstens dreißig Schritte maß: offenbar der *Basaal*, in den er uns eben eingeladen hatte. Den größten Teil des Raumes, der von Wandfackeln beleuchtet wurde, nahm ein U-förmiger Tisch ein. Die beiden Schenkel des Hufeisens waren von durchgehenden, niedrigen Bänken gesäumt, auf der Stirnseite stand auf einem vierstufigen Podest ein kleiner Thron. Links und rechts neben dem Thron hatte man geflochtene henkellose Körbe aufgestellt – die Böden wiesen nach oben und befanden sich etwa auf der Höhe eines gewöhnlichen Stuhles. Ich zählte genau sechs dieser ›Korbschemel‹. Wir wurden offensichtlich bereits erwartet.

Häuptling Mimmel deutete auf große dampfende Tonschüsseln, die vor den Schemeln auf dem Tisch standen. »Nach der anstrengenden Reise werdet ihr euch erfrischen wollen.« Er klatschte in die Hände, und zwei kleine Frauen sowie ein draller Jüngling trippelten durch einen Nebeneingang in den Saal. Alle drei hatten die schwarzen Haare zu festen Knoten hochgesteckt. Sie trugen weite Pumphosen, durch deren dünnes Gewebe rosig die rundlichen Schenkel schimmerten, die Kugelbrüste der Frauen waren in knapp geschnittene, bestickte Westen gezwängt. Der runde, bei jedem Schritt lustig hüpfende Bauch des Jungen war unbedeckt. Die drei trugen dicke, flauschige Tücher auf den Armen. Sie legten ihre Last auf den Korbschemeln ab, lächelten uns zu und gingen wieder hinaus. Mimmel schaute nicht ohne Stolz hinter ihnen her. »Ich werde mich jetzt zu meinen Gespielen begeben und euch alleine lassen. Später werden wir dann gemeinsam die bescheidenen Freuden genießen, die die Zehnteler einem Wanderer zu bieten haben. Bis bald.«

Das Wasser in den Schüsseln war angenehm warm und mit duftendem Öl versetzt. Wir wuschen uns Hände und Gesicht, setzten uns auf die Körbe und warteten.

»Solange wir noch allein sind, sollten wir schnell ein paar Dinge besprechen«, sagte Yppolita. »Wie ihr wißt, befindet ihr euch in Lebensgefahr, weil ihr mich in eure Gruppe aufgenommen habt. Darum schlage ich vor, daß wir uns trennen, sobald Mimmels kleines Fest vorüber ist.« Sie wandte sich an Viburn. »Außerdem ist euer Auftrag erfüllt. Ihr habt mich gefunden und könnt meinem Vater berichten, daß ich am Leben bin und es mir besser geht, als ich es verdiene. Was willst du mehr? Nichts spricht dagegen, daß Fürst Bennain dir deine Belohnung auszahlt.«

Viburn warf ihr einen finsteren Blick zu. »So hätte Mädchen nicht gesprochen.«

»Mädchen gibt es nicht mehr.«

»Ja, da magst du recht haben. Ich frage mich nur, ob du glücklich darüber bist – und ob Mädchen wirklich ganz und gar verschwunden ist.«

Yppolita schwieg.

»Du könntest uns nach Havena begleiten«, sagte Elgor in die Stille hinein. »Gewiß – dort könntest du nicht als Amazone leben, aber was willst du sonst tun? Bis ans Ende deiner Tage durch die Wildnis streifen?«

Yppolita hob die Schultern. »Wer will sagen, wie sich unser Schicksal erfüllt? Aber eines weiß ich gewiß: Ich werde niemals mit euch nach Havena ziehen, um fortan unter Städtern zu hausen. Das mag für euch passend sein – ich bin zu einem anderen Leben geboren und erzogen worden. Wir Amazonen verachten das müßige, verweichlichte Treiben der Stadtbewohner. Ich käme um, wenn ich Tag für Tag mit Kranken und Schwachen zusammen sein müßte, wenn ich mitanzusehen hätte, daß Männer – feige wie Karnickel – über Frauen gebieten. Das ist eure Welt, laßt mich nur damit in Frieden!«

»Ist ja schon gut!« Ein Lächeln spielte auf Viburns Lippen. »Ich glaube, ich habe dich verstanden – ja, ich begreife, was du mit deinen Worten bezwecken willst: Wir werden uns trennen, sobald wir dieses Tal wieder verlassen haben, und wir werden dir keine Träne nachweinen, in Ordnung?«

Yppolita sah ihm mißtrauisch in die Augen. Sie öffnete den Mund, um etwas zu erwidern, errötete und schwieg.

Viburn fuhr fort: »Ich sehe, ein Rest von Mädchen ist dir geblieben und wird auch wohl immer bleiben. Dir mag es peinlich sein, aber ich freue mich darüber ... Wo war ich eben stehengeblieben? Ach ja: Wir werden uns also trennen – ohne eine Spur von Abschiedsschmerz, wie es unter echten Kriegern üblich ist. Aber bis dahin soll von Abschied ...«

»Du machst dich über mich lustig«, unterbrach ihn Yppolita mit ernster Stimme.

»Das könnte ich auch von dir sagen«, entgegnete Viburn ebenso ernst. »All deine rauhen Sätze eben von den schwächlichen Städtern und den karnickelfeigen Männern entsprechen ja gar nicht dem, was du wirklich denkst. Du hast sie nur so dahingesagt, um dir und uns die Trennung leichter zu machen. Glaubst du denn wirklich, ich wäre so leicht zu täuschen?«

»Ich habe so geredet, wie es meinem Stand entspricht«, beharrte Yppolita. »Ich war meinem Volk eine schlechte Königin, weil ich die Überlieferung zu wenig achtete. Das soll in Zukunft anders werden, falls ich jemals ...«, sie brach ab. Ihre Augen schimmerten feucht.

Ein tiefes Gefühl der Rührung ergriff mich, während

ich Yppolita dabei betrachtete, wie sie mit einem heftigen Kopfschütteln Ratlosigkeit und Traurigkeit aus ihrem Antlitz verbannte. Was mochte in ihr vorgehen, nun, da sie fast im gleichen Augenblick ihre Vergangenheit wiedergefunden und ihre Heimat verloren hatte? Wo sollte sie einen Halt finden in der Welt? Ich hätte ihr gern einen Arm um die Schultern gelegt, aber etwas in ihrer Haltung, ihrem Blick, hielt mich davon ab. Ich konnte mir leicht vorstellen, welche Kämpfe und welche Verzweiflung in diesem Moment ihr Innerstes beherrschen mußten, und doch blieb ihre Miene fast unbewegt. Ihre Haltung und ihr hoch erhobenes Haupt entsprachen einer Königin. Yppolita war aus anderem Holz geschnitzt als alle Menschen, denen ich zuvor begegnet war. »Du wirst auf den Thron zurückkehren, und du wirst deinem Volk eine gute Königin sein«, hörte ich mich sagen.

»Das kann wohl nicht geschehen, lieber Arve«, antwortete Yppolita mit einem würdevollen Kopfnicken, »aber ich danke dir für deine freundlichen Worte.« Sie war wirklich eine andere geworden, und so sehr ich die Königin in ihr, die ich plötzlich so deutlich sehen konnte, bewunderte, so sehr bedauerte ich es auch, daß wir Mädchen für immer verloren hatten. Unsere Freundin ohne Vergangenheit mochte ein seltsamer, ja, ein unvollständiger Mensch gewesen sein, aber sie war so übervoll von kindlicher Offenheit und Wärme gewesen, ihre strahlende Freundlichkeit hatte etwas Überweltliches, Alveranisches an sich gehabt, eine Leichtigkeit, der ich nun nie wieder begegnen würde. Schon jetzt erfüllte mich ein tiefer Abschiedsschmerz. Gleichzeitig – das ist wohl mein elfischer Wesenszug – machte meine Neugier mir zu schaffen: Ich hätte Mädchen so viele Fragen zu stellen gehabt, hätte so gern gewußt, wie es sein mochte, plötzlich noch einmal geboren zu werden, mitten in ein Leben hineingeworfen zu sein, das ihr gleichzeitig fremd und vertraut war… Wie hatte sie uns, wie hatte sie mich gesehen, als sie noch Mädchen war. Und wie hatte sich für sie unser Bild verändert, nun da sie uns als Yppolita, mit den Augen einer Amazonenkönigin, betrachtete? Diese und andere Fragen drängten sich mir auf, aber ich konnte sie nun nicht mehr aussprechen. Mädchen hätte ich nach ihren Gefühlen fragen können, aber Yppolita, eine Fremde ... Nein, die Königin konnte ich nicht mit solchen aufdringlichen Vertraulichkeiten behelligen. Statt dessen erkundigte ich mich nach unserem merkwürdigen Gastgeber: »Ich frage mich, ob wir diesem Mimmel wirklich trauen können. Was meinst du?«

Yppolita schaute zu dem Seiteneingang hinüber, durch den Mimmel vor einiger Zeit verschwunden war. »Ich glaube schon. Die Kleinen beliefern uns Amazonen mit einigen wichtigen Dingen, zum Beispiel mit Arzneien. Diese Kräuter und Tinkturen haben allerdings ihren Preis – darum werden die Kleinen ja auch vielerorts ›Feilscher‹ genannt –, aber sie wirken zuverlässig. Kurkum kauft auch Obst und Gemüse bei Mimmel. Wir haben uns immer gefragt, wie er im Winter frische Früchte beschaffen konnte. Nun kann ich mir es vorstellen. Es muß mit diesem warmem Wasser im Teich und der windgeschützten Lage des Tals zusammenhängen ...«

»Ja, wissen die Amazonen denn nicht, wo das Tal der Feilscher liegt? Ist niemals eine von euch hier gewesen?«

»Nein, Viburn, wir betreten es nie – wir haben auch nie danach gesucht. Halt – das stimmt nicht ganz. Es gibt immer eine Bewohnerin der Burg, die eine Verbindung zu den Feilschern unterhält; für den Fall, daß wir dringend eine Medizin benötigen. Diese Amazone muß bei ihrem Leben schwören, daß sie niemals das Geheimnis des Feilscherdorfes verrät. Als ich noch Königin in Kurkum war, hielt Ulissa, meine Schwester, die Verbindung zu Mimmel aufrecht.«

Viburn nickte bedächtig mit dem Kopf. »Sage mir doch, Yppolita, wieso spricht er – offenbar als einziger seines Stammes – unsere Sprache?«

Ehe Yppolita antworten konnte, ertönte Mimmels Stimme vom Nebeneingang: »Das kann ich Euch sagen«, rief er und trat in den Saal. Hinter ihm ging der mollige Jüngling, Mimmels ›Gespiele‹. Ächzend schleppte er einen gewaltigen Wälzer heran, an dem auch ein ausgewachsener Mensch schwer zu tragen gehabt hätte, und legte ihn auf den Tisch. ›Hauptbuch‹ stand in goldenen Prägebuchstaben auf dem Ledereinband. Mimmel schlug aufs Geratewohl eine Seite auf und fuhr mit dem Finger eine Zeile entlang. »Kurkum, 2 Körbe Kirschen, 2 Golddukaten, 7. Ingerimm, 1 Reto«, las er vor. Er weidete sich an unseren erstaunten, fragenden Blicken und fuhr fort: »Wie ihr wißt, spielt der Handel für uns Zehnteler eine wichtige Rolle, eine sehr wichtige sogar! Ein Handel ohne Buchführung ist schäbig. Wie aber soll man das Buch führen, wenn man keine Schriftsprache besitzt? Die Sprache der Zehnteler kennt wohl Zahlen, aber keine Schriftzeichen. Also muß der Buchführer nicht nur gut rechnen können, sondern auch eine Schriftsprache – die eure nämlich – beherrschen.«

»Dann bist du der Buchführer, nehme ich an?« fragte Larix.

Auf Mimmels Stirn stand plötzlich eine zornige Falte. »Ich bin der *Häuptling* der Zehnteler! Sollte etwa ein Geringerer als der Häuptling das Handelsbuch führen?«

»Nein«, erwiderte Larix, »natürlich nicht. Vergib mir meine einfältige Frage.«

Mimmel hatte seine gewohnte Liebenswürdigkeit wiedergefunden. »Schon gut, schon gut!« flötete er. »Ihr kennt euch eben mit unseren Gebräuchen nicht aus. – So, nun laßt uns speisen und trinken! Ihr werdet gewiß sehr hungrig und durstig sein!«

Der Häuptling klatschte in die Hände. Am Saaleingang veranstalteten die Stammeswürdenträger, einige grauhaarige Männer und Frauen, die offenbar schon seit einer Weile ungeduldig draußen gewartet hatten, ein ziemlich würdeloses Gedränge.

Mimmel begrüßte sie mit über der Brust gekreuzten Armen. »Nicht nicken!« ermahnte er uns. »Unter uns Feilschern gilt das unverbindliche Kopfnicken als Geste der Bedrohung. Grüßt so wie ich oder meinetwegen mit einem ehrlichen Handschlag ...«

Bald waren alle Plätze an der riesigen Tafel besetzt. Wir hockten auf unseren Korbschemeln hinter einem Tisch, der uns nur bis zu den Knien reichte, und versuchten, die neugierigen Blicke von über hundert Augenpaaren möglichst gleichmütig zu erwidern. Mimmel, dessen Kopf sich dank des hohen Throns mit uns auf Augenhöhe befand, deutete fortwährend auf die Schar seiner Untertanen, um uns jeden einzelnen vorzustellen. Ich glaubte Nipper und Mams unter den Anwesenden zu erkennen, aber die Feilscher sahen einander so ähnlich, als ob sie alle einer großen Familie angehörten. Ein wenig glichen sie teuren Puppen, so als ob wir uns im Spielzimmer einer Prinzessin oder reichen Händlerstochter befänden, die ihre Schätze ringsumher aufgereiht hätte. Die männlichen Feilscher bevorzugten für ihre Kleidung grünen und braunen Samt, mit blinkenden Messing- oder Goldknöpfen verziert. Viele trugen silberglänzende Schärpen um die runden Bäuche. Die kleinen Füße steckten in schmalen Schuhen mit eingerollter Spitze. Die kleinen Frauen trugen steife, golddurchwirkte Stoffe von Purpur oder leuchtendem Blau, die kielangen Röcke standen wie Lampenschirme von ihren Beinchen ab, die ihrerseits von engen Strümpfen aus Al'Anfaner Seide umhüllt waren. Silber-, Gold- und Perlenschmuck blinkte üppig an den kurzen Armen und Hälsen. Die weiblichen Feilscher hatten noch hellere Stimmen als ihre Männer – und wenn mehrere von ihnen gleichzeitig kicherten, schrillte ein durchdringendes Klingeln fast schmerzhaft in meinen Ohren.

Ich fragte den Häuptling nach dem seltsamen Namen, den sich die Zehnteler selber gaben.

»Wir wissen nicht genau, woher er stammt«, antwortete der Häuptling. »Einige sagen, er komme daher, daß der Häuptling von jedem Geschäft, das ein Zehnteler tätigt, ein Zehntel abbekommt, andere behaupten, unser Volk habe einst die Zahl Zehn erfunden, und dann gibt es noch eine sehr grausame Deutung: Angeblich sollen wir in der Vergangenheit unsere Gefangenen nicht wie andere Völker ge*vier*teilt, sondern ge*zehn*telt haben. Aber, im Vertrauen, ich halte das für Unsinn …«

Neben mir sagte Viburn – so leise, daß nur ich ihn verstehen konnte: »Ich nehme an, daß dieses Volk ursprünglich Zeterer hieß …« Dabei deutete er mit dem Kopf auf eine Musikantinnengruppe nahe dem Eingang, die soeben ein wahrhaft markerschütterndes Gezeter angestimmt hatte. Den kleinen Leuten aber schien die Musik zu gefallen, ja, sie schienen sogar eine Art Takt zu erkennen, denn sie wiegten ihre Oberkörper einigermaßen gleichmäßig hin und her.

Durch den Nebeneingang trugen bunt gekleidete Bedienstete fortwährend große gebratene Hühner auf silbernen Platten in den Saal. Als diese Braten überall auf den Tischen gleichmäßig verteilt waren, stand Mimmel auf, brach aus einem Huhn die Keule heraus, biß ein kleines Stückchen ab und drückte den Rest der überraschten Junivera in die Hand.

Die Geweihte hatte die Vorgänge im *Basaal* der Feilscher mit der gleichen Teilnahmslosigkeit beobachtet, die sie schon seit ein paar Tagen zeigte. Jetzt schaute sie unschlüssig auf das goldbraune Fleischstück in ihrer Hand.

»Iß nur unbesorgt«, sagte Yppolita. »Er wollte dir nur

zeigen, daß das Stück nicht vergiftet ist. Soviel ich weiß, ist das bei großen Essen der Zehnteler üblich.«

Junivera biß in den Hühnerschenkel, kaute und schluckte gedankenverloren. Der Häuptling fuhr fort, den Hühnerbraten aufzuteilen, nicht ohne von jedem Stück zuerst ein Häppchen abzubeißen.

Kristallene Pokale wurden verteilt, die Diener brachten Krüge heran. Mimmel füllte alle unsere Gläser und sein eigenes aus einem Krug. Dann sprang er behende auf den Tisch, drehte sich zu uns herum und hob seinen Pokal. »Laßt uns anstoßen, wie es in euren Schenken üblich ist!« Wir stießen die Gläser klirrend aneinander. Viburn versetzte mir einen leichten Stoß mit dem Ellbogen. Das wäre nicht nötig gewesen, ich hätte ohnehin erst meinen ersten Schluck genommen, nachdem Mimmel aus seinem Glas getrunken hat. Es war ein Beerenwein, stark, aber nicht zu sehr, kühl und schmackhaft. Bald war der erste Krug geleert. Mimmel klappte sein Buch auf, kritzelte etwas hinein und schenkte uns aus einem zweiten Krug ein. Wieder achteten wir darauf, daß auch er von dem Wein trank. So ging das Fest seinen Gang. Wir aßen, plauderten, tranken Beerenwein, zerkauten köstlich süße Früchte, achteten aber immer darauf, daß Mimmel unsere Speisen und Getränke vorkostete. Als ich spürte, daß ich einen leichten Schwips bekam, beschloß ich, beim nächsten Beerenweinkrug einmal auszusetzen. Aber der Häuptling ließ eine gläserne Karaffe hereintragen, die eine klare, leicht grünliche Flüssigkeit enthielt.

»Mein Ältester«, verkündete Mimmel. Dabei deutete er auf den jungen Feilscher, der die Karaffe auf der Schulter trug. Der Junge war fast einen Kopf kleiner als sein Vater, stand ihm aber in der Leibesfülle kaum nach. Mimmel nahm ihm die Flasche von der Schulter. »Felsreben«, erklärte er. »Der Saft ist unvergoren. Wir geben ihn unseren Kindern zu trinken, aber ihr solltet ihn auch einmal versuchen. Er ist unvergleichlich.« Er schenkte seinem Sohn einen Becher voll. Der dicke Knabe leerte ihn in einem Zug und leckte sich genießerisch die Lippen. Mimmel füllte unsere Gläser. »So trinkt! Ihr werdet diesen Geschmack euer Leben lang nicht vergessen.«

Mit dieser Versprechung sollte er recht behalten. Ich *habe* den Trunk bis heute nicht vergessen, die Erinnerung an ihn zählt zu den unangenehmsten Erfahrungen meines Lebens, aber diese Einsicht kam erst später.

Ich fand den Geschmack des kalten, etwas dickflüssigen Saftes beim ersten Schluck noch seltsam, dann aber unvergleichlich köstlich: süß, aber würzig, belebend, anregend und gleichzeitig wohltuend wie eine teure Medizin.

Junivera, die sonst so ernste Junivera, lachte plötzlich ausgelassen. Die Leidensmiene der letzten Tage, die wir alle kaum noch ertragen konnten, war aus dem strahlend heiteren Gesicht gewichen. Ihr Lachen perlte wie ein Quell, so mitreißend, daß wir alle einstimmen mußten. Elgor kicherte, Larix bog sich, hielt den Bauch und schnappte nach Luft. Yppolita keuchte und wischte sich die Lachtränen aus den Augenwinkeln. Viburn schmunzelte still. Ich konnte erst aufhören zu lachen, als mir der Brustkorb schmerzte.

Auch die Feilscher freuten sich. Die meisten waren aufgesprungen und standen um uns herum. Sie alle grinsten wie ungezogene Kinder. Ich fand sie reizend, ich hätte sie umarmen und küssen können.

Mit Junivera stimmte etwas nicht. Sie sah plötzlich wieder fast so ernst wie immer aus. Das fiel auch unserem entzückenden Gastgeber auf. Er ging zu ihr hin, reckte sich, faßte nach ihrem Hals und zog daran, bis die Geweihte auf ihre Knie plumpste. Dann hielt er ihr die Karaffe mit dem wundersamen grünen Trunk einfach an die Lippen und kippte den Rest in sie hinein. Natürlich fand nicht die ganze Flüssigkeit den Weg in Juniveras Mund: Ein guter Teil sprudelte auch lustig an ihrem Körper herunter. Nun, da sie den Rest getrunken hatte, lachte die Geweihte auch wieder.

Häuptling Mimmel kniff schelmisch ein Auge zu, zwickte Junivera in den Po, so daß diese quiekte wie eine Marktfrau, und sagte: »Los, alte Schlampe, tanz für uns!«

»Puhuhu!« prustete Larix los. »Habt ihr das gehört? Er hat ›alte Schlampe‹ gesagt!«

Auch Junivera konnte vor Lachen kaum an sich halten. »Nun nimm dich zusammen!« mahnte Mimmel verschmitzt, »sonst wirst du dir noch die Schenkel nässen!« (Womit er einen neuerlichen Lachanfall bei uns auslöste.)

»Ich kann überhaupt nicht tanzen«, kicherte Junivera. »Aber wenn es dir Spaß macht, will ich es versuchen.«

Sie konnte tatsächlich nicht tanzen. Zusammen mit unseren kleinen Freunden lachten wir über ihre ungeschickten Drehungen und spaßigen Stolperschrittchen. Immer wieder prallte sie mit den Knien gegen den niedrigen Tisch. Schließlich verlor sie das Gleichgewicht, kippte vornüber und lag still.

»Zuviel Felsrebe«, sagte dazu unser Gastgeber voll geistreichem Witz. Dann hieß er uns einen Kreis um ihn bilden. Wir folgten eilig seiner Bitte. Er klappte das prächtige Hauptbuch auf, dessen Seiten in hellen Farben schillerten. »Seht her!« sagte er. »Lies vor, du blödes Langohr!« Mit dieser spöttischen Bemerkung war ich gemeint. Ich las: »Be-wi-wirtung …« Irgend etwas traf mich in der linken Niere. Das tat weh. Ich konnte einen Moment lang kaum atmen. »Nimm dich zusammen!« Meine gute Laune war mir trotz der Schmerzen geblieben. Ich beschloß, mir mehr Mühe zu geben: »Bewirtung: 5 Brathühner, 4 Krüge Wein, 2 Körbe Obst, gemischt, 1 Karaffe Felsrebe …« Es folgten die Preise, *hohe* Preise. Allein die Karaffe kostete 25 Dukaten. Wie es schien, schuldeten wir unserem freundlichen Gastgeber alles in allem 52 Dukaten.

»Ich darf um mein Geld bitten«, sagte Mimmel.

Wir suchten in unseren Taschen und geheimsten Verstecken. Mehr als fünf Silbertaler kamen nicht zusammen. Das war mir äußerst peinlich; ich schämte mich wie ein Kind.

»Wie willst du bezahlen, Amazonennuttchen?« fragte Mimmel.

Yppolita brachte kein Wort heraus.

»Hm«, der Häuptling breitete die Arme aus. »Dann will ich dir einen Vorschlag machen.«

»Ja, bitte?« fragte Yppolita.

»Gib mir zwei von deinen Leuten als Bezahlung.«

Yppolitas Blick wanderte unschlüssig über uns hin. »Ich weiß nicht …, begann sie. Mimmel war inzwischen auf den Tisch gehüpft, flink wie ein Korkball. Als sein kleines Händchen in Yppolitas Gesicht patschte, links und rechts und rechts und links, mußten Larix und ich schon wieder lachen. Wir konnten es nicht verhindern. Dieser Mimmel war zu komisch!

»Nimm mich als Bezahlung!« rief Viburn kichernd. »Edler Häuptling, nimm mich!«

Mimmel winkte ihn zu sich heran, griff ihm an Nase und Kinn und zog seine Kiefer auseinander. Er betastete Viburns Arme und Beine, dann auch seinen Bauch. Endlich nickte er zufrieden. »In der nächsten Woche kommt ein Freund aus Al'Anfa. Er wird ein paar Dukaten für dich lockermachen müssen …« Dann wandte er sich wieder Yppolita zu: »Kannst du zählen? Jetzt habe ich *einen*. Einen brauche ich noch.«

Yppolitas Wangen trugen die leuchtend roten Abdrücke von Mimmels Patschhänden, in ihren Augen standen Tränen, aber sie lächelte. »Nimm mich auch!«

Der Häuptling winkte ab. »Würde ich gern, aber du bist schon an Kurkum verkauft …«

»An Kurkum?«

»Ja, an deine liebe Schwester Ulissa, du wirst dich noch an sie erinnern?«

»Aber das ist gar nicht lustig«, protestierte ich. »Das kann Yppolita den Kopf kosten.«

Mit dieser Bemerkung schien ich Mimmels Geschmack getroffen zu haben: Er amüsierte sich königlich und machte mir Komplimente über meine rasche Auffassungsgabe. Schließlich gackerte er: »Macht euch doch keine Sorgen über morgen und übermorgen! Heute wollen wir lustig sein. Kommt, ich gebe euch noch etwas Saft – diese Runde geht auf mich. Übrigens«, er zwinkerte uns zu, als wir die Gläser an die Lippen setzten, »der Beerenwein ist mit einem kleinen Mittelchen gewürzt gewesen, das, für sich allein genossen, völlig harmlos ist. Ein ähnliches Mittelchen schwimmt auch im Rebensaft. Erst wenn man beide mischt, stellt sich die kolossale Wirkung ein. Ich will sie einmal ›Befreiung‹ nennen, denn ihr seid nun frei von eurem eigenen Willen, und wollt vor allem eines: eurem aufmerksamen Gastgeber gefallen. Hihi. Diese Art der Selbstaufgabe ist natürlich nicht jedermanns Sache – darum habe ich auch nur von dem einen und mein Sohn hat von dem anderen getrunken. Wir sind maßvolle Trinker, müßt ihr wissen, aber ihr könnt offenbar viel mehr vertragen als wir. Und jetzt herunter mit dem guten Stoff!«

Wir tranken. Sofort war die kleine Unstimmigkeit vergessen, wir waren vergnügter als je zuvor.

»Ach, wenn ihr wüßtet, wie sehr ich solche Tage genieße!« quietschte der Häuptling. »Es ist zu schön, euch grobes, ungestaltes, aufgeblasenes Menschenpack ein wenig zu zwirbeln und zu zwicken!« Im Vorübergehen riß er Larix Bart mit einem kräftigen Ruck nach unten. »Dabei kann ich euch versichern, daß euch keinerlei Unrecht geschehen wird. Wir feiern hier nur einen gerechten Handel, den beglückenden Ausgleich von Angebot und Nachfrage. Alles wird Eingang in das Hauptbuch finden, in das nur die wirklichen Zehntelergeschäfte eingetragen werden dürfen.« Er stutzte und faßte sich an den polierten Schädel. »Wo waren wir zuvor stehengeblieben? Ach ja! Yppolita, du Dummchen, hast mir immer noch nicht vorgeschlagen, mit welchem Gesellen ich meine Bezahlung vervollständigen soll, denn die Zeche muß schließlich ausgeglichen sein – so will es das Buch!« Er gab Larix einen Stoß. »Diesen will ich nicht. Für Zwerge wird schlecht gezahlt.«

Yppolita gab sich einen Ruck und zeigte auf Junivera, die man inzwischen vom Tisch auf den Boden gezerrt hatte, und die eben zu sich kam.

»Na schön«, brummelte Mimmel ein wenig enttäuscht.

»Wenn du sie nicht willst, kann ich dir gern einen anderen vorschlagen«, versicherte Yppolita eifrig.

»Nein, nein, es ist schon in Ordnung. Sie ist zwar nicht mein Geschmack, aber ganz hübsch nach euren Maßstäben.« Er rieb sich die Hände. »Auch sie wird ihren Preis erzielen …«

»Ich hätte gern noch einen Schluck!« bettelte Elgor.

»Kann ich mir denken«, erwiderte Mimmel. »Aber es gibt nichts mehr. Für euch ist das Fest zu Ende.« In hastig hechelnder Feilschersprache gab er eine Anweisung. Drei, vier kleine Leute sprangen herbei, ergriffen Viburn und Junivera bei den Händen und zerrten sie nach draußen. »Diese beiden werden einstweilen nicht mehr benötigt«, erklärte uns der Häuptling, »mit euch aber würde ich gern noch ein kleines Spielchen versuchen.« Er gab wieder ein paar Anweisungen in seiner Sprache. Zwei Feilscher liefen hinaus und kehrten wenig später mit einer Handvoll Stricken zurück.

»Wer von euch versteht sich am besten aufs Knotenbinden?« fragte Mimmel.

»Arve«, sagten Elgor und Larix wie aus einem Mund, und der Zwerg ergänzte noch: »Er kann Schlingen legen, Netze knüpfen und solche Dinge.«

Der Häuptling gab mir einen Strick. »Fessele die drei,

aber mache deine Sache gut. Nicht so fest, daß ihnen das Blut abgeschnürt wird, aber auch nicht so locker, daß sie die Fesseln abstreifen können. Wenn du gute Arbeit leistest, darfst du als einziger noch einen Schluck vom Rebensaft nehmen.«

Ich schlang meine Knoten wahrhaft meisterlich. Nachdem ich den letzten Riemen festgezurrt hatte, versprach Mimmel meinen drei Gefährten eine Karaffe, falls es ihnen gelänge, sich zu befreien. Das brachten sie natürlich nicht fertig – schließlich hatte ich mir große Mühe gegeben. Aber auch ich bekam meine Belohnung nicht, denn zunächst band mir der Häuptling eigenhändig die Arme auf den Rücken. Nun sollte ich erst dann meinen Saft trinken dürfen, wenn ich mich befreit hätte. »Die Felsrebe ist sehr teuer – du mußt sie dir erst verdienen«, erklärte Mimmel lächelnd. Auch der Häuptling verstand sich auf die Fesselkunst, das mußte ich nach langen vergeblichen Bemühungen einsehen. Ich arbeitete noch an meinen Fesseln, als man uns längst aus dem Basaal geführt und in ein finsteres Loch gestoßen hatte. Erst als die Müdigkeit übermächtig wurde, gab ich meine Versuche auf.

# 15. Kapitel

*Gewiß, Yppolita, die Verbannte, hatte den Tod verdient. Auf ihre frevelhafte Herausforderung – die heimliche Rückkehr nach Kurkum – konnte es keine andere Antwort geben. Niemand in Kurkum hätte um Gnade für sie gebeten. Aber Ulissa gab sich zu sehr ihren Rachegefühlen hin. Man darf nicht vergessen, daß Yppolita einmal die Königin der Amazonen gewesen ist. Die Kriegerinnen konnten es nicht ertragen, ihre einstige Führerin so erniedrigt zu sehen. Ulissa hatte der Schwester die Würde rauben wollen und verlor dabei viel von ihrer eigenen.*

*Wie konnte sie Yppolita einen halben Tag und eine Nacht lang auf dem Hof an den Pranger stellen? Wie konnte sie von uns erwarten, daß wir nichts Eiligeres zu tun hätten, als unsere ehemalige Herrscherin mit Speichel und Unrat zu besudeln? Natürlich hat keine von uns Königin Ulissa diesen Gefallen getan!*

*Es lag eine düstere Wolke über der Burg. Die Kriegerinnen waren erfüllt von Bitterkeit. Wir alle sehnten uns die Hinrichtung herbei, damit diese Stunden der Schändlichkeit ein Ende hätten.*

Jetzt wird es bald soweit sein!« rief Larix über die Schulter. »Zwei von diesen Dämonenweibern schleppten gerade den Richtblock in den Hof.«

Ich ging zu ihm ans Fenster, vorbei an der Pritsche, auf der Elgor lag, und schaute durch die Gitterstäbe nach unten. Ein kalter Wind blies mir ins Gesicht. Auf dem Hof waren zwei Amazonen damit beschäftigt, einen runden Holzklotz aufzurichten, den sie aus einem Schuppen herbeigerollt hatten. Am Fuß des Klotzes waren zwei eiserne Schellen befestigt, vermutlich konnten dort die Hände des Verurteilten eingespannt werden. Abgesehen von diesen Fesseln glich der Block einem ganz gewöhnlichen Hauklotz, auf dem Brennholz gespalten wird.

»Arme Yppolita«, murmelte Larix, »ein schieres Wunder, daß sie in der Nacht nicht erfroren ist.«

Drei Schritt nämlich von dem Block entfernt stand Yppolita an einen Pfahl gelehnt, ihre Arme hatte man über dem Kopf an dem Holzstamm festgezurrt. Ihre Füße – die Zehennägel waren mit roter, glänzender Farbe bemalt – steckten in hochhackigen Sandalen. Am Körper trug sie ein weites Kleid aus hauchdünnem, rotem Gewebe, durchsichtig wie ein Nebelschleier und nur in der Taille von einer Silberkette als Gürtel gehalten. Wangen und Lippen waren dick mit roter Schminke beschmiert – kurzum: Ulissa hatte viel Sorgfalt darauf verwendet, ihre Schwester wie eine billige Beilunker Hure aussehen zu lassen. Ihre Erscheinung sollte, so Königin Ulissa, an die Schande gemahnen, die Yppolita über sich und Kurkum gebracht hatte. Der Wind, in dem sie nun schon seit zwanzig Stunden stand, pfiff durch den Hof und zerrte an ihrer vulgären Verkleidung. Doch sie schien die Kälte nicht zu bemerken. Sie hatte die Augen geschlossen, als schliefe sie, und ihre Miene war völlig unbewegt.

»Vielleicht ist es ein Glück, daß Junivera nicht mehr bei uns ist«, sagte Larix nachdenklich. »Sie hatte sich so viel von Kurkum versprochen, für sie war die Burg der Amazonen fast ein heilige Stätte …« Er spuckte durch das Gitter auf den Hof. »Aber es ist ein abscheulicher Ort. Diese Frauen und ihre Gebräuche sind mir widerlich – und ihre Königin ist die schlimmste von allen … Wenn ich daran denke, wieviel Vergnügen es ihr bereitet hat, ihrer Schwester dieses Dirnengewand anzuziehen! Sag, Arve, entspricht das einer Königin?«

Meine Augen brannten. Wenn ich Mädchen – oder Yppolita – noch länger betrachtet hätte, wären mir die Tränen gekommen. Davor fürchtete ich mich, denn wenn ich einmal zu weinen begonnen hätte, hätte ich niemals wieder aufhören können. So fühlte ich mich jedenfalls. Ich kehrte dem Fenster den Rücken zu und ließ meinen Blick durchs Zimmer wandern. Viel gab es nicht zu sehen. Die Amazonen hatten uns nicht ins Verlies geworfen, sondern in eine Arrestzelle im Palast gesperrt – vermutlich, weil wir von hier aus einen guten Blick auf den Hof und Yppolita hatten. In der Zelle standen zwei Schemel, ein schmaler Spind und die Pritsche, auf der Elgor lag.

»Wir haben es weit gebracht, Larix«, sagte ich. »Junivera und Viburn in die Sklaverei verkauft, Mädchen am Schandpfahl, den Richtblock vor Augen, und Elgor ...«

Der Zwerg hatte gar nicht zugehört. »Was mögen sie mit uns vorhaben, Arve? Ob sie uns auch den Kopf abschlagen?«

»Keine Ahnung. Ich will es auch gar nicht wissen. Nur eines ist klar: Nachdem wir Kurkum, ihre geheime Burg, gesehen haben, werden sie uns kaum wieder laufenlassen. Ihnen wird schon etwas einfallen.«

Larix wandte sich ebenfalls vom Fenster ab. Sein Blick fiel auf Elgor, wanderte über das weiße Gesicht mit den geschlossenen Augen, die friedvolle, entspannte Miene – und über die riesige, halb angetrocknete Blutlache, die sich auf den Steinfliesen unter der Pritsche ausgebreitet hatte. »Elgor von Bethana«, Larix' Schultern hoben sich, »vielleicht hat er den besseren Teil gewählt ... Jedenfalls liegt jetzt alles hinter ihm. Unser Tod wird weniger ehrenvoll sein.«

Elgors ehrenvoller Tod! Ich brauchte nur die Augen zu schließen, dann sah ich sie immer wieder vor mir: die letzten Minuten im Leben des Weggefährten.

Die kleinen Widerlinge hatten uns zu einem riesigen Baum geführt, in dessen Stamm vom Wipfel bis zur Wurzel ein rußgeschwärzter Riß klaffte. Wir hatten den Weg mit verhüllten Augen zurückgelegt, die Hände auf den Rücken gefesselt. Es war ein langer Marsch gewesen. Am Anfang hatten wir immer noch unter dem Einfluß jenes Tranks gestanden, mit dem der Feilscherhäuptling uns unseren Willen genommen hatte. Ich weiß noch genau – und meine Wangen röten sich vor Scham, wenn ich daran denke –, wie wir unter den Säcken, die unsere Köpfe bedeckten, unablässig alberne Scherze machten. Einen Fluchtplan hätten wir ersinnen sollen, irgend etwas tun, um dieser unwürdigen Lage ein Ende zu machen, aber wir schütteten uns aus vor Lachen, wann immer das schrille Gekecker unserer Begleiter an unsere Ohren drang, und stritten kichernd darüber, wie unser Kopfputz wohl auf die Amazonen wirken würde. Ich erinnere mich, wie ich zu Elgor sagte, in seinem besonderen Fall sei es wohl günstiger, wenn er den Sack gar nicht mehr abnähme. Seit er ihn trüge, habe er beträchtlich an Liebreiz gewonnen ... Da hatte Elgor von Bethana noch knapp vier Stunden zu leben.

Vermutlich war Yppolita die erste, die aus ihrem Rausch erwachte: Irgendwann hörte sie auf zu kichern und auf unsere Albernheiten zu antworten. Wir nannten sie einen Spaßverderber und scherzten weiter, bis bei jedem von uns eine würgende Übelkeit und lähmender Kopfschmerz nach und nach die Beschwingtheit des Rausches ersetzte. Mir war, als müßte ich unter dem groben Sack ersticken und litt gleichzeitig unter der Angst, ich könnte mich jeden Augenblick in die Umhüllung hinein erbrechen. So stolperten wir über Reisig und Geröll, stürzten, wurden von kleinen kräftigen Händen gepackt und wieder in die Höhe gezerrt.

Unterdessen hatten die Feilscher damit begonnen, uns mit kurzen, angespitzten Stöcken die Marschrichtung zu weisen: ein kleiner Schritt zur falschen Seite, und schon bohrte sich eine Holzspitze irgendwo in meine Haut. Die kleinen Wunden brannten höllisch, in meinem Kopf dröhnte und hämmerte der Schmerz, um mich unentwegt an den Trank zu erinnern, den ich so sorg- und gedankenlos in mich hineingeschüttet hatte. Meinen Gefährten erging es nicht besser, und wir fühlten uns gemartert und elend, als wir endlich jenen von einem Blitzschlag zerstörten Baum erreicht hatten und die Säcke von unseren Köpfen gezogen wurden.

Sieben Amazonen hatten am Treffpunkt bereits auf uns gewartet. Vom Rücken ihrer hochbeinigen Pferde herab hatten sie uns stumm gemustert, teils neugierig, teils feindselig. Königin Ulissa war im Kreise der Reiterinnen leicht zu erkennen. Sie trug einen vergoldeten Panzer, geschmückt mit gehämmerten Reliefs, Darstellungen von Blumengirlanden und Lorbeerzweigen. Die blankgeputzten Muster blinkten im Sonnenlicht. In die Brustwölbung war je eine dreiblättrige Krokusblüte aus Lapislazuliplättchen eingelegt. Mit eben solchen Steinen war auch der hohe, goldene Helm verziert: Sie schmückten die Fassung, in der der Helmbusch aus mächtigen, leuchtend rot gefärbten Straußenfedern steckte. Ich bin sicher, ich hätte die Königin auch dann auf Anhieb erkannt, wenn sie eine weniger prunkvolle Rüstung getragen hätte. Ihre blonden Locken waren von so heller Farbe, daß sie fast weiß erschienen, viel heller als Yppolitas Haar also. Gesicht und Körper wirkten weicher, fraulicher. Weiblich war auch der leuchtend rote Mund, sanft geschwungen und mit voller, fleischiger Unterlippe. Yppolita besaß kräftige, dunkelblonde Augenbrauen, Ulissas Brauen waren so blaß, daß man sie kaum sehen konnte. Und doch waren die beiden auf zehn Schritt Entfernung als Schwestern zu erkennen. Beide waren gleich groß gewachsen und sehr ähnlich gebaut, beider Gesichter waren geprägt durch auffällig hohe vorspringende Wangenknochen.

Fast erschreckend aber war die Ähnlichkeit der Augenpaare. Das gleiche klare Blau, das man ebensogut als unergründlich tief wie als kalt und grausam beschreiben könnte. In Ulissas bleichem, brauenlosen Gesicht schienen diese Augen eine Idee dunkler und härter zu funkeln.

Eine rothaarige Amazone, die gleich neben der Königin gestanden hatte, sprengte heran, schlug jedem von uns – zum Spaß – mit einer kurzen Peitsche über den Rücken und befahl den Feilschern, uns loszubinden. Wir sollten zu einer Kette neu verschnürt werden, wenn ich sie richtig verstand. Kaum hatte man uns die Fesseln abgenommen, da gab es plötzlich ein Durcheinander: Elgors Stimme brüllte: »Jetzt!« und: »Los, Larix, Arve! Lauft, lauft!«

Vom Kopfschmerz noch immer völlig benommen, begriff ich überhaupt nicht, was um mich herum vor sich ging. Wie durch einen Nebel sah ich Elgor mitten im Kampfgetümmel. Offenbar hatte er zwei Amazonen aus den Sätteln geworfen und war der Anführerin in die Zügel gefallen, rang mit ihr um den Säbel, den sie in der Faust hielt. Irgend etwas mußte ich tun, das hatte ich begriffen, aber mir war vor Schmerz und Übelkeit so schwindelig, daß ich mich kaum bewegen konnte. Ich beobachtete Larix, der wie ein Hase über die Lichtung hetzte, verfolgt von zwei Reiterinnen, sah Yppolita, die wie ich tatenlos zwischen Mimmels Feilschern und den Amazonen stand, und sah Elgors Gegnerin, die den Säbel fahren ließ, plötzlich einen schlanken Dolch in der Linken hatte und zweimal zustieß, Elgor in Brust und Schulter traf.

Kurz darauf war alles vorüber. Larix hatte es nicht bis zum Waldrand geschafft und war von den Reiterinnen zurückgeschleift worden. Man hatte uns aneinandergebunden und in Eile zur Burg gezerrt. Aus der Dolchwunde in Elgors Schulter war das Blut wie aus einem Brunnen gesprudelt, eine kleine Fontäne bei jedem Schritt. Ich hätte nie gedacht, daß er den Marsch zur Burg durchstehen würde, aber er hatte noch gelebt, als man uns von Yppolita trennte und in die Arrestzelle stieß.

Kurz darauf verlor er das Bewußtsein, und Larix und ich hatten den Krieger auf die Pritsche gelegt, uns zu ihm auf den Boden gekauert und – was hätten wir denn anderes tun sollen? – zugesehen, wie das Blut aus der Wunde quoll, den notdürftigen Verband tränkte und auf den Boden tropfte, wie unser Freund schwächer und schwächer wurde und endlich starb, wie sich seine angespannte, sorgenvolle Miene plötzlich glättete – so, als sei er soeben zu sich gekommen und wollte uns nun etwas Beruhigendes sagen, aber Elgor blieb stumm. Er war gestorben, weil er versucht hatte, uns zu helfen. Ja, er starb einen ehrenvollen Tod, eines Ritters würdig – und dennoch genauso sinnlos wie jedes Sterben überall in der Welt. Ich will gern zugeben, daß ich den starrsinnigen, oft anmaßenden Kriegsmann während unserer Reise bisweilen ins fernste Yetiland verwünscht hatte, aber nun, da er starb, fuhr mir ein kaltes Messer in die Brust. Schmerz und Wut schnürten mir die Kehle zu. Warum sind wir so abgrundtief hilflos, wenn wir dem Sterben begegnen? Was nützt es uns, wenn wir Schiffe mit drei Masten bauen und das Meer der Sieben Winde befahren können? Was hilft uns eine Magie, die Steine sprechen macht und Blitzstrahlen so genau wie Pfeile lenkt? Wozu das alles, wenn wir, sobald es darauf ankommt, hilflos wie eben geborene, blinde Mäuse sind? Wozu leben wir überhaupt, wenn wir am Ende doch sterben müssen? Wozu die ganze Plackerei? Wollen die Götter uns verhöhnen, in dem sie uns zeigen, daß nur sie wahrhaftig zu geben und zu nehmen verstehen …?

Larix' Stimme riß mich aus meinen Gedanken: »Du, Arve, sieh mal, dort drüben bei der Scheune! Der nächtliche Besucher hat etwas zurückgelassen!«

Ich schaute in die Richtung, in die sein Finger wies, und entdeckte einen Kotstrang, glänzend schwarz und so dick und lang wie ein Männerschenkel.

»Da! Gibst du nun zu, daß ich recht hatte? Von wegen: *Gemeinsame Sinnestäuschung!* Oder willst du mir weismachen, diese ... diese *Wurst* würden wir uns auch nur einbilden?«

Der Zwerg spielte auf die hilflosen Worte an, mit denen ich eine unfaßbare nächtliche Beobachtung zu erklären versucht hatte. Ich hatte, was wir vom Fenster aus erblickten, als Augentäuschung bezeichnet. Denn ich konnte mir einfach nicht vorstellen, daß die Kreatur wirklich dort unten über den Hof gekrochen war.

Larix hatte mich geweckt, weil er ein Geräusch gehört hatte. Wir waren zum Fenster geeilt. Unser erster Blick hatte Yppolita gegolten, die aber reglos – und anscheinend unversehrt – am Schandpfahl stand. Der Mond hatte dicht über dem Horizont geschwebt, die Burggebäude hatten lange schwarze Schatten geworfen. Während wir noch in den Hof schauten, schien sich der Schatten der Scheune in Bewegung zu setzen. Eine dunkle Form schob sich unter leisen Schleifgeräuschen über das Pflaster, eine ungestalte, massige Kreatur von der Größe eines Pferdefuhrwerkes. Wir hatten einen klobigen Kopf gesehen, an einem langen Schlangenhals pendelnd, ruhelos witternde Nüstern, so groß wie Armreifen; aus den schwarzen Löchern waren dünne Rauchfahnen aufgestiegen. Auf dem Rücken hatte das Untier zwei Zacken getragen, hoch emporragend wie die Segel eines Fischerbootes.

»Ein Drache«, hatte Larix geraunt. »Ich habe noch nie einen gesehen, aber das muß ein Drache sein!«

Das Ungeheuer war in Yppolitas Richtung gekrochen. Bei Larix' Flüstern hatte es gestutzt und den Kopf gehoben. Wir waren vom Fenster zurückgezuckt.

Auf dem Hof war ein gedämpftes Klatschen zu hören gewesen – wie das Schlagen einer Zeltbahn im Wind.

Ein Schatten hatte den Mond verdunkelt, dann war es wieder hell geworden. Wir waren nach vorn gesprungen und hatten nach unten gestarrt – der Hof lag verlassen im Mondlicht.

»Ein Drache!« hatte Larix aufgeregt geflüstert. »Wenn ich auch bald sterben muß, ich habe doch wenigstens einmal einen leibhaftigen Drachen gesehen!«

»Ich kann es nicht fassen«, hatte ich erwidert. »Warum sollte ein fliegender Lindwurm hier über den Hof spazieren?«

»Vielleicht wollte er sich Yppolita holen?«

»Tatsächlich? Und du hast ihn durch dein Flüstern aufgescheucht – wie einen Eichkater?«

Darauf hatte der Zwerg nichts zu erwidern gewußt. Ich dachte noch eine Weile über das Ereignis nach, bis ich schließlich entschied, daß unsere überreizten Nerven uns einen Streich gespielt hatten.

»Vielleicht war es der Schatten einer Wolke«, hatte ich gesagt, »vielleicht ein verirrter Rauchschwaden aus dem Kamin. So etwas gibt es. Wenn es mehrere Personen zugleich wahrnehmen, nennt man es ›Gemeinsame Sinnestäuschung‹.« Wir hatten noch eine Weile miteinander gestritten, aber schließlich hatte der Zwerg, da ihm die Beweise fehlten, klein beigegeben. Am Morgen hatte ich das Erlebnis wie einen schlechten Traum fast schon wieder vergessen – und nun diese Entdeckung: ein ganz und gar wirkliches Stück Drachenscheiße!

Uns blieb keine Zeit mehr, noch einmal über die Kreatur der Nacht zu sprechen, denn eben hatten zwei Kriegerinnen Yppolita losgebunden, und auf dem Flur vor dem Arrestraum polterten Fußtritte heran. Der Riegel quietschte, und die Zellentür wurde aufgerissen.

»Heraus mit euch!«

Die Amazone warf einen flüchtigen Blick auf Elgor. »Was ist mit ihm? Ist er …?«

Sie trat näher, legte ihm die Hand erst auf die Stirn, dann auf den Mund. »Er war Krieger, nicht wahr?«

Larix schwieg. Auch ich hatte keine Lust, mit ihr über unseren toten Gefährten zu sprechen.

»Nun – mag Rondra ihn in ihren Hallen aufnehmen! Ihr beide werdet ihn um seinen Tod beneiden, noch ehe dieser Tag vorüber ist.«

»Wir sterben nicht mit Yppolita zusammen?« fragte ich.

»Warum sollten wir euch diese Ehre widerfahren lassen? Immerhin ist Yppolita eine Amazone, und sie war unsere Königin. Habt ihr das vergessen?«

»Nein, *wir* nicht«, knurrte Larix. »Aber ihr! Mein Volk würde seinen schlimmsten Feind nicht so sehr demütigen wie ihr eure Anführerin.«

Zu meiner Überraschung antwortete die Amazone nicht. Mir schien sogar, daß eine leichte Röte ihre Wangen überzog.

»Los jetzt!« befahl sie mit gesenkter Stimme. »Dreht euch um! Wir werden euch binden.«

Eine zweite Amazone trat ein. Sie hielt eiserne Achten in den Händen. Es dauerte einen Augenblick, bis ich das Gesicht unter dem Helm erkannte: Dedlana! Meine spröde Geliebte aus dem *Schwarzen Bären!* Sie starrte mich aus weitaufgerissenen Augen an. Ich senkte den Blick, drehte mich um und streckte die Arme aus. Kühles Metall legte sich um meine Handgelenke. Die beiden führten uns hinaus auf den Korridor. Auf der Treppe stolperte ich und wäre gestürzt, wenn Dedlana mich nicht mit sicherem Griff aufgefangen hätte.

»Sehr freundlich«, sagte ich so gelassen wie möglich. »Ich hätte mich leicht zu Tode stürzen können. Dann wäre euch der halbe Spaß verdorben gewesen.«

Dedlana gab mir keine Antwort.

Im Burghof stand, nahe beim Brunnen, eine einzelne, mächtige Linde. Unter ihren kahlen Ästen waren die Amazonen angetreten. Vor dem Eingang des Palas hatte Königin Ulissa fünf Offizierinnen im Halbkreis um sich versammelt. Ein paar Schritte von dieser Gruppe entfernt hatte man den Richtblock aufgestellt, vor dem Yppolita kniete. Larix und ich wurden dicht an den Klotz herangeführt. Die beiden Amazonen, die uns aus der Zelle geholt hatten, blieben hinter uns stehen.

Im Hof herrschte tiefes Schweigen. Nur der Wind war zu hören, der sausend über die Zinnen der Mauer strich, Sandkörner und Blätter über das Pflaster trieb, an den Helmbüschen und Mänteln der Amazonen zerrte und Yppolita das dünne Hurenkleid eng an den Körper preßte.

In den Fenstern des Palas waren die Köpfe neugieriger Köchinnen und Mägde zu sehen.

Königin Ulissa trat einen Schritt vor. Aus der Schar der Amazonen lief eine Kriegerin herbei und reichte ihr ein Zweihänderschwert mit goldblinkendem Heft. Die Königin sprach. Ihre Worte galten Larix und mir: »Euer Ende ist noch nicht gekommen. Wenn ihr zum Namenlosen fahrt, werdet ihr ein wenig klüger geworden sein. Ihr werdet nämlich erlebt haben, wie es einer Buhlerin und Verräterin ergeht. Diese Kreatur dort im Staub hat sich nicht damit begnügen können, den Amazonenthron mit Schande zu bedecken. Nein, sie mußte das übelste Gelichter Aventuriens um sich scharen, um mit solcher Hilfe der Schwester den Thron zu rauben und den Königinnenmord zu planen ...«

»Darf ich sprechen, Königin?« fuhr ihr Larix tollkühn ins Wort.

»Nur zu, du Maulwurf! Aber wenn mir deine Worte nicht gefallen, werde ich dir die Zunge herausschneiden und sie den Hunden zum Fraß vorwerfen lassen!«

Larix erzählte mit beherrschter Stimme, schnörkellos und ohne Umschweife unsere und Yppolitas Geschichte, soweit wir sie kannten. Die Königin hörte ihm aufmerksam zu, ohne ihn ein einziges Mal zu unterbrechen. Dann trat sie zu ihrer Schwester und tippte ihr mit der Fußspitze gegen den Schenkel. »Stimmt das, du … *Mädchen?*«

Yppolita hob den Kopf, sah sie an und schwieg.

»So sprich! Wenn auch dein Leben verwirkt ist, vielleicht kannst du die Köpfe deiner Kumpane retten.«

Es bereitete Yppolita unendliche Mühe, das Wort an die verhaßte Schwester zu richten. Sie hatte geschwiegen, seit die Feilscher uns am vergangenen Morgen zur gespaltenen Eiche geführt hatten. Außer ihrem Schweigen war Yppolita nichts geblieben, das sie Ulissa entgegensetzen konnte. Und das sollte sie jetzt aufgeben – um der Weggefährten willen, weil sich eine winzige Hoffnung bot, ihr Leben zu erhalten? Yppolitas Lippen öffneten sich. »Es stimmt jedes Wort«, murmelte sie kaum hörbar, genau im gleichen Augenblick, da ich »Laß gut sein, Yppolita!« rief.

»Wir haben dich nicht verstanden, Mädchen«, zischte die Königin. »Noch einmal, bitte, und so laut, daß dich auch die Kriegerinnen in der letzten Reihe hören können!«

Yppolita wiederholte ihre Worte mit fester, lauter Stimme.

Als sie geendet hatte, stieß Ulissa ein schallendes Gelächter aus – ein paar Amazonen stimmten zögernd ein. Die Königin hatte sich wieder Larix zugewandt. »Ihr habt uns vortrefflich unterhalten, du und deine Freundin. Ich denke, du kannst deine Zunge einstweilen behalten. Später, gegen Abend, wirst du viel zu schreien haben, dann sollst du deinen Jammer sprechen lassen können und nicht nur einfach viehisch jaulen …«

Mit zärtlicher Geste strich Ulissa der Knienden über das Haar. »Eine schöne Geschichte«, lobte sie. »*Zufällig* schickte dein Herr Vater eine Schar Strauchdiebe aus, *zufällig* finden die Halunken dich mitten im Wald. Sie kennen dich zwar nicht, aber, wie es der *Zufall* will, sie nehmen dich in ihre Reihen auf, dich, *Mädchen*, angeblich ein halbnacktes, tölpelhaftes Kind, du sollst bei ihrem gefährlichen Auftrag ihr Verbündeter sein. Und endlich führt euch der *Zufall* bis fast vor das Tor von Kurkum. Merkwürdig nur, daß mir Freund Mimmel nichts von einem Mädchen ohne Gedächtnis erzählt hat. Er berichtete nur, die Schänderin des Throns sei zurückgekehrt. Kein Wort davon, daß sie *nicht* auf den Namen Yppolita hörte. Nein, dem Zehntelerhäuptling schienst du ganz die alte zu sein. Ach halt! Du hattest ja *zufällig* dein Gedächtnis kurz vor dem Treffen mit Mimmel zurückerlangt ...«

Larix war ein echter Zwerg. Er gab niemals auf. »Hana, die Schwertmeisterin!« rief er dazwischen. »Holt sie herbei! Sie wird Yppolitas Geschichte bestätigen!«

Ulissa fuhr herum. »Wir kennen hier keine Schwertmeisterin Hana! Eine Frau dieses Namens liegt im tiefsten Kerker. Sie ist blind und verblödet. Ich sehe keinen Sinn darin, sie diesem kalten Wind auszusetzen. Soll sie bleiben, wo sie ist! Wir haben Wichtigeres zu tun!«

Larix öffnete den Mund.

»Meine Geduld mit dir ist erschöpft!« zischte Ulissa und gab der Amazone in Larix' Rücken einen Wink. »Noch ein Wort, und ich lasse dir die Gurgel durchschneiden!« Mit sachlicher Stimme fuhr sie fort: »Wo war ich stehengeblieben? Ach ja, bei dem Märchen der tausend Zufälligkeiten! Ein schlechtes Märchen! Es soll nicht ohne Folgen für die Thronschänderin bleiben. Höre, du Abschaum: Ich habe dir einmal meine Gnade gewährt. Du hast es mir übel gedankt. Dennoch hätte ich dir einen würdigen Tod bereitet, wenn du geschwiegen hättest. Aber du hast es vorgezogen, das haarsträubende Lügenmärchen deines Kumpanen öffentlich zu bestätigen. Oh, wieviel besser hätte dir Schweigen angestanden. Nun gut, du hast im Angesicht des Todes gezeigt, daß du alle Amazonenwürde verloren hast, würdelos soll dein Tod sein! Dir wird das schändlichste Ende zuteil, das je ein Mensch in Kurkums Mauern erlitten hat. – Ilfa, bring Honig und Federn! – Usa, hol die Hunde her! – Dora, ich brauche das Duftwasser und den Wein aus meiner Kammer!«

Keine der Amazonen rührte sich. Die Kriegerinnen blickten stumm zu den Offizierinnen hinüber. Die Offizierinnen sahen ihre Königin an.

Wieder wurde es still im Burghof. Mir schien, daß diesmal sogar das Sausen des Windes leiser geworden war.

Die Zeit verrann. Königin Ulissa fuhr mit dem Zeigefinger über das Heft ihres riesigen Schwertes. Ein kaum merkliches Zittern schwang in ihrer Stimme, als sie ihre Befehle wiederholte. Wieder gehorchten die Kriegerinnen nicht, doch diesmal ließ die Königin kein peinliches Schweigen entstehen. Ihre Augen suchten den Blick einer Kriegerin.

»Ilfa, das ist Gehorsamsverweigerung. Du enttäuscht mich sehr. Ich hatte dich für eine bessere Amazone gehalten. Dein Verhalten wird Folgen haben. Bist du bereit, sie zu ertragen?«

Die Angesprochene zuckte unter jedem dieser Worte wie unter Peitschenhieben. Als die Königin geendet hatte, trat sie zögernd aus der Reihe heraus. Die Stimme einer Offizierin hielt sie auf: »Bleib, Ilfa!«

Ulissa wandte sich der Offizierin zu: »Du hast mir etwas zu sagen, nehme ich an? So sprich, Oda!«

Das Gesicht der Offizierin war rot geworden. Ihr Atem ging in bebenden Stößen. »Meine Königin …!«

»Ja?«

»Wir Anführerinnen … und die Kriegerinnen bitten dich, Yppolita ein schnelles Ende zu gewähren.«

»Wie die Verräterin zu bestrafen ist, entscheidet allein die Königin.«

»…«

»Ihr werdet euch meinem Befehl nicht fügen?« Ulissa war blaß geworden. Sie räusperte sich nervös, sah sich hilfesuchend um, zuckte schließlich die Achseln.

»Schön – wie ihr wollt. Also bringen wir es hinter uns! Spannt ihre Hände in die Schellen am Block!«

Yppolitas Stimme schallte durch den Hof: »Niemand braucht mich zu fesseln! Mein Hals wird nicht zucken – unter dem Schwert.«

»Auch das ... auch das sei dir gewährt!« Ulissa unterstrich ihre Worte mit einer lässigen Handbewegung. Sie wandte sich an die Offizierinnen. »Ich nehme an, das geschähe auch in eurem Sinne?«

Die Angesprochenen nickten. Mit einem leisen Raunen der Kriegerinnen war die Spannung verflogen. Einen wahnwitzigen Augenblick lang hatte ich gehofft, die Amazonen könnten sich gegen ihre Königin erheben, aber Ulissa war zu klug, um es so weit kommen zu lassen. Sie hatte gespürt, daß sie zu weit gegangen war, und hatte schnell und geschickt den Rückzug angetreten. Der Augenblick der Hoffnung war vorüber.

Yppolita rückte einen halben Schritt vor, beugte sich und preßte Schultern und Hals gegen den Block. Die Königin trat hinzu. Ihre Hände umklammerten rechts über links den langen, mit rotem Band umwickelten Griff des Zweihänders. Die Kälte drückte gegen meine Brust und schnürte meine Kehle zu. Die Zeit verhielt ihren Schritt, aber meine Gedanken wollten nicht stillstehen. Ich dachte darüber nach, ob ich hinschauen oder die Augen schließen sollte.

Ulissa hob das Schwert, legte die Klinge auf der linken Schulter ab, wechselte noch einmal den Griff ihrer Hände ...

»Neinnnn!!!! Bitte nicht! Hielfähh!«

Die Zeterstimme eines Feilschers schallte über den Hof, quäkend, zitternd vor Entsetzen und doch so dumpf, als ob sie aus einer Tonne käme.

Tatsächlich pendelte plötzlich ein Faß hoch über dem Hof. Es hing an dem Haken eines der hölzernen Kräne, mit denen die Burgmauer hier und da bestückt war. Der Kran war mit Hilfe eines Seiles, das oben hinter den Zinnen verschwand, über den Hof hinausgeschwenkt worden. Wann das geschehen war, konnte ich nicht sagen. Wie alle anderen im Hof hatte ich nur Augen für das Geschehen am Richtblock gehabt.

Jetzt wandten sich die Blicke aller Anwesenden zu dem sprechenden Faß. Das erhobene Richtschwert in den Händen der Königin zitterte. Vielleicht hätte Ulissa zugeschlagen, wenn ich nicht von hinten einen Stoß erhalten hätte und nach vorn gestolpert wäre, während meine Handfessel klirrend aufs Pflaster fiel. So richtete die Königin die Schwertspitze gegen mich, um den vermeintlichen Angriff abzuwehren.

»Noch einen Schritt, und ich durchbohre dich!«

Ich blieb stehen. Dedlana! schoß es mir durch den Kopf. Nur sie konnte meine Fessel gelöst haben.

»Hier spricht Mimmel«, jammerte das Faß, »der Häuptling der Zehnteler! Amazonen, hört auf mich!«

Ulissa blickte sich hastig um, winkte ein paar Kriegerinnen heran, gab leise Befehle und rief: »Mir steht zwar nicht der Sinn danach, einer quiekenden Tonne zuzuhören, aber da ich dich im Moment nicht daran hindern kann, so rede nur. Wovon willst du sprechen, großer Häuptling?«

Noch während Ulissas Worte durch den Hof hallten, eilte eine der Amazonen mit einem Wurfhaken an einer Leine herbei. Sie schleuderte den Haken über das Seil, mit dem man den Kran herumschwenken konnte, und riß an der Leine. Das Kranseil spannte sich, dann fiel das Ende von der Zinne herab. Nun konnte der Kran von der auf der Burgmauer versteckten Gestalt nicht mehr bewegt werden.

»Von Yppolita«, antwortete die Stimme aus dem Faß. »Sie war unschuldig, damals vor zwei Jahren…«

»Das ist sehr reizvoll«, erwiderte die Königin und gab zwei, drei Kriegerinnen einen Wink. Die Amazonen legten Brandpfeile in ihre Bögen und zündeten sie an. »Zufällig gab es einige Zeugen, die Yppolitas

Schandtat mit eigenen Augen beobachtet haben. Ich kann mich nicht erinnern, daß der Häuptling der Zehnteler zu diesen gehörte.«

»Yppolita hat geschlafen, als …«

Ulissa lachte schallend auf. »*Daß* sie geschlafen hat, wirft niemand ihr vor. Sie tat es nicht allein – wie jeder weiß. Meine Geduld ist am Ende.« Sie gab den Schützinnen das Zeichen. Drei Brandpfeile zuckten hoch und bohrten sich mit dumpfem Schlag in das Faß. Ulissa fuhr fort: »So, nun sag schnell den Rest deiner Geschichte auf – viel Zeit bleibt dir nicht mehr …«

»Neiiin! Neiiin!« gellte Mimmels Stimme. »Laß mich herunter!«

»Das würde ich gern«, antwortete die Königin, »aber wer immer dich in dieses Faß gesteckt und in die Luft geschwenkt hat, er hat die Türen zur Burgmauer abgesperrt. Ich fürchte, wir werden dir nicht mehr helfen können. Bleibt die Frage, ob du verbrennen, ersticken oder in die Tiefe stürzen wirst.«

Gelbe Flammen leckten an dem Faß hinauf.

Mimmels Stimme überschlug sich: »So … so … so sollen es alle hören: Ulissa hat ihre Schwester betäubt, bevor *sie*, o ja, sie selbst, den Bauern zu Yppolita führte. Ich kann das beweisen … ich …«

Mit fahriger Hand bedeutete Ulissa ihren Kriegerinnen, weitere Pfeile in das Faß zu schießen. Sieben oder acht Geschosse schlugen ein und verwandelten die Tonne in einen Feuerball. Aber Mimmel verstummte nicht: »Ich habe es in mein Buch eingetragen: ›Schlafpulver, geschmacklos, leichte Wirkung, für Ulissa, Prinzessin von Kurkum …‹«

Mit einem Krachen stürzte der brennende Faßboden in den Hof, ein Eisenreif und einzelne Dauben folgten. Fast gleichzeitig tauchten oben auf der Mauer die Köpfe zweier Amazonen auf. »Hier ist niemand!« riefen sie herab.

Am Kran hingen nur noch ein paar flammende Holzstücke, doch Mimmels Stimme klang noch immer zu uns herab:

»›... für Ulissa, Prinzessin von Kurkum, Bezahlung: ein Goldring mit Bernstein, darin ein kleiner Perainekäfer.‹ Ich nehme an, der Ring ist bekannt. Ich besitze ihn noch und kann ihn vorlegen – genau wie mein Hauptbuch.«

»Nun, Königin, da staunst du?« rief eine andere Stimme, die haargenau wie Viburns klang. »Den Bauernsohn hast du in jener Nacht schnell genug zum Schweigen gebracht, aber heute warst du zu langsam.« Auf dem First des Palas hoben sich plötzlich zwei Gestalten vor dem hellen Grau des Himmels ab. Beide saßen rittlings auf den Schindeln, nahe beim Kamin, der seinen Schatten über sie warf. Die hintere war Viburn, die vordere, gefesselt, den Kopf unter einem übergestülpten Tontopf verborgen, mußte Mimmel sein. Viburn fuhr fort: »Wer so schändlich handelt wie du, darf keinen Zeugen am Leben lassen – du bist eine schlampige Verbrecherin!«

Ulissa hatte den Zweihänder fortgeworfen und einer Amazone den Bogen aus der Hand gerissen. Larix, dessen Hände noch immer gefesselt waren, antwortete als einziger. »Tu doch etwas, Arve!« schrie er mich an. Aber ich war nicht schnell genug. Der Pfeil huschte durch die Luft und fuhr tief in Mimmels Brust. Mit einem Schrei bäumte sich der kleine Häuptling auf. Er rutschte Viburn aus den Händen, glitt über das Dach und stürzte kopfüber – sein Schädel steckte noch immer in dem unförmigen Topf – auf das Pflaster. Tonscherben flogen durch die Luft wie bei einer Explosion.

»Er hat den Ring in seiner Gürteltasche!« rief Viburn ungerührt vom Dach herab. »Die Seite aus seinem Hauptbuch, auf der der Handel säuberlich verzeichnet wurde, liegt links neben ihm ... Vielleicht möchte jemand einmal nachschauen!«

Ulissa legte einen zweiten Pfeil in den Bogen. Viburn zog vorsorglich den Kopf ein.

»Wie lange wollt ihr die Mörderin denn noch gewähren lassen?« brüllte Larix außer sich vor Empörung. »Seid ihr Kriegerinnen oder Sklavinnen?«

Nun kam endlich Bewegung in die Amazonen. Zwei Offizierinnen sprangen vor und rissen Ulissa Pfeil und Bogen aus der Hand. Ulissa zog ihren Säbel und wies mit der Spitze auf Yppolita, die neben dem Block stand und sich, wie in Gedanken versunken, langsam und bedächtig die rotgefrorenen Arme rieb. »Hier steht Aussage gegen Aussage, Wort gegen Wort!« rief Ulissa. »Sollen die Waffen entscheiden, wer Königin der Amazonen sein wird!«

»Gib mir deinen Säbel«, sagte Yppolita zu einer Amazone, die in ihrer Nähe stand. Sie nahm die Waffe in Empfang, wog sie in der Rechten.

Ich sprang vor und verstellte ihr den Weg. »Das ist doch Wahnsinn! Sie ist eine Intrigantin, eine Meuchelmörderin! Sie hat keinen Anspruch auf einen gerechten Kampf! Sie trägt eine Rüstung und du…! Sieh dich doch nur an! Und… und du bist völlig steif gefroren!«

Während ich sprach, war Yppolita einfach immer weiter nach vorne gegangen, hatte mich Schritt für Schritt zurückgedrängt und schob mich endlich mit dem linken Arm wie einen lästigen Bittsteller zur Seite. Nun stand sie vor ihrer Schwester, gut zwei Schritt von ihr entfernt.

Ulissa schlug ohne Vorwarnung zu, schräg, von unten herauf.

Yppolita sprang zu spät, aber immer noch schnell genug, um dem Hieb wenigstens einen Teil seiner Wucht zu nehmen. Die Klinge durchtrennte den Gazestoff und schnitt in Yppolitas Oberschenkel.

Ein ungleicher Kampf begann. Ulissas Hiebe fielen dicht, beherrscht und wohlgezielt. Sie fintete eiskalt, nutzte jede Lücke in Yppolitas Deckung aus. Yppolita stolperte auf ihren hochhackigen Sandalen – wenn sie die wenigstens ausgezogen hätte! – über die Pflastersteine. Um der Heftigkeit von Ulissas Schlägen begegnen zu können, mußte sie ihren Säbel mit beiden Händen führen, das verlangsamte ihre Paraden. Zwar wehrte sie die wuchtigsten Hiebe ab, aber Ulissas ansatzlos gesetzte, kleine Stiche und Schnitte fanden viel zu oft ihr Ziel. Bald schon blutete Yppolita aus zahlreichen Wunden, keine gefährlich oder tief, aber jede bereitete Schmerzen und kostete Kraft.

Jeder Zuschauer im Hof konnte sehen, wie Ulissa an Sicherheit gewann. Die Schwester war lange nicht so gefährlich, wie sie befürchtet hatte, kaum eine ernstzunehmende Gegnerin. Ulissa entschied sich, den Kampf nach Amazonenart zu führen: Lang sollte er dauern und der Siegerin Gelegenheit geben, ein großartiges Bild zu bieten. Die Königin nutzte nicht mehr jede Gelegenheit, einen kleinen Treffer anzubringen. Ja, sie ließ es nun sogar zu, daß Yppolita hin und wieder eine Attacke vortrug. Sie nahm die verzweifelten Hiebe zum Anlaß, elegante Paraden und Ausweichmanöver vorzuführen. Yppolita schlug zu, Ulissa bog den Oberkörper zur Seite, nicht einen Fingerbreit zu weit. Yppolita, vom eigenen Schwung nach vorn gerissen, stolperte an ihrer Gegnerin vorüber. Ulissa hielt ihr die Säbelklinge zwischen die Unterschenkel, und Yppolita stürzte bäuchlings auf das Pflaster. Ihre Schwester trat zurück und wartete lächelnd, bis sie wieder auf die Beine gekommen war.

»Nimm mir diese verdammte Fessel ab!« knurrte Larix neben mir. Ich hatte ihn völlig vergessen. Ich dachte nicht einmal daran, daß es bei diesem Kampf auch um unser Leben ging. Ohne meinen Blick von den Kämpferinnen zu nehmen, hantierte ich an den eisernen Ringen, bis sie endlich von Larix' Handgelenken fielen.

Ein bitterer Gedanke kam mir in den Sinn, während

ich das Gefecht zwischen den beiden Schwestern beobachtete: Ulissa hatte Yppolita einen schmachvollen Tod bereiten wollen. Ihre Kriegerinnen hatten diesen Plan durchkreuzt, und nun hatte die Königin doch noch ihr Ziel erreicht. Sie konnte die Schwester, die unter den Kriegerinnen immer als die beste gegolten hatte, im Kampf demütigen. Es war die Königin, die die Waffe mit sicherer Hand führte, völlig gelassen, nach Amazonenart. Yppolita dagegen, der das Schandkleid in Fetzen vom Körper hing, die nach mehreren Stürzen von Schmutz und Blut gesudelt war, trippelte auf lächerlichen Schuhen wie eine Schankdirne über den Hof, mit unbeherrscht flackerndem Blick und schweißverklebten Haaren – welch ein Kontrast zu der aufrecht schreitenden Königin mit makellos blinkendem Panzer und stolz wehendem Helmbusch!

Ulissa hatte keine Eile, das Gefecht zu beenden, und Yppolita nicht die Kraft. So klirrte Stahl auf Stahl, bis ich das Geräusch kaum mehr ertragen konnte. Yppolita atmete schwer. Ihr hilfloses Keuchen ging mir durch Mark und Bein.

Aus den Augenwinkeln bemerkte ich Viburn, der vom Dach herabgeklettert und zwischen Larix und mich getreten war. Ich nahm mir nicht die Zeit, ihn anzuschauen. Aber er stieß mich sanft in die Seite.

»Arve, guck nicht so verzweifelt!« raunte er mir ins Ohr. »Der Kampf wird bald vorüber sein – und unser Mädchen wird ihn gewinnen. Darauf setze ich meine Hälfte der Belohnung.«

»Halt die Schnauze!« zischte ich zurück. »Wie kannst du jetzt von der Belohnung faseln?«

Ulissa trieb Yppolita mit Säbelhieben vor sich her, als wollte sie eine Bettlerin aus der Burg prügeln. Yppolita stöckelte rückwärts, wehrte mit Mühe und knapper Not die hageldichten Schläge ab.

»Schau in ihr Gesicht!« flüsterte Viburn. »Erinnere dich an ihren Kampf mit Junivera!«

»Das kann man nicht vergleichen«, gab ich zurück, doch dann sah ich, was Viburn meinte: Yppolita warf ihm ein Lächeln zu. Das mag unglaublich klingen, und doch ist es wahr; ich schwöre es! Ohne ihre Miene merkbar zu verändern, ohne die in scheinbarer Verzweiflung zusammengezogenen Brauen zu bewegen, sandte Yppolita dem Streuner ein Lächeln, einen Blick voller Zuversicht.

Ulissa straffte sich. Der angespannte Körper in der Rüstung und das plötzlich ernste, fast strenge Gesicht verkündeten eines: Das Ende des Kampfes war gekommen!

Ein paar lässig geführte Hiebe, dann schoß Ulissas Säbelspitze plötzlich vor, um den Schenkel der Gegnerin zu durchbohren. Yppolita riß die Waffe nach unten, aber Ulissa hatte mit einer kaum merklichen Drehung des Handgelenks die Stoßrichtung geändert, der Stahl durchbohrte Yppolitas schutzlosen Oberkörper... Nein, nein! Er glitt hindurch zwischen Brustkorb und Arm, gerade unterhalb der Achsel. Yppolita preßte den Oberarm an den Leib, klemmte die Klinge ein, warf sich herum, riß ihrer Schwester die Waffe aus der Hand und schlug ihr gleichzeitig den Korb des eigenen Säbels ins Gesicht. All das war eine einzige Bewegung, schneller als die Drehung eines Derwisches beim Fackeltanz. Ulissa faßte sich mit der Hand ins Gesicht, wich taumelnd zurück. Sie hatte ihren Helm verloren. Im Zurückweichen verhedderten sich ihre Füße in dem mächtigen Federbusch. Die Königin stürzte nach hinten, prallte mit dem Rücken auf die breite Brunnenmauer. Kaum hatten ihre Schultern die Steine berührt, da war Yppolita über ihr, legte die rechte Hand über ihr Gesicht und drückte ihren Kopf nach unten, über die Kante der Brunnenmauern. Der schöne Körper der Königin bäumte sich auf wie ein Bogen, ein schlanker Bogen, der von harter Hand gespannt wird, gespannt über den Punkt hinaus, da er zerbricht...

Mit angehaltenem Atem wartete ich darauf, das widerwärtige Knacken zu hören, da gab Yppolita ihre Schwester frei. Sie riß sie hoch, zog ihren Kopf vor ihr Gesicht, so nahe, daß sich ihrer beider Stirnen beinahe berührten. »Nein, du sollst nicht im Kampf sterben – und nicht so schnell!« murmelte Yppolita mit dunkler Stimme. »Hana soll entscheiden, was mit dir zu geschehen hat.«

Am Abend waren wir Yppolitas Gäste, Gäste der alten und neuen Amazonenkönigin. Nachmittags hatten wir der Thronbesteigung beigewohnt – und der Unterwerfung der Kriegerinnen unter ihre neue Anführerin. In einer gespenstisch stillen Zeremonie waren die Amazonen eine nach der anderen durch den Thronsaal geschritten, um vor der Königin auf den Boden zu sinken, sich ihren Fuß auf den Nacken zu stellen und so zu verharren, bis Yppolita die Worte ›Ich vergebe dir und erkenne dich als meine Kriegerin an‹ gesprochen hatte. Die merkwürdige Prozedur hatte – so schien es mir – endlos lange gedauert, denn bei engen Vertrauten Ulissas hatte sich Yppolita viel Zeit genommen, ehe sie den erlösenden Satz aussprach.

Doch nun war die offizielle Zeremonie vorüber. Wir saßen in Yppolitas Gemach vor einem prasselnden, knackenden Kaminfeuer. Der Körper der Königin glänzte von einer Heilsalbe, die ihre zahlreichen Wunden verdeckte. Sie trug ein knappes weißes Hemdchen und sah fast wieder wie das Findelkind aus den Trollzacken aus. Eine unangenehme Aufgabe hatte Yppolita gleich am Anfang des Abends hinter sich gebracht: sie hatte unseren Hinauswurf für den nächsten Morgen angekündigt – mochten wir auch ihre Freunde und Kampfgefährten sein, so waren wir doch Männer, die in Kurkum nichts verloren hatten. Wir gaben uns alle Mühe, nicht an den bevorstehenden Abschied zu denken, und hörten Viburn zu, der von der Entführung des Feilscherhäuptlings prahlte.

»Wie kann man nur so einfältig sein und von jedem Gesöff trinken, das einem dieses habgierige Gesindel serviert, nicht wahr, Arve? Ich jedenfalls hatte diese vielgepriesene ›Felsrebe‹ überall hin verschüttet, nur nicht in meinen Schlund. Und mein Verzicht auf das Getränk sollte sich bald auszahlen: So konnte ich unserem verehrten Gastgeber nämlich eine echte Überraschung bereiten. Ihr hättet hören sollen, wie der kleine Schurke quiekte, als ich ihm das Messer an den Hals setzte! Während ein Teil seiner Leute unterwegs war, um Yppolita und euch den Amazonen zu übergeben, kam dieser Mimmel doch wahrhaftig allein und unbewaffnet in unsere Zelle, nur um Junivera und mich ein wenig zu schikanieren. Er dachte eben, wir wären noch völlig beduselt von seinem Mittelchen – nun ja, Junivera war auch tatsächlich noch immer benommen.«

»Was ist mit der Geweihten geschehen?« fragte die blinde Hana. Nachdem man die alte Schwertmeisterin aus dem Kerker geholt und diese ihre erste Verwirrung überwunden hatte, zeigte sich bald, daß ihr Verstand in der langen Zeit der Gefangenschaft nicht gelitten hatte. Beide Frauen hatten geweint, als sie einander in die Arme gefallen waren. »Das mußt du nicht tun, Majestät, das schickt sich nicht«, hatte Hana schließlich gemurmelt, sich aus der Umarmung gelöst und ihrer Königin mit dem schmutzigen Rockzipfel die Tränen aus dem Gesicht gewischt. Yppolita hatte lange nach Worten gesucht, um der grauhaarigen Freundin für ihre Opfertat zu danken, aber außer einem tonlos gestammelten »O Hana, meine Hana!« hatte sie nichts herausgebracht, sondern die blinde Frau nur wieder in ihre Arme gezogen... Für den Abend hatte Yppolita der Schwertmeisterin einen Ehrenplatz in unserem Kreis zugewiesen. »Eure Gefährtin wurde doch nicht getötet?« sagte sie zu Viburn gewandt.

Der Streuner hatte mir schon von der Entscheidung der Geweihten berichtet, nun wiederholte er noch einmal, was geschehen war: »Es mag unglaublich klingen, aber sie wollte nicht mit mir kommen, in die Freiheit. Sie faselte lauter unsinniges Zeug: Den Zehntelern würde doch tatsächlich eine Belohnung für unsere Bewirtung zustehen ... und solche Sachen. Wenn sie die Zeche zahle, sei sie wenigstens für etwas gut gewesen. Vielleicht wollte sie sich die Sklaverei selbst als Buße auferlegen ... Ich weiß es nicht. Ich habe diese Frau nie verstanden ...«

»Ich verstehe sie nun besser«, sagte Yppolita, »nun, da ich wieder ich selbst bin. Ich habe falsch an ihr gehandelt – anstatt ihr zu helfen, ihre Schwäche zu verstehen und sich selbst zu verzeihen, habe ich sie nur tiefer in ihre Verzweiflung hineingetrieben. Gleich morgen werde ich mich zu ihr begeben und sie einladen, mein Gast auf Kurkum zu sein. Ich werde ihr die Worte sagen, die ich schon lange hätte sagen sollen, und ich werde ihr helfen, zu Rondra zurückzufinden. Mögen die Zwölfe es fügen, daß die Fehler, die ich später einmal machen werde, sich ebenso rasch wieder ausgleichen lassen! Aber nun wollen wir uns anderen Dingen zuwenden. Ich habe noch eine Menge Fragen.« Als nächstes ließ sich die Königin von Viburn berichten, mit Hilfe welcher Magie er Mimmels Stimme in das Faß am Kran gezaubert habe. »Keine Magie«, antwortete der Streuner. »Dazu fehlt mir die Begabung. Ich habe einmal einen ähnlichen Gauklertrick auf dem Jahrmarkt in Nostria gesehen ... Das sprechende Faß ... Die Leute glauben einfach, wenn sie ein Faß in der Luft hängen sehen und irgendwo von oben her eine dumpfe Stimme hören, die käme aus dem Faß. Dumpf muß die Stimme natürlich klingen, darum habe ich auch Mimmel diesen Topf über den Kopf gestülpt. Bin damals selbst auf den Trick hereingefallen und sehr froh, daß er auch diesmal geklappt hat. Die Hauptschwierigkeit bestand darin, den Kran in Bewegung zu setzen und dann hinüber zum First des Palas zu hetzen, wo ich vorher Mimmel plaziert hatte. Eigentlich ist es mir ein wenig peinlich, daß ich so einen albernen Wirbel veranstaltet habe, aber es kam mir halt darauf an, daß alle Amazonen hören konnten, was der kleine Schurke zu sagen hatte ... Ich finde, der Kleine hat seine Sache gut gemacht ...«

»Trotzdem hatte er den Tod verdient«, warf Yppolita ein, die den Bernsteinring mit dem eingeschlossenen Käfer am Finger drehte. »Er war ein abscheulicher Geselle, schlecht und verdorben ... Immerhin aber muß ich ihm dafür dankbar sein, daß er so kleinlich über alle seine Geschäfte Buch geführt hat.«

»Ja, das stimmt«, erwiderte Viburn grinsend. »Als ich ihm das Messer an die Kehle setzte, erzählte er mir, um mich gnädig zu stimmen, die Geschichte von dem Schlafpulver, das er Ulissa verkauft hatte. Der pfiffige Bursche hatte sich auch zusammengereimt, wie sie das Pulver eingesetzt hatte. Ich fragte ihn natürlich nach Beweisen für das Geschäft. Da zeigte er mir den Ring und erzählte mir, daß der Handel selbstverständlich ins Hauptbuch eingetragen worden sei. Ich habe ihn dann gezwungen, die Seite herauszureißen und mitzubringen. So konnte ich seinen Auftritt ein wenig wirkungsvoller gestalten.«

Wir schwatzten bis tief in die Nacht hinein. Hana erzählte voller Stolz von Yppolitas Jugend und Kindheit, ihrer frühen Meisterschaft im Waffenhandwerk und ihren frechen Streichen. Yppolita gab es bald auf, die Anekdoten der blinden Frau durch Richtigstellungen zu unterbrechen. Larix berichtete vom Leben des Zwergenvolkes, Viburn und ich steuerten Geschichten aus den Schenken der Städte an Aventuriens Westküste bei.

Die Amazonen kamen immer wieder auf ein Ereignis zu sprechen, das sie vor allem zu bewegen schien: den Fund des Drachenkotes und die nächtliche Beobachtung, von der Larix und ich berichtet hatten.

Alle Anzeichen sprachen dafür, daß der Drache schon mehrmals Kurkum heimgesucht hatte. Die Chronik nannte sogar seinen Namen: *Smardur*. Zuletzt war Smardur vor dreißig Jahren auf dem Bergfried gelandet. Wie bei all seinen früheren Besuchen hatte er eine Kriegerin in seinen Klauen davongetragen. Beim letzten Mal war es die damalige Schwertmeisterin, eine Offizierin namens Hilla, gewesen. Die Amazonen hatten sie nie wiedergesehen.

»Ein trauriges Schicksal«, sagte ich.

Hana wandte mir das Gesicht mit den eingefallenen Augenhöhlen zu. »Wie man es nimmt, junger Mann. Ich kann nicht mehr in unseren Chroniken lesen, aber ich trage sie in meinem Kopf. Es hängen immer zweierlei Dinge mit Smardurs Besuchen zusammen: Eines ist der Raub einer Kriegerin, das hast du gehört. Das andere ist weitaus rätselhafter: Wie du weißt, muß unser Volk sich in vielen Schlachten bewähren. Wir können nicht jeden Kampf gewinnen – manchmal ist die Übermacht einfach zu groß. Aber – und nun höre mir gut zu – wir haben noch nie eine Schlacht verloren, die auf Smardurs Heimsuchung folgte. Und darum betrachten wir die geraubten Kriegerinnen als eine Gabe, das Kampfglück gnädig zu stimmen. Vieles deutet sogar darauf hin, daß Smardur ein Bote der Göttin Rondra ist. Was sagst du nun?«

Was hätte ich antworten sollen? Ich bin immer der Meinung gewesen, daß es uns Sterblichen nicht gegeben ist, den Willen der Götter zu deuten, aber ich wollte auch die Gefühle der Schwertmeisterin nicht verletzen. Darum sagte ich: »Das ist sehr fesselnd«, und freute mich darüber, daß sie sich mit dieser Antwort zufrieden gab und ich einem Gespräch über Glaubensfragen entging.

So wendeten wir uns wieder einem anderen Thema zu und hätten vielleicht noch bis zum ersten Hahnenschrei weitergeschwatzt, wenn uns Larix' unhöflich lautes Schnarchen nicht daran erinnert hätte, wie spät es inzwischen geworden war. Während Yppolita uns zu unseren Zimmern hinaufgeleitete, fiel mir plötzlich auf, daß Hana und sie während des ganzen Abends kein einziges Mal Ulissas Namen erwähnt hatten. Doch jetzt mochte ich auch nicht mehr nach dem Grund für dieses Schweigen fragen.

Am nächsten Morgen ritten wir auf drei großen Apfelschimmeln – Geschenke der Königin – durch das Burgtor. An den Sätteln befestigte Beutel enthielten alle Dinge, die wir für die Reise benötigten. Quer über den Pferderücken hatten wir dicke Deckenrollen geschnallt. Geld hatte uns Yppolita nicht angeboten – wir hätten allerdings auch keines genommen (Larix und ich jedenfalls nicht).

Viburn pfiff leise das Lied von der Perle im Radromtal. So trabten wir gemächlich über den weichen, mit trockenem Gras bewachsenen Pfad, der ein paar hundert Schitte voraus in einem dichten Birkengehölz verschwand.

Wir drehten uns nicht um. Wozu auch? Wir wußten nur zu gut, was wir sehen würden: Kurkums helle, glatte Mauer, dahinter der hoch aufragende Bergfried. Und oben auf dem mächtigen Turm, auf einem Pfahl ein großes Karrenrad. Das Rad, auf das Ulissa von nun an Nacht für Nacht gebunden wurde, bis irgendwann Smardur käme, um die Gabe der Amazonen in Empfang zu nehmen.

# Epilog

Viele Jahre sind vergangen seit jenem Tag, da wir Abschied von Kurkum nahmen. Damals war der junge Reto seit knapp zwei Jahren auf dem Thron, und heute schreiben wir das sechsundzwanzigste Jahr seines Sohnes, welcher aber seit langem verschollen ist, verschollen, bevor jene Finsternis sich über unser Land legte, die an uralte, dunkelste Zeiten gemahnt, die wir alle für auf ewig versunken hielten. Manchmal wünsche ich mir, das Leben anhalten zu können – wenigstens das, wenn wir schon niemals zu alten Tagen zurückkehren dürfen. Vielleicht hätte ich das Leben dann an irgendeinem jener Tage zum Stehen gebracht, als wir mit Mädchen durch die Trollzacken wanderten – sie ebenso ahnungslos wie wir und jeder von uns beglückt von diesem Zusammentreffen, das uns so viele heitere Erfahrungen gebracht hat. Ja, da hätte das Leben meinetwegen stehenbleiben können...

Da aber der Herr Praios darauf besteht, seinen Schild immer wieder von neuem über den Himmel zu tragen, und da es den Unsterblichen gefällt, keinen Tag jemals wie einen anderen geraten zu lassen – sie können sich diese Verschwendung leisten, denn die Folgen haben sie nicht zu tragen –, darum ist das Leben seit jenen Traviatagen in den Trollzacken immer weiter gegangen, und mir scheint, es hat uns nicht viel Gutes gebracht.

Königin Yppolita ist tot. Vor wenigen Monden starb sie im Kampf um Kurkum, und sie kämpfte nicht für Kurkum oder die Amazonen allein, sondern für uns alle, die wir die Finsternis hassen, mit der der ekle Dämonenmeister unsere Welt zu überziehen trachtet. Nicht wenige Tränen sind in den Stuben und an den Lagerfeuern der Kriegsleute um die Königin vergossen worden. Wir wissen wohl, wir haben nicht mehr viele, die ihr ähnlich sind. Wir haben einen unersetzlichen Menschen verloren – so beliebig dieser Satz mittlerweile auch klingen mag, so ist er doch niemals wahrer gewesen!

Ich weiß, auch ich bin gerufen, in den Kampf gegen den übermächtigen Borbarad zu ziehen, aber, liebe Freunde, ich bin zu alt. Die müden Knochen schmerzen, und die welken Finger haben sich so krumm gezogen, daß ich die letzten Seiten der Geschichte, die Ihr soeben gelesen habt, einem jungen Freund in die Feder diktieren mußte.

Ach, was soll ich noch viel erzählen, über die verstrichenen Jahre? Wie wir Elgor verloren, habe ich Euch berichtet. Von Junivera habe ich gehört, daß Yppolita sie nicht mehr bei den Feilschern angetroffen hat, als sie kam, um die Geweihte nach Kurkum zu holen. Es heißt, Junivera habe sich aus freien Stücken in die Sklaverei im fernen Al'Anfa begeben. Fast zwanzig Jahre habe sie ein Leben der äußersten Erniedrigung geführt und darüber den Verstand verloren. So sagten jedenfalls ein paar Reisende, die vor mehr als fünfzehn Jahren einer besessenen Kriegerin namens Junivera mitten im ödesten Orkland begegnet sind.

Freund Larix ist damals nicht mit uns nach Havena zurückgekehrt, sondern im Kosch geblieben, wo er Verwandte hatte, die eine Erzmine betrieben. Wie es heißt, habe er zwar bei einem Unfall ein Bein verloren, sei aber heute ein gemachter Mann – oder sagt man ›gemachter Zwerg‹ –, habe Frau und Kind und verkehre an der Tafel des Fürsten Eberstamm. Ich habe ihn lange nicht mehr gesehen. Es ergibt sich nicht – wir reisen beide nicht mehr gerne. So mag ich auch nicht überprüfen, was man mir vor mehr als zehn Jahren zutrug: Der gute Larix habe eines Morgens eine Art Anfall bekommen, Mine, Frau und Kind im Stich gelassen und sei auf Abenteuerfahrt ins Liebliche Feld gezogen – auf einem Bein?

Viburn sagte irgendwann im Jahre 10 Hal zu mir, als wir in unserer Lieblingsschenke in Havena saßen: »Ich werde übrigens morgen verreisen, altes Langohr. Stell dir vor, der Garether Kaiser steckt in einer Patsche, und ich muß ihm helfen.« Er erklärte mir dann, in Tobrien hätten sich etliche hundert Oger zusammengerottet, um auf die Hauptstadt zu marschieren. Kaiser Hal sei aufgebrochen, die Menschenfresser aufzuhalten, und er, Viburn, werde ihm dabei helfen. »Erstens mag ich den Kaiser, und zweitens hasse ich wenige Dinge auf der Welt so sehr wie den Gestank eines schmerbäuchigen Ogers. Es wird dringend Zeit, ihre Anzahl ein wenig zu vermindern!«

Nie hätte ich dem eingefleischten Streuner und Leichtfuß so eine Tat zugetraut. Wie paßte sein Entschluß mit seinen unverschämten Scherzen über Obrigkeit und Militär zusammen? Er konnte es mir nicht erklären und speiste mich mit müden Späßen ab. Aber Viburn war ja schon immer für eine Überraschung gut gewesen. Einige Jahre zuvor hatte er mich damit verblüfft, daß er mir einen hübschen blonden Burschen unvermittelt als seinen ›lieben Sohn Elgor‹ vorstellte. Elgors Mutter habe ihm diesen Namen gegeben. Wer diese Mutter sei – darüber wollten sich beide nicht auslassen, und über Elgors Kindheit und Jugend konnte ich nur herausbekommen, daß er bei Zieheltern in einem tobrischen Dorf aufgewachsen sei. Dem jungen Elgor bin ich noch ein paarmal begegnet, aber er hat mir nie den Gefallen getan, meinen Verdacht über seine wahre Herkunft zu bestätigen. Als Viburn damals in die Schlacht bei den Trollzacken zog, tat er es in Elgors Begleitung. Vielleicht hatte ihm sogar der Junge diese Flausen in den Kopf gesetzt. Ich jedenfalls mochte damals nicht mit den beiden gehen – ich hatte mich gerade frisch verliebt.

Ein paar Wochen später berichtete die Havena-Fanfare über den großen Sieg der kaiserlichen Soldaten bei den Trollzacken. Auf der letzten Seite war eine lange Namensliste abgedruckt: Havener, die in der Schlacht ihr Leben gelassen hatten. Ziemlich weit unten stand: ›Viburn – Nachname nicht bekannt.‹ Einen Elgor konnte ich nirgends entdecken – aber der Junge stammte ja auch nicht aus Havena.

Ich lebe heute in den Trollzacken, auf seltsame Weise scheint das Gebirge mit mir verbunden zu sein – oder besser: ich mit ihm. Mein Neffe Golambes, ein freundlicher Bursche und Landgraf in dieser rauhen Gegend, hat mir eine kleine Baronie zugeschanzt, die mir für meine letzten Jahre ein Auskommen sichert. Ich lege sogar stets ein paar Dukaten auf die Seite, wozu, wüßte ich nicht zu sagen – ich glaube kaum, daß ich noch einmal auf die Reise gehen und viel Geld ausgeben werde.

Ich bin in meinem Leben nie wieder in die Nähe der Burg Kurkum gekommen und habe darum nie die Antwort auf eine Frage gefunden, die mich lange bewegte: Wurde die Gabe der Amazonen tatsächlich angenommen oder lebt die unselige Ulissa womöglich noch heute als Gefangene auf der Burg? Aber wahrscheinlich ist die Frage inzwischen müßig geworden, denn es wurde berichtet, Kurkum sei an die Schergen des Dämonenmeisters gefallen und der alte Glanz der Amazonen ausgelöscht.

Wahrlich, wir leben in finsteren Zeiten, und es täte Not, zur Waffe zu greifen.

So bitt ich Euch: Verzeiht einem alten Mann seine Schwäche und nehmt dieses Buch als meinen Beitrag zum Kampf, denn darum wurde es geschrieben, um die Jungen zu lehren, wie es einmal war und wie es wieder sein wird, wenn sie die Stärke finden, dem Alptraum ein Ende zu bereiten!

# Anhang

## Erklärung aventurischer Begriffe

*Die Götter und Monate*

1. Praios = Gott der Sonne und des Gesetzes – entspricht Juli
2. Rondra = Göttin des Krieges und des Sturmes – entspricht August
3. Efferd = Gott des Wassers, des Windes und der Seefahrt – entspricht September
4. Travia = Göttin des Herdfeuers, der Gastfreundschaft und der ehelichen Liebe – entspricht Oktober
5. Boron = Gott des Todes und des Schlafes – entspricht November
6. Hesinde = Göttin der Gelehrsamkeit, der Künste und der Magie – entspricht Dezember
7. Firun = Gott des Winters und der Jagd – entspricht Januar
8. Tsa = Göttin der Geburt und der Erneuerung – entspricht Februar
9. Phex = Gott der Diebe und Händler – entspricht März
10. Peraine = Göttin des Ackerbaus und der Heilkunde – entspricht April
11. Ingerimm = Gott des Feuers und des Handwerks – entspricht Mai
12. Rahja = Göttin des Weines, des Rausches und der Liebe – entspricht Juni

Die Zwölf = die Gesamtheit der Götter
Der Namenlose = der Widersacher der Zwölf

*Maße, Gewichte und Münzen*

Meile = 1 km
Schritt = 1 m
Spann = 20 cm
Finger = 2 cm

Dukat (Goldstück) = 50 DM*
Silbertaler (Taler, Silberstück) = 5 DM*
Heller = 0,5 DM*
Kreuzer = 0, 05 DM*
Unze = 25 g
Stein = 1 kg
Quader = 1 t

*Himmelsrichtungen*

Osten (Rahja), Süden (Praios), Westen (Efferd), Norden (Firun)

*Begriffe, Namen, Orte*

Al'Anfa = südländischer Stadtstaat, der für Sklaven- und Rauschkrauthandel berüchtigt ist
Albernia = westliche Küstenprovinz des Neuen Reiches, seit 21 Hal Königreich
Amazonen = legendenumwobener Kriegerinnenorden der Rondra, bezeichnen sich selbst als auserwähltes Volk der Kriegsgöttin
Bandurria = traditionelles Saiteninstrument der Norbarden und Tulamiden (südl. Volksstamm)
Beilunk = 1. Hafen- und Flottenstadt im Osten des Neuen Reiches; 2. Markgrafschaft
Bennain = altes Herrschergeschlecht Albernias
Berge von Beilunk = auch: Beilunker Berge; Gebirge im östlichen Teil der Markgrafschaft Beilunk, Heimat der Brillantzwerge, der Feilscher und der Amazonen
Blautann = Hexenwald im Norden des Neuen Reiches
Borbarad = mächtiger Schwarzmagier, der vor etwa fünfhundert Jahren lebte
Borbaradmoskito = magisch pervertiertes Insekt, das dem gestochenen Opfer die Erinnerung aussaugt; nach ihrem Erschaffer Borbarad benannt
Boronrad = gebrochenes Rad; Symbol des Boron, das für Tod und Vergänglichkeit steht
Dämonenland = eigentlich: Niederhöllen, das unendliche Reich der Dämonen, das sich nach aventurischen. Sphärenmodellen *über* Dere befindet
Dere = die Welt

---

* Neue DSA-Regeln sehen einen realistischeren Umrechnungsfaktor vor. Hiernach ist der Dukat ca. DM 250,– wert. Auch die anderen Münzen sind entsprechend anzuheben.

Feilscher = anderer Name für das Volk der Grolme; kleinwüchsig und sehr handelstüchtig; auch: Zenteler
Firuns Atem = schneidender, eiskalter Nordwind
Gareth = Hauptstadt des Neuen Reiches
Gilia = traditioneller Name des Herrscherinnengeschlechtes der Amazonen; 1. Mutter Yppolitas, regierte bis 17 vor Hal; 2. Tochter Yppolitas, Kronprinzessin der Amazonen
Hal = Sohn Retos, nominell noch Kaiser des Neuen Reiches, obwohl er im 18. Jahr seiner Regierungszeit verschwand
Havena = Haupt- und Hafenstadt Albernias
Hetmann = thorwalscher Anführer, Kapitän eines Schiffes
Kohlenbrander, Gorge = heute einer der reichsten Händler des aventurischen Nordens
Kosch = Provinz des Mittelreiches
Kurkum = legendäre Residenzburg der Amazonenköniginnen
Kuslikana = Schreittanz
Madamal = aventurischer Mond
Maraskantarantel = äußerst giftige Riesenspinne aus den Urwäldern Maraskans
Nivesen = nordaventurischer Volksstamm, vorwiegend mandeläugig und rothaarig
Norbarden = nomadisierender Volksstamm im Nordosten Aventuriens
Nostria = unabhängiges, streitsüchtiges Königreich im Nordwesten des Neuen Reiches
Reto = Kaiser des Neuen Reiches von 18 vor Hal bis 1 v. H., Vater Hals
Rondras Hallen = Paradies der Kriegsgöttin
Schwarze Sichel = Gebirge nördlich der Trollzacken; der Sage nach der Leib der Gigantin Sokramur
Shadif = rassiges, heißblütiges Vollblutpferd der Wüstennomaden
Smardur = Kaiserdrache, nach Amazonenglaube ein Bote Rondras
Thalionmel = vielbesungene Märtyrerin der Rondrakirche
Thorwalpiraten = eigentlich: Thorwaler, Volk aus dem Norden Aventuriens, das für Schiffahrt und Piraterie berüchtigt ist
Trollzacken = 1. Gebirge zwischen Rommilys und Beilunk; 2. gleichnamige Markgrafschaft im Neuen Reich
Ulissa = jüngere Schwester Yppolitas, herrschte durch eine Intrige zwei Jahre lang auf dem Amazonenthron
Valpo und Cella = dekadentes Geschwisterpaar, einst Kaiser des Neuen Reiches, im Jahre 18 v. Hal von Reto abgesetzt
Yppolita = letzte Königin der Amazonen, regierte von 17 v. Hal bis 26 Hal; durch ihre Heldentaten zu Lebzeiten fast schon als Rondraheilige verehrt